부정과 전복의 시학

부정과 전복의 시학

김홍진 평론집

도서출판 역락

견고한 성벽, 광활한 바다

두 번째 책을 엮는다. 그렇지만 여전히 주체할 길 없는 부끄러움이 앞선다. 초라하고 남루한 내 언어의 설익은 파편들이 바다 한 가운데 부표처럼 파도에 휩쓸린다. 텍스트를 더듬는 무딘 내 언어의 위족은 성벽의 문을 열지 못하고 높고 견고한 벽면을 기어오른다. 아직도 내 비평적 안목은 부질없고 정신은 정처없다. 그런 내 언어는 설익고 텍스트를 감지하는 내 언어의 위족은 무디다.

원고를 모아 정리하는 일은 과거를 되씹는 일이었다. 씁쓸하고 텁텁하다. 발효되지 않은 언어가 악취를 내뿜는 것 같다. 나의 언어는 텍스트를 발효시키지 못한 것이다. 내 꿈은 나만의 언어로 텍스트를 순도 높게 발효시키고자 하지만 텍스트는 견고한 성벽으로 자신을 감싸고 있다. 결국 내 더듬이는 그 견고한 성벽만을 기어오르며 더듬거리다 만다. 굳게 잠긴 텍스트의 성벽, 그 안으로 들어가려는 내 주문은 말더듬이의 것이다. 내 노래는 서툴고 거칠어서 텍스트의 성안, 오색찬연한 의미의 침실에 들지 못한다. 내 글들은 다만 그곳에 들고 싶은 열망의 노래일 뿐이며, 성벽의 문을 열 수 없음에 기어오를 수밖에 없는 담쟁이넝쿨의 더듬이일 뿐이다. 더듬거리며 기어오르는 것이 비평의 운명이 아닐까.

나의 언어는 성의 망루에 유폐된 나비의 것이다. 수인처럼 내 언어의 감옥에 갇혀 좁은 창으로 난 푸른 바다를 더듬거린다. 내 눈은 좁고 흐리다. 텍스트의 바다는 깊고 광활하다. 텍스트의 푸르름은 매혹적이다. 푸르른 미지의 광활함이 손짓하며 나를 부르지만 나는 결국 나비가 된 꼴이다. 푸른 바다가 청무우 밭인 줄 알고 날아 앉았다 물에 젖은 채 지쳐 돌아온 김기림의 나비와 다를 바 없다.

좁은 눈 무딘 더듬이는 광활한 텍스트의 넓이와 깊이를 측량하지 못한 채 이리 저리 떠돈다. 텍스트의 넓이는 막막하고 깊이는 알 수 없다. 그것은 측량을 거부하는 완강한 처녀성의 힘이다. 나는 항상 텍스트의 완강한 처녀성 앞에서 좌절하고 텍스트가 간직한 순수하고 농밀한 언어의 침실에 들어서지 못한다. 그러나 좌절과 패배감이 다시금 그것을 넘보게 한다. 또 좌절할 줄 뻔히 알면서도 넘보는 무모함이 비평의 언어이다. 이 글이 순간인 동시에 영원이고 처음이자 마지막인 언어를 꿈꾸지만 그것은 다만 좌절의 처절한 잔해일 뿐이다. 비평의 언어는 좌절감이 낳은 패배의 잔해물이다.

나는 정처없다. 내가 바라는 글은 결국 지어지지 못했다. 텍스트는 번번이 그 바람을 좌절시키지만 그 패배와 허무감은 불손하다. 불손함이 혹은 나비의 무지함이 또는 무모함이 텍스트가 지닌 광활한 미지의 수심을 찾아 나서게 한다. 이러한 행위는 곧 복수적 결행이다. 그 무모한 복수심이 텍스트의 바다를 향해 비상을 결행하게 한 것은 아닌지 모르겠다. 나비에게 바다는 미지이면서 동시에 너무나 막막한 것처럼 나에게 텍스트는 아직도 미지이면서 그 수심은 알 길이 없다. 나비는 무력하다. 하여, 허리가 시리다.

1부의 글들은 우리 시단에서 중견급 이상의 원로 시인들의 시세계를 다룬 작품론이다. 여기에서는 주로 우리의 현대 시문학사에서 일정한 문학적 성취를 이루었고, 또 현재 이루고 있는 주요 시인들의 시세계를 살핀 글들을 중심으로 모아 놓았다. 2부의 글들은 우리의 현실 문학 공간에서 나타나는 경향들에 대한 주제비평이다. 여기에서는 필자가 지난 2년 사이에 문예지에 발표했던 계간 시평 형식의 글들을 수정 보완하여 실었다. 3부는 주로 동세대 시인들의 시집에 대한 실제비평이다. 여기에 모아 놓은 글들도 역시 지난 몇 년 사이에 문예지에 서평 형식으로 선보였던 글들을 약간의 손질을 가하여 묶어 놓았다.

　설익은 내 비평의 언어가 시인의 자식 같은 고귀한 작품의 생명에 욕을 보이지는 않았나 두렵다. 그러나 나는 동시대 시인들의 정신과 방법을 엿보고 싶었다. 내 읽기의 욕망은 시인들의 목소리 속에서 당대의 우리 한국 문학의 미적 치열성과 진정성을 느끼고 싶었다. 미숙함은 온전히 내가 감당해야 할 몫이며, 언젠가는 텍스트와 행복하게 한 몸을 이루는 글을 써야겠다. 그리하여 차돌 같은 언어의 아이를 하나 낳아야겠다. 희망은 좌절을 흘려보내고 또다시 강을 건너게 한다.

　펜을 놓으려니 많은 분들의 얼굴이 떠오른다. 그 고마운 분들의 사랑에 비하면 이 책은 보잘 것 없이 궁색하다. 부족함을 탓하지 않고 지도해 주신 신익호 선생님과 모교의 선생님들께 감사드린다. 비평의 길을 터준 시와정신사의 김창완 선생님께 감사드리며, 곁에서 따뜻한 눈길로 격려해 준 동학의 여러 벗들께 감사드린다.

　이 책을 펴내는 데 한국문화예술위원회의 문예진흥기금 개인창작 지원금을 받았음을 밝히며, 깊은 감사의 뜻을 표한다.

2006년 4월
김 홍 진

▌차 례▐

1. 시와 상상력

시는 상상력의 산물이다. 인간의 이성 이면에는 무질서처럼 보이는 또 하나의 세계가 존재한다. 시인은 상상력으로 시 속에 무질서처럼 보이는 개인적 존재의 경험을 표현한다. 시인은 상상력을 통해 존재의 경험과 혼란된 충동을 질서화한다. 상상력은 "위대한 질서의 원리이며 제재를 분별하고 질서화하며 통합할 수 있게 하는 능력"[1]이다. 상상력은 존재의 변화를 이룩하는 힘이다. 시를 포함한 예술작품은 상상력에 의해 빚어진 "이미지의 계시요 완성"[2]이다.

이미지의 계시로 구축된 한 편의 시를 읽는 것은 시인의 창조적 상상력이 투영된 독특한 시적 공간과의 만남을 의미한다. 깊은 몽상 끝에 시인이 흔든 영혼의 종이 다양한 시적 이미지를 통해 우리의 내면 공간 속에 울리는 순간, 우리는 존재의 전환을 이룩한다. 이때 "시는 그 자체가 하나의 이미지이면서 동시에 여러 이미지들의 무리"[3]로 나타난다. 이러한 이미지들은 "창조

1 이승훈, 『시론』, 고려원, 1981, 56~57쪽 참조
2 R. Huyghe, 김화영 역, 『예술과 영혼』, 열화당, 1979, 203쪽.

적이고 능동적인 상상력의 표출"4에 의한 것이다.

따라서 이미지를 통해 시를 이해하는 것은 상상력에 대한 연구와 직결된다. 이미지를 만드는 힘인 상상력은 한 편의 시를 형성하는 데 결정적인 작용을 한다. 시인의 상상력에 의해 떠오른 하나의 시적 이미지가 어떻게 형상화되며 작품 속에서 어떤 체계를 이루고 있는가를 이해하는 작업은 중요하다. 왜냐하면 이미지의 주된 기능은 의미의 전달에 있기 때문이다. 이미지는 시의 정확한 해석으로 독자의 감상을 돕는다. 이미지는 제재의 환기 · 화자의 정조 · 사상의 외면화 · 독자의 태도5 등을 지시하기 때문이다.

이 글은 서정주 초 · 중기시에 나타나는 '피' · '황금' · '꽃'의 이미지에 주목하여 그의 초 · 중기시의 시적 여정을 조명하고자 한다. 요컨대 서정주 초기시의 특성을 피의 이미지와 관련하여 원죄의 절규와 관능성을, 그리고 중기시를 황금과 꽃의 이미지와 연관하여 영원성을 규명하고자 한다. 서정주 초 · 중기시에 중점적으로 나타나는 이들 이미지를 분석하여 상상력의 질서를 해명하고, 그의 초기시의 관능성에서 중기시의 영원성으로 전이하는 과정을 조명하고자 한다. 서정주 초 · 중기시의 특성이 육욕적 관능과 영원성의 세계를 표백하고 있다는 사실은 일반화된 평가6이지만, 본고는 그것을 '피'의 이미지에서 '황금'과 '꽃'의 이미지로 전이하는 시적 과정을 통해 해명하고자 한다.

서정주가 『新羅抄』의 「婆蘇 두번째 편지 斷片」에서 "피가 잉잉거리던

---

3 이승훈, 앞의 책, 114쪽.
4 곽광수 · 김 현, 『바슐라르 연구』, 민음사, 1979, 41쪽.
5 이승훈, 앞의 책, 126쪽.
6 조연현, 「서정주론」, 조연현 외, 『서정주 연구』, 동화출판사, 1980.
   송 욱, 「서정주론」, 조연현 외, 위의 책.
   김학동, 「서정주 시인론」, 조연현 외, 위의 책.
   천이두, 「지옥과 열반」, 조연현 외, 위의 책.
   김인환, 「서정주의 시적 여정」, 『문학과 지성』 8호, 1975. 3.
   이광호, 「영원의 시간, 봉인된 시간」, 『환멸의 신화』, 민음사, 1995.
   유성호, 「서정주의 『화사집』 연구」, 『문예연구』 17집, 문예연구사, 1998, 여름호.
   김창완, 「초기시의 분화과정」, 『한국 현대시와 시정신』, 새미, 2005.

病은 이제 다 낳았읍니다"라고 노래하는 지점에서 그의 시는 초기시의 강렬한 관능과 죄의식의 세계를 벗어나 영원성의 문제에 천착하게 된다. 『花蛇集』과 『歸蜀途』 이후 『徐廷柱 詩選』에서부터 서정주의 시는 뚜렷이 새로운 시대를 맞이한다. 초기시에 나타나는 '피'의 세계를 정리하면서 1950년대 이래 서정주가 뚜렷하게 천착하기 시작한 문제는 영원성이다. 관능성과 영원성은 그의 초기시와 중기시를 구분 짓는 하나의 뚜렷한 변별점이다. 따라서 『花蛇集』과 『歸蜀途』를 초기시로 간주하고, 『徐廷柱 詩選』에서 『떠돌이의 詩』까지를 중기시로 간주하여 그의 시에 나타나는 '피'의 관능성과 '황금'과 '꽃'의 영원성 문제에 접근할 필요가 있다. '피'의 이미지와 관능성의 문제는 그의 초기시를, '황금'과 '꽃'의 영원성은 중기시를 주제와 기법의 면에서 규제하는 정신적이며 전략적인 국면이다. 때문에 관능성과 영원성의 문제를 이해하고 해명하는 작업은 그의 초기시에서 중기시로 전이하면서 나타나는 시적 의식의 지향성을 밝히는 중요한 의미를 갖는다.

2. 피의 절규와 관능의 생명

서정주 시의 생애는 단적으로 말해서 "자신의 피를 어떻게 다스려 나가는가의 고된 싸움의 과정이다. 피는 인간의 숙명이요, 맹목적인 세력인 것이다. 피는 숙명이므로 인간 존재의 근원이지만, 또 그것은 맹목적인 세력이기 때문에 도리어 인간 존재 그 자체를 말살할 수도 있는 파괴력"[7]을 가지고 있다. 천이두의 적절한 지적처럼 서정주의 시적 여정에서 피의 이미지는 중요한 역할을 한다. 그의 첫 시집 『花蛇集』에서 피는 격정적 관능의 세계를 표현한 것이다. 이러한 관능성은 대개 '뱀, 능구렁이, 수캐, 고양이'

[7] 천이두, 앞의 글, 208쪽.

등의 동물적 상상력을 수반하고 있으며, '붉다, 붉은, 붉게, 붉어' 등의 붉은 색깔의 형용사와 어울리면서 사용되고 있다. 그 외에도 '코피, 입술, 능금, 석류, 해바라기, 심장, 샛빨간 囚衣, 닭의 벼슬' 등 강렬한 붉은 색 계통의 시어들이 동물적 이미지들과 어울리면서 육욕적 관능과 내면적 갈등의 세계를 표백한다.

서정주의 시에 나타나는 원초적 물질 중에서 중요한 위치를 차지하는 피는 인체의 가장 중요한 요소이다. 바슐라르는 우주의 물질을 '물, 불, 공기, 대지'의 4원소로 구분했다. 그러면서 이 피는 "물과 빛이 결합된 중간적 성질"의 것이며, "액체인 피의 유동적 성질은 물에 가깝지만 시각적인 면에서 볼 때 불에 가깝다"[8]고 하였다. 말하자면 피는 물과 불의 결합이다. 서정주의 시적 상상력에서 피는 구체적으로 '이슬'과의 대립관계에서 시작된다.

스물세햇동안 나를 키운건 八割이 바람이다.
세상은 가도가도 부끄럽기만하드라
어떤이는 내눈에서 罪人을 읽고가고
어떤이는 내입에서 天痴를 읽고가나
나는 아무것도 뉘우치진 않을란다.

찰란히 티워오는 어느아침에도
이마우에 언친 詩의 이슬에는
멫방울의 피가 언제나 서꺼있어
볓이거나 그늘이거나 혓바닥 느러트린
병든 숫개만양 헐덕어리며 나는 왔다.
                              『花蛇集』의 「自畵像」 중에서

『花蛇集』에 실린 이 시는 「花蛇」와 함께 초기시의 세계를 가늠할 수 있는 방향타와 같은 작품이다. 위의 시를 지배하는 이미지는 '피'와 '이슬'이다.

---

8 G. Bachelard, 민희식 역, 『불의 정신분석』, 삼성출판사, 1977, 97쪽.

피와 이슬은 붉은 색과 흰색, 뜨거움과 차가움의 대립된 성질을 지니고 있다. 같은 액체이지만 피는 불에, 이슬은 공기나 빛에 가깝다. 피는 부정적인 면에서 금기 혹은 죽음을 상징한다. 이는 탄생과 죽음이라는 육체적 양상을 대표하는 것이다. 또한 자연적 원리로서 무서운 형벌9을 의미하는 반면, 이슬은 물의 진실한 결정이며 천국의 물질이 배어들어간 순수한 물로서 모든 것을 뚫고 들어가는 우주적인 섬세함의 정신10이다. 불타는 '피'는 서정주 시에서 타오르는 관능을 상징하고 빛나는 액체인 '이슬'은 순수하고 선명한 정신을 의미한다. 따라서 이 시에서 피와 이슬의 대립적 관계는 시적 자아의 내적 갈등을 의미한다.

　서정주의 시 세계를 밝혀내는 데 "유력한 단서로 제시될 수 있는"11 위의 시는 관능의 미와 이글거리는 욕망의 고열성으로 나가게 되는 피를 발견할 수 있다. 이 시는 무엇보다도 동물적 이미지로 가득 차 있다. "애비는 종이었다"는 천한 신분이기 때문에 받아야 했던 동물적 굴욕 의식, 그것은 다시 "손톱이 깜한 에미의아들"로 상징되어 인간으로서 언제나 지니고 있는 죄의식에 대한 절규에 가까운 갈등을 보이고 있다. 화자는 정신의 가장 선명한 정수인 "詩의 이슬에"도 "몇방울의 피가 언제나 서꺼있"음을 강조함으로써 자신을 "병든 숫개"로 단정 짓고 있기 때문이다. 마지막 연만을 놓고 보더라도 동물적 이미지와 피의 이미지, 그리고 육감적 관능의 이미지가 서로 결합된 것을 볼 수 있다. 즉 '숫개'라는 동물적 이미지와 "몇방울의 피"라는 피의 이미지가 결합하고, 이어서 다시 "헐덕어리며"라는 관능적인 역동적 이미지로 연결되어 있다. 이러한 이미지들의 결합은 대체로 "인간의 대지성적인 문제들, 즉 육체성·본능성·구속성·운명성 등의 문제들과 관련"12이 있음을 말해주는 것이다. "애비는 종이었다"는 진술과 "나를 키운건 八割이

---

9 P. Wheelwright, 김태옥 역, 『隱喻와 實在』, 문학과지성사, 1982, 116쪽.
10 G. Bachelard, 민희식 역, 『대지와 의지의 몽상』, 삼성출판사, 1977, 385쪽.
11 조연현, 앞의 글, 10쪽.
12 김재홍, 『한국현대시인연구』, 일지사, 1986, 323쪽.

바람"이라는 진술은 시적 자아의 이러한 존재론적 상황과 성격을 뜻한다. 또
한 "八割의 바람"은 이 같은 상황을 벗어나고자 하는 의식의 지향성으로 제
시되고 있지만, 그가 안착한 곳은 타오르는 관능의 세계, 피의 붉은 이미지
가 환기하는 격렬한 열정과 무질서의 세계이다. 이는 곧 붉은 피로 뜨거운
열기를 지니고 타오르는 불의 세계이다.

> 麝香 薄荷의 뒤안길이다.
> 아름다운 베암…….
> 을마나 크다란 슬픔으로 태여났기에, 저리도 징그라운 몸둥아리냐
>
> 꽃대님 같다.
> 너의할아버지가 이브를 꼬여내든 達辯의 헛바닥이
> 소리를잃은채 널룽그리는 붉은 아가리로
> 푸른 하눌이다. ……물어뜯어라. 원통히무러뜯어.
>
> 다라나거라. 저놈의 대가리!
>
> 돌 팔매를 쏘면서, 쏘면서, 麝香 芳草ㅅ길
> 저놈의 뒤를 따르는 것은
> 우리 할아버지의안해가 이브라서 그러는게 아니라
> 石油 먹은듯…… 石油 먹은듯…… 가쁜 숨결이야
>
> 바눌에 꼬여 두를까부다. 꽃다님보다 아름다운 빛……
> 크레오파투라의 피먹은양 붉게 타오르는 고흔 입설이다……슴여라 베암.
> 　　　　　　　　　　　　　　　『花蛇集』의 「花蛇」 중에서

'花蛇'는 꽃뱀이다. 뱀이 유발하는 징그러움과 추악함 등의 이미지와 꽃
이 의미하는 아름다운 이미지의 결합은 여러 가지 상징성을 포함하고 있다.
뱀은 미일 수도 추일 수도 있는 양면 가치를 띤 상징적 등가물이다. 이것은
무엇보다도 모순성과 양면성의 문제로 귀착되는 바, 꽃뱀은 아름다운 색과

무늬를 지니고 있으면서도 동시에 속성상 징그러운 모습을 지닌 운명적인 아이러니의 존재이다. 꽃뱀은 선악·미추 양면성을 띤 모습으로 인간의 모순된 삶의 반영일 수 있다. 꽃뱀은 아름다움과 징그러움을 함께 지닌 모순된 존재인 동시에 원죄를 타고난 존재이기 때문이다. 여기에서 뱀은 남진우의 명쾌한 분석처럼 "남성인 동시에 여성이며, 불인 동시에 물이며, 직선인 동시에 곡선이며, 달아나는 동시에 뒤쫓으며, 아름다운 동시에 징그럽다."13 따라서 뱀의 이러한 이미지는 양면적으로 매혹과 혐오, 찬탄과 저주 등의 이원적 감정을 수반하는 시적 대상이다.

　뱀은 구약성서에 나오는 뱀의 이미지, 곧 사악과 부패 혹은 관능성의 이미지를 내포하고 있다. 낙원에서 "이브를 꼬여내던 達辯의 혓바닥"은 이브의 후손이라 할 수 있는 "크레오파투라의 피먹은양 붉게 타오"른다. 그것은 뱀이 지니고 있는 원죄의 속성 때문이다. 뱀은 "크다란 슬픔으로 태여났기에" 추악한 형태를 지니고 있다. 이렇게 태어난 뱀은 "붉은 아가리"로 "푸른 하늘"을 "원통히무러뜯"는다. 이러한 행위는 「自畵像」의 피와 이슬의 대립처럼 붉은 피와 푸른 하늘과의 대립을 의미한다. 하늘색은 "정신적인 면에서 작용하는 색깔이며 인간에게 무한의 세계와 순수에 대한 동경을 주는 색깔"14이다. 따라서 「花蛇」의 피는 「自畵像」의 피와 마찬가지로 정신적인 순수나 각성과는 대립되는 육욕적 관능에 가쁜 숨결을 촉발시켜주고 있다.

　이러한 피의 이미지는 관능적 성의 욕망과 결합되어 죄의식에 불타오른다. 피의 붉은 색의 이미지에 의하여 강렬하고 대담하게 다루어진 성은 동물적 상상력으로 더욱 적나라하게 나타난다. 성을 동물적 차원으로 떨어뜨림으로써 순간적 쾌락과 함께 죄의식을 불러일으키게 한다. 그 동물적 이미지들은 시에서 성행위를 상징하거나 죄의식에 찬 시적 자아의 내면적 갈등의 세계를 나타낸다. 그것은 시적 자아의 내적 고통에 찬 절규이다.

13　남진우, 「뱀, 미지의 부름」, 『신성한 숲』, 민음사, 1995, 89쪽.
14　W. Kandinsky, 김화영 역, 『예술에 있어서 정신적인 것에 대하여』, 열화당, 1987, 79쪽.

바윗속 山되야지 식 식 어리며
피 흘리고 간 두럭길 두럭길에
붉은옷 닙은 문둥이가 우러

땅에 누어서 배암같은 게집은
땀흘려 땀흘려
어지러운 나ㄹ 업드리었다.

            『花蛇集』의 「麥夏」 중에서

따서 먹으면 자는듯이 죽는다는
붉은 꽃밭새이 길이 있어

핫슈 먹은듯 취해 나자빠진
능구렝이같은 등어릿길로,
님은 다라나며 나를 부르고……

强한 향기로 흐르는 코피
두손에 받으며 나는 쫓느니

밤처럼 고요한 끌른 대낮에
우리 둘이는 웬몸이 달어……

             『花蛇集』의 「대낮」 전문

  성은 모든 인간의 가장 근원적인 충동이다. 그것은 "이 세상에서 가장
불가사의하고 가장 위대한 신비의 하나이며 인간 정신의 방대한 미개발 동
력원이다."[15] 위의 시들은 인간의 원초적 충동이라 할 수 있는 성적 관능
을 노래하고 있다. 「麥夏」는 동물적 이미지와 피의 이미지, 그리고 육감적
이미지가 결합되어 있다. '산돼지, 배암' 등의 동물적 이미지와 "피흘리고"
라는 피의 이미지가 결합한 후 "땀흘려 땀흘려" "어지러운 나ㄹ 업드리

---

15 Colin Wilson, 이경식 역, 『문학과 상상력』, 범우사, 1978, 317쪽.

었다.”라는 관능적인 동태적 이미지가 연결되어 시 전체는 그대로 뜨겁게 불타오른다. 그리하여 마지막 연의 충격적인 성행위의 묘사로 전율하는 관능의 세계를 보여준다. 이와 함께 “식 식 어리”는 산돼지 “피 흘리고 간 두럭길” “붉은 옷” “배암같은 게집” 등의 동태적이며 격정적 이미지로 연결되어 타오르는 성적 욕망으로 충만된 상태를 표현하고 있다. 성이 ‘산돼지’라는 동물적 이미지와 연결되면서 성을 동물적 차원으로 표현하고 있다.

「대낮」에서는 김용직의 표현대로 “그 농도가 짙어서 차라리 원색적이라고 생각되는 성격의 상상력”16과 만날 수 있다. 이 원색적이라 할 만한 성격의 상상력은 불처럼 뜨겁게 타오르는 진한 피와 거친 동물적 호흡으로 이루어지고 있다. “따서 먹으면 자는듯이 죽는” “붉은 꽃밭”과 “핫슈 먹은듯 취해 나자빠진” “능구렝이같은 등어릿길”, 그리고 “强한 향기로 흐르는 코피”로 이어지는 강렬한 도취적 분위기는 끝 연의 “고요한 대낮에” “웬몸이 달”았다는 성적 행위로 결속된다. “상상력은 흔히 관능의 선을 쫓아 이미지를 모으며 마침내 유혹의 정점에서 이미지는 성적인 목표로 변”17하는 것처럼 이 시에서는 내적으로 가열된 성적 욕망이 외적으로 뜨거운 상황을 연출한다. 이러한 강렬한 관능적 상태는 “정신으로부터 분리된 육체의 괴로움과 타락”18에서 비롯된 것이다.

> 어찌하야 나는 사랑하는자의 피가 먹고싶습니까
> 「雲母石棺속에 막다아레에나!」
>
> 닭의벼슬은 心臟우에 피인꽃이라
> 구름이 왼통 젖어 흐르나
> 막다아레에나의 薔薇 꽃다발.

---

16 김용직, 『한국문학의 흐름』, 문장사, 1980, 143쪽.
17 G. Bachelard, 이가림역, 『물과 꿈』, 문예출판사, 1980, 58~59쪽 참조
18 김 현·김윤식, 『한국문학사』, 민음사, 1979, 260쪽.

(… 중략 …)

카인의 쌔빩안 囚衣를 입고
내 이제 호을로 열손까락이 오도도떤다.

愛鷄의生肝으로 매워오는 頭蓋骨에
맨드램이만한 벼슬이 하나 그윽히 솟아올라……
『花蛇集』의 「雄鷄 下」 중에서

이 시도 관능적 도취의 상태가 극단적으로 표현되어 있다. 첫 행의 "어찌하야 나는 사랑하는 자의 피가 먹고싶습니까"라는 진술에서 탐미적 쾌락의 극단을 만날 수 있다. 이 시는 붉은 색의 색채 이미지가 뚜렷한데, 붉은 색은 "인간 본능의 하나의 육체화이다."[19] 다분히 대담하고 충격적인 시적 진술은 '닭의 벼슬, 心臟, 꽃, 장미, 해바라기, 샛빨간 囚衣, 生肝' 등의 원색적이며 잔인한 붉은 이미지가 서로 어울리면서 시 전체를 극한 상황으로 내몰고 있다. 이것은 에로스에 대한 갈망이면서 동시에 부재하는 대상이기도 하다. 그 대상은 금지의 영역 안에 있으며 부재한다.

이러한 성향은 『화사집』의 여러 시들에 보이는 "어찌하야 나는 사랑하는자의 피가 먹고싶습니까"나 "윙윙그리는 불벌의 떼를 / 꿀과 함께 나는 가슴으로 먹었노라"(「正午의 언덕」)에서처럼 먹거나 먹고자 하는 행위로도 드러난다. 먹는다는 것은 문화인류학에서 범죄나 질서에 대한 도전의 의미를 지닌다. 화자나 혹은 시 속의 인물들이 취하고자 하는 대상은 금지된 것이거나 부정한 것들이다. 남진우의 분석대로 그 음식물들은 "정상으로부터의 일탈, 금기의 위반이란 의미"를 띠고 있으며, 삶을 "죄와 죽음과 몰락으로 인도"[20]한다. 따라서 서정주의 초기시에 보이는 섭취에 대한 욕망은 음식물을 대상으로 하는 것이 아니라 금기가 사라진 무구속적 상태의 지향

19 S. Freud, 김대규 역, 『꿈의 해석』, 동서문화사, 1975, 381쪽.
20 남진우, 앞의 글, 94쪽.

을 의미한다. 이러한 성적 본능과 섭취욕과 피의 뜨거움은 생명력을 더욱 가속화시킨다.

 서정주의 시에서 피의 관능성은 생명성의 다른 이름이기도 하다. 살아 있다는 것은 구체적으로 뛰는 심장과 온몸을 흐르는 뜨거운 피로써 확인된다. 프레이져(J. A. Frazer)에 의하면 북아메리카의 인디언들은 어떤 피일지라도 그것을 먹는 것을 엄격히 금하고 있다고 한다. 그것은 "피가 짐승의 생명과 영혼을 간직하고 있다"21고 믿기 때문이다. 이처럼 생명은 피로써 표현된다. "내가 살고 있다고 인정하는 것은 곧 내가 뜨겁다고 인정하는 것이다."22 피는 서정주의 시에서 육체적 생명성을 나타내며, 이후 부재하는 대상으로서 절마재나 불교의 윤회설, 신라의 영원이나 동양의 선비정신으로의 확산은 피의 이와 같은 속성의 변주이다. 그것은 시인의 상상력의 산물이며, 서정주 시정신의 투사물이다.

 복사꽃 픠고, 복사꽃 지고, 뱀이 눈뜨고, 초록제비 무처오는 하늬바람우에 혼령있는 하눌이어. 피가 잘 도라…… 아무病도없으면 가시내야. 슬픈일 좀 슬픈일좀, 있어야겠다.

『花蛇集』의 「봄」 전문

 거북이여 느릿 느릿 물ㅅ살을 저어
 숨 고르게 조용히 갈고 가거라.
 머언데서 속삭이는 귀ㅅ속말 처럼
 물니랑에 네리는 봄의 꽃니풀,
 발톱으로 헤치며 갔다 오느라.

    (… 중략 …)
 먼山에 보라ㅅ빛 은은히 어리이는
 나와 나의兄弟의 해질무렵엔

21 J. A. Frazer, 장병길 역, 『황금가지』, 삼성출판사, 1977, 303쪽.
22 G. Bachelard, 민희식 역, 『불의 정신분석』, 삼성출판사, 1977, 101쪽.

그대 쇠먹은 목청이라도
두터운 甲옷 아래 흐르는 피의
오래인 소리 한마디만 외여라.
　　　　　　　『歸蜀途』의 「거북이에게」 1연과 4연

「봄」에서는 피가 그대로 생명과 연결된다. "피가 잘 도라"야 "아무病도 없"는 것이다. 그것은 "복사꽃 피고, 복사꽃 지고, 뱀이 눈뜨고, 초록제비 무처오는 하늬바람"의 봄에 느끼는 감정이다. 봄은 죽어 있던 만물이 재생하는 계절이다. 생명으로 가득 찬 봄은 아름답다. "생명은 하나의 봄인 것이다."[23] 그 생명의 봄은 인체에서 피로 나타나게 된다. 「거북이에게」에서 "먼山에 보라ㅅ빛 은은히 어리는" 해질 무렵은 "둥둥거리는 설장고를 쳐줄께"와 함께 주술적 분위기를 연상시킨다. 느리면서 오랜 생명력을 지닌 거북이를 시적 대상으로 등장시켜 충동적이고 관능적인 세계는 여기서 완만하면서 안정된 세계로 변화한 것을 볼 수 있다.

　　모시밭 골 감나뭇집 薛莫同이네 寡婦 어머니는 마흔에도 눈썹에서 쌍긋한 제물찹이 스며날 만큼 이뻤었는데, 여러해 동안 도갑이란 別名의 사잇서방을 두고 田畓 마지기나 좋이 사들인다는 소문이 그윽하더니, 어느 저녁엔 대사립門에 인줄을 늘이고 뜨끈뜨끈 맵고도 비린 검붉은 말피를 좌약 그 언저리에 두루 뿌려 놓았습니다.
　　　　　　　　　　　　(… 중략 …)
　　이 말피 이것은 물론 저 新羅적 金庾信이가 天官女 앞에 타고 가던 제 말의 목을 잘라 뿌려 情떨어지게 했던 그 말피의 效力 그대로서, 李朝를 거쳐 日政初期까지 온 것입니다마는 어떨갑쇼? 요새의 그 시시껄렁한 여러 가지 離別의 方法들보단야 그래도 이게 훨씬 찐하기도 하고 좋지 않을갑쇼?
　　　　　　　　　　　　『질마재 神話』의 「말피」 중에서

여기에서 피는 동물적 관능의 세계를 묘사하는 것이 아닌 오히려 관능의

---

23 G. Bachelard, 민희식 역, 『초의 불꽃』, 삼성출판사, 1977, 139쪽.

세계를 끝내는 방법으로 쓰이고 있다. "뜨끈뜨끈 맵고도 비린 검붉은 말피를 쫘악" 정분난 "둘 사이에 뿌려 놓았읍니다"라는 진술에서와 같이 원초적 특성으로서의 피는 이처럼 장력적이며 역설적으로 나타나고 있다. 즉 "피는 선과 악의 두 요소로 구성되며 또한 금기와 탄생을 암시하기도 하고 무서운 형벌"24을 의미하기 때문이다. 서정주의 시에서 피가 관능적 이미지로 쓰일 때 대개 동물적 상상력을 수반한다. 이는 동물적 이미지들이 피와 결합되어 성행위를 표현하거나 강렬한 관능이 잔인한 상태의 쾌락에까지 이르게 된다.

그런데 피의 격정적인 이미지는 「말피」에서와 같이 이러한 관능성을 극복하는 기제로 쓰인다. 에리히 프롬은 "성적 타부를 깨려는 충동은 대체로 그 본질에 있어서 자유를 회복하려는 데 목적을 둔 반항의 기도"25라 하였다. 서정주는 밀폐된 무의식의 공간에서 그 진실과 자유에 대한 욕구를 성적 생명력으로 발산하고 있다. 그런데 이 성적 생명력의 발산은 스스로의 죄의식에 의해 고통 받지 않을 수 없다. 따라서 육체적인 욕망에 휩쓸리면서도 그 죄의식은 정신적인 절대성을 향한 승화의 노력을 낳게 한다. 그리하여 피의 세계는 정화되고 안정성을 획득하기에 이른다. 피의 금기적 욕망의 세계를 잠재우고 그를 키운 팔할의 바람이 안착한 곳은 신라의 영원, 불교의 윤회로서 동양의 정신이다.

격렬한 동물적 세계에서 벗어나 『花蛇集』 후반에서부터 나타나는 삶과 죽음에 대한 의식은 피의 이미지를 통해서 『歸蜀道』에까지 지속된다. 그러나 『徐廷杜詩選』에서는 피의 이미지가 나타나지 않다가 『新羅抄』에 다시 집중적으로 나타난다. 『新羅抄』에 실려 있는 42편의 시 가운데 피의 이미지가 나타나는 시는 모두 12편이다. 이러한 피의 이미지들은 시집 『冬天』에 와서 완전히 해체된다. 곧 『花蛇集』의 동물적 관능의 세계

---

24 이승훈, 앞의 책, 202~203쪽 참조
25 Erich Fromm, 김진홍 역, 『소유냐 삶이냐』, 홍성사. 1978, 106쪽.

에서 벗어나 인간의 삶과 죽음을 인식하게 되면서 생명의식을 탐구를 보여주던 『歸蜀道』를 거쳐 『新羅抄』에서 『冬天』으로 오면서 완전히 소멸하게 된다.

> 피여, 피여.
> 모든 이별 다 하였거던
> 薄土가 된 피여
> 인제는 山그늘 지는 어느 시골 네갈림길
> 마지막 이별하는 內外같이
>
> 피여
> 紅疫같은 이 붉은 빛갈과
> 물의 연합에서도 헤여지자.
>
> 붉은 핏빛은 장독대옆 맨드래미 새끼에게나
> 아니면 바윗속 굳은 어느 루비 새끼한테,
> 물氣는 할수없이 그렇지
> 하늘에 날아올라 둥둥 뜨는 구름에…….
>
> 『冬天』의 「無題」 중에서

이 시에서 피의 이미지는 근본적으로 해체되고 있다. 화자는 젊음을 온통 격정적 관능의 세계로 몰아 넣었던 그 "紅疫같은 붉은 빛갈과" "헤여지자" 말하고 있다. 그래서 타는 듯한 "붉은 빛갈"은 색채적으로 유사한 "장독대옆 맨드라미 새끼"나 "바윗속 굳은 어느 루비 새끼한테"나 주어버리자고 한다. 그리고 "물氣는" "하늘에 날아올라 둥둥 뜨는 구름"을 이루는 것이다. 여기에서 피를 이루었던 물과 불의 원형적 이미지는 완전히 소멸하기에 이른 것이다. 서정주가 「婆蘇 두번째 편지 斷片」에서 "피가 잉잉거리던 病은 이제다 낳았읍니다"라고 노래하는 지점에서 그의 시는 초기시의 강렬한 관능과 죄의식의 세계를 벗어나 영원성의 문제에 천착하게 된다.

3. 황금과 꽃의 영원으로

황금은 광물의 거대한 미래이며 물질의 최고의 희망이고 내밀한 견고함의 영역에 있어서 장기간의 노력의 결실이다. 황금은 안정된 형태를 지닌 빛으로 그 내밀함과 영원함 때문에 완성된 가치를 상징한다. 서정주의 시에서 꽃의 이미지도 마찬가지여서 황금과 같은 의미 내용을 포함한다. 서정주의 시에서 황금과 꽃은 영원 세계를 지향하는 매개체로서 黃金, 黃金 팔찌, 純金 반지, 生金, 黃金 가락지, 피는 꽃 등으로 나타난다. 이러한 보석과 꽃의 이미지는『新羅抄』이후에 집중적으로 나타나는데 시적 자아가 관능의 격정적 세계를 벗어나 영원 세계로 들어서는 데 중요한 역할을 한다.『新羅抄』자체가 현상계의 시공을 초월하여 상고시대까지 영감의 영역을 확대함으로써 영원회귀를 꿈꾼다.

상상력은 미래로 열려 있으며, 때문에 "상상력은 우리를 과거와 현재에서 떼어낸다."**26** 인간의 육체로는 도달할 수 없는 영원 세계인 하늘로의 비행을 시인은 꿈꾸게 되는데, 그 통로를 광물적 상상력과 식물적 상상력을 통하여 이루어낸다. 서정주에게 있어 영원성은 그의 중기시가 추구하는 하나의 절대적 지침이다. 한스 마이어홉에 따르면 영원은 무한한 시간이 아닌 무시간성, 즉 물리적 시간을 초월하고, 이 시간 밖에 있는 경험의 한 현실이다. 대개의 시는 인간 경험이 띠고 있는 이러한 무시간성을 포착하여 표현한다.**27** 이 같은 논리는 문학 일반이 지니는 시간 현상학적 측면을 이야기하는 것이지만, 서정주에게 있어 그것은 시적 내용과 정신, 방법과 형식을 이루는 절대적인 개념이다. 그의 시정신이 추구하는 절대적인 영원성은 황금과 꽃으로 표상된다.

　草原長堤 위의 긴 永遠을 울던 뻐꾸기 소리들은

---

26 G. Bachelard, 곽광수 역,『공간의 시학』, 민음사, 1990, 325쪽.
27 한스 마이어홉, 김준오 옮김,『文學과 時間現象學』, 심상사, 1979, 91~92쪽 참조

그렇다, 할수없이 그 고요의
바닷바닥에 가라앉는다.
그대 반지 속의 한 톨 루비가 되어
가라앉는다.

　　　　　　　　『徐廷柱文學全集』의 「밤에 핀 蘭草꽃」 2연

石榴꽃은
永遠으로
시집가는 꽃.
구름 넘어 永遠으로
시집가는 꽃.

　　　　　　　　　　　『冬天』의 「석류꽃」 2연

내 永遠은
물 빛
라일락의
빛과 香의 길이로라.

　　　　　　　　　　　『冬天』의 「내 永遠은」 1연

　『徐廷柱 詩選』에서 『冬天』에 이르기까지 서정주의 시에서 '영원'이라는
단어를 아주 빈번하게 만날 수 있다. 그가 말하는 영원은 다양한 의미를 내
포하고 있다. 사전적인 의미에서 영원은 시간적 개념이다. 그러나 그의 시에
서 영원은 추상적 시간 혹은 물리적이며 공리적인 시간 개념을 주관적 경험
의 시간 개념, 즉 인간적 시간으로 변용한다. 그에게 영원은 추상적 논리로
서의 시간이 아니라 경험적 시간이다. 그래서 영원은 시적 자아가 경험한 것
의 한 형태이다. 그는 영원을 내적 경험의 시간으로 가시화하려 하며, 추상
의 범주 속에 있는 영원을 지각의 범주로 변화시키려 노력한다. 그리하여
"서정주의 영원은 자연적 공간, 인간적인 경험 속에서 나타나는 영속적인 진
리의 일부이다."[28] 그의 시에서 이러한 영원성은 꽃과 황금의 이미지와 결
부되어 나타난다.

"모든 금속적 몽상에는 일종의 시간의 공간화가 나타난다."29『新羅抄』와
『질마재 神話』에서 서정주가 보여준 영원 세계의 공간은 시간이 정지된 상태
의 신화적 공간이다. 그는 신화적 공간의 영원 세계로 회귀를 꿈꾼다.『新羅
抄』에서 보인 개인의 신화적 공간은『질마재 神話』에서 개인의 기억 속에 잠
재해 있는 집단적 공간을 살려냄으로써 이를 발전적으로 심화 확대하고 있다.
"고대 정신의 근원을 찾자면 결국 종족의 신화와 만날 수밖에 없으며 그는 그
신화가 형성되는 현장을 포착하려고 시도한 것"30이『질마재 神話』이다.

> 피가 아니라
> 피의 全集團의 究竟의 淨化인 물로서,
> 조용하디 조용한 물로서,
> 이제는 자리잡은 新房들을 꾸미었는가.
> 『新羅抄』의 「바다」 중에서

> 피가 잉잉거리던 病은 이제는 다 낳았읍니다.

> 대여섯 달 가꾸어 지낸 오늘엔,
> 홍싸리의 수풀마냥. 피는 서걱이다가
> 翡翠의 별빛 불들을 켜고
> 요즈막엔 다시 生金의 鑛脈을 하늘에 폅니다.
> 『新羅抄』의 「婆蘇의 두번째 편지 斷片」 1연과 3연

「바다」에서 물은 모든 피의 정화로서 나타난다. 격정적인 관능의 세계는
이제 "조용하디 조용한 물"로 정화되고 방황과 갈등은 "자리잡은 新房"과
같이 안정성을 획득하는 차원으로 변화한다. 이것은 「婆蘇의 두번째 편지
斷片」에서도 마찬가지이다. 이 시에서는 피가 "生金의 鑛脈"으로 전이된 것

---

28 이광호, 「영원의 시간, 봉인된 시간」,『환멸의 신화』, 민음사, 1995, 234쪽.
29 G. Bachelard, 민희식 역,『대지와 의지의 몽상』, 삼성출판사, 1977, 329쪽.
30 황동규, 「탈의 완성과 해체」,『현대문학』, 1981. 9, 276~277쪽.

을 볼 수 있다. 개인으로서의 핏줄이 그대로 소멸하는 것이 아닌 생금의 광맥으로 길게 뻗쳐 계속 이어지는 것을 표현하고 있다. 그리하여 피는 짐승까지 포함해서 모든 만물의 앞에서부터 맨 뒤에 이르기까지 뻗쳐나가는데 이 빛나는 광맥은 핏줄이 변화한 것이다. "황금은 광물의 거대한 미래이며 그것은 물질의 최고의 희망이고 내밀한 견고함의 영역에 있어서 장기간의 노력의 결실인 것이다."31 오랜 시적 여정을 통해 시인이 영원 세계의 이미지로서 황금을 발견하는 것은 당연한 귀결일 수 있다. 「꽃밭의 獨白」에서 신선 수행을 떠나기 전에 파소는 그의 집 꽃밭에서 인간의 한계를 깨닫고 벌써 입맛을 잃어버린다. 이러한 절박한 상황을 벗어나기 위하여 "닫힌 門에 기대어" 꽃을 보고 "門 열어라" 소리친다. 그 문을 열 수 있는 방법은 "벼락과 海溢"인데 벼락과 해일을 통하여 들어간 그 문 안의 세계, 꽃이 열어준 세계가 곧 "신라 정신으로서 표현되는 영원 세계"32이다.

> 朕의 무덤은 푸른 嶺 위의 欲界 第二天.
> 피 예 있으니, 피 예 있으니, 어쩔 수 없이
> 구름 엉기고, 비터잡는 데 —— 그런 하늘 속.
>
> 살[肉體]의 일로써 살의 일로써 미친 사내에게는
> 살 닿는 것 중 그중 빛나는 黃金 팔찌를 그 가슴 위에,
> 그래도 그 어지러운 불이 다 스러지지 않거든
> 다스리는 노래는 바다 너머서 하늘 끝까지.
> 　　　　『新羅抄』의 「善德女王의 말씀」 1연과 3연

「善德女王의 말씀」은 志鬼라는 자의 선덕여왕에 대한 짝사랑을 위로하기 위해서 선덕여왕이 그가 누워 있는 곳으로 가 그의 가슴에 팔찌를 벗어놓은 일이 있다는 이야기에서 근거한 작품이다. 1연의 "朕의 무덤은 푸른 嶺 위

---

31 G. Bachelard, 민희식 역, 『대지와 의지의 몽상』, 삼성출판사, 1975, 333쪽.
32 천이두, 「지옥과 열반」, 조연현 외, 앞의 책, 208쪽.

의 欲界 第二天"이라는 상황 설정에서부터 신라라는 과거의 아득한 공간으로 회귀한다. 이러한 신비의 세계는 시 전체를 지배하고 있다. 이러한 세계는 연과 연 사이에 긴장(tension)을 유지시켜주는 기능까지 한다. 이럴 경우 시의 미학을 강화하는 것은 시인의 질서 있고 적절한 경험에 의해 나타난 상상력이다. 이 시에 나타나는 연금(緣金)은 아직 금이 아닌 연금(鍊金)되어야 하는 금이며, "生金의 廣脈"도 역시 금이 있는 광맥이므로 금이 되어 가는 과정에 있다. 금이 되어 가는 과정에 있는 연금, 생금 광맥은 이미 미래의 금이 그 이상적 삶을 살고 있는 것이다. 황금의 이미지는 고사와 어울리며 황금 팔찌, 즉 원의 형태를 띠게 된다. 황금 팔찌는 모든 물질 중 가장 빛나는 보석으로서 "살[肉體]의 일로써 미친 사내"의 가슴과 "어지러운 불"을 다스린다. 가슴의 불은 곧 피와 같은 이미지로써 성적 욕망이다. 이러한 부정적 요소인 욕망을 통일되고 안정된 황금 팔찌를 통하여 다스리고 있다.

영원성에 대한 시적 경험의 상상력은 황금 팔찌, 순금 반지, 황금 가락지 등의 원의 형태를 띠고 있다. 원은 곧 마음의 상징으로서, 그것은 마음의 전체를 모든 측면에서 표현한 것이며, 거기에는 인간과 자연의 관계를 포함한다.33 황금 팔찌 등은 둥근 원의 형태로 현상계를 모두 포용한다. 바슐라르는 원의 이미지에 대하여 "가득 찬 둥금의 이미지들이 우리를 응집시키고 우리들 자신에게 최초의 구성을 부여하고 우리들의 존재를 내밀하게 안을 통해 확립시키는 데에 우리를 도와준다"34고 정의한다. 서정주의 시에서 황금 팔찌, 순금 반지, 황금 가락지 등 황금의 이미지는 원의 이미지를 환기한다. 황금 팔찌는 그 빛과 둥근 형태에 의해서 영원히 돌아가는 윤회의 세계를 나타내는데, 그것은 현상계인 내 하늘을 포용하는 것이다. 원은 이 세계에서 가장 완벽한 형태이다. 그것은 죽음과 재생의 끊임없는 반복과 윤회를 상징하며, 이것은 『冬天』에서 "연꽃에 의해 순수와 고요의 세계",35 즉 "전

---

33 C. G. Jung, 조승국 역, 『인간과 상징』, 범조사, 1981, 281쪽.
34 G. Bachelard, 곽광수 역, 앞의 책, 401~404쪽 참조.

체성과 통일된 세계"36로서의 동일성으로 나타난다. 시집 『冬天』에는 이러한 원의 이미지가 자주 등장한다.

> 이 븨인 金가락지 구멍에
> 끼었던 손까락은
> 이 구멍에다가 그녀 바다를 조여 끼어 두었었지만
> 그것은 구름되어 하늘로 날라 가고…….
>
> 이 븨인 金가락지 구멍에
> 끼었던 손까락은
> 한 하늘의 구름을 또 조여서 끼었었지만
> 그것은 또 우는 비 되어 땅으로 내려지고…….
>   『冬天』의 「븨인 金가락지 구멍」 1연과 2연

> 만나는 샘물마다 목을 축이며
> 이끼낀 바윗돌에 턱을 고이고
> 자칫하면 다시 못볼 하늘을 보자
>   『歸蜀途』의 「꽃」 중에서

「븨인 金가락지」의 시적 구조는 원의 이미지로 이루어졌다. 여기에서 손가락은 매우 중요한 역할을 한다. 시의 중심 인물이 모습을 감추고 손가락으로 나타나기 때문이다. 손가락은 그녀 자신의 "바다를 조여 끼워" 두지만 그것은 구름으로 변하여 하늘로 날아가 버린다. 그래서 다시 그 구름을 또 조여서 끼우지만, 이번에도 그것은 비가 되어 금가락지 구멍을 벗어나 버린다. 할 수 없이 그녀는 누군가의 주머니 속으로 손가락을 집어 넣는다. 그러자 그 사람은 "그녀 어질머리로" "梧桐꽃 내음새 나는 피리 소리를" 금가락지 "구멍으로 불어넣어" 보낸다. 바다를 지상의 차원으로 상정한다면 상상력의

35 이승훈, 앞의 책, 205〜206쪽.
36 W. L. Guerin, *A handbook of Critical Apporaches to Literature*, Haper & Row, 1979, p.119.

구조가 바다 ─ 구름 ─ 비가 되는 과정을 통하여 지상 ─ 천상 ─ 지상으로 환원되는 구조를 띠고 있다. 금이 갖는 모든 물질 중 최고의 가치와 가락지의 원이 환기하는 어떤 절대의 세계, 영원의 세계에 이르기 위한 몸부림이 바다 ─ 구름 ─ 비로 환원되는 이미지를 통해 나타나고 있다. 원의 이미지는 시인의 시각에 의하여 사물을 바라봄으로써 사물과의 접촉이 성립되고 다시 발전하여 두 개가 하나가 되는 응집을 이룬다. 이는 살아 있는 구체(求體) 안에 둘러싸여 있는 생의 집중으로 생의 최상의 통일성을 이루고 있는 단계37라 할 수 있다.

　이 점은 「꽃」에서도 나타난다. 이 시에서 샘물은 생명의 시원적 존재 가능성의 원형 이미지이다. 이것이 다시 둥그런 선을 가질 때 원의 상징이 된다. 여기서 다시 목을 축임으로써 생명의 합일을 이룬다. 이미지는 비상하여 하늘이라는 원 속에 존재하는 전체의 응축을 보인다. 서정주의 일련의 이러한 시적 작업은 더 커다랗게 봄으로써 열린 세계를 끌어들인다. 그리하여 인간의 내면과 자연의 내면을 일치시키고 있는 원의 이미지의 특성을 이루어 영원회귀의 지향을 이룩하게 된다. 이것은 황금의 이미지뿐만 아니라 꽃의 이미지를 통해서도 나타난다.

　서정주가 즐겨 사용한 꽃은 두 유형이다. 그 하나는 구체적인 꽃의 이름을 들지 않고 일반적인 의미에서 꽃이라 부른 것과 꽃의 이름이 직접 명시되어 사용된 것이다. 특히 진달래, 연꽃, 난초 등이 빈번히 사용되는데, 연꽃의 경우 『冬天』에 집중적으로 등장한다. 이것은 이 시집에서 두드러지게 표백되는 불교적 윤회사상의 세계를 단적으로 표현해주는 것이다. 한편 난초는 『떠돌이의 詩』에 자주 등장하는데, 이 난초는 동양적 선비정신과 깊은 관계를 맺고 있다. 이로 보아 서정주의 꽃은 대개의 경우 불교의 인연설과 생사윤회설에 접근하고 있다. 그의 초기시에서는 깊은 죄의식이 바탕이 된 화사와 같은 징그러움, 비굴감, 원죄의 형벌 등에 접맥되어 있으나 신라정신과

---

37 G. Bachelard, 곽광수 역, 앞의 책, 408쪽.

불교적 인연설, 전통적 동양정신으로 회귀한 뒤로부터는 보다 차원 높은 정
신적 영원성을 표현하는 의미로 귀착된다.38

> 차라리 맑은 모랫벌 위에
> 피어 있는 海棠花 꽃 같이 될까
>
> 우리 하늘의 분홍 불 부치고 서서
> 이 분홍불의 남는것은
> 또 모래알 들에게나 줄까
> > 『冬天』의 「일요일이 오거든」 중에서
>
> 그대 손 위에
> 버꾸기 앉어 울어
> 내 마음의 萬海 海邊엔
> 海棠花 분홍 불이 붙고
>
> 그대
> 바다를 재워
> 부는 피리 소리에
> 내 마음의 바다는 黃金 가락지를 끼고
> > 『冬天』의 「나는 잠도 깨여 자도다」 전문

  꽃은 하늘을 향해 조용히 피어나는 존재이다. 꽃은 "어떤 공통적인 성격
과 어떤 본질적인 특징을 갖는다. 즉 모든 꽃들은 정령이 미의 존재인 것처
럼 순수한 꽃피는 존재"39이며, "강렬히 타오르는 피의 붉은 열기는 피어
있는 꽃의 붉은 빛"40이 되기도 한다. 서정주의 시에서 열정적인 피는 강렬
한 욕망에의 상승을 다스려 영원을 지향하는 꽃이 되고자 한다. 위의 시에서

---

38 정의홍, 「꽃을 통한 육성의 몸부림」, 『현대시학』, 1974. 5, 37쪽.
39 J. P. Richard, 윤영애 역, 『시와 깊이』, 민음사, 1984, 219쪽.
40 위의 책, 45쪽.

꽃들은 "빛이 되기를 바라는 불꽃이며 하나의 생명을 표시할 수 있는 불꽃"[41]들이다. 빛은 정신적이며 정적인 것을 상징하는 것으로 정신과 영혼을 지배할 뿐만 아니라 자극하는 것이다. 이러한 상상력은 상승의 개념과 연결된다. 휠라이트의 지적대로 "불은 위로 타오르는 속성을 지니며 더욱 불과 빛의 궁극적인 원천은 태양이며, 위에 자리한다는 상징적 함의는 대체로 선을 의미"[42]한다. 때문에 불타는 꽃 역시 상승의 이미지와 관련되어 대체로 긍정적 의미를 지닌다. 서정주의 시에서 격정적인 피는 강렬한 상승의 욕망을 다스려 꽃으로 전이된다. 위의 시편에서 나타나는 것과 같이 서정주의 시에서 꽃은 항상 갓 피어난 상태의 한창 아름다운 모습을 하고 있다. "하늘의 분홍 불 부치고 서" 있으며, "海棠花 분홍 불이 붙"는 "꽃핀 존재의 생명의 불꽃"[43]으로 조용히 타올라 상승한다.

이러한 꽃의 이미지는 "열려있는 꽃봉오리"나 "숨 쉬는 꽃봉오리"(『歸蜀途』의 「密語」)나, "가도 오도 않는 우물"로 고이고 "우물 보단 더 가만한 한송이 꽃"(『떠돌이의 詩』의 「가만한 꽃」)도 마찬가지로 영원을 지향한다. 꽃의 개화는 열림으로의 지향을 뜻한다. 이들 시에서 꽃은 하늘의 푸르름을 향해 스스로를 연다. 이러한 꽃의 움직임은 기화하는 액체와 마찬가지로 무한하고 영원한 공간인 하늘과 빛나는 기체인 햇빛의 자유로움 속으로 상승하는 운동이다. 서정주의 시에서 꽃은 열려진 공간으로 영원을 지향한다. 그것은 수직적 상상력에 의한 상승을 나타내는 것이다. 꽃이 피어나는 상태에 머물고 있음은 열림으로의 열렬한 추구라기보다는 시적 자아가 안정된 상태를 지향하고 있음을 드러내는 것이다. 원죄의식 혹은 비굴감에 젖어오는 울부짖음과 내적 갈등을 해소시키려는 자기 달램의 언어로 꽃이 사용된 『화사집』 이후 꽃의 의미는 정신적 안정을 이룬다. 그가 귀착한 곳은 영원이며 신라의 영토이고,

---

41 G. Bachelard, 민희식 역, 『초의 불꽃』, 삼성출판사, 1977, 147~149쪽 참조.
42 P. Weelwright, 앞의 책, 119쪽.
43 G. Bachelard, 민희식 역, 앞의 책, 155쪽.

그 다른 표현이 동양 정신이며 선비 정신이다.

이러한 영원성의 추구는 『歸蜀途』 이후에는 꽃의 이미지가 불교적 사상과 깊은 연관을 맺고 있다. 특히 연꽃은 시집 『冬天』에 집중적으로 나타나 불교적 윤회의 세계와 인연설에 깊이 접맥되어 있다. 가령 『冬天』의 「내가 돌이 되면」에서 연꽃은 불교의 상징적인 꽃이며, 이 꽃은 가시적인 한계 밖에서 존재한다. 연꽃은 시공상으로 무한성, 즉 영원성을 지니고 있다. 「관무량수경」에는 "한 꽃잎의 빛이 몇 만리라도 뻗쳐나간다"고 한다. 이와 같이 연꽃이 함축하고 있는 의미는 진리의 무한함과 영원함이다. 이 시에서는 불교의 윤회설을 표백한다. 돌(내) − 연꽃(돌) − 호수(내), 호수(내) − 연꽃(호수) − 돌(연꽃)의 관계는 그대로 삼세인연관에 의한 윤회이다. 즉 탄생 − 죽음 − 재생이라는 반복적 순환구조를 통하여 모든 시간과 공간, 현세적인 공간을 초월하여 추구하고자 하였던 원초적이고 근원적인 심상의 투사이다. 이러한 순환구조는 나와 연꽃과 호수와 돌과의 동일성에 대한 회복의지와 지속적이고 영원성을 지닌 행동적 의지에의 미래지향적 구조이며, 곧 태초의 시간으로의 영원회귀를 상징한다.

난초는 시집 『떠돌이의 詩』에 자주 나타난다. 이 식물(꽃)이 한국적 선비 정신과 깊은 관련을 맺고 있음을 상기할 때 그 정신 세계의 면모를 쉬이 짐작할 수 있다. 가령 난초는 "그늘과 고요를 더 오래 겪"었기 때문에 "가장 깊은 마음의 水深"을 지녔고, 그 "깊은 마음의 水深"에 의하여 "훨씬 더 짙게 푸른 빛을 낸다." 그 친근함에 이끌려 선비가 가까이 하는데, 난초는 또한 "인류의 五億三千二百萬年쯤을" "우리의 하루로 하고싶은 생각"(『떠돌이의 詩』의 「蘭草 잎을 보며」)이 들 정도로 영원한 세계를 지향하는 시적 등가물이다. 그리고 난초가 영원 세계를 상징하는 것은 난초를 소재로 한 시에서도 대부분 마찬가지이다.

서정주의 시에서 꽃은 열정적인 피의 강렬한 상승에의 욕망을 다스려 꽃으로 전이된다. 이는 진정한 꽃으로서 가장 조용한 꽃이며 정신적 안정성을 획득한 꽃으로서 그가 표방하는 영원을 상징하는 것이다. 그리고 그 꽃의 개화는 열림으로의 지향인데 그것은 완성을 지향하는 존재로서의 꽃으로, 그 완성은 영원이다. 결국 서정주의 시에서 꽃과 황금의 이미지는 견고하고 안정된 세계를 완성하는 것이다. 보석이나 황금, 피어나는 꽃을 통한 광물적이며 식물적 상상력은 『歸蜀途』 이후 온화한 생성과 안정된 세계로 이르고자 한다. 그 세계는 곧 영원이다. 이것은 황금의 이미지가 주는 견고함과 내밀함 그리고 보석의 빛나는 빛이 궁극적인 존재로서 온화한 생성과 안정된 빛을 표상하고 있기 때문이다. 또한 황금 팔찌, 순금 반지, 황금 가락지, 금가락지 등이 주는 원의 이미지를 통해 윤회의 세계를 나타내주며 『冬天』에 이르러 순수와 고요의 세계인 전체성과 통일의 안정된 상태를 이룩한다. 이렇게 하여 그가 도달한 곳은 영원의 시간, 봉인된 신화의 시간이다.

4. 갈망과 동경의 시적 여정

한 시인의 시세계는 무지개처럼 다양한 빛깔로 구성되어 있다. 그럼에도 불구하고 한 시인의 다양한 시적 빛깔과 향기를 하나로 축약하여 분석하고 평가하는 것은 대개의 비평가나 연구자가 지니고 있는 보편적 태도이다. 우리는 다만 한 시인의 시세계가 발현하는 다양한 빛깔 가운데 하나를 잡고 굳이 그것에 의미를 부여하려 애쓴다. 무수한 예외적 자질이 존재함에도 불구하고 그것에 그 시인의 시적 특질을 규정지으려 한다. 그러나 의심할 여지 없이 한 시인이 함유하고 있는 시정신의 세계와 미학적 특질은 단일한 형상으로 그 지형을 가늠할 수는 없다. 그러나 한 시인의 시세계와 시의 미학적 특질이 단일성을 거부하고 다양한 빛깔을 발현한다 하더라도 거기에 흐르는 심층적 저류를 찾는 것까지 불가능한 것은 아니다.

서정주의 시는 다양한 빛깔과 향기를 함유하고 있다. 그의 시는 단일한 형상과 균일한 지형으로 파악하기 힘든 깊은 심연을 지니고 있다. 그러나 본고는 서정주 시의 다양한 미학적 자질 가운데 '피'·'황금'·'꽃'의 이미지에 주목하여 그의 초·중기시의 시적 여정을 조명하고자 시도했다. 그 결과 초기시의 특성을 피의 이미지로 대표되는 원죄의 절규와 관능성으로 파악하고, 이러한 초기시의 피의 이미지가 순화되어 중기시를 대표하는 황금과 꽃의 영원성의 세계로 전이한다고 파악하였다. 이러한 중심 이미지의 변화에 따른 서정주의 시정신의 변모는 초기의 정신적 방황과 반항에서 생명과 존재의 운명에 대한 긍정의 과정으로 볼 수 있다. 내적 갈등의 세계에서 화해의 과정으로 전이하는 서정주의 시적 여정은 곧 시적 자아가 세계와 마주하며 겪게 되는 정신적이며 내적인 불화와 갈등의 세계에서 피의 순화를 통한 갈등의 해소와 화해의 과정이다.

서정주가『新羅抄』의「娑蘇 두 번째 편지 斷片」에서 "피가 잉잉거리던 病은 이제 다 낳았읍니다"라고 노래하는 지점에서 그의 시는 초기시의 강렬한 관능과 죄의식의 세계를 벗어나 영원성의 문제에 천착한다. 그 중심에 피의 절규, 황금의 영원, 꽃의 화해가 있다.『花蛇集』과『歸蜀途』이후『徐廷柱 詩選』에서부터 서정주의 시는 뚜렷이 새로운 시대를 맞이한다. 초기시에 나타나는 '피'의 세계를 정리하면서 1950년대 이래 서정주가 뚜렷하게 천착하기 시작한 문제는 영원성이다. 관능성과 영원성은 그의 초기시와 중기시를 구분 짓는 하나의 뚜렷한 변별점이다. '피'의 이미지와 관능성의 문제는 그의 초기시를, '황금'과 '꽃'의 영원성은 중기시를 주제와 기법의 면에서 지배하는 놀라운 힘이다.

그런데 50년대 이후 그가 천착하는 영원성은 역사·사회적인 것이다. 그가 역사의 광기와 살의의 현장을 경험하면서 세계와 정반대의 영원세계를 동경하고 지향한 것은 존재의 필연성이다. 분단과 전쟁이 남긴 인류의 파괴와 폐허에서 새로운 근대의 건설이 막 시작되는 현실은 한 마디로 초월적 가치로서의 영원성의 붕괴이다. 현실이 비극적이면 비극적일수록 인간은 영원을 꿈꾼다. 이와 같은 상황에서 50년대 전후(戰後)의 공간은 인간의 보편적 가치를 짓밟는 공간이었다. 이로 미루어 볼 때 역설적으로 영원에 대한 인간적 갈망과 동경은 '천년왕국' 영원의 나라로 가고픈 욕망은 짐작할 만한 일이다. 이 같은 욕망이 서정주 시의 힘이다.

　서정주는 현실적 모순과 대결하기 위해 웅장하고 초월적인 영원의 논리가 필요했다. 그가 돌아가고자 했던 영원은 고대적 시간과 공간이다. 이를 통해서 그는 당대의 모순을 돌파하려 했다. 그의 영원에 대한 애착은 말하자면 우리 사회가 "구체적이고 역사적인 시간에 대하여 반항하고 있다는 사실, 곧 사물이 비롯된 태초의 신화적 시간, 즉 위대한 시간에로의 주기적인 복귀에 대한 향수를 지니고 있다"[44]는 사실을 증명하는 것이다. 서정주가 피의 실존적 회의와 반항에서 황금과 꽃의 영원주의로 나아가는 것은 이와 같은 맥락에 있다.

---

44 M. 엘리아데, 정진홍 역, 『宇宙와 歷史』, 현대사상사, 1976, 89쪽.

내면 탐구와 언어 실험

- 이승훈론 -

1. 모더니즘의 방법과 시적 갱신

모더니즘이란 다양한 문맥에서 사용되는 용어인만큼 그 개념을 한 마디로 정의하기는 어렵다. 그렇지만 굳이 그 개념에 대한 정의를 내리자면, 우선 모더니즘은 고급스러운 미적 자의식과 반재현주의를 내세운다는 점이다. 이 때 예술은 리얼리즘으로부터 삶의 심층을 추구하는 스타일·기법·공간적 형식으로 전환한다. 이와 함께 모더니즘은 이 시대의 혼돈에 대한 미적 반응 이다. 이러한 시각은 세계 1차 대전이 야기한 혼돈과 문명의 파괴, 세계 자 본주의와 산업화의 증대, 무의미와 부조리 속에 던져진 실존 등과 관련된 다.1 두 전언이 의미하는 요점은 모더니즘의 형식적 특성과 시대적 배경이 다. 다시 말해 모더니즘은 서구의 새로운 예술양식으로 리얼리즘을 부정하 고, 세계 자본주의와 산업화의 산물이라는 점이다.

잘 알려진 대로 한국 시단에서 모더니즘이 전경화되는 시기는 1930년대 의 일이다. 한국 시단의 모더니즘은 이후 '50년대 전후(戰後)의 '후반기' 동

---

1 M. Bradbury, J. McFarlane, ed., *Modernism*, Penguin Books, 1976, p.22.

인을 거쳐 '60년대 '현대시' 동인으로 그 계보를 잇는다. 이들이 보여주는 공통점은 "서울을 중심으로 한 도시 문학의 일종으로서 현실 생활의 충실한 반영보다는 미적 가공 기술의 세련성·실험성과 시인의 내면성을 추구한다"[2]는 점이다. 다시 말해 모더니즘은 "세계관에 있어서 대체로 고독·소외·꿈·개인주의·주관주의적 경향·비인간화 또는 통합된 개인의 붕괴" 등을 그 성질로 하고 있으며, "기교의 강조·낯설게 하기·다의성·모호성·알레고리 등의 태도와 방법"[3]을 주로 사용한다.

이와 같은 모더니즘의 정체성은 미리 주어진 것은 아니지만, 모더니스트로서 이승훈의 시는 위와 같은 정체성을 보편적으로 포함하고 있다. 모더니스트로서 그의 시는 첫 시집『사물 A』이후 지금까지 우리 시단에서 미지의 낯선 영역으로 자리한다. 그것은 그의 시가 일반 서정시와는 다른 소위 '비대상시'로서 시적 대상이 현실 속에 존재하지 않는 시, 추상적인 내면세계나 혼란스런 충동의 무의식 세계를 구상화하고 있기 때문이다. 그의 모더니즘 시는 다소 난해하며 초현실주의적 경향을 지닌다.

본고는 한국 모더니즘 시의 역사적 전개 과정에서 '60년대 '후반기' 동인으로 활동한 이승훈의 초·중기시를 중심으로 그의 시세계를 살펴보고자 한다. 1962년『현대문학』을 통해 등단한 이승훈은 지금까지 활발한 창작열을 보여주는 시인이다. 그의 시가 한국 현대시에서 차지하는 위상은 특히 모더니즘을 논의할 때 간과할 수 없는 주요 성과이다. 지금까지의 시작 활동 중에서 그의 시는 그가 추구하는 모더니즘 지향을 한번도 소홀히 한 적이 없으며, 그 모더니즘의 시적 인식과 방법적 틀에서 시적 갱신의 여정을 걸어왔다. 특히 한국 현대시에서 모더니즘의 역사적 맥락을 탐구할 때 그의 시는 매우 중요한 논의의 화소를 제공한다. 그만큼 그의 시는 이상으로부터 김춘수의 '무의미시'를 거쳐, 이후 '60년대와 '70년대, 그리고 '80년대로 이어지

2 서준섭, 「모더니즘과 문학의 신비화」,『감각의 뒤편』, 문학과지성사, 1995, 119쪽.
3 서준섭, 「1960년대 이후 한국 모더니즘 시의 전개」, 위의 책, 142쪽.

는 한국 모더니즘 시의 역사적 전개 과정에 있어서 중요한 위치에 있다.

이승훈의 시집 가운데 초기작이라 부를 수 있는 『사물 A』, 『환상의 다리』, 『당신의 초상』 등 세 권의 시집과 '80년 이후 발간된 『사물들』, 『당신의 방』, 『너라는 환상』 등 세 권의 시집은 이승훈의 시세계를 이분하여 살펴볼 수 있는 하나의 중요한 근거를 제공해준다. 이승훈의 시는 '83년 네 번째 시집 『사물들』을 기점으로 이전과는 다른 변모를 보여준다. 이러한 변화는 시의 정신과 방법에서 동시에 이루어진다. 따라서 초기시의 세계에서 '80년부터 시작된 이승훈의 시적 변모 양상의 고찰은 이승훈 개인의 시세계를 살펴보기 위해서 뿐만 아니라 한국 현대 모더니즘 시의 사적 전개와 시단의 지형을 가늠해 볼 수 있는 근거 제공의 의미를 갖는다. 그리고 이러한 고찰은 한국 현대 모더니즘 시의 역사적 전개라는 맥락에 있어서 그의 시가 획득할 수 있는 문학적 의의를 탐구하기 위해서도 반드시 필요한 작업이다. 본고는 이러한 사실에 주목하면서 '60~'70년대 초기시의 세계와 '80년대를 기점으로 변화하는 이승훈 시의 변모를 통해 한국 현대시사의 흐름 속에서 그의 문학적 위상과 특성을 검토하고자 한다.

2. 세계상실의 절망과 추상성

이승훈은 모더니즘을 지향한 '60년대 '현대시' 동인으로서, 그의 시는 '현대시' 동인들의 시세계를 가장 집약적으로 보여준다. 그가 김춘수의 '무의미시'를 '비대상시'로 계승했을 때, 그는 세계 상실의 시대에 자연 세계나 일상 세계를 노래하지 않고 보이지 않는 세계,4 즉 주체의 내면세계 탐구와 언어실험이라는 암실로 접어든다. 여기에서 주목해야 할 점은 시인 스스로 내

---

4 이승훈, 「나의 문학, 나의 시작법 — 최동호와의 대담」, 『현대문학』 1984. 8, 70쪽.

면탐구를 분명히 초현실주의의 한국적 굴절로 말하면서 비대상시를 '60년대의 문제적 시 유형으로 규정5한다는 점이다. 이것은 현대시사에서 주체의 내면탐구를 옹호하는 것이지만, 사실 내면의식의 탐구는 모더니즘을 표방하고 나선 '현대시' 동인들의 공통된 기본항이기도 하다. 현실이 야기하는 모순을 행동으로써가 아닌 시로써 극복함으로써 모순된 현실에 도전하고자 했던 '현대시' 동인들의 시는 내면의식의 탐구라는 기본항을 공통분모로 하면서 심층의 무의식과 언어탐구에 매진한다.

이상과 '후반기' 동인으로 이어지는 한국 모더니즘, 특히 그 가운데 초현실주의적 경향의 한 흐름을 이어받아 지금까지 언어의 실험과 주체의 내면탐구를 계속해 오고 있는 시인이 이승훈이다. 그는 '비대상'이란 독특한 시론을 개진하였다. 비대상이란 노래하는 대상이 없어진 상태를 의미한다. 그러니까 시적 대상이 현실 속에 존재하지 않는 시, 추상적 내면세계, 무의식의 세계를 구상화한 시가 소위 비대상 시이다. 이러한 시인의 비대상에 대한 해석은 자신의 시가 대상을 묘사하는 것도 아니고 그렇다고 사회적 제반 현상에 대한 시인의 견해를 진술하는 것도 아닌 '사물의 내면성', '존재의 내면성'6을 탐구한다는 의미에 해당한다. 이승훈 초기시의 세계는 다음과 같은 간결한 지적으로 집약할 수 있다.

> 우선 그는 개관적 삶의 세계보다는 감각과 환상, 의식과 무의식이 날카롭게 충돌하는 자신의 내면세계에 천착하여 그것을 작품화하는 경향을 보여준다. (… 중략 …) 그가 존재·무·실존 등의 형이상학적 문제에 이끌리고 있다는 사실은 그가 관념적인 성격이 강한 시인임을 말해준다. 다음으로 그의 존재탐구의 시는 현실적 실재적인 세계가 극도로 배제되는 초현실적 추상적 세계를 지향하고 있다.7

5 이승훈, 『反人間』, 조광출판사, 1975, 109쪽.
6 이승훈, 『한국현대시론사』, 고려원, 1993, 304~310쪽 참조
  이승훈, 위의 책, 109쪽 참조
7 서준섭, 「이승훈론 ― 시와 존재의 탐구」, 김용직 외, 『한국현대시연구』, 민음사,

　서준섭의 간결한 지적처럼 이승훈의 초기시는 초현실적 내면성과 추상성을
핵심으로 한다. 이러한 판단의 토대에는 모더니즘이 추상성을 기반으로 한다는
전제가 깔려 있다. 잘 알려진 바와 같이 '60년대 모더니즘 시의 순수8는 추상
의 다른 이름이다. 추상이란 모든 존재에 대한 총체적 부인이며 모든 현실적
관념체계와 시간과 공간의 폐기이다. 그것은 세계상실을 의미하는데, 추상시에
근본적으로 파괴의 모티프가 존재하는 까닭은 여기에 연유한다. 추상과 동의어
로 순수란 언제나 '무엇을 벗어난다'는 개념9으로 현실을 벗어난다는 뜻이다.

　현실을 벗어난다는 세계 상실의 개념은 곧 이상 세계의 탐구를 가리키는
말이기도 하다. 그런데 이 이상 세계는 현실적으로 존재하지 않는 세계이다.
이런 점에서 이상과 허무는 구분되지 않으며 따라서 추상시의 허무주의는
이상주의에 뿌리를 둔다.10 세계를 상실한 추상적 세계와 일상 언어와의 괴
리 현상은 필연적이다. 일상 언어로는 추상적 세계를 표현할 수 없다. 언어
란 순수정신에서 빚어지는 창조활동이라 할 때, 그리고 시쓰기란 언어를 조
작하는 정신의 모험이라 할 때 시어는 전통적 시어의 개념과는 구분된다. 이
때 언어는 자신 이외에 어떤 다른 것을 지시하지 않는 자율적 기호로만 존
재한다. 따라서 순수시의 언어실험이란 언어의 자율적 기호화이다. 이와 같
은 맥락에 이승훈의 시세계를 관통하는 중심 흐름이 있다.

　이승훈의 시는 근본적으로 현실과는 다른 세계를 찾고, 기존의 현실원칙
이 아닌 언어적 문법으로 세계를 인식하고자 하는 시적 회의의 도정에 있다.
그의 시는 출발부터 시와 현실을 낯설게 만들고 한국 현대시의 위상에서 시
를 낯설게 만들려는 태도에서 시작하였다. 그가 시와 대상에 대한 기존의 인
식론적 틀에서 벗어나 보여주는 태도와 낯선 시적 문법은 그야말로 새로운

　1989, 131쪽.
　8　김현은 우리 나라의 '60년대 순수시가 김춘수를 전범으로 한다고 밝힌다.
　　　김　현, 「바람의 현상학」, 『현대한국문학의 이론』, 민음사, 1972, 418쪽.
　9　Hugo Friedrich, 전광진 역, 『근대시문학론』, 을유문화사, 1975, 192쪽.
10　이승훈, 앞의 책, 177쪽.

것이다. 이러한 시세계는 형식주의자들의 낯설게 만들기에 다름 아니다. 쉬클로프스키의 예술은 다양한 방법으로 대상에서 지각의 자동화를 제거하는 것이라는 견해는 이승훈이 추구하는 예술로서의 시에 시사하는 바가 크다. 가령 예술은 어떤 대상의 예술성을 경험하는 방법이다. 따라서 그 대상은 전혀 중요한 것이 아니다. 예술로서의 시는 그것의 외부에 있는 어떤 것이라 할지라도 지시할 필요가 없기 때문에 그 대상이 중요한 것이 아니다. 시는 의미해야 하는 것이 아니라 존재해야 한다[11]는 쉬클로프스키의 견해는 이승훈의 '비대상'이나 '무의미시'를 강하게 암시해 주는 부분이다.

> 보다 강한 노래 가장 자유로운 오늘의
> 평화여 거부된 울음이여
> 빛깔이여
>
> 「낮」 중에서

추상시답게 몽타주 기법이 구사된 이 시에서 시인은 세계의 무거운 짐으로부터 벗어나고 인습적 관습에서 해방되어 진리에 도달한 상태를 평화라고 부르고 있다. 그런데 이승훈의 이러한 태도는 시대의 재난으로부터 촉발된 "비극적 추상"[12]이다. 가령 "그의 얼굴은 깨어지고 있다" "아득히 무너져 오는/ 둘레의 사물들"(「거울」), "물체들이 떨어진다"(「메아리」), "무엇 하나 쓰러지고만 했을 때"(「눈보라」), "이제는 무너지고 만 벼랑 끝으로"(「겨울 일몰」) 등에서처럼 해체나 붕괴, 혹은 몰락과 추락의 절망스러운 이미지들이 주조를 이룬다. 동시에 이러한 이미지들은 세계상실의 필연성을 부여하는 것이다. 이것은 그가 내세운 비대상 시론에서 밝히고 있는 것과 같이 "비대상의 시는 궁극적으로는 무의식의 실현을 노리며" 자신의 경우 "시작의 모티프는 불안이나 고독"[13]에서 출발

---

11 Ann Jefferson & David Robey, 최상규 역, 『현대비평론』, 형설출판사, 1985, 32∼33
    쪽 참조
12 R. N. Maier, 장남준 역, 『세계상실의 문학』, 홍성사, 1981, 102쪽.

했다는 진술에서 나타나듯이 절망이나 허무주의를 짙게 깔아 놓고 있다.

　무의식적 환상의 세계에서 붕괴와 해체의 이미지들은 어떤 의미나 현실을 지시하지 않는다. 다만 언어의 껍질들만이 시의 외형을 이룬다. 무의식을 이루는 고독과 불안의 심리적 소산이 다만 어둠이나 밤, 흐림 등의 시어들을 사용하고 있을 뿐이다. 불안과 고독의 절망으로부터 시작하여 그 바탕에서 언어의 형상화를 꾀하다 보니 당연히 흐리며 어둡고, 그 어둡고 흐린 이미지는 밤이라는 시어로 형상화된다. 고독과 불안의 절망은 그의 시에서 밤이라는 시어로 상징화된다. 그러나 그것 역시 언어의 껍질에 불과한 것이다.

　　　내 눈에 뛰어드는
　　　햇별도 환희도
　　　지금은 얻어맞고 끊임없이
　　　쓰러지는 밤이다
　　　　　　　　　　　　　　　　「감옥 4」 중에서

　　　꺼먼 겨울 나무 사이로 창들이 보인다
　　　왼쪽으로, 울고 있는 여자가 어둠을 흘러가게 한다.
　　　　　　　　　　　　　　　「一般的인 內部」 중에서

　　　사랑은 흐리기만 하고
　　　무너지는 가슴도 짐승도
　　　이렇게 이렇게 흐리기만 하고
　　　　　　　　　　　　　　　　「뜨네기」 중에서

　밤을 중심으로 하는 어둠의 이미지들은 '검은 색' 혹은 '흐린' 상태의 이미지로 다양하게 분산된다. '나'의 시선과 의식은 어둡고 흐리다. 이러한 태도는 소외감과 회의감을 불러오고, 절망의 강도가 더해질수록 그는 꿈과 무의식 세계로의 도주를 감행한다. 밤의 어둠 속으로 더욱 깊이 스미어들어 모든 현실

13　이승훈, 『한국현대시론사』, 고려원, 1993, 308~310쪽 참조

원칙을 버리고 꿈과 무의식의 세계에 천착하게 한다. 그래서 그는 꿈과 무의
식과 환상의 세계로 모험을 감행한다. 그가 "도주의 형태만이 완벽"하며 "완
전한 것만이 도주"하고 그것은 "도주가 아니라 發惡이다"(「逃走의 風景」)고 절
규하면서 도달한 곳은 꿈과 무의식의 내면, 현실이 아닌 환상과 대상을 무화
하는 비대상의 세계이다. 그의 시에서 도주의 상징적 귀착점은 "육체들의 옷
자락에 주름살을 펴"는 바다이다. 초기시에서 "바다는 가장 순수한 문지방"
혹은 "太初의 곳"(「바다」)으로 "원초적 존재로서 순수성의"14 상징이다.

꿈과 무의식의 내면으로 도주한 이후 이승훈의 색채 표상은 '하얀'이라는
표상의 형용사가 압도적으로 등장한다. 백색은 추상개념의 핵심적 색채이다.
왜냐하면 흰색은 순수함 또는 무(無)의 개념을 표상하기 때문이다. 구체적으
로 말하면 흰색은 세계 상실, 그러니까 부재의 추상세계, 원초적 세계인 바
다, 이상 세계를 상징한다.

아이들이 거울을 비치며 논다
가을 바다에
葬送의 배는 떠나고

하이얀 밀물이 어리는
집들의 窓口에
어느 손이 램프를 켜고 있다.

「白紙」 중에서

위의 시에서 추상의 색깔인 백지, 즉 흰색은 "아이"의 이미지를 동원해서
추상 세계란 비현실적인 순수의 세계임을 환기한다. 아이와 같이 순수한 인격
은 비인격이듯이 순수한 존재는 비존재, 부재 또는 무로서 추상적 존재이다.
그래서 그의 시 곳곳에 "흰구름"(「거울」), "흰 팔들의 여인"(「눈」), "하이얗게

<hr>

14 안수환, 「內因의 世界 그 非對象」, 『현대시학』, 1982. 1, 93~95쪽.

널려 있는 새들"(「겨울 日沒」), "희고도 여윈 傷心한 아들"(「流域의 달빛」), "희고
도 흰 아침"(「눈보라」) 등에서처럼 흰색은 사물이 아닌 사물을, 세계가 아닌 세
계를, 인간이 아닌 인간, 즉 모든 현실을 추상적 존재로 변용시킨다.

　이와 같이 그의 초기시는 소용돌이치는 캄캄한 내면의 세계를 격렬하게 표
현한다. 그리고 그것은 내적 충동 속에서 이글대는 언어의 자동기술을 지향한
다. 그의 시는 억압당하는 내면의 어두운 에너지를 그대로 드러낸다. 어둡고
흐린 밤의 고독과 불안 속의 절망을 거쳐 '환상의 다리'를 건너서 모든 것이
백색의 무로 화하는 '실존을 투사'하는 것이 이승훈의 시이다.

3. 초현실적 풍경과 내면탐구

　이승훈의 초기시에서 주목할 수 있는 특징은 '나'로부터 출발한다는 점이
다. 초기시에서 '나'이외의 어느 것도 시 속에 온전한 실상을 갖추고 나타나
있지 않으며, '나' 이외의 어떠한 사물이나 대상도 시에 객관적으로 제시되
지 않는다. '나'는 이승훈 초기시를 주제와 기법의 측면에서 규제하는 시쓰
기의 중요한 전략이다. '나'는 세계로부터 단절되어 있고 고립되어 있다. 그
단절과 고립 속에서 시적 자아는 자신의 내면, 불가사의한 관념, 그리고 무
형의 무의식이 민감하게 반응하는 어두운 공간인 '방'에 갇힌 존재로 끊임없
이 덧붙여지는 기표로 기능한다. 그 기표는 무엇을 의미하지 않으며 다만 순
수전히 공중을 부유하는 기호로써만 기능할 뿐이다.

　　　흔들리는 커튼을
　　　젖히고
　　　나는 들어갔다

홀랫쉬를 비추어도
찾는 선반은 없고
눈에
조그마한 꽃병은 보이지 않고

보이지 않고
卓子와
삐걱대는 意識의 바다에서
나는 귀가 시렸다

「흔들리는 커튼」 중에서

첫 시집 『사물 A』에 실려 있는 이 시는 이 시집에 수록된 다른 시들, 가령 「加擔」, 「어휘」, 「커튼」, 「백지」, 「내부」 등과 마찬가지로 닫힌 공간 속의 '나'를 발견할 수 있다. 즉 "시방 보이지 않는 房" 안의 고립된 자아를 볼 수 있다. 시인은 방으로 들어간다. 그 방에는 커튼이 흔들리고 플래쉬를 비추어 선반과 꽃을 찾으려 해도 찾을 수 없다. 다만 거기에는 심하게 삐걱대는 의식이 있을 뿐이다. 그것 때문에 '나'는 귀가 시릴 지경이다. 시적 자아는 삐걱대는 의식의 괴로움을 견딜 수 없고 그곳에서 찾고자 하는 것을 찾을 수가 없다. 그래서 '나'로 표현된 시적 자아는 "보이지 않는 房"으로 들어간다. 이 방은 「어휘」나 「加擔」의 "안 보이는 시간"처럼 그가 도달하고자 하는 내면공간 혹은 무의식의 공간 밑바닥이다. 방은 먼저 안 보이는 곳에 있고, 그의 사물들은 의식의 표면 위에 어지럽게 배치되어 있을 뿐이다. 이 어지럽고 혼란스런 시어의 배열과 자동기술적으로 나열되는 진술로 말미암아 초현실주의적 풍경을 떠올리게 한다.

초기시에 빈번히 등장하는 '나'는 이승훈의 사회적 심리적 '자아'를 지시하는 것으로 이해할 수 있다. 이러한 견해에는 시 속에 등장하는 '나'가 객관적 현실과 마주하고 있는 어떤 주관적 실체로 보려는 시각에 의한다. 여기에는 이승훈의 주관적 자아에 대한 비판과 그 발전 방향에 대한 긍정의 평

가가 있다. 즉 자아의 매몰에서 벗어나 '너'라는 타자를 발견하는 것으로의
발전에 대한 긍정적 가치 평가15라는 맥락이 자리하고 있다. 타당한 이해이
지만 그러나 '나'는 일상적 자아로만 볼 수는 없다. 그의 시는 자아의 내면
풍경 뿐만 아니라 그 바깥의 풍경을 그리기도 한다. 그것은 이승훈의 시에서
일관된 주제이다. 그의 시들이 아무리 어떤 말을 늘어놓아도 그것들은 한 주
제의 변주이다. 계속해서 덧붙여 씌여지는 텍스트만 있다.

> 울지 마라. 나는 못 가리라. 부산한 슬픔 헤치며
> 애련한 바람이여 달이여 집이여 억울한 방에서 헌 옷의
> 이 잡으며 살리라. 헌 고의 적삼 축이며
> 빈 들을 휘돌아가는 허수아비여 나여 허수아비여 나여
> 허수아비여
>
> 「허수아비」 중에서

이 시에서 '허수아비'는 자아의 허탈하고 허무해지는 상태에 대한 비유일
수 있겠지만, 그것은 잠깐 동안 벌어지는 실존적인 한 상황으로만 볼 수 없
다. '나'는 텅 빈 이미지로서 너무나 희미하다. 이 시에서와 같이 「일반적인
내부」, 「심야」, 「욕망」, 「아름다운 시체」 등의 시에서도 '나'의 존재론적 실
체는 너무나 희미하다. 어렴풋한 윤곽만이 있을 뿐이다. 그 어렴풋한 윤곽은
너무나 희미해서 쉽게 붕괴된다. 그것은 무의식의 조각들이며 '나'는 그 조
각들로 계속 덧붙여질 뿐이다. 그렇게 본다면 이승훈의 시에서 '나'는 끊임
없이 비실체화되어 가는 시적 작업의 방법이며 시적 주제의 변주일 뿐이다.
계속해서 덧붙여지지만 희미한 윤곽밖에 나타나지 않는 비실체화된 '나'는
그래서 일상적 자아로 부를 수 있는 성질의 것이 아니다. 그에게 있어서
'나'라는 자아는 시쓰기 방법의 재료일 뿐이며 주제적 국면의 변주이다.
이승훈의 시 속에는 자유로운 연상에 의해 걷잡을 수 없는 내면의 감정과

---

15 이진우, 「나에게서 너로 가는 길」, 『현대시학』, 1991. 6, 189~200쪽 참조.

관념들이 소용돌이치고 있다. 그의 시가 난해한 요인은 그가 말했던 내면성
에서 발전한 '비대상'이 진범이다. 이 내면은 모더니즘이 지향하고 20세기
예술의 큰 특징으로 들 수 있는 외부적 현실로부터 예술가의 내면으로 시선
을 돌리는 데서 기인한 것이다. 그의 초기시의 지배적 관심은 무의식의 심층
심리학적 내면을 탐사해 나가는 것이다. 이런 이승훈을 가리켜 김현이 "정신
분석학적 분석을 가장 잘 견디어내는 시인"16으로 평가한 점은 타당하다.
그런 점에서 시집 곳곳에 등장하는 초현실주의적 표현과 마취성 물체의 등
장, 도착적이고 도피된 사물들의 모습과 공포스러운 풍경은 이승훈이 초현실
주의적 방법에 경도되었다는 혐의를 짙게 한다. 그의 내면 심리가 "아버지의
복판"이나 "저주받은 살들"(「流域의 달빛」), "집단의 중심"(「겨울의 日沒」), "의
식의 가장 어두운 헛간"(「어휘」), "내 머릿속 고함"이나 "기름에 젖은 문명"
(「고함」)으로 설정될 때 더욱 그러하다.

　내면성 혹은 비대상이란 자신의 시론적 입장에 입각한 초기시에서 이승훈
이 보여주는 세계는 자아 밖의 낯선 풍경이다. 신범순의 적절한 지적대로
그의 시는 "주형된 자아의 내면 풍경이 아니라 그 바깥의 풍경을 그리는 것
은 초기부터 지금까지 일관되는 주제"17의 하나이다. 그 풍경 속에는 자아에
대한 심각한 도전과 자아 밖으로의 위험한 모험을 감행하는 모습이 있다. 그
모습은 일상적인 자아를 죽이지 않고는 들여다 볼 수 없는 무의식의 세계이
며, 그래서 리비도적 세계라기보다는 다분히 타나토스적인 세계이다. 소용돌
이치는 캄캄한 내면의 세계를 격렬하게 표현하는 그의 시는 내적 충동 속에
서 이글대는 언어의 자동적 기술을 지향한다. 그래서 그의 시는 상상, 꿈, 몽
상, 혹은 최면의 상태에 있는 듯하며, 시적 풍경은 무척이나 기괴하고 환상
적이며, 공포스럽고 그로테스크하다.

16　김　현, 『상상력과 인간』, 일지사, 1973, 234쪽.
17　신범순, 「타자의 풍경, 말들의 주사위」, 『글쓰기의 최저 낙원』, 문학과지성사, 1993,
　　353쪽.

　창살엔 휘감기는 핏빛 보름달, 어떠한 삶도 용서될 수 없고 용서될 수 없
다면 흐리고 마른 밤이여. 기억의 늪에서 희디흰 울음 소린 자욱한 재가 되
어 공간을 헤매고 그것은 헤매는 하염없는 거머리가 되는가.

「봄밤」 중에서

　이 시는 봄밤의 풍경을 노래한 시이다. 그런데 밤 풍경은 일상적인 말들
속에 파고들어오는 무의식의 물결로 출렁이고 있다. 봄밤을 마주한 시적 자
아의 어두운 내면 세계를 그대로 드러내는 무의식의 물결이 자동적으로 흘러
내려 일상 쓰이는 의미들을 마구 쏟아버림으로써 말들의 꿈이 시작되는 것이
다. 이 시에서 봄밤의 이미지는 "핏빛 보름달", "어떠한 삶도 용서될 수 없"
는 "마른 밤", "재가 되어 공간을 헤매"는 "희디흰 울음 소리", 그것이 다시
"거머리"로 연쇄되고 있다. 봄밤의 달빛은 괴기스럽게 핏빛을 띠고 있으며,
그 밤은 "어떠한 삶도 용서될 수 없"는 흐리고 또 건조하게 말라 있다. 그러
한 밤, 심층의 어두운 내면에서 들려오는 울음 소리에 의하여 달빛은 하얀
유골 가루처럼 재가 되어 떠돌고 그것은 "하염없이 떠도는 거머리"가 된다.
　이와 같이 꿈의 세계를 헤매는 듯한 기괴하고 환상적인 이미지의 전이는
마치 꿈의 압축과 자리바꿈의 수수께끼와 같은 놀이로 초현실주의적인 환상
적인 그림을 만들어낸다. 그렇기 때문에 이와 같은 이미지의 연쇄를 일련의
시각적 이미지로만 보아야 할 것이다. 이 일련의 이미지들은 마찰을 일으키
며, 이 이미지들이 독자의 무의식을 불러일으켜 점차적으로 몽상의 나래를
펼치도록 한다. 이 시적 이미지들이 서로 엉켜 융해될 때, 마치 연금공의 추
상적 꿈과 다른 광물질이 융해하며 발하는 아름다운 색채와 합일되어 환상
처럼 전개되듯이, 이들 이미지들이 서로 어울려 일종의 '시각적 환각'을 일
으킨다. 이러한 시각적 환각은 시 전체의 구성을 통하여 감상하기를 거부하
고, 일련의 시각적 이미지로만 존재한다.

　만도린 하나여 푸른 여자의 살 속으로 달려가라 그녀의 잠을 날아가게

하여라 바다에 떠있는 만도린 둘이여 그녀를 일어서게 하여라 만도린이 불
탈 때 새벽 달은 물을 흘리며 지나가고 푸른 여자는 자기 입에 자기의 발을
넣는다 발가락은 보이지 않고 발톱만 바다 위에 가득하다
「음악―앙리 루소」 전문

위의 시는 초현실적 그림을 기이하게 보여주는 듯하다. 무어라 꼬집어 말할
수 없는 초현실적 풍경들은 언어의 꿈 작업을 통해 이루어지고 있다. 이 시에
서 환상적인 분위기를 자아내는 그림의 수수께끼가 말하고 있는 전언은 무엇
인지 불분명하다. 그래서 그는 그것을 음악이라고 말한다. 그 음악의 내용은
확실하게 알 수 없으며, "내가 나에게 부치는 편지"(「음악」)이다. 그것은 아무
도 읽을 수 없는 편지이며, 아무도 알 수 없는 메시지이다. 그의 다른 시에 보
이는 "환상의 역"(「암호」), "시체"(「살아 있는 시체」), "벌판 위에 서 있는 정신병
원"(「비」)의 광기어린 풍경의 공포스러운 모습 또한 읽힐 수 없는 것이다.

이승훈이 낯선 풍경을 끌어 모으는 수사학적 중심에는 '나'와 '그' '당신'
그리고 '너'가 있다. 이승훈은 이렇게 표현된 육체적 욕망의 풍경을 그린다.
이승훈은 바로 '자아'로부터 탈출하려는 몸부림, 자아를 대체하는 존재로의
이행을 시도한다. 그는 '나'와 '그', '너'의 말에 꾸준히 귀를 기울이고, 무의
식의 심연에서 울려나오는 '순수 정신' 혹은 '무아상태'를 지향하고 있다.
그렇기 때문에 그의 시는 애매모호하며 악몽의 꿈결 같다.

이것은 그의 시관에 연유한다. 그가 추구하는 '비대상의 시론'은 '순수정
신의 자동'에 다름 아니며, 이것은 실제로 초현실주의자들이 이성과 논리를
초월한 창작 활동을 주장하면서 미학과 사회적 윤리 규범의 통제로부터 벗
어나 자유롭게 표현하고자 하는 정신에 기초한 것이다. 그의 시는 억압받는
어두운 내면의 에너지를 그대로 드러낸다. 그는 '환상의 다리'를 건너 모든
것이 백색으로, '무'로 화하는 실존을 꿈꾸는 것이다.

사나이의 팔이 달아나고 한 마리 흰 닭이 구 구 구 잃어버린 목을 쫓아 달

란다. 오 나를 부르는 깊은 命令의 겨울 지하실에선 더욱 진지하기 위하여 등
불을 켜놓고 우린 생각의 따스한 닭들을 키운다. 닭들을 키운다. 새벽마다 쓰라
린 精神의 땅을 판다. 완강한 시간의 사슬이 끊어진 새벽 문지방에서 소리들은
피를 흘린다. 그리 고 그것은 하이얀 液體로 변하더니 이윽고 목이 없는 한 마
리 흰 닭이 되어 저렇게 많은 아침 햇빛속을 뒤우뚱거리며 뛰기 시작한다.

「事物 A」 전문

위의 시에서 햇빛 속을 뛰어가는 목을 잃어버린 한 마리 닭은 매우 초현실
적 이미지인데, 이는 보이지 않는 어떤 닭으로 내면세계의 황량함을 드러내 주
는 하나의 시적 오브제이다. 이는 초현실주의 오브제의 상황, 혹은 오브제의
초현실주의 상황을 통해 정신의 자동성을 추구하는 것으로 볼 수 있다. 그러니
까 "사나이의 팔이 달아나고" "잃어버린 목을 쫓아" "한 마리 흰닭"이 "아침
햇빛속을 뒤우뚱거리며" 달리는 충격적 장면은 초현실적 오브제의 상황이 우
연히 만나도록 함으로써 생소함을 주고 있다. 이런 점에서 이승훈은 자동기술
법을 수용하고 이질적 사물들의 폭력적 결합이라는 데뻬이즈망의 기법을 육화
시켜 한국적 초현실주의 시의 진경을 보여준 시인으로 평가할 만하다. 이승훈
의『환상의 다리』는 거의 앞서 언급한 환상, 꿈, 환각, 최면 등 초현실적 이미
지들로 이루어져 있다. 개인적 무의식에서 우러나오는 어둡고 환상적인 이미지
들은 언어의 자발성과 규제성 사이의, 혹은 의식과 무의식 사이의 고투의 산물
인데, 이는 개인적 고통이 환상을 통해 초월되는 과정이라 생각된다.

4. 타자의 풍경과 말의 꿈

무의식과 '나'로부터 출발한 이승훈의 초기 시세계는 1983년을 기점으로
중대한 변화를 맞이한다. 정확히 말하자면 네 번째 시집『사물들』과 이후『당

신의 방』과 『너라는 환상』은 이전의 시가 보여주는 양상과는 다른 변모를 보여주기 시작한다. 그런데 그러한 변모는 이전의 초기 시세계를 전제로 한 변모이다. 초기시를 전제로 할 때 그의 시적 변모는 의의를 지닌다. 변화라는 말에는 이전의 것들과 단절되는 계기를 포함하면서 동시에 연속되는 계기를 포함한다. 그의 변모는 초기 시세계와 일정한 차이를 지닌 단절적 요소를 보이면서 동시에 연속되는 연장선상에 있다. 중요한 것은 그의 시적 변화는 연속을 포함하는 단절이다. 그리고 변화는 초기시의 내용적이며 형식적인 요소나 외연의 확장, 그리고 질적 진보라기보다는 시적 인식론의 변동에 의한 시적 패러다임의 변화이다. 어느 시인이든 마찬가지겠지만 이승훈의 시적 변화도 진화나 확대가 아니라 다만 패러다임의 변화이며, 에피스테메의 대체라는 관점에서 고려되어야 한다. 그래야만 변화가 갖는 의미와 의의를 추출할 수 있으며, 가치 평가의 정당성을 획득할 수 있다.

　이승훈의 시적 편력을 관통하는 중심 주제를 다루는 방법과 인식은 초기와 중기에 상당한 차이와 틈이 있다. 이진우는 그것을 "현실의 경쾌함, 싱싱하게 살아 있는 사물과 사람을 클로즈업하여 보여준다"[18]고 하였다. 그러나 그보다는 초기의 '나'에서 중기의 주제적 국면으로 '너'의 부상은 객관적 현실로의 접근이 아닌 '나'와 '너' 사이에 가로 놓인 심연과 같은 거리 메꾸기이다. 그의 시적 변화는 초현실과 무의식의 이미지로부터 기표의 놀이로 전화한 것이며, 그것은 그의 인식론에 흐르는 지적 편력의 변화, 즉 무의식에서 지시대상을 잃고 부유하는 기표의 차이로 이동한 결과이다.

　'나'와 언어는 이승훈에게 주어진 시적 화두이다. 그의 시적 여정은 그 화두를 푸는 과정이다. 이승훈은 "나는 모두 언어 속에서만 존재하고, 언어의 본질은 차연에 있다"고 설명한다. 데리다의 논리를 빌어서 시인은 "시 속에서 나는 하나의 차이로 존재하며" "그 차이는 계속 연기"된다고 한다. 그래서 "나는 없고 언어만 있다." 그리고 "기호는 무슨 의미, 본질, 심층을 지시

---

18 이진우, 앞의 글, 198쪽.

하지 않고 언어라는 체계 속에서 다른 기호를 지시한다." 따라서 계속 덧붙
여지는 "무수한 텍스트가 있을 뿐이다."19

　이승훈이 '나'의 무의식 세계의 탐사를 거쳐 당도한 곳은 '너'이다. 곧
'나'는『환상의 다리』후반부와『당신의 肖像』전반부에 보이는 성서적 세
계 속의 '당신' 혹은 '그'의 탐구에서 '너'의 탐구를 거쳐 마침내 도달한 것
은 '나'와 '너'의 합일이다. 그리하여 '나'나 '너', 즉 1인칭이나 2인칭을 사
용해도 무방한 지경으로 '나'는 확대 변화한다. 이와 같이 '나'에서 '그', '당
신', '너'로의 자기증식은 타자와의 거리 메우기이다. 이러한 자기증식의 과
정은 이승훈의 시쓰기 전략이다. 무의식과 초현실적 이미지, 꿈과 환상의 역
학에서 이루어지는 수수께끼의 이미지처럼 보이는 초기시의 특징은 이제 물
기가 말라버린 꿈의 말들, 기표들의 건조한 풍경, 무의미와 비대상으로서의
기표만이 남아 놀이를 펼친다.

　　결국 나는 너이다.
　　네가 있기 때문이다
　　네가 죽어가기 때문이다
　　나는 네가 죽어가기 때문이다
　　나는 있다 네가 죽어가기 때문에
　　나는 네 속에 박힌 돌이기 때문에
　　나는 너의 입
　　천당 같은 꽃잎
　　아니 나는 너의 배꼽
　　　　　　　　　　　「결국 나는 너이다」중에서

　네 번째 시집『사물들』에 실려 있는 이 작품은 이 시집의 맨 앞에 실려
있다. 이 작품을 통해서 우리는 그의 시세계가 이전의 것과는 다른 곳에 발
을 딛고 있는 것을 발견할 수 있다. 시집의 맨 앞에서 앞으로 전개될 시세계

19 이승훈,「비빔밥 시론」,『현대시사상』, 1997, 봄호, 고려원, 106쪽.

의 변화를 예고한다. 초기시의 문법을 따른다면 시의 제목이자 첫 행과 끝
행을 장식하는 "결국 나는 너이다"는 "결국 나는 나이다"가 될 터이다. 그런
데 이러한 동어반복적인 표현에서 읽을 수 있는 것은 어떤 변화된 정신이다.
'나'와 '너' 사이엔 심연처럼 깊은 거리가 있다. 그 거리 사이엔 깊은 심연이
가로지르고 있다. 그 심연의 거리는 좁히려고 해도 좁힐 수 없는데, 이승훈
의 시는 그 좁힐 수 없는 심연에서 오는 절망과 공포의 소산이다. 그의 시쓰
기 전략은 여기에서 출발하는 것이다. 타자와 나의 거리 메우기로서의 글쓰
기 전략이다. 이러한 간극 메꾸기는 그의 새로운 시쓰기 전략이다.

　그는 이제 시를 결정하는 힘의 근원을 인간 밖에서 찾고 있다. 그것은 자
아가 창조하는 것도 그렇다고 자아의 욕망의 소산도 아니다. 그의 '반인간'
주의가 시작되는 것이다. 그는 초기시의 무의식의 초현실적 세계를 버리고
기표들의 차이의 놀이 공간으로 이동한 것이다. 기표들의 자유로운 흐름을
억압하지 않고 기표들의 자유로운 차이의 긍정으로 나간다. 그의 말대로 논
리성이나 서술성을 깨고 궁극적으로 아무런 내적 필연성이 없이 나열만 시
켜버리는 그런 문체의 세계, 기표들의 차이와 반복20만이 있는 놀이의 방으
로 들어선다. 그가 말하는 '병치'와 '나열'의 방법은 자아의 논리적 질서를
단절시키는 수사적 전략이다. 그것은 추상성이며 차이의 긍정이고 기표의
놀이이다. 그는 초기의 무의식의 꿈과 환상의 이미지를 떠나 기표들의 자유
로운 세계로 접어든다.

> 아무도 없는 땅에서
> 네가 있는 땅으로
> 오늘도 가는 중이다
> 가까스로 가는 중이다
>
> 　　　　　　　「아무도 없는 땅」 중에서

---

20 이승훈, 「비빔밥 시론」, 앞의 책, 102쪽.

　　너의 가슴에
　　손을 대는 건
　　세계의 가슴에
　　손을 대는 것

　　　　　　　　　　　　　「너의 얼굴」 중에서

　　너는 작은 驛이었고
　　너는 작은 새였고
　　너는 작은 바다였다
　　작은 바다 속에
　　나는 다시 태어났다

　　　　　　　　　　　　　「새로운 눈물」 중에서

　　시집 『당신의 방』과 『너라는 환상』에 이르면 이승훈의 시는 나와 너의 만남 혹은 너에 대한 탐구가 본격적으로 전개된다. 화자의 관심은 오로지 항상 너에게 쏠려 있다. 화자의 관심과 시선은 항상 너를 지향한다. 그리고 작품의 내용도 나의 고백이나 독백이 아닌 너의 내면을 고백하고 표출한다. 그만큼 화자는 너에 대한 관심으로 골몰하고 전념하고 있으며, 너를 통해 나를 확인하고 세계를 읽는다. 두 번째 시집 『환상의 다리』와 세 번째 시집 『당신의 肖像』에서 '당신'이나 '그(그대)'의 표상은 '너'로 변화한다.

　　『당신의 肖像』에서의 '당신'은 이 시집의 다른 시들과 마찬가지로 신화적 인물로 표상된다. 여기에서 시인은 나와 당신 모두에게 양가의 가치를 부여한다. 그러나 이때의 '나'나 '당신' 혹은 '그', 그리고 '너'는 어떤 절대적 대상이 아니라 실체가 없는 비대상으로 존재하는 것이다. 비대상으로서의 '당신'이나 '그'는 시집 『사물들』을 거쳐 『당신의 방』에 이르면 위의 인용 시에서처럼 '너'로 통일된다. '너'는 '땅'이고 세계이다. 그런 '너'의 가슴에 손을 대는 건 세계의 가슴에 손을 대는 것이다. '너'는 역(驛)이고 새이고 바다이다. '나'는 그런 '너'로 말미암아 다시 태어난다. '너'는 또 다른

'나'이다. 이 같은 시쓰기의 수사적 전략은 다분히 동어반복적인 느낌을 받게 되는데, 그것은 그가 하나의 주제를 구체화시키고 심화시키는 과정에서 오는 현상이다. 그에게 '너'는 신비이다. '너'라는 존재는 신비이고 비대상이기 때문에 아무리 탐구해도 실체는 밝혀지지 않는다. 때문에 '너'라는 신비를 밝히는 일은 불가능할 뿐이다. 다만 그 신비의 조각들만 존재한다.

시집이 많아질수록 '너'라는 표상의 출현이 빈번해지는 것과 비례해서 시의 템포 또한 빨라진다. 그러한 면은 언어의 기민성과 역동성을 예민하게 포착하고 있으며, 마치 언어의 고급스런 놀이가 끊임없이 전개되는 특징을 갖는다. 언어감각의 탁월성은 그가 자동기술법이니 연상기법이니 하는 초현실주의 태도를 내세우던 초기의 시에서 예견된 것이다. 그의 언어감각은 보편적인 문법을 크게 초월해 있으며, 언어와 상상력의 속도감은 그의 시의 또 하나의 특징이다. 이러한 고도의 초월성이 보편적 서정시에 익숙한 독자들에게 그의 시를 난해하게 만드는 요인이기도 하다.

그의 시를 템포가 빠른 리듬으로 읽히게 하고, 언어의 운용이 환상적으로 펼쳐지는 이유는 연상과 나열, 자동기술에 의한 반복과 병치 때문이다. 자동기술의 기법으로 언어를 운용하다보니 그 병치나 반복들 사이에는 어떠한 필연적이며 내적인 논리도 없다. 그의 시에서 반복이나 병치는 어떤 논리가 내재하지 않는다. 이들은 서로 각각 독립되어 있기 때문에 자족적이며 자율적이다. 독립된 조각으로서의 병치 반복되는 시어의 기표들은 대상을 지시하지도 대상의 의미를 실현하지도 않는 무의미한 것이며, 다만 거기에는 기표들의 떠돎이 있을 뿐이며 유희적 놀이가 있을 뿐이다.

> 의자 위에
> 의자가 있고
> 의자 위에
> 또 의자가

의자가 있고
의자 위에
또 의자가 있다
        (… 중략 …)
의자에겐 세계관이 없다
의자는 다만 있다
다만 있다는 것
아아 다만 있다는 것
아슬아슬한 의자 위에

「의자와 싸우는 너」 중에서

이 시에서 의자라는 기표는 그것이 가져야 할 기의를 갖고 있지 못하다. 끊임없이 반복되는 의자라는 기표들의 병치와 나열에는 유기적 연관성이 없다. 다만 기표들만이 아슬아슬 하게 줄타기를 하고 있을 뿐이다. 기의로부터 단절된 기표들이 부유하고 있을 뿐이다. 이러한 의자라는 기표들을 연결하는 반복과 나열에는 어떤 불안이 숨어 있다. 기표와 기의라는 동일성을 위협하는 무엇이 숨어 있다. 그 기표는 "다만 있다"는 것 외에 다른 어떤 것도 포함하지 않는다. 거기에는 기표와 기의, 대상으로서의 지시체 사이에 연결된 단단한 고리가 끊어져 단절되어 있고, 다만 이것의 무수한 자기증식만이 있다. 그래서 '의자'는 "다만 있을" 뿐이다. 그 외의 아무것도 아니다. 자기증식의 우연성과 놀이만이 있다.

이러한 시적 태도에 의하여 『당신의 방』에는 사소하고 또 찢겨져 조각난 일상의 파편들로 가득하다. '의자'의 그저 있음은 그의 시 곳곳에 있다. 다만 그저 있는 조각의 파편들은 아무런 의미도 없고, 또 어떠한 현실원칙과 문법적 질서에도 구속되지 않는다. 그것들은 그저 있음으로 우연성의 결과물이다. 원인도 없고 결과도 없다. 따라서 일상의 도처에 벌어지고 있는 사건과 현상, 풍경과 대상은 그저 있는 우연이다. 시작도 끝도 없는 우연성, 어떤 내적 필연성이 없는 시간이 멈춘 공간이다. 그 시간이 멈춘 공간이 그의 시에서 자주 등장하는 공간인 '방'이다. 그 공간에서는 시간이 흐르지 않는다. 그 공간에서는 역사가 없고 무한한 현재, 무한한 반복과 우연만 있다. 그렇다면 이승훈의 내면에는 깊은 허무주의의 심연이 자리 한다고 할 수 있다. 어쩌면 그 허무의 골 깊은 심연이 초기의 '나'의 독백을 버리고 '너'를 찾고 '너'와 대화하고 '너'를 탐구하려는 시도로 전환한 까닭이 있다.

> 너를 만난 날은
> 날개 달린 날이다
> 현실이 사라지고
> 태어난 날
> 그러니까 그날은
> 초현실의 날이다 훨훨
> 새가 날아오던 날
>
> 　　　　　　　　　　　　　　　　　　「너를 만난 날」 중에서

　시인은 '너'를 만난 날을 초현실의 날로 규정하고 있다. 그는 일상의 모든 측면에서 그러한 날을 맞이하려 한다. 그는 모든 시간을 그러한 날로 바라보고자 한다. 그래서 그는 곳곳에 존재하는 "무수한 너"를 만난다. 길을 가다가 만나고 운전대에서, 친구들 속에서, 내 안에서 그리고 내 밖에서 만난다(「무수한 너」). 이러한 '너'와의 만남은 시인이 거쳐 온 탐구의 궤적을 그려보게 한다. 그러니까 '나'는 '너'를 신적인 존재로 바라보다가 그것이 '나'에게서 나온 것임을 깨닫는다. 그리하여 '나'는 '너'를 거리에서, 기억 속에서, 나를 둘러싼 일상의 모든 영역과 상황에서 찾으려 하며 거기에서 "무수한 너"를 만나는 것이다.
　그의 시어들은 이전보다 더 기호적 지시적으로 사용될 뿐 기의는 현현되지 않는다. 다만 지시적 등가의 가치만 지닌 기표의 놀이처럼 보이며, 반복과 병치, 나열 등의 빈번한 사용과 짧은 행의 빠른 템포로 일관하는 리듬은 그러한 기표의 놀이를 가중하고 있다. 이승훈은 의식의 공간에서 무의식의 공간으로 부단히 나아가려 한 것이다. 이러한 변화 과정은 이승훈이 초현실적 사물을

통한 '나'의 탐색에서, 신화적 집단 무의식을 통한 '당신'이나 '그'의 탐색을 거쳐 '너'에 대한 탐색의 과정으로 볼 수 있다. 그리고 그의 시에 등장하는 사물과 시어들은 비실재이며 비대상으로 시를 구성하는 도구일 뿐이다. 그것은 무의미한 것이다. 그가 말한 대로 그것은 대상이 아니라 비대상이다.

5. 떠도는 말, 떠도는 기표

이 글은 이승훈의 시의 특성을 그의 비대상 시론을 참조하면서 살폈다. 특히 모더니즘 일반이 갖는 추상성과 세계상실의 절망에서는 초현실적 내면성과 추상성을 모더니즘을 기반으로 한다는 점을 살폈다. 그런데 이승훈의 추상은 시대의 재난으로부터 촉발된 비극적 추상이다. 고독과 불안의 절망은 그의 시에서 밤이라는 시어로 상징화된다. 이것은 소용돌이치는 캄캄한 내면의 세계를 격렬하게 표현한 것이며, 그것은 내적 충동 속에서 이글대는 언어의 자동적 기술을 지향한다. 그의 시는 억압당하는 내면의 어두운 에너지를 그대로 드러낸다. 어둡고 흐린 밤의 고독과 불안 속의 절망을 거쳐 모든 것이 백색의 무로 화하는 시인의 '실존을 투사'하는 방향으로 가는 것이 이승훈의 초기시이다.

두 번째로 이 글은 이승훈의 시적 과정을 '나'에게서 '너'로 변화하는 과정으로 파악하였다. 이때 '나'나 '너'는 끊임없이 계속해서 덧씌워지는 존재이며, 희미한 윤곽밖에 나타나지 않는 비실체화된 '나'이며 '너'이다. 그것은 일상적 자아로 부를 수 있는 성질의 것이 아니다. 그에게 있어서 '나'나 '너'라는 자아는 글쓰기 방법의 재료일 뿐이다. 그리고 초기시의 지배적 관심은 무의식의 심층심리학적 내면을 탐사해 나가는 것이다. 시집 곳곳에 등장하는 초현실주의적 표현과 마취성 물체의 등장, 도착적이고 도피된 사물들의 모습은 이승훈의 초현실주의적 방법을 짙게 한다. 이렇게 소용돌이치는 캄캄한 내면의 세계를 격렬하게 표현하는 그의 시는 무의식과 꿈, 환상의 내적 충동 속에서 이글대는 언어의 자동적 기술을 지향한다. 그래서 그의 시는 상상, 꿈, 몽상, 혹은 최면의 상태에 있는 듯하며, 시적 풍경은 무척이나 기괴하고 환상적이며, 공포스럽고 그로테스크하다.

끝으로 타자의 풍경과 말들의 꿈이 보여주는 세계에서는 그의 시어들이 '나'에게서 '너'로 전이할수록 이전보다 더 기호적 지시적으로 사용될 뿐 기의가 현현되지 않는 현란한 기표의 놀이를 특징으로 살폈다. 다만 지시적 등가의 가치만 지닌 기표의 놀이처럼 보이며, 반복과 병치, 나열 등의 빈번한 사용과 짧은 행의 빠른 템포로 일관하는 리듬은 그러한 기표의 놀이를 가중하고 있다. 이승훈은 의식의 공간에서 무의식의 공간으로 부단히 나아가려 한 것이다. 이러한 변화 과정은 이승훈이 초현실적 사물을 통한 '나'의 탐색에서, 신화적 집단 무의식을 통한 '당신'이나 '그'의 탐색을 거쳐 '너'에 대한 탐색의 과정으로 볼 수 있다. 그리고 그의 시에 등장하는 사물과 시어들은 비실재이며 비대상으로 시를 구성하는 도구일 뿐이다. 그것은 무의미하며 무가치한 것이다. 그가 말한 대로 그것은 대상이 아니라 비대상으로 존재할 뿐이다.

'현대시' 동인들에 의해 주도된 '60년대 모더니즘 시운동은 순수시라는 이름으로 전개되면서 내면탐구와 언어실험을 그 특징으로 하였다. 그 중심에 이승훈이 있다. 그의 내면 탐구는 세계상실의 추상으로 촉발된 것이다. 따라서 그의 시를 이해한다는 것은 꿈을 마주하고 그것을 해독하려는 것과 같이 지난한 일이다. 그의 시는 꿈과 무의식의 내면에서나 볼 수 있는 영상으로 가득 차 있으며, 상상력과 언어가 방법적으로 보편적인 문법을 크게 벗어나 있다. 그의 상상력은 철저하게 사전적 범주를 넘어서 있으며, 그럼으로써 기존의 관습이나 규범적 언어질서에 대한 반기로 사용되고 있다. 그의 시는 난해하지만 그래서 새롭다. 그는 시는 한국 현대시사에서 기존의 시적 관습과 문법과는 다른 낯선 자리에 위치해 있다.

1. 서정 문법 전복의 시대적 의미

1980년대는 체제와 구조에 대한 실천적 관심을 보이는 "환멸과 전복의 연대"[1]였다. 이러한 진단의 밑변을 이루는 의식의 흐름은 환멸스러웠던 사회 역사적 상황과 맞물린 문학의 위상이 전통과 관습, 구조와 문법에 대한 부정 의식에 자리 잡고 있다. 문학의 구조와 문법에 대한 부정과 변혁적 의식의 토대에는 문학이 자신에 대한 전복적인 해체적 대응을 보였다는 인식을 깔고 있다. 이러한 인식은 문학이 재래적인 기존의 관습에 대한 부정과 전복, 그리고 지적 기득권이라는 권위에 대한 도전과 파괴적 실천 행위였다는 진단으로 읽힌다.

부정과 전복의 사이에 황지우 시집 『새들도 세상을 뜨는구나』[2]가 자리한다. 우리는 이 시집이 시 자신에 대한 정체성을 부정하고 잔혹한 자해를 통한 파괴적 창조를 감행할 때, 그리하여 우리가 선험적으로 지니고 있었던 문

---

1 이광호, 「맥락과 징후」, 『위반의 시학』, 문학과지성사, 1993, 26쪽.
2 황지우, 『새들도 세상을 뜨는구나』, 문학과지성사, 1983.

학의 보편적 통념과 지식에 대한 뒤집기를 보여주었을 때, 커다란 충격과 함께 놀라운 미적 쾌감을 맛보았던 것이 사실이다.

80년대 시문학의 성과는 여러 면에서 이야기될 수 있을 것이다. 그 가운데 모든 문학사가 도전과 전복의 문학사, 즉 형식의 혁신으로 침체한 기법을 대체하는 "예술의 영원한 혁명"3이라 할 때, 80년대의 시문학은 이전의 문학적 관습과 전통, 구조와 문법에 대한 도전과 부정과 전복이 아닐까 싶다. 이를 통해 우리는 문학이라는 개념이 선험적이며 모든 시대에 공통되는 내재적이며 고정 불변하는 '문학성(litreariness)', 즉 어떤 작품을 문학이게 하는 특성이라는 개념이 가능한가라는 의문을 품게 되었다. 왜냐하면 놀랍게도 이전에는 도저히 문학이라 생각할 수 없었던 것들이 어떻게 시적 질서를 얻어 소통되는가를 경험했기 때문이다. 그 놀라움은 관습적이며 규범적인 문학의 소통 체계에 대한 부정과 전복에서 오는 것이었다. 그것은 언어 구조물로서 문학이 언어체 내에서 구조와 문법을 문제 삼아 그것을 부정하고 전복하는 것이었다.

물론 부정과 전복은 통상 리얼리즘이라는 이름을 달고 있는 시문학에서도 동시에 드러나는 것이다. 다시 말해 한국 근대사에서 70년대 이후 진행되어 온 산업화 과정에서 존재론적 왜곡에 저항하면서 문학의 자율성을 옹호하는 모더니즘 지향의 시문학은 문학이 자율적인 주체의 자기 표현이라는 명제에 대한 본격적인 비판과 반성, 부정과 전복으로 나갔다. 반면에 현실의 비판적 재현이라는 리얼리즘의 원칙과 기능을 강화하려는 시문학은 문학의 사회적 역할과 임무에 대한 보다 근원적인 성찰을 수행해 나갔다. 전자의 중심에 황

---

3 Frederic Jameson, *The Prison-House of Language : A Critical Account of Structuralism and Russian Formalism*(Princeton University Press, 1972), p. 53. 이러한 개념은 형식주의자 쉬클로프스키(V. Shklovsky)의 말을 빌리면 친숙한 것은 어느 정도까지 현행의 문학적 관용에 의해 결정되는 것이니 만큼 예술에 있어서의 변화란 당대의 예술 양식을 거부함으로써 이루어진다는 '생소화(生疏化, defamiliarization)'의 개념과 어느 정도 맞닿아 있고, '새로운 형식의 변증법적 자체 생산(dialectical self-production of new forms)'이라는 수용이론가 야우스(H. R. Jauss)의 견해와 상통하는 개념이다.

지우의『새들도 세상을 뜨는구나』가 있으며, 후자의 중심에 노동문학의 기
념비적인 박노해의『노동의 새벽』이 있다. 이 시집은 민족 민중운동의 성과
와 어울려 '계급'으로서의 노동자들의 현실과 전망을 본격적으로 형상화해,
'노동문학'의 역작으로 평가받고 있다.

　이러한 사실은 80년대 시의 특징을 시의 문법적 해체와 부르조아적 주관
성에 대한 부정과 전복이라는 측면에 주목하게 한다. 80년대 이후의 한국
현대시에 있어서 전통적 서정 양식의 동요는 무엇보다도 시를 구성하는 방
법과 시를 생산하는 담당 주체의 변화에 의해 표출되고 있기 때문이다. 이것
은 소재와 정신의 변화를 뜻하기도 한다. 80년대 모더니즘 계열의 시에서
보이는 문법적 해체에 의한 시적 구조의 성취와 리얼리즘 계열의 시에서 보
이는 집단 주체의 변혁적 역량의 강화라는 이데올로기적 기능을 심화하고
있는 것을 볼 때, 이러한 시각의 필요성은 더욱 유효하다고 생각된다.[4]

　평자들은 80년대를 일컬어 부정과 전복의 시대이면서 동시에 '해체의 시
대'라고 규정하는 데 주저하지 않는다. 이러한 진단은 인문학적 지형에 일어
난 심각한 균열과 지각 변동 때문일 것이다. 황지우의『새들도 세상을 뜨는
구나』는 이와 같은 지형 변화에 민감하게 반응한 문학적 양상의 한 예이다.[5]
문학의 지형 변화에 따른 부정과 전복의 측면에서 시를 이해한다는 것은 시
를 형성하는 방법적 차원에서 그것이 재래의 서정 양식이 보여주는 시적 방
법과 무엇이 다른가를 이해한다는 것이 된다. 이 작업은 시를 이루는 방법과
그러한 시적 방법을 가능케 한 정신적 지형을 탐색하는 일과 무관하지 않다.
방법은 단순히 시인의 내면을 드러내는 장식이 아니라, 시인이 세계를 반영
하고 그것을 표현하는 필수의 핵심 품목이기 때문이다. 환언하면 형식은 바
로 외피의 장식이 아닌 세계와 교섭하고, 세계를 반영하는 방식이며 내용이

---

4 그러나 본고에서는 후자에 대한 논의는 논외로 한다.
5 이와 연관된 시집으로 이성복의『뒹구는 돌은 언제 잠깨는가』(1980), 박남철의『지상
　의 인간』(1984), 황지우의『겨울―나무로부터 봄―나무에로』(1985) 등을 대표적인 시
　집으로 꼽을 수 있다.

다. 따라서 시적 방법에 대한 통찰은 시의 형식적 특성에 대한 탐구를 넘어
서 정신적 지형도를 이해하게 해줄 것이다.

이 글은 성급한 일반화의 오류를 범할 수도 있다는 우려를 감내하면서 황
지우의 첫 시집『새들도 세상을 뜨는구나』를 집중적으로 분석하여, 황지우
시의 원적(原籍)을 파헤침과 동시에 그의 시가 80년대 전위적 실험성을 띤
시문학의 위상에 어떠한 자리를 차지하고 있는지를 밝히고자 하는 데 목적
이 있다. 아울러 그럼으로써 80년대 전위적 시문학의 시적 위상과 의의를
귀납적으로 밝히고자 한다.

2. 비극적 현실인식과 초월하기

황지우의 시집『새들도 세상을 뜨는구나』는 80년대 한국시의 핵심적인
성과로 긍정적이든 부정적이든 여러 평자들에게 주목받은 행복한 텍스트다.
"지적 절제를 통해 긴장된 시적 공간을 구축"6하고, "궁핍한 시대를 살아가
는 지식인의 진지하고도 고통스러운 정신 세계를 그를 둘러싼 현실의 구조
와의 관련 아래 탁월하게 형상화"7한 황지우의『새들도 세상을 뜨는구나』는
전통적인 서정시로 보기 힘든 실험적이며 '형태 파괴적'인 성격의 전위적인
시들이 주류를 이룬다. 이와 같은 연구자들의 평가는 가령 다음과 같이 요약
할 수 있다. 그의 시는,

끊임없이 새로운 시적 표현의 영역을 개발하면서 시라는 장르와 관련된
미학적 관습의 범주를 확장해가려는 실험적 시도를 통해 우리 시에 신선한
자극과 영감을 주어왔던 것이다. 황지우의 이와 같은 미학적 실험이 지니고

6 성민엽,「시적 지성의 두 모습」,『지성과 실천』, 문학과지성사, 1985, 161쪽.
7 박철화,「푸르름의 세계, 그 이후」,『감각의 실존』, 문학과지성사, 1992, 15쪽.

있는 가장 큰 의미는 아마도 장르 자체에 대한 근본적인 발상의 전환을 시
도했다는 데 있을 것이다.[8]

이러한 측면은 "문학은 근본적으로, 표현하고 싶은 것을 표현할 뿐만 아
니라 표현할 수 없는 것, 표현 못하게 하는 것을 표현하고 싶어 하는 욕구와
그것에의 도전으로부터 얻어진 산물"[9]이라는 그의 시론적 입장에서 비롯한
다. 그러니까 이 시집의 '낯선 시 형식'들은 그가 추구하는 시론의 실천이며,
'파괴의 양식화'에 다름 아니다. "관습 속에 길들여진 한국 서정시의 일반
문법을 거절함으로써 낯선 시적 문법을 열어"[10]간 그의 시들이 갖는 놀라운
전위적 실험성은 한국 현대시의 새로운 차원이라고 할 만하다.

황지우의 낯선 시 형식은 "현실 말고 또 다른 현실이 있으리라는, 있다면
이 지긋지긋한 현실이 그 현실로 바꿔졌으면 좋겠다는 기대, 소망"[11] 때문이
다. 그는 환멸과 전복의 변혁적 현실 속에서 지적 사유의 고뇌를 통해 '지긋
지긋한 현실'에서 초월하고자 하며, 급기야는 이에 대한 전복을 시도한다.
그의 현실에 대한 초월과 뒤집기는 현실 인식과 시의 형상화라는 면에서 새
로운 기법으로서의 예술에 대한 깊은 반성과 자각으로부터 출발한 것이다.
새로운 기법의 추구는 그렇다고 그를 거기에 도취하게 하거나 함몰되게 하
지는 않는다. 그것보다는 일정한 거리를 두고 비판적으로 현실을 감지하려는
태도를 지닌다.

지긋지긋한 현실을 바꾸었으면 좋겠다는 황지우의 기대와 소망은 현실에
대한 정치적 의식에서 비롯한다. 그래서 낯선 형식의 전경화(前景化, fore-
grounding)[12]는 매우 정치적이다. 정치성은 그의 세계 인식의 밑변을 이루고

8 문학과사회 편집동인, 「집중조명·황지우」, 『문학과사회』 45호, 1999, 봄호, 310~311쪽.
9 황지우, 『사람과 사람 사이의 신호』, 한마당, 1993, 22쪽.
10 이광호, 「초월의 지리학」, 앞의 책, 117쪽.
11 황지우, 위의 책, 24쪽.
12 이 용어는 형식주의자 티냐노프(Y. Tynyanov)에 의해 개발된 용어이다. 이 용어는 지
    배적인 요소와 자동화된 요소를 구별하기 위하여, 문학 텍스트를 상관관계가 있는 동

있다. 내용과 형식은 서로 분리할 수 없는 개념이라 할 때, 그의 시가 보여
주는 형식적 특징은 정치적 인식과 욕망에 관계되어 있다. 그는 형식을 통해
내용을, 내용을 통해 형식을 드러내고자 한다. 정치적 체험에 매개된 욕망은
두 가지로 뻗어 있는데, 하나는 낯선 형식, 혹은 파괴의 양식화로 현실의 구
조와 문법 체계에 대한 부정과 전복으로 뻗어간 가지이다. 대체로 형태 파괴
적인 시들이 여기에 속한다. 그리고 다른 하나는 비극적 현실 인식에 의해서
그 현실을 초월하고자 하는 비상의 욕망으로 뻗어간 가지이다. 대체로 전통
서정시의 문법을 따르는 시들이 이 가지에 속한다.

> 그때 거기서 나는 웃었다
> 이름을 대고 나이와 직업을 대고
> 꽝 내리치는 주먹
> 떨어지는 국화꽃잎 아래서
> 그때 거기서 나는 웃었다
> 컵의 물이 근엄한 近影에 튀었다
> 쓰레기통에서 자기 그림자를
> 파먹는 미친 개 같애
> 나는 속으로 생각했다
> 默示의 물 우에 꽃잎 몇 개가
> 헛바닥처럼 떠 있었다
>
> 「대답 없는 날들을 위하여·3」 전문

   이 시의 상황은 화자인 '나'가 억압적 이데올로기의 제도적 장치, 혹은 모
처 모기관인 어느 곳에 끌려가 취조를 받는 것이다. 화자인 '나'는 "꽝 내리

시에 상호작용을 하는 요소들로 구성된 하나의 체계로 볼 때 하나의 필수적인 결과이
다. 생소화라는 개념이 쉬클로프스키의 개념임에 반해 이 용어는 문학 작품의 보다
더 역동적이며 동시에 보다 더 결합력 있는 개념을 끌어들이고 있다. 티냐노프의 말
을 빌리면 하나의 체계라는 것은 동등한 요소들끼리의 자유로운 상호작용이 아니라
일단의 요소들, 즉 지배요소(dominant)를 전경화하고 나머지 요소들을 퇴행시킨다는
것이다. 따라서 하나의 작품은 이 지배요소를 통해서 문학이 되고 문학적 기능을 획
득하게 된다.

치는 주먹"으로 암시되는 정치적 폭력에 의해 떨어지는 "국화꽃잎"으로 비
유된다. 여기서 떨어지는 "국화꽃잎"은 지식인으로서의 화자 자신의 동일지
정이다. 이 억압적 폭력과 공포 앞에서 "헛바닥"으로 상징되는 진실을 추구
하는 지식인의 양심은 무기력하게 좌절되고 만다. 지식인인 시적 화자의 혀
는 "默示의 물", 그러니까 침묵의 물 "우에 떠 있"을 뿐이다. 시적 자아는
정치적 폭력과 공포 앞에 "물 우에" 떨어진 "꽃잎"처럼 아무 말 못하고 무
기력하게 치욕을 겪는다. "쓰레기통에서 자기 그림자를 / 파먹는 미친 개 같
은" "그때 거기서"의 정치적 경험은 이후 그의 의식에 지울 수 없는 상흔으
로 작용한다.

　그의 정신적 내상은 비극적 세계 인식의 계기를 이룬다. 그래서 "여기는
초토입니다"(「에프킬라를 뿌리며」)라고 노래하게 된다. 비극적 현실에 대한 환
멸은 현실을 부정하고 그곳으로부터 초월하려는 비상을 꿈꾸게 한다. 이러한
초월적 비상은 '새'의 이미지로 드러나기도 하며, '만수산'이나 '율도국', 그
리고 '섬'이라는 현실적 공간과는 절연된 이상적 피안의 공간을 지향하기도
한다. 황지우 뿐만 아니라 시인이 처한 현실이 환멸스럽거나 비극적일 때 보
통 대개의 경우 현실의 부정은 낭만적 이상을 지향하고 마는데, 그것은 낭만
적 성향이 하향 운동을 하면 퇴폐주의, 세기말, 허무주의에 빠지지만 상향
운동을 하면 쉽게 꿈과 동경의 이상주의로 향하기 때문이다.13 이와 같은 맥
락에서 황지우는 비극적 현실과 현실의 환멸에서 초월하여 이상 세계에 도
달하고자 하는 시적 욕망을 내보인다.

　　더 이상 노래하지 말라 오 殺菌된 땅에
　　더 이상 벌레 울음 소리 들리지 않으므로
　　더 이상 울지 말라 울지 말고

13　이와 같은 성격은 그것이 긍정적이든 부정적이든 1920년대 한국 근대시 초기에 있어
　　서 낭만주의 성향을 지녔던 시들이 지니고 있었던 특성을 상기하면 쉽게 이해할 수
　　있을 것이다.

어서 가라 焦土를 버리고
이곳의 온갖 이름과 언약을 버리고
납세고지서를 주민등록증을 버리고
오 화해할 수 없는 이 지상을
벗어 나가라
밤마다 그대 도려낸 흉곽의 응달에
世世孫孫 푸른 넝쿨 내리고
世世孫孫 맑은 물줄기 타고
그대의 幻聽 속에 수천의 弔鐘으로
떠내려오는 저 만수산으로
어서 가라
어서 가라

「만수산 드렁칡 · 2」 중에서

시인이 위치한 이 땅 이 자리는 '焦土'로서 부정되어야 할 공간이며, 그렇기 때문에 시인은 어떤 피안(彼岸)의 세계로 떠나려는 욕망을 억누르지 못한다. 초토와 같은 현실을 송두리째 부정하고 그곳으로부터 벗어나 피안의 이상향으로 떠나려는 욕망은 다분히 낭만적 태도라 할 수 있다. 하지만 이탈과 초월, 피안의 세계를 향한 낭만적 열망은 차갑다. 차갑기 때문에 피안 세계에의 열망은 낭만적 충동을 넘어서려는 고뇌가 서려 있다. 고뇌의 끝에 얻어진 산물은 부정의 정신이며, 부정된 현실을 바꾸고자 하는 변화에 대한 절실한 열망이 내재한다. 때문에 피안 세계에 대한 시인의 열정은 관념적 이상을 향해 열려 있지만 지상을 완전히 벗어나지는 않는다. 현실의 끈은 너무 강하게 지상에 묶여 있기 때문에 초토의 지상을 완전히 이륙하지 못하고 환멸의 현실로 다시 돌아오고 만다. 떠날 수 없다면 환멸의 세계와 맞설 수밖에 없기 때문이다.

한 개인의 실존적 내상은 곧 한 시대의 비극과 아픔, 그리고 상처로서 동시대인이 보편적으로 보유한 경험적 현실이다. 이럴 때, 즉 삶이 비극적이고 현실이 환멸스러울 때 그 삶과 현실에 대한 초월적 관심은 유토피아적인 전망으로 시인을 이끈다. 그것은 대개 행복의 인류학적 이상향을 지향한다. 피안에 대한 전망은 잃어버린 행복의 시간과 부재하는 동일성의 공간을 미래에는 재건할 수 있다는 신념에서 비롯한다. 그렇기 때문에 현실의 저편에 대한 동경과 이상은 행복했던 어느 한 시절을 지향하는 것이며, 동시에 그 시절을 닮은 내일에 대한 약속을 지향한다. 황지우가 비극적 현실을 저주하면서 그곳에서 벗어나려 하지만 벗어나지 못하고, 그 증오스런 현실 안에서 내일을 탐문하는 시적 태도는 '비극적 이상과 동경'이라 칭할 수 있겠다. 그리고 그 비극적 현실 인식에서 비롯한 초월적 태도는 현실 안에서 그것을 돌파해 나가려는 '내재적 초월'이라 부를 수 있겠다. 이것이 황지우의 현실에 대한 대응 방식이다.

차안에 대한 초월 의지는 말하자면 떠나고 싶지만, 끝내 다시 돌아올 수밖에 없는 애증의 연인과 같은 관계이다. 현실을 부정하고 떠나려는 관성에 비례한 만큼 욕망은 지상에 쏠려 있다. 그에게 벗어나고픈 초토의 지상은 늪과 같아서 벗어나려고 하면 할수록 더 강한 힘으로 잡아끄는 중력이다. 그래서 그의 낭만적 태도는 피안에 대한 관념적 이상을 꿈꾸지만, 그것은 현실을 부정하기 위한 부정, 혹은 도피를 위해 차안(此岸) 세계에서 이탈하려는 현실도피적인 태도와는 변별되는 양식이다. 황지우는 '지긋지긋한' 현실을 떠나 "만수산"(「만수산 드렁칡 · 1, 2, 3」)이나 "屍身으로 떠내려가도" "율도국으로 흘러가고"(「파란만장」) 싶지만 이상의 피안으로 가는 배는 늘 현실에 정박되어 있다. 차안은 비극적 현실이기 때문에 늘 벗어나고 싶은, 그러나 그럴 수 없는 지상의 감옥이다. 그렇기 때문에 지상의 감옥 안에서 초월적 충동을 검열하고 억압의 감옥이라는 현실로부터 새로운 비상을 꿈꾸는 것이다. 그에게 눈물겨운 비상의 꿈은 현실에 대한 애착의 반증이다.

映畵가 시작되기 전에 우리는
일제히 일어나 애국가를 경청한다

삼천리 화려 강산의
을숙도에서 일정한 群을 이루며
갈대 숲을 이룩하는 흰 새떼들이
자기들끼리 끼룩거리면서
자기들끼리 낄낄대면서
일렬 이렬 삼렬 횡대로 자기들의 세상을
이 세상에서 떼어 메고
이 세상 밖 어디론가 날아간다
우리도 우리들끼리
낄낄대면서
깔쭉대면서
우리의 대열을 이루며
한 세상 떼어 메고
이 세상 밖 어디론가 날아갔으면
하는데 대한 사람 대한으로
길이 보전하세로
각각 자기 자리에 앉는다
주저앉는다

「새들도 세상을 뜨는구나」 전문

이 시는 시인의 초월적 비상의 꿈과 현실에 대한 인식 태도를 잘 드러내
주는 작품이다. 시적 자아는 영화관에서 영화가 시작하기 전에 일제히 기립
하여 가슴에 손을 얹고 경청해야 하는 애국가 속의 새의 비상 장면을 보면
서 세상 밖으로 날아가려는, '초토'의 지상을 벗어나고픈 비상의 욕망을 느
낀다. 그러나 결국 비상의 꿈은 좌절당하고 모두 "각각 자기 자리에" "주저
앉는다". 화자는 현실적 세속으로부터 떠나려는 충동적 욕망이 부질없는 환
상이라는 사실을 자각하고, 자각의 반성적 과정을 통해 억압적 현실의 부정
성을 환기한다. 지상에서 유리된, 그래서 다시 지상의 현실로 돌아오지 않는
초월은 허상의 몸짓, 하나의 꾸밈, 관념적 이상에 지나지 않는다. 세상 밖이
아닌 세상 안에서의 벗어남만이 진정한 초월이라 할 수 있다. 이것은 자기

안에서의, 그리고 자기를 둘러 싼 현실 안에서의 내재적 초월이라 부를 수 있겠다.

우리는 여기서 시인의 현실에 대한 인식 태도를 읽을 수 있다. 이 시는 의성어와 동사가 의미 형성에 중요한 기능을 한다. 즉 "끼룩거리면서"라는 새의 소리에서 "낄낄대면서"라는 사람의 방정맞은 웃음소리를 연상하고, 다시 "낄낄대면서"는 "깔쭉대면서"로 연상되면서 무언가 빈정거리는 불순한 저의를 발산하고 있다. 빈정거림은 영화관에서조차 기립하여 애국가를 경청해야 하는, 자유를 억압하는 현실 원칙의 억압적 이데올로기와 그 장치에 대한 조롱이며 야유이다. 그러니까 자유로운 비상이 허용되지 않는 세상에 대한 빈정거림이며, 아울러 그런 세상을 바꾸지 못하고 주저앉고 마는 상황을 겨냥한 빈정거림이기도 하다. 빈정거림은 또한 이 세상 밖 어디론가 초월해 날아갔으면 하는 자기 자신의 생각, 그 환각과 도취에 대한 빈정거림이라 할 수 있다.

이와 같은 지점에서 시적 화자는 새들처럼 자유롭게 지상을 날아오르는 자유를 억압하는 현실의 구조와 초월에의 환각에 경도되는 자기 자신에 대한 반성을 이루게 된다. 이것은 초월적 도취에 대한 자기 각성이다. 자기 각성을 통해 시인은 초월에의 욕망을 잠재우고 현실 세계의 논리와 구조적 문법에 대한 적극적 대응이라는 시적 전략을 내세우게 된다. 그 시적 전략은 거리두기를 통한 징후의 독법이면서 동시에 '낯설게 하기(de-familiarization)'[14] 기법의 선택이다. 그는 이제부터 현실과 정면으로 대결하면서 불화하고, 일상의 현실이 감추고 있는 억압적 구조와 현실 원칙의 폭력성을 폭로하고 잠재된 이면의 심층적 문맥을 드러내 그것의 전복을 시도한다.

---

14 Ann Jefferson & David Robey, 최상규 역, 『現代批評論』, 형설출판사, 1985, 32쪽. 이 용어는 형식주의자 쉬클로프스키가 내세운 개념으로 생소화(生疏化, defamiliari-zation)라는 용어로도 사용된다. 그에 의하면 예술은 이미 습관화되었거나 자동화되어 버린 사물을 낯선 것으로 만드는 행위이다.

3. 거리두기, 혹은 징후로서의 독법

전통적으로 서정시에서 시적 주체와 세계, 그리고 독자 사이의 거리는 존재하지 않는다. 이들은 서로 분리되지 않고 동일화된 합일을 추구한다. 이들은 삼위일체를 지향한다. 그런데 『새들도 세상을 뜨는구나』의 새로움은 나와 대상의 동일성이라는 서정시의 문맥에서 떨어져 있다는 점이다. 현실에 대한 환멸에서 비롯한 다른 세계에 대한 동경과 꿈, 낭만과 이상, 초월에의 욕망이 허위임을 자각했을 때, 황지우의 시는 현실에 대한 적극적 대응으로서 형식의 실험실로 들어간다. 형식의 실험실에서 서정시의 자기 갱신을 모색하는데, 결과는 기존의 서정시와는 전혀 다른 전위성 짙은 형태 파괴적 양태로 나타난다. 세계와의 동일성을 추구하는 전통적 범주의 서정시에서 벗어나면서 그의 시는 세계에 대한, 혹은 텍스트에 대한 비판적 거리, 전략적 거리 두기가 행해지게 된다.

"여기는 초토입니다 / 그 우에서 무얼 하겠습니까"(「에프킬라를 뿌리며」)나 "오 화해할 수 없는 이 지상을 / 벗어 나가라"(만수산 드렁칡 · 2」), 또는 "여보, 우리 꺼지자. 南美로, 南極으로, 우리의 對蹠地로 어디든!"(「그대의 표정 앞에서」)과 같이 매우 비극적인 현실 인식은 그에게 현실을 부정하고 전복할 방법을 모색하게 한다. 비극적인 현실에서 초월에의 욕망이 좌절되고, 그 욕망의 환상에서 깨어나면서 황지우의 시는 시적 세계와 거리를 두고 낯선 형식의 전경화를 통한 현실 드러내기가 실천된다. 초월에의 환상에서 깨어나는 순간 그는 '초토'의 지상에 몸담고 온몸으로 그 구조를 안으로부터 돌파해나간다. 이것은 그 구조, 그 체제의 토대를 지탱하는 이데올로기의 문법을 파괴하는 시적 작업에 들어섬을 의미한다.

황지우가 독자들의 관심을 끈 이유는 무엇보다도 형식상의 탈전통과 그로 인한 창작 방법론의 새로움에 있다. 그의 이 시집에 수록된 대개의 작품들이 전통적 서정시의 형식에서 벗어나 있는 것은 서정시의 절대적 주관성의 세계조차도 현실 원칙을 지탱하는 문법 체계, 이데올로기적 장치의 하나라는 인식 때문이다. 그렇기 때문에 주관적이고 자기 고백적이며 자기 동일적인 시 문법을 과감하게 해체하고, "시를 추구하지 않고 시적인 것을 추구"15하는 방법론을 극단으로 몰아간다. 이 지점에 그의 전위적 형식 실험이 자리한다. 그는 신문의 일기예보, 심인 광고, 공소장, 연보, 비명, 예비군 통지서, 심지어는 전자오락 등 일상의 모든 프로토콜 등을 시에 그대로 차용하여 재구성한다.

이러한 시적 방법은 사실이 언어를 지배하고 있는 힘을 깨뜨리고 기존의 자동화된 언어가 아닌 새로운 언어와 형식으로 말해보려는 노력이며, 미리 조작해 놓은 규칙에 대한 거부를 뜻하는 부정의 언어의 모색이다.16 이렇게 일상의 잡동사니를 모두 시에 수용함으로써 그가 말하려는 것은 무엇일까? 그것은 마치 초현실주의 시에 보여주었던 형식 실험을 보는 듯하지만, 그때 그때의 내용을 효과적으로 형상하기 위해 선택된 의도된 시적 전략이다. 황지우는 일상에 편재하는 자동화된 언어들을 완곡하고 고통스럽게 만든다. 보통 우리가 일상적 상황에서는 의식하지도 못하는 언어나 서로 연관성이 없는 이질적 요소들을 폭력적으로 결합함으로써 그것을 비일상적으로 느끼도록 한다. 그럼으로써 그는 지각의 생소화를 추구하며 독자로 하여금 그것을 새롭게 느끼도록 한다.

익숙한 것을 낯설게 하는 효과의 전략은 독자로 하여금 일상에 편재하는 억압의 구조를 비판적 거리를 두고 성찰하라는 황지우의 전략적 의도가 깔려 있다. 그 책략은 "문학은 징후이지 진단"이 아니며, 독자들에게 그 "징후를 예시"하여 "징후의 내적 의미를 자발적으로 해석하고 재구성"17할 수 있게 하는 것이라 믿는 까닭이다. 시인이 가진 이러한 믿음은 '징후 독법

15 황지우, 앞의 책, 13쪽.
16 H. 마르쿠제, 김현일·윤길순 옮김, 『이성과 혁명』, 중원문화, 1984, 7~9쪽.
17 황지우, 위의 책, 25쪽.

(lecture symptomale)'**18**으로 시적 세계에의 도취나 함몰을 방지하고, 또 인식
의 자동화 현상을 막기 위한 시적 장치이다. 이것은 또한 독자로 하여금 원
문의 연속성만을 보는 표면적 독해가 아니라 그것의 배후에 숨어 있는 침묵
의 언설을 식별하도록 하는 독법이다. 그가 내세우는 징후의 독법과 낯설게
하기의 효과는 익숙하고 자명한 것에 호기심을 갖도록 하고, 당혹스럽고 불
쾌하게 만들어 그것이 숨기고 있는 침묵의 언설을 자세히 살펴 읽도록 하는
것이다. 익숙한 것은 인식의 자동화 현상을 초래하여 그것이 지닌 허구성을
깨닫기 어렵게 하기 때문이다.

　독자를 매혹하는 황지우의 다양한 형식 실험은 비극적 세계 인식에 기초
한 것이다. 내용을 효과적으로 드러내기 위한 전략으로서 작위적 기법의 선
택은 독자에게 시적 장치나 기법을 숨김없이 드러내 텍스트와의 비판적 거
리를 갖도록 요구한다. 화자는 텍스트 속에 숨어 있지 않고 텍스트 밖에서
독자로 하여금 비판적 거리를 갖도록 조종한다. 일반적으로 전통적 서정시의
화자나 독자는 텍스트에 함몰되어 형식을 잊고 거기에 동일화되는데, 그의
시는 이와는 다르게 화자나 독자가 텍스트 밖에서 비판적 거리를 갖고 현실
의 진상을 파악하도록 한다. 이런 면에 그의 낯선 시 형식들은 친숙한 것을
낯설게 만들어 대상에 대한 비판적 거리두기를 요구하는 브레히트(Bertolt
Brecht)의 '소외효과(疏外效果, estrangement effect)'**19**를 닮아 있으며, 형식주의

---

18 징후독법은 원래 루이 알튀세르가 사용한 용어이다. 그는 이론이나 이념의 체계가 어
　　떤 문제를 제기하고 해답을 추구할 때, 그 문제와 해답의 유효성을 보장해주는 준거
　　의 틀로서 '문제틀(problématique)'이라는 개념을 상정하고, 이러한 문제틀의 파악은
　　원문의 무의식을 구성하는 징후에 대한 독해로만 가능하다. 알튀세르에게 중요한 것
　　은 '이데올로기적 문제틀'에서 '과학적 문제틀'로의 인식론적 단절이지만, 필자는 문
　　학적 실천의 토대를 이루는 지배적 문제제기 방식과 그것을 파악하기 위한 본문들의
　　관계에 대한 심층적 독서를 가리키는 개념으로 사용한다. 자세한 내용은 루이 알튀세
　　르, 김진엽 옮김, 『자본론을 읽는다』(두레, 1991)를 참조 바람.
19 로널드 그레이, 김태식 옮김, 『브레히트 評傳』, 종로서적, 1988, 79～103쪽 참조
　　소격효과는 정상적이고 익히 잘 알려져 있으며 바로 눈앞에 있는 일이 특별하고 눈에
　　두드러지고 예기치 않았던 일로 바뀌어질 때 일어나게 된다. 따라서 이 개념은 친숙
　　한 것을 낯설게 만든다는 뜻인데, 그가 의도한 것은 관객들로 하여금 무비판적으로

자들의 낯설게 하기와 닮았다. 왜냐하면 그가 보여주는 시적 전략은 독자들로 하여금 "언어적 관례와 사회적 관례를 새롭고 비판적인 안목에서 보도록 만들어 그것들을 조명해"[20] 내기 때문이다.

> 나는 창제 인쇄소 주조실에 있는, 머리털이 희끗한 말없는 김씨 할아버지가 좋다. 그분은 고분고분, 떨어져 나간 활자를 만든다. 불에 납이 녹는다. 타는 기름 냄새. (나는 그때 노예의 살갗에 불 붙는 문신을 보는 것 같았다) 오늘 김씨 할아버지는 물음표를 한 상자나 만들어 놓았다. 이게 몇 짐쯤 되느냐고 물어도 그는 기계 소리 때문에 말을 듣지 못한다.
>
> ? ? ? ? ? ? ? ? ? ? ? ?
>
> ? ? ? ? ? ? ? ? ? ? ? ?
>
> (이것을 거울에 비추어 볼 것)
>
> 왜 그랬을까. 왜 그것이 낚시 같이 보였을까. 왜 나는 그것을 시라고 생각했을까. 거꾸로 숙이고 있다가 문득 우리의 확신과 의혹을 낚아채는, 우리의 아가미를 여지없이 낚아채는, 그 이유를 나는 말 못 한다.
>
> 「의혹을 향하여」 중에서

자신의 시가 브레히트의 소외효과를 닮았다는 것은 그도 고백하는 사실인데, "당연한 현실을 의문부호로 놓음으로써, 현실의 꼴을 더듬"을 수 있도록 "낯선 안목"과 "낯선 응시"[21]에 의한 비판적 지각을 내세운다는 점에서이다. 여기서 낯선 안목과 낯선 응시는 곧 비판적 거리두기를 뜻한다. 소격이 이루어지기 위해서는 일차적으로 독자가 시의 세계에 동일화되고 몰입하는 것을 막고 이로부터 거리를 취하며, 시적 세계에 대해 비판적 거리를 유지하도록 해야 한다. 이를 위해 인위적 거리 조정을 취하며 독자가 텍스트 속에 함몰되는 것을 방지한다. 가령 위와 같은 작품에서 괄호의 사용은 시인 자신과

무대 위의 주인공들과 감정이입적인 몰입이나 자기 동일시로 빠져드는 것을 거부하고 일정한 비판적 거리를 두고 대상을 바라보아야 한다는 것이다.

20 로버트 C. 홀럽, 최상규 옮김, 『受容理論』, 三知院, 1985, 38쪽.

21 황지우, 앞의 책, 23쪽.

함께 독자를 겨냥한 의식적 활용이다. 괄호 안의 발언, 즉 텍스트 밖의 독자와 텍스트 안의 화자에게 말 걸기, 물음, 지시, 명령 등을 통해 자신이 지금 시를 쓰고 있다는 사실을 환기시킨다. 시적 화자 대신에 갑작스런 작가(텍스트 밖의 실재 시인)의 개입은 시적 긴장감을 깨고 이완시킨다. 시적 세계에 대한 실재 시인의 빈번한 개입, 생소한 발화는 독자로 하여금 시적 정조에 함몰되는 것을 막아 주고 있다. 텍스트 밖의 실재 시인은 독자가 텍스트에 동일화되는 것을 방지하기 위하여 거리를 두고 스스로 징후를 파악하고 해석하기를 바라는 것이다. 그는 일상의 현실을 변형시키고 의도적 왜곡을 가함으로써 독자로 하여금 이를 다르게 바라볼 수 있는 시야를 열어 놓고 있다.

이러한 시적 장치를 통해서 시인은 독자가 시 세계와 떨어진 바깥에서 현실을 직시하며 시를 읽도록 유도한다. 현실 직시는 곧 비판적 거리를 말한다. 그 거리 사이에 '낄낄대는' 조롱, 빈정거림이 있고, 그 사이에 풍자가 자리한다. 그의 시에 빈번히 활용되는 잡다한 매체의 패러디, 혼성적 모방, 몽타주, 꼴라주의 쓰임은 왜곡되고 변형된 일상을 풍자하는 시적 장치이다. 풍자가 유발하는 웃음, 그러니까 냉소나 실소는 대상에 대한 거리감을 유지하게 하는 수단으로 기능한다. 웃음이란 대상과 거리를 유지하며, 당연한 대상을 낯선 시각에서 인식하는 계기를 부여하기 때문에 소격의 효과를 발휘할 수 있다. 희극성과 소격은 본질적으로 근친 관계로서 서로 닮은 동질이형이기 때문이다. 웃음은 그 자체로 그치지 않고 현실 상황을 해석할 수 있는 통로를 제공하기 때문에 소격의 한 방법이 되는 것이다.

> 길중은 밤늦게 돌아온 숙자
> 에게 핀잔을 주는데, 숙자는
> 하루종일 고생한 수고도 몰
> 라 주는 남편이 야속해 화가
> 났다. 혜옥은 조카 창연이
> 은미를 따르는 것을 보고 명

섭과 자연스럽게 이야기를 나
누게 된다. 이모는 명섭과
은미의 초라한 생활이 안스
러워…….

어느날 나는 친구집엘 놀러
갔는데 친구는 없고 친구 누
나가 낮잠을 자고 있었다.
친구 누나의 벌어진 가랑이
를 보자 나는 자지가 꼴렸다.
그래서 나는…….
　　　　　　「숙자는 남편이 야속해」 전문

　　"KBS 2TV · 산유화(하오 9시 45분)"라는 부제가 붙은 이 시는, 신문의 TV 프로그램 안내에 실린 연속극 줄거리와 화장실의 낙서를 병치시켜 놓고 있다. 이것은 소재가 바로 작품이 된다는 황지우의 시학적 입장을 잘 보여주는 예이다. 그렇기 때문에 그의 작품이 대부분 그러하듯 이 시는 "현실의 습득물"이며, "현실의 표절"[22]에 다름 아니다. 1연의 자동화된 일상의 파편과 2연의 공중 화장실 낙서는 현실적으로 전혀 관련성이 없다. 그런데 서로 독립적으로 존재하는 일상의 자동화된 파편을 단순하게 병치하는 이유는 무엇일까? 시인은 독자에게 무가치하고 진부한 내용을 병렬적으로 배치해서 두 연을 등가의 관계로, 어떤 징후로 해석하기를 원하고 있다. 시인은 진부하고 저속하기 짝이 없는 두 일상의 파편을 비교 · 대조를 통해서 읽기 바라는 것이다. 등가가 안내하는 길을 따라가다 보면 공공성과 은밀성, 정상과 왜곡이 서로 대비되면서 결국 KBS라는 거대한 지배 언론에 대한 풍자, 낯 뜨거운 모욕과 만나게 된다. KBS로 대표할 수 있는 관제 언론이 화장실의 저속한 낙서와 겹치면서 병치의 등가적 의미가 획득된다.

_____

22 아놀드 하우저, 최성만 · 이병진 역, 『藝術의 社會史』, 한길사, 1983, 361쪽.

황지우는 독자에게 현실의 징후를 파편으로 제시하고, 그 일상적 파편의
본질을 더듬더듬 만져보고 그것이 드러내고 숨기는 것이 무엇인지 해석하기
를 바라고 있는 것이다. 그리고 등가의 의미를 생각하는 동안 우리는 어떤
미적 쾌감을 경험하게 되는데, 그것은 이 시가 극도로 자동화되고 파편화된
일상을 한 순간 극도로 낯설게 만들고 있기 때문이다.

4. 비일상화로서의 낯설게 하기

낯설게 하기란 형식주의자들이 문학의 미적 특성을 지칭하는 개념인데 황
지우의 시에서 이 낯설게 하기의 수법은 목적의식적인 것으로 쓰인다. 이것
은 더구나 전략적으로 선택된 것이다. 그런데 그가 다양하게 펼치는 낯선 형
식 실험은 파편화되고 부조리한 현실을 단편적으로 재현할 뿐이다. 그의 시
에서 현실에 떠도는 파편화된 현실의 기습적 재현은 대개 야유와 풍자를 동
반한다. 앞서 「숙자는 남편이 야속해」에서 보듯이 관제 언론이 이데올로기
적 기제의 한 도구로서 기능하는 메커니즘을 총체적으로 드러내지 않고, 다
만 이 총체적 메커니즘에 대한 이해와 해석은 끝까지 독자의 상상력에 맡길
뿐이다. 그는 결코 현상에 대한 진단이나 어떤 결론을 내리지 않는다. 그것
은 "문학은 진단이 아"닌 "징후의 의사 소통"[23]이라는 그의 시정신에서 비
롯한다. "작자는 독자로 하여금 그 징후를 예시 받을 수 있게 하는 것으로
그쳐야" 하고, "독자는 단순히 읽는 것이 아니라 그 징후의 내적 의미를 자
발적으로 해석하고 재구성해야"[24] 하는 것이 작가나 독자의 책무라는 믿음
때문이다.

---

23 황지우, 앞의 책, 23쪽.
24 황지우, 위의 책, 25쪽.

이런 차원에서 『새들도 세상을 뜨는구나』의 시적 미덕은 미정성(未定性)에 있다. 그 결정되지 않은, 다만 어떤 징후만이 제시된 텍스트의 여백을 채워 넣어야 할 몫은 독자의 것이다. 독서를 하는 동안 독자는 여러 가지 방식으로 텍스트와 상호작용을 한다. 텍스트와 독자 사이의 상호작용이라는 소통의 측면에서 이질적 요소의 폭력적 결합이 보여주는 황지우의 시는 행간의 "미결점을 채우기 위한 독자의 주도적 행위"라는 "보완적 결정(complementing determination)"25을 요구한다. 그의 작품은 독자로 하여금 이질적 요소들의 관계와 맥락 속에 내포된 함의를 심층적 독서를 통해 시의 의미 생산에 창조적이며 능동적으로 독자가 참여하기를 요구한다. 관계와 맥락이 숨기고 있는 여백은 텍스트가 제공하는 단서나 신호로부터 독자는 그 의미를 구체화해야 한다. 그럼으로써 독자의 참여를 조직화하고 텍스트를 읽어나가는 경로를 명시해준다. 동시에 그것들은 독자로 하여금 그 구조를 완성하여 미적 대상을 만들어 내도록 강요한다.

황지우의 전위적 성격이 강한 시들에서 제시된 어떤 현상이나 대상에 대한 해석은 시인의 몫이 아니다. 그것은 순전히 독자의 몫이다. 앞서 제시한 「숙자는 남편이 야속해」에서와 같이 TV 연속극 줄거리와 화장실의 낙서를 파편의 형태로 그냥 보여주고 있을 뿐, 시인은 그것의 해석이나 논평에 관여하지 않는다. 시적 세계에 대한 화자의 주관성의 배제는 현실을 드러내기 위한 전략이다. 시인은 낯설게 전경화된 현실의 부분만을 제시해 놓고 독자들로 하여금 그 파편들이 어떤 논리적 연관성을 지니고 있는지 생각해 보게 하고, 작품의 의미 형성에 능동적으로 참여하도록 요구한다. 그럼으로써 생산된 의미 자질은 대개 현실에 은폐된 억압적 구조와 반성을 동반하지 않는 무감각한 일상에 충격을 가해 현실과 일상에 내재한 억압적 이데올로기를 깨닫게 하는 것이다. 그러므로 일상의 무가치하고 범속한 파편들을 소재로 사용하는 황지우의 시는 시가 아닌 다른 여타

---

25 로버트 C. 홀럽, 최상규 옮김, 앞의 책, 49쪽.

의 예술 형식뿐만 아니라 일상 생활 경험에까지 비추어 해석되고 평가되
기를 바란다.

예비군편성및훈련기피자일제자진신고기간
자 : 83. 4. 1. ∼ 지 : 83. 5. 31
「벽 · 1」 전문

　별것도 아닌, 그래서 너무나 상투적이고 진부한 일상의 시적 수용은 황지
우 시의 특성이다. 인식의 자동화를 피하기 위하여 현실을 자르고 조각내어
파편화시키고, 이것을 원텍스트에서 떼어 새로운 문맥에 삽입하면 텍스트는
낯설어진다. 징후의 독법을 위한 방법으로 그는 익숙하고 당연한 대상을 낯
설게 혹은 아주 당혹스럽게 보여주는 기법을 의도적으로 선택한 것이다. 이
와 같은 인위적 수법을 통해 대상을 아주 "낯설게 느끼도록 하는 효과"26를
노리는 것이다. 이 시는 제목이 말하는 대로 벽이나 거리에 나붙은 벽보나
현수막의 내용을 그대로 인용한 것이다. 그런데 우선 눈에 뛰는 것은, 보통
벽보나 현수막이라면 눈에 잘 뛰도록 활자의 크기가 일반 활자보다 큼지막
하게 써졌을 것임에도 불구하고, 오히려 일반 활자의 크기보다 현격히 작고,
뛰어 쓰기도 무시된 점이다. 이런 점에서 적어도 벽보의 내용은 무가치하거
나 무시해도 좋다는 느낌을 준다. 아마도 누구나 잘 보이도록 큼지막하게 써
서 붙여 놓았을 법한 벽보의 내용을 아주 작게 축소한 것은 그것을 내걸게
한 이데올로기가 역설적으로 왜소하고 무가치한 것으로 해석된다. 이것은 다
음 행에서 '부터'와 '까지' 기간을 나타내는 '自'와 '至'라는 한자어를 외설
스러운 이미지가 떠오르는 '자'와 '지'라고 표현함으로써, 그러한 의미를 강
화한다. 협박과 명령에 가까운 억압적인 공고문이 어린 아이들이 담벼락에
장난스레 낙서해 놓은 상스러운 말처럼 들림으로써 벽보 내용의 가치는 절
하되고 폄하된다.

---

26 황지우, 앞의 책, 23쪽.

　결국 시인은 시각적인 효과만으로 본래의 내용과는 전혀 다른 의미를 만들어내는 기교를 만들어낸 셈이다. 독자에게 낯익었던 벽보의 내용은 시각적 장치를 통해 본래의 내용에 대한 냉소와 야유로 바뀌고 말았다. 그 냉소와 야유의 대상은 삶을 위축시키고 억압하는 정치적 제도 혹은 정치적 이데올로기지만, 우리는 냉소의 의미보다는 냉소의 방법에 대해 낯설음을 느끼게 된다. 벽보의 언어 형식을 그대로 차용하고 있지만 본래 벽보가 전달하려는 의미와는 정반대의 의미를 생산하고 전달하는 방법, 여기에 생소함이 있다. 그의 시, 극단적인 예로 「'日出'이라는 한자를 찬, 찬, 찬, 히, 들여다보고 있으면」이나 「한국생명보험회사 송일환씨의 어느 날」 등과 같은 작품에서 그림이나 기호 등의 시각적 장치의 활용을 통한 낯설게 하기의 수법은 자주 쓰인다. 이들은 모두 강력한 참여적 성격과 함께 현실의 모순을 실감 있게 전달하도록 기능한다. 시인은 시각적 장치에 의한 기호나 그림, 도표, 사진 등의 조합이 각 부분의 의미와 전체 의미 사이에 어떤 필연적인 일치가 있다는 것을 전제로 해석되기를 원한다.

　이러한 시적 방법과 장치의 효과에 대해 그는 "일상적인 것, 익숙하고 낯익은 것들을 낯설게 함으로써, 즉 당연하게 주어진 현실을 의문부호로 놓고, 침묵에 쌓인 현실의 꼴을 더듬을 수 있게"[27] 하려는 창작상의 전략적 의도를 품고 있다. 이때 자아내는 낯선 효과는 우선 당혹감과 불쾌감이다. 일상에 떠도는 잡다한 언어 형식들이 그대로 남아 있으면 자연스럽고 당연할 텐데 시의 내용으로 수용되면서 갑자기 낯설어지고 불쾌하고 당혹스러워지게 된다. 당혹스러운 심리는 독자의 상상력을 자극한다. 독자는 왜 이런 허접 쓰레기 같은 일상의 파편들이 시가 될 수 있는지 궁금해 하고 고개를 갸우뚱하게 된다. 호기심은 곧바로 낯설기만 한 텍스트를 찬찬히, 곰곰이 요모조모 살피게 한다. 당연하고 자연스럽다고 생각한 것에 의문을 갖고 읽어보게 하며, 그럼으로써 이것이 내포하는 현실의 구조적 맥락과 징후를 포착하도록 한다.

27　황지우, 앞의 책, 22쪽.

김종수 80년 5월 이후 가출
소식 두절 11월 3일 입대 영장 나왔음
귀가 요 아는 분 연락 바람 누나
829-1551

이광필 광필아 모든 것을 묻지 않겠다
돌아와서 이야기하자
어머니가 위독하시다

조순혜 21세 아버지가
기다리니 집으로 속히 돌아오라
내가 잘못했다

나는 쪼그리고 앉아
똥을 눈다

「심인」 전문

신문의 심인 광고는 지극히 세속적인 일상의 한 편린에 불과하다. 이것은 시도 아니고 정치적이지도 않으며, 더구나 미적이지도 않다. 그저 단순한 세속적 일상의 한 파편에 불과하다. 일상에서 이것들은 상관없이 개별적으로 존재하며, 서로 차별되어 경계선의 이쪽과 저쪽에 자리하고 있다. 그 경계에 의해서 이들은 서로 무관한 것이다. 황지우가 서로 무관한 것들을 인위적으로 조합해내는 시적 전략은 바로 이들을 경계 짓고 차별하는 구조의 문법과 체제, 현실 원칙이 숨기고 있는 억압적 이데올로기를 해체하는 데 있다. 현실, 혹은 우리의 일상에 내재되어 있지만 은폐된 억압의 구조를 폭로하고 풍자하여 무반성적 삶을 충격하고 반성과 자각을 유도하는 것이다.

위 작품의 독서 과정에서 자각은 시인에 의해서 직접적으로 주어지지 않는다. 자각은 중간 과정에 대한 해명 없이 갑작스런 의미의 비약이나 충격적이며 당혹스런, 수용자의 심기를 매우 불편하게 만드는 수법을 통해 이루어낸다. 여기서 독자들은 당혹스러움과 낯설음을 느끼게 되고 자신의 상상력을 동원해 스스로 비약에 이르기까지의 과정과 이들이 배열 조합된 상호 관계와 맥락에 대해 생각하게 한다. 결과적으로 독자는 텍스트에 제시된 절연된 요소들의 연결가능성을 추적하고 유예된 공백에 고리를 채워야 한다. 그럼으로써 황지우는 독자에게 그것을 미적 대상으로 인식하도록 강요한다. 여기에서 독자가 느낄 수 있는 미적 경험은 대개 현실에 은폐된 억압과 폭력에 대한 풍자이며 비판이다.

전체 4연으로 구성된 「심인」은 3연까지 신문의 사람 찾는 광고 문안을 그대로 옮겨 놓다가 갑자기 마지막 연에 이르러서는 엉뚱하게도 화장실 변기에 앉아 있는 자신의 모습을 제시해 놓고, 불친절하게도 거기서 그냥 그쳐 버린다. 1~3연과 마지막 4연은 서로 대조되면서 둘 사이에 의미상의 충돌과 비약이 이루어지는데, 때문에 독자들은 둘 사이의 연관성과 맥락, 그리고 생략된 공백을 스스로 채워 넣어야 할 수고를 감수해야 한다. 독자는 독서과정에서 상상력을 작동시켜 다양하게 제시된 관점과 텍스트의 구조 속에서 스스로의 위치를 정하고 미정의 영역을 확정의 영역으로 변화시켜야 한다. 미정성의 영역을 구체화하여 한다.

1연의 "80년 5월"이라는 것은 처참했던 광주를 연상시키며 시적 긴장감을 조성한다. 이것은 2행의 "소식 두절"이라는 표현과 어울리면서 찾아야 할 사람이 이 끔찍한 사건과의 관련에 의한 것임을 은연중에 암시한다. 이런 긴장감은 점차 2연과 3연에 이르러서는 이완되고 만다. 1연에서 조성된 극적 긴장감은 뒤이어 "모든 것을 묻지 않겠다"와 "어머니가 위독하시다"에 이르면 진정성을 상실하고 만다. 이것은 1연이 광고의 발신인과 연락처를 밝힘으로써 의미의 진정성을 엿볼 수 있는 반면에, 2, 3연은 이를 의도적으로 생략해 버림으로써 찾겠다는 의지마저 부재한 무성의함을 알 수 있다. 다소 충격적이고 엉뚱한 마지막 연에 이르면 발신자의 무성의함은 그것을 읽는 수신자의 무심함으로 연결된다. 이것은 시적 화자인 '나'를 포함한 동시대의 사람들이 현실의 비극을 모른 체 덮고, 화장실에서 읽을 거리 정도로, 혹은 밑씻개 정도로 여기고 있다는 것에 대한 냉소이다. 안타깝고 절박한 광고문안의 시적 긴장이 상투적이고 진부한 표현의 단계를 거쳐 나를 포함한 동시대 현실에서 무시되고 있다는 시적 전언을 통해 현실적 삶을 반성하게 한다. 그 반성은 낯선 시 형식이란 형태 파괴의 전략에 의한 것이다.

5. 부정과 전복, 새로운 서정의 확장

80년대는 변혁의 연대였다. 정치적 폭압과 함께 변화된 산업자본주의 체제에서 '위대한 개인'에 대한 신념은 그 가치를 점차 상실하고 말았다. 그 속에서 개인의 자유와 개성의 표현인 서정 양식의 주체는 세계와의 행복한 일치와 아름다운 합일은 보장 받을 수 없었다. 자아와 세계의 행복한 일체, 또는 물아일체라는 동일성의 신화 위에 세워진 신전은 권위를 상실하고 붕괴되고 말았다. 자아와 세계의 동일성이라는 화려한 신전의 붕괴는 자본주의의 질적 변화에 관계한 것이다. 변화된 산업자본주의에서 개인의 고유한 정체성은 상실되었고, 이런 변화된 현실에서 시민사회의 이데올로기에 토대를 두었던 문학의 장르관, 특히 서정 양식을 '주관적 표현의 문학'이라는 전통적 장르관은 그 타당성을 위협받기에 이르렀다. 바로 여기에서 새로운 시적 방법론을 통해 새로운 시의 지형도를 그리 수밖에 없었던 황지우 시의 시대적 당위성이 있다.

우리 현대시에서, 특히 80년대 시문학에서 황지우의 『새들도 세상을 뜨는구나』가 갖는 시사적 의미는 새로운 시 양식을 모색하면서 시도된 발상의 전환과 서정 양식의 미학적 영토 확장에 있다. 그 영토 확장을 모색할 수밖에 없었던 이유는 기존의 방식으로는 변화된 현실을 수용하고 이를 돌파해 나갈 수 없다는 절박한 위기의식에 기인한다. 문학의 발생 조건이 주어진 사회 현실과 동떨어진 개념이 아니라 할 때, 광기와 폭력의 세계에 대한 환멸은 그가 언어를 무기로 삼아 폭압적 현실에 저항할 수밖에 없는 필연적 선택이었으며, 세계에 대한 한 대응 방법이었다. 그의 '형태 파괴적인 시'는 폭압과 광기의 나날을 지배하는 권력의 통제와 횡포에 무엇을 가지고 어떻게 대응할 것인가에 대한 고민 끝에 선택한 결과이다.

폭압적 권력의 강요된 침묵과 체제 유지의 기만적 이데올로기가 판을 치는 현실에서 황지우의 시적 선택과 출발은, 그러한 현실의 기만적 억압구조를 그대로 드러내는 것이다. 그 억압을 이루는 내면의 구조와 일상의 침묵 속에 어둡게 번져있는 광기를 그대로 드러내면서, 지배 체제의 문법을 전복하여 억압의 구조를 폭로하고 부정하는 것이다. 그렇기 때문에 현실에 대한 부정적 인식은 일상의 모든 세목, 주어진 현실의 모든 파편을 통해 드러난다. 우리가 몸담고 있는 현실에 권력의 통제가 얼마나 깊게 내재화되어 있는지, 일상의 무의식을 지배하고 통제하는 권력의 힘이 무엇을 어떻게 억압하고, 또 감추고 드러내는지 비판적 성찰을 요구하는 것이다. 그는 '너무나 원시적인 이 해부학적 비극'을 드러내기 위해 칼을 들이 댄 것이다. 그러나 그는 그 칼을 들이밀고 환부를 도려내는 것이 아닌, 단지 그 현실의 병적 실체를 열어보여 줌으로써 그것이 우리를 얼마나 억압하고 아프게 하는지 통감하게 한다. 그럼으로써 독자로 하여금 그 현실, 그 체제의 억압 논리를 스스로 인식해서 우리의 무의식을 지배하는 현실 원칙이 사실은 얼마나 추악한가를 폭로한다.

나는 시를 쓸 때, 시를 추구하지 않고, '시적인 것'을 추구한다는 그의 시에 대한 입장은, 80년대라는 폭압적 현실에 맞서는 대응 방법으로서의 그의 시적 방법과 전략을 고스란히 함축하고 있다. 그에게 있어 시란 시인의 창조가 아닌 보기이다. 현실의 한 보기로서의 시란 비시에 낮은 포복으로 접근하는 행위로서 일상에 대한 낯선 관찰과 응시를 통해 가능한 것이다. 이 낯선 관찰과 응시를 통해 자동화된 일상에서의 자연스러움, 당연함, 이미 알려진 것을 낯설게 보여줌으로써 독자로 하여금 그것을 부자연스럽게 의혹을 품고 바라보도록 하여 그것이 품고 있는 현실의 억압적 구조를 전복적으로 인식하도록 하려는 것이다.

1. 전통의 창조적 수용

김지하의 「오적」은 우리 근대 시사에서 보기 드문 남성적 힘과 저항 의식의 계승에서 온 소산으로 볼 수 있다. 만해·소월에서 영랑·미당으로 이어지는 근대 시사의 여성적 전통과는 멀리 떨어진 지점에서 김지하는 자신의 시적 여정을 출발했다. 그는 육사·청마로 이어지는 지사적 전통과 남도의 판소리에 보이는 서민 정서, 그리고 전통 구비 서사 문학이 근원적으로 내장한 현실 비판과 풍자와 해학을 통한 저항 의식을 이 작품에 결합시킨다. 그는 당대 현실을 외면하지 않고 정면으로 맞서는 투철한 현실 대응력을 보여주는데, 그 가운데 하나가 「오적」이다.

「오적」은 다양한 전통 문학 양식에 대한 적극적인 수용에 의해 구축된 시이다. 특히 이 작품은 판소리의 내용과 형식이 서사를 이끄는 주요한 기능을 한다. 널리 알려진 대로 판소리는 광대가 구연하던 소리를 기록한 구비 문학의 범주에 속한 장르이다. 판소리는 조선 후기인 18세기 초에 민중 문화가 크게 일어날 때 민중 문화의 집약적 표현의 하나로 나타난 예술 형태이다. 이것은 전문적이고 직업적인 예능인인 광대가 하나의 이야기를 북 장단에 맞추어 창으로 부르는 연창 예술이다. 판소리 광대는 작품의 스토리 전개를 담당하는 화자이면서 동시에 작중 인물의 배역을 연기하는 연기자로서의 이중적 역할을 한다. 즉 광대는 이야기를 구연하는 과정에서 어떤 때는 화자의 목소리로 이야기를 하고 또 어떤 때는 작중 인물들의 목소리로 말한다. 이와 같이 판소리가 갖는 제반 예술적 특성을 시적으로 수용한 작품이 「오적」이다.

김지하는 이 작품에 다양한 전통 구비 문학 양식을 적극적으로 수용하는데, 판소리의 재담·욕설·한문·경전 등의 패러디에 의한 현실 비판적 풍자성 내지는 해학성이 작품의 핵심 내용이다. 전통 구비 문학 유산의 적극적이며 생산적인 패러디는 이 작품의 뚜렷한 서술 방식으로 쓰인다. 특히 화자는 전지적 입장에서 판소리의 스토리 사건의 전달자로서 광대가 지닌 서술적 권위를 유지하면서 서술을 이끌어 나간다. 판소리의 패러디를 통한 시의 형상이라는 측면에서 화자는 광대의 역할과 기능을 모방하고 있다. 광대의 서술적 권위를 지닌 화자는 전지적인 전능한 관점과 위치에서 특유의 재담적 입담으로 서술을 이끌어 스토리 사건을 압도해나간다. 이 글은 시인이 전통 구비 문학 장르를 현대시라는 전혀 다른 낯선 장르에 어떻게 창조적이며 생산적으로 수용·계승하고 있으며, 패러디를 통한 시적 전략과 효과에 주목하고자 한다.

「오적」의 현실 비판과 풍자성의 근간을 이루는 시적 방법은 전통 구비 문학 장르인 판소리의 구체적 패러디를 통해서 구축된 것이다. 따라서 시인이 판소리를 텍스트에 어떻게 생산적으로 재구성하여 현대적 의미로 재문맥화하는가를 따짐으로써 이 작품의 시적 특성으로 간주할 수 있는 현실 비판적 풍자와 해학성을 밝힐 수 있을 것이다. 전통 구비 서사 문학 양식인 판소리의 요소들이 어떻게 상호 관계하면서 작품의 시적 구조를 형성하고, 서사적 가치를 실현하는지 따져 물을 때 그의 시의 한 특성을 밝힐 수 있을 것으로 기대한다.

2. 판소리 광대의 재담적 서술

김지하는 시집 『오적』을 발표하면서 담시라고 이름을 붙였다. 그가 담시라 명명한 것은 항간에 떠도는 구비 전승의 이야기 구조를 지칭하는 민담에서 담(譚)자를 취하고, 노래를 지향해 씌어진 율문이라는 뜻에서 시(詩)를 결합한 명칭이다. 온갖 비어와 속어를 동원하여 독자를 향해 풍자적으로 이야기하고 있는 이 시는 기존의 서정시와는 다르다. 일반 서정시에 비해 길이가 길고 장편 서술시보다는 짧고, 극적 서사성이 있는 산문적 율문으로 짜여 있다.1 그리고 판소리의 어법과 형상화 방법을 차용하고, 구체적인 현실 반영적 요소 및 정치적 풍자성을 지닌다.

이러한 전통 구비문학의 차용은 패러디의 성격을 갖는다. 패러디는 과거의 특정한 문학 작품이나 장르를 출발점으로 하여, 그것을 재편집하고, 재구성하고, 전도시키고, 초맥락화(trans-contextualizing)하는 통합된 구조적 모방을 말한다. 즉 이전의 예술 작품을 각색하여 현재적 문맥에 삽입시키는 문학적 전략이다. 이러한 의미에서 항간에 구비 전승해 오는 전통 민중 예술인 판소리를 시 창작상의 주요한 방식으로 채택하고 있는 「오적」은 패러디적 특성을 두루 갖추고 있다. 김지하는 「풍자냐 자살이냐」에서 스스로 서정 민요, 노동요, 서사 민요, 판소리, 탈춤 등을 새로운 풍자시의 보고로 제시한 적이 있다. 그는 이러한 우리 고유의 전통 구비 문학 장르가 특징적으로 내장한 풍자 언어를 패러디하여 새로운 양식의 풍자시를 생산해 낸다. 김지하는 이 작품에서 판소리의 사설뿐만 아니라 탈춤의 사설, 유행가, 민요, 한문, 경전, 비속어, 재담과 욕설 등 모든 이질적이고 불연속적 담론들을 혼성적으로 통합 재구성하여 현대적 의미로 재문맥화한다.

---

1 담시와 유사한 개념으로 지금까지 일반 서정시보다 길이가 긴 장형화된 시들에 사용된 명칭들은 단편 서술시, 서술시, 장시, 연작 장시, 장편 서술시, 이야기 시 등으로 창작자 자신이 명명하기도 하고 평자나 연구자들이 붙인 이름들이기도 하다.

김지하는 근대시사에서 중요한 의미를 지닌다. 이것은 그의 서정시를 논외로 치고 시집 『오적』이나 『남』에 국한해 본다면, 그것은 시적 방법론 때문이다. 전통적인 서정시는 이미지에 의한 시적 형상을 꾀한다. 그러나 해학적이고 현실 비판적인 그의 풍자시들은 이미지에 의존하지 않고 인물의 행위나 사건을 이야기하듯 서사적 방법으로 시적 구조를 형상한다. 이는 시 속에 사회 현실을 적극적으로 반영하려는 실제 시이의 욕망과 관련을 맺는다. 그래서 전통 구비 문학 장르의 형식적 특성은 물론 그 내용이나 정서를 현대적 의미로 재구성하는 새로운 시 양식의 방법적 확산으로 나간 것이다. 구비 서사 문학이라는 전통의 창을 통해 새로운 형식, 새로운 시 창작 방법의 문을 들어 선 것이다.

판소리는 기본적으로 '…창 - 아니리 …'의 반복과 병치의 전개 구조를 지니며, 창과 아니리는 운문과 산문의 대조라는 양상을 지닌다. 아니리는 산문이며 창은 율문이다. 판소리에서 율문과 산문의 조화는 원래 판소리 가창의 기본 전개 방식인 …창 - 아니리 - 창 - 아니리 …와 상응하는 문체적 특징을 갖는다. 「오적」의 산문과 율문의 조화는 바로 이 판소리의 문체적 특징을 수용한 것이다. 판소리 광대와 같은 화자에 의한 스토리 사건의 전달은 이러한 산문과 운문의 선택·배열, 교직·교차되면서 구축되는 판소리 사설을 연상시킬 뿐만 아니라, 서술의 차원에서도 아니리(산문)로 처리되는 부분과 창(율문)으로 처리되어야 하는 부분이 비교적 명료하게 구분된다.

> 詩를 쓰되 좀스럽게 쓰지 말고 똑 이렇게 쓰랏다.
> 내 어쩌다 붓끝이 험한 죄로 칠전에 끌려가
> 볼기를 맞은지도 하도 오래라 삭신이 근질근질
> 방정맞은 조동아리 손목댕이 오물오물 수물수물
> 뭐든 자꾸 쓰고 싶어 견딜 수도 없으미, 에라 모르겠다
> 볼기가 확확 불이 나게 맞을 때는 맞더라도
> 내 별별 이상한 도둑이야길 하나 쓰겠다.
> <도입 외화>

이런 행적이 백대에 민멸치 아니하고 人口에 회자하여
날같은 거지시인의 싯귀에까지 올라 길이 전해오것다.
　　　　　　　　　　　　　　　　　〈결말 외화〉

　총 326행으로 구성된「오적」은 처음 도입 대목부터 판소리 사설의 도입
부분의 표현 방식을 빌려 쓰고 있다. 겉 이야기에 속하는 도입 외화 부분은
도입부의 시작 부분이며, 결말 외화는 결말 부분의 끝 대목이다. 도입 외화
는 속 이야기를 진행시키기 위한 서두로 서사 단위상 겉 이야기에 속하는
부분이다. 판소리로 치자면 아니리에 해당한다. 음악적 감각이 아닌 일상적
어조로 표현된 "볼기가 확확 불이나게 맞을 때는 맞더라도" "도둑 이야기를
쓰"겠다는 화자의 골계적 재담은 분명한 사설 전달에 주력하기 위해 일상적
대화체의 어조로 처리하고 있음을 볼 수 있다. 화자는 스토리 사건에 대한
정보의 화자로서 "붓끝이 험해서 볼기를 맞은 적이 있다"고 말하며 자신의
전력과 폭력적 현실 상황을 제시하는 진술을 통해 자신이 이야기하고자 하
는 현실에 대한 풍자적 서술 의도를 제시한다.
　도입 대목의 밑줄 친 행은 "북을 치되 잡스러이 치지 말고 똑 이렇게 치
랏다"와 "내 별별 이상한 고담 하나를 히야 보리라"라는『흥부전』의 서두
구절을 그대로 차용하고 있다. 판소리는 시작할 때 스토리 사건의 전달자로
서 광대가 목을 푸는 소리 또는 허두가를 부르는 것이 관례다.「오적」의 재
담적인 화자는 서두에서부터 이러한 판소리의 관례적 규범을 따른다.『흥부
전』의 이 서두 방식은 판소리 광대의 허두 사설인데 이 대목을 그대로 이어
쓴 것은「오적」의 화자가 광대의 역할을 하고 있음을 의도적으로 드러내고
자 한 것이다. 화자는 판소리의 광대와 같은 역할과 기능을 수행한다. 판소
리의 아니리로 처리될 법한 이 대목은 산문으로 된 스토리 사건의 요약 서
술이다.
　맨 뒷 부분의 외화에 나오는 대목에서도 화자는 판소리 사설 맨 뒷 부분
의 표현 방식을 그대로 이행하고 있다. 결말 외화는『흥부전』의 맨 뒷 부분

대목에 보이는 "그 일홈이 백셰에 민멸치 아니할 뿐더러 광대의 가사의까지
올나 그 사적이 백대의 전해오더라"는 구절의 분명한 차용이다. 즉 판소리에
보이는 후일담 내지 후평 형식의 화자 발언이다. 이러한 부분도 역시 구연의
측면에서 화자는 광대의 서술적 역할을 그대로 수행한 것이다.

판소리 광대와 같은 역할의 화자는 작중 현실을 무제한적으로 자유롭게
넘나들며 사건을 전달하는 이야기꾼 혹은 작중 등장 인물로서 사건을 엮어
나간다. 광대로서의 화자는 판소리 사설의 문체적 특징을 차용하고, 창과 아
니리 등의 형식에 기대어 이야기를 펼친다. 아울러 화자는 입체적이고 다성
적인 목소리를 지니며, 정치・사회 전반에 대한 방대한 관심과 전능한 역할
을 수행한다. 화자는 스토리 사건의 화자로서, 극적 인물로서의 역할을 동시
에 수행한다. 실제 시인은 과거와 현재, 사설과 창・아니리, 등장 인물과 독
자 사이를 자유롭게 넘나드는 화자를 선택하여 풍자의 전략을 강화한다.

판소리 광대와 같은 화자에 의해 전달되는 오적들의 도둑 행각은 본 이야
기인 내화다. 겉 이야기가 『흥부전』의 시작과 끝을 패러디했다면, 속 이야기
의 시작과 끝은 민담의 시작과 끝을 이루는 관용적 서술 표현 기법이다. 민
담에서 이야기를 시작할 때와 마칠 때 사용되는 표현은 일정한 공식적 전례
를 따르는 것이 일반적이다. 민담은 시작할 때 구체적으로 제한된 시간이 없
다. 단순히 "옛날 옛적에" 혹은 "옛날 옛적 호랑이 담배 피울 시절"이라는
서사적 과거로 나타나며, 끝날 때는 "이런 이야기란다"고 맺는다. 화자는 속
이야기를 시작하면서 "옛날도 먼옛날 백두산 아래 나라 선 뒷날"과 "이때
오적도 피를 토하며 거꾸러졌다"는 이야기로 마치는 내화의 끝맺음은 민담
의 시작과 끝맺음의 서술 기법과 형태를 그대로 이어 쓴 것이다. 내화의 내
용을 이루는 서사 단락을 요약하여 소개하면 다음과 같다.

① 옛날 서울 장안에 잘먹고 잘사는 오적이 모여 살았다.
② 오적들이 도적 시합을 벌인다.

③ 오적을 잡아들이라는 어명이 떨어져 포도대장이 나서는데, 좀도둑 꾀
　수가 잡혀 무자비한 고문을 당한다.
④ 포도대장이 오적을 잡으러 간다.
⑤ 오적들의 잔치에 포도대장은 기가 죽는다.
⑥ 포도대장은 오적의 호위병이 되고, 죄없는 꾀수만 잡아 감옥에 보낸다.
⑦ 오적과 포도대장이 어느날 갑자기 벼락맞아 죽는다.

　오적의 도둑 행각을 다루는 내화는 서사적 시간을 "옛날도 먼옛날 상달
초사흗날 백두산아래 나라선 뒷날"로 과거 시간에 한정시킴으로써 현실에
대한 풍자적 거리를 형성한다. 속 이야기의 등장 인물인 오적과 좀도둑 꾀수
의 행적이 전해 내려오는 "옛날 이야기"임을 강조하는 이 설화적 관용구는
허구적 세계, 즉 알레고리의 세계로 들어가는 통로 역할을 한다. 이러한 장
치에 의해서 도둑 이야기는 당대 이야기이면서 과거의 허무맹랑한 이야기가
될 수 있다. 이같은 허구화 전략은 화자에게 현실의 세계와 허구의 세계를
자유로이 넘나들 수 있는 단초를 마련해주고 독자로 하여금 당대 현실에 대
해 일정한 풍자적 거리를 유지하게끔 한다.
　풍자적 거리는 풍자의 대상을 우화적으로 비유함으로써도 유지된다. 풍
자 대상인 오적은 재벌, 국회의원, 고급공무원, 장성, 장차관을 말한다. 이
들은 모두 한자의 변용을 통한 우의적 수법에 의해 짐승으로 비유된다.
이들의 명명법을 보면 짐승을 지칭하거나 아니면 성격상 유사한 한자음을
통해 그 속성을 조롱하고 폭로한다. 재벌을 미친 개(狋), 국회의원을 교활
하고(狷) 개싸움(狋)하는 원숭이(猿), 고급공무원을 높은 자리에 걸터앉은(跍)
돼지(獤), 장성을 성성이(猩), 장차관을 눈을 부릅뜨며(瞋) 막이 낀(瞕) 미친 개
처럼 하나같이 짐승에 비유되는 알레고리 기법과 동음의 한자를 통한 언
어 유희로 풍자하면서 이들의 허위를 비꼬고 조롱한다. 대상을 동물에 비
유하는 알레고리 수법은 전통적인 서사 양식에 보이는 서술 수법 가운데
하나이다.

孫子에도 兵不厭邪, 治者卽 盜者요 公約卽 空約이니
雲雨魚水 攻防戰에 神出鬼沒.
〈국회의원 묘사 대목〉

　판소리 사설은 유식한 말을 상스러운 욕설과 육담으로 희화 내지는 희롱해서 뒤집는 데에도 있다. 광대의 상스러운 욕설과 육담 등의 재담적인 언어 유희로 희롱해서 현실적 규범과 질서를 전복하는 것은 판소리의 매력이다. 「오적」은 판소리의 서술 기법과 형식을 창조적으로 수용해 기존의 규범적인 시적 형식과 시적 전통을 위반하여 기존의 지배 이데올로기를 전복한다. 이 것은 실제 시인이 지니고 있는 시적 의도 또는 전략이라 할 수 있다. 그럼으로써 실제 시인의 모습은 허구적 화자의 목소리에 의해 텍스트에서 유희성과 풍자성, 희화성을 담보해낸다. 인용한 국회의원 묘사 대목에서와 같이 판소리에 나타나는 유식한 문자와 상스러운 말의 혼용, 반복과 병치, 과장, 언어 유희 등 문체상 재담적 광대로서의 화자가 갖는 특징을 그대로 이어 쓴다. 이러한 화자는 텍스트의 곳곳에서 비속어나 욕설을 빈번하게 사용하기도 한다.

　한자 유희에 의한 등장 인물 오적의 이름 붙이기나, 인용한 국회의원 묘사 대목에서처럼 경전에 나타나는 한문투의 유식한 문자 표현과 곳곳에 보이는 상스러운 말을 혼용해 언어 유희적이고 희화적인 서술적 효과를 얻는다. 얼핏 보아도 한자와 한글이라는 문자 표기에 의해서 외형적으로도 쉽게 변별된다. 그런데 오적에 대한 이름 붙이기나 유식한 한자투의 표현 의미는 터무니없다.[2] 터무니없음이 실소를 자아내는데, 현실 비판 대상을 유희적으로 제시함으로써 풍자적 거리는 계속 유지된다. 이는 바로 김인환의 명쾌한 분석대로 전복적인 의도로서 당대 70년대의 지배 체제의 허위를 전면적으로

2　가령 <蜚語 - 소리내력>의 「無許可着足罪, 제가뭔데 肉身休息罪, 싹아지없이 心氣安定罪 - 중략 - 反國家的 內亂陰謀劃策的 强力心情保有及同思想抱持潛在的 可能性確實明白可能罪」 등에서도 잘 드러나는 특징이다.

폭로하고 신랄하게 풍자하는 서술 전략이다. 이러한 전략적 의도는 지배 이데올로기에 저항하는 뚜렷한 풍자적 의미를 부각시킨다. 오적의 이름 붙이기나 위에 인용한 시에서 보듯 기존의 고답적 형식과 서정적 전통을 깨고 비속어와 음차 표기, 언풍 농월3 등을 혼성적으로 뒤섞어 쓰면서 광대의 입담이 지닌 재담적 유희성을 한껏 발휘한다. 특히 화자에 의한 오적들의 등장 장면과 인물 내력 소개에 나타나는 특징적 묘사와 인물 평가는 재담적 성격으로 인해 회화적인 웃음을 자아내게 만든다.

> 간땡이 부어 남산만 하고 목질기기 동탁배꼽 같은
> 천하 흉포 五賊의 소굴이렷다.
> 사람마다 뱃속이 오장육보로 되었으되
> 이놈들의 배안에는 큰 황소불알만한 도둑보가 곁붙어 오장칠보
> 본시 한 왕초에게 도둑질을 배웠으나 재조는 각각이라
> 밤낮없이 도둑질만 일삼으니 그 재조 또한 神技에 이르렀것다.
> <오적 소개 대목>

인용시는 오적을 소개하는 대목이다. 오적들의 소굴을 소개하면서 화자는 이들의 겉모습을 회화적으로 그려내는 장면 묘사다. 이들은 "동탁배꼽 같은" "큰 황소불알만한 도둑보가 곁붙어 오장칠보"로 회화적으로 묘사되어 비유된다. 오적의 특징을 회화해 묘사하면서 "천하흉포"하다는 화자의 논평적 발언을 통해 이들을 부도덕한 사회 계층으로 규정하여 풍자 대상을 암시적으로 예고한다. 이는 『홍부전』에서 놀부를 소개하는 대목 '이놈의 심술을 볼진대 다른 사람은 오장육보로대 놀보난 오장칠조엿다 엇지하야 그런고 하니 심술보 한아이 더하야 것간엽헤가 붓터서'의 서술적 표현을 따르는 것이

---

3 한시 양식을 그대로 차용하면서 한자 대신 국문자체를 쓰는 것을 일컫는 말이다. 관직명이나 직함을 음차하여 동음의 짐승에 비유하는 언어 유희를 통해 규범화된 한시의 틀을 파괴하고 허위 의식이나 권위 의식에 대한 풍자와 비판을 보여준다. 대표적으로 조선조 김시습의 시에 잘 나타난다.

다. 『흥부전』의 광대가 놀부의 부도덕성을 전경화하기 위해 쓴 인물 희화법을 이어 쓰는 것이다.

3. 다성적 서술과 사건 제시

「오적」의 종결 어미와 연결 어미는 대개 '…것다, …랏다(렷다), …이라, …으되, …으나, …으니, …아라 '등과 같은 것들이다. 문장의 종지형에서 볼 수 있는 종결 어미들과 서술을 잇는 연결 어미도 판소리 사설의 서술적 표현법인 관용적 어미 활용을 그대로 차용한 것이다. 화자는 마치 판소리에서 광대가 청중에게 말을 건네는 듯한 어투로 독자를 의식하고 말을 건네는 관용적 표현을 빈번히 쓴다. 판소리의 문체적 특징인 말건넴의 어투는 인물의 대화에서는 말할 것도 없고, 화자의 지문에서도 분명히 드러난다. 특히 "다섯 도둑이 모여 살았것다, 長猩놈 재조봐라, 오라를 받으렷다" 등 판소리 문체의 한 특징인 듣는 사람을 의식한 듯한 말은 문장의 종지형 어미에서 잘 나타난다.

> 이리 한참 시합이 구시월 똥호박 무르익듯이 몰씬몰씬 무르익어 가는데
> 여봐라
> 게 아무도 없느냐
> 나라망신 시키는 五賊을 잡아들여라
> 추상같은 어명이 꽝,
> <오적을 잡아들이라는 대목>

> 이놈
> 네놈이 오적이지
> 아니요

그럼 네가 무엇이냐
날치기요
<꾀수와 포도대장의 대화>

이놈 내리훑고 저놈 굴비엮어
종삼 명동 양동 무교동 청계천 쉬파리 답십리 왕파리 똥파리 모두 쓸어
모아다 꿀리고 치고 패고 차고 밟고
<오적을 잡아들이는 대목>

판소리를 구성하는 주요 기능적 요소는 창, 아니리, 너름새(발림)이다. 창
이란 성가를 이름이고, 아니리란 음곡을 배제한 서술이고, 발림이란 몸짓을
뜻하는데, 위의 인용 시를 보면 판소리의 이러한 서술의 기능적 요소를 그대
로 답습해 이어 쓰고 있음을 알 수 있다. 판소리의 …창 – 아니리 – 창 – 아
니리…의 양식은 긴장 – 이완이 반복되는 구조다. 인용된 오적을 잡아들이
라는 대목과 꾀수와 포도대장의 대화 장면은 판소리의 독특한 스토리 전개
방식인 '창 – 아니리'의 교체 반복 방식을 차용한 대목이다. 오적을 잡아들
이라는 대목은 재담으로 전개하는 아니리에, 꾀수와 포도대장 사이의 대화와
오적을 잡아들이는 대목은 휘몰이와 같은 창에 해당될 것이다. 여기에서 화
자의 다채로운 기능을 볼 수 있다. 전체적인 사건의 화자로서의 목소리와 대
사 부분에서 드러나는 등장 인물의 목소리 등이 그것이다. 화자가 다중적 목
소리를 지닌 것은 창, 아니리, 너름새(발림) 등을 활용하여 광대 혼자서 사건
을 극적으로 전달하는 판소리의 가창 방식을 따르고 있기 때문이다. 게다가
반복과 나열, 과장과 왜곡, 비속어와 의성 · 의태어, 언어 유희 등 판소리의
제반 서술적 표현 가능성이 모두 구현되고 있음을 볼 수 있다.

오적을 잡아들이라는 대목은 율문이 아닌 산문적 요약 서술로 인물들 간
의 대화체로 처리된 대목이다. 이야기는 음률이나 장단의 가락에 의하지 않
고 일상적 어조로 전달된다. 판소리로 치자면 아니리에 해당한다. 화자는 특
유의 장황한 수사에 의하지 않고 한두 마디의 짤막한 대사를 써서 사건의

진행을 빠른 속도로 이끈다. 판소리의 문체적 특징인 급박한 상황에 처한 인물들의 행위를 빠른 속도의 대화를 통해 드러내고자 하는 바탕글을 생략하는 수법이다. 예컨대 『춘향전』의 "사또 이 말 들으시고 화열이 상충하야, 이년 잡어 내려라"(아니리), "춘향의 머리채를 두루루루 잡어쥐고, 급창!, 예이!, 춘향 잡아 내리랍신다!, 예이!"(휘몰이) 등에서 나타듯 인물이 처한 다급한 상황을 전달하는 문체적 수법을 말한다. 이것은 아니리가 판소리에서 작품 전개의 기능 면에서 장면과 장면의 접속을 담당하는 것처럼 여기에서도 꾀수와 포도 대장의 짤막한 대화를 통해서 오적을 잡으러 가는 장면으로 전환하는 기능을 한다.

이러한 장면 전환의 아니리와 같은 요소는 오적들이 차례로 등장하는 대목에서도 잘 드러난다. 장면을 전환하여 새로운 인물이 등장할 때마다, 그리고 그들의 인물 내력을 소개할 때 화자는 다양한 작중 인물들의 목소리로 이야기를 전달하는 혼성적이며 다성적인 세계를 보인다. 스토리 사건을 조직하고 전달하는 화자는 자신의 목소리를 통해서 각각의 등장 인물들의 말을 극적으로 모방하여 전한다. 그럼으로써 상황의 현장감 있는 재현을 추구한다.

> 곱사같이 굽은 허리, 조조같이 가는 실눈
> 가래끓는 목소리로 웅승거리며 나온다
> 털투성이 몽둥이에 혁명공약 휘휘감고
> 혁명공약 모자쓰고 혁명공약 배지차고
> 가래를 퉤퉤, 골프채 번쩍, 깃발같이 높이들고 대갈일성, 쪽 째진배암 샛
> 바닥에 구호가 와그르르
> 혁명이닷, 舊惡을 新惡으로! 改造닷, 부정축제는 축재부정으로!
> 근대화닷, 부정선거는 선거부정으로! 重農이닷, 貧農은 離農으로!
> 〈국회의원 등장 대목〉

「오적」은 판소리에 나타나는 창자(화자)와 인물들 간의 자유로운 넘나듦을 비롯하여 율문과 산문의 조화를 차용한다. 인용 시의 국회의원 등장 대목에

서 화자는 등장 인물에 대한 희화적 묘사에 뒤이어 나오는 표어적인 선전·선동구의 스토리 사건의 서술에서 알 수 있듯이 자유롭게 각 인물들 사이를 왕래한다. 판소리에서 화자와 인물들 사이의 넘나듦이 자유로운 것은, 판소리는 본질적으로 판소리 광대 개인의 목소리에 의해 모든 사건 내용이 진술되고 펼쳐지기 때문이다. 장르 범주의 차원에서 볼 때 서사성이 지배적인 「오적」은 판소리의 광대처럼 화자가 사건과 대사를 서술하는 가운데 다양한 인물들의 목소리가 뒤섞여 나오는 다성적 성격과 혼성 모방적 형식을 지닌다. 대상을 서술·묘사하는 화자의 관점과 태도는 작중 현실과 분리된 객관적 관찰자가 아니라 스스로 스토리 사건과 서술 대상에 밀착하거나 일치시킨다. 대화체로 처리되는 부분에서는 등장 인물의 입을 빌은 목소리로 화자와 등장 인물이 일치하거나 서술과 묘사에서는 대상에 밀착된다. 그리고 대상에 대한 논평이나 평가는 다분히 주관적이며 전능한 기능을 담당한다. 서술 대상에 대한 묘사나 대개의 논평은 골계적이거나 비장하다.

인용 시 국회의원 등장 대목은 오적이 거만하게 거들먹거리며 등장하는 모습을 4음보격의 율격을 통한 골계스런 표현이다. 이 대목은 등장 인물의 외양적 특징을 중심으로 묘사하는 판소리의 전형적 인물 등장법과 인물 내력 소개법의 차용이다. 화자의 인물에 대한 묘사는 작중 현실보다 과장하고 왜곡해서 표현함으로써 그 인물적 특징을 강조하는 골계적 웃음을 자아낸다. 화자는 서술 대상의 비리, 결함, 위선, 허구를 과장하고 확장해 폭로함으로써 독자로 하여금 웃음을 자아내게 만든다.

웃음을 유발하는 골계적 효과는 빠르고 경쾌한 리듬을 동반하면서 풍자적 의미를 배가한다. 인물 대상에 대해 빈정거림이나 과장·왜곡 표현할 때 보이는 장단이나 음조를 차용한 것이다. 이러한 골계적 표현은 중중모리 또는 자진모리로 구연될 수 있을 것이다. 4음보로 이어지는 율격과 '~이닷, ~를(는) ~으로!'로 계속 반복되는 어미와 조사는 서술을 유창하게 만들어 운율감을 부여한다.

소리소리 내지르며 질풍같이 내닫는다
비켜라 비켜서라
안비키면 五賊이다
간다 간다 내가 간다
부릉 부릉 부르릉 찍찍 우당우당 우당탕 쿵쾅
五賊 잡으러 내가 간다.
(… 중략 …)
서슬푸른 용트림이 기둥처처 승천하고 맑고푸른 수영장엔 벌거벗은 仙女
가득
몇십리 수풀들이 정원속에 그득그득, 백만원짜리 庭園樹 백만원짜리 외
국개
천만원짜리 瘦石肥石, 천만원짜리 石燈石佛, 일억원짜리 붕어 잉어, 일
억원짜리 참새 메추리
〈오적 체포와 오적의 집 묘사 대목〉

판소리는 비장과 골계를 통한 정서적 긴장과 이완의 반복이다. 비장은 청
자를 작중 현실에 몰입시켜 정서적 일치를 유발한다. 청자가 작중 현실에 몰
입함으로써 생성된 긴장된 정서는 골계적 구절에서 해소·이완된다. 작중
현실을 정상적인 것보다 과장하여 일그러지게 표현하는 수법이 골계인데 이
때 생기는 위화감이 웃음을 촉발한다. 이러한 골계적 수법에 의하여 해학과
풍자가 나타나게 된다. 「오적」은 이러한 판소리의 미적 체험 구조를 원용한
다. 그리하여 독자에게 정서적 긴장과 이완을 통한 비장과 골계의 맛을 느끼
게 만든다.

인용된 시는 오적의 체포와 오적의 집안을 묘사하는 대목이다. 앞 부분은
오적의 소굴에 꾀수를 앞세운 '포도 대장 출도' 장면을 묘사하는 대목이고,
뒷 부분은 오적의 소굴을 묘사한 대목이다. 판소리는 창과 아니리의 계속적
인 교체 반복을 통해 정서적으로 긴장과 이완의 반복 효과를 주는데, 이 부
분은 판소리의 구성 형식을 차용하여 사건을 극적으로 이끈다. 앞 부분은『춘
향전』의 어사 출도 장면의 패러디로 클라이막스에 해당한다.『춘향전』이 어

사 출도 장면에서 극적 반전이 이루어지는 것과 같이 「오적」은 이 부분에서 극적 절정을 이룬다. 포도대장이 꾀수를 앞세워 오적을 체포하러 가는 부분에서는 숨가쁜 모습을 효과적으로 연출하기 위해서 급박하고 경쾌한 흐름을 감지할 수 있다. 자진모리로 처리될 법한 이 대목에서는 스토리 사건이 분주하고 긴박하게 전개된다. 그리고 뒤이어 터무니없게도 오적을 잡으러 간 포도대장은 오적의 호위병이 되고, 오적 대신 무고한 꾀수가 잡혀 들어가는 전도된 기대 지평과 함께 화자의 수다스런 사연들을 골계적인 사설조로 나열하여 풍자적인 서술 효과를 거둔다.

　인용된 시에서 볼 수 있듯이 판소리 사설의 특징적 문체인 장황한 수사, 길게 부연된 사설, 모순된 표현를 잘 보여주는 대목이다. 오적의 소굴에 대한 묘사는 길게 부연된 사설과 장황한 수사, 모순되고 과장된 언어 표현을 통해 골계적으로 펼쳐진다. 내용은 단지 포도 대장이 꾀수를 앞세워 오적의 소굴에 쳐들어간다는 정도이다. 그런데 화자의 극도의 희화적 과장으로 연속된 사설, 장황한 수사, 모순된 언어의 조합은 독자로 하여금 상황이 지닌 의미와 정서를 수사와 음악적 리듬으로 느낄 수 있도록 확대·강화한다.

　　　때는 노을이라
　　　서산낙일에 客愁가 추연하네
　　　외기러기 짝을찾고 쪼각달 희게 비껴
　　　강물은 붉게 타서 피흐르는데
　　　어쩔거나 두견이는 설리설리 울어쌌는데 어쩔거나
　　　콩알같은 꾀수묶어 비틀비틀 포도대장 개트림에 돌아가네
　　　어쩔거나 어쩔거나 우리꾀수 어쩔거나
　　　전라도서 굶고살다 서울와 돈번다더니
　　　동대문 남대문 봉천동 모래내에 온갖구박 다 당하고
　　　기어이 가는구나 가막소로 가는구나
　　　　　　　　　　　　　　　〈꾀수가 잡혀가는 대목〉

인용된 부분은 꾀수가 억울하게 잡혀가는 대목이다. 무고죄로 억울하게 꾀수가 끌려가는 대목으로 작품에서 비장미가 절정을 이루는 부분이다. 이 장면에서 느낄 수 있는 것은 계면조나 느린 중모리로 부를 법한 「춘향전」의 이별가나 옥중가, 흥보 마누라의 가난타령의 대목을 연상시킨다. 꾀수가 무고죄로 억울하게 끌려가는 이 대목에서 화자는 비애에 잠겨 애절히 탄식하고 슬픈 사연을 호소한다. 애절한 심정은 서정적 정경을 통해 노래됨으로써 그 효과를 강화한다. 그리고 비장한 어조는 체념조의 문장 종결 어미 '-네'의 계속되는 반복을 통해 슬픈 정조가 극대화된다.

꾀수의 억울함과 비통함을 고조시키는 비장한 정서는 그동안 웃음과 희화로 지속시켜 온 풍자적 거리를 무너뜨리고 독자에게 이야기의 폭력성을 느끼도록 한다. 판소리의 문체적 특징인 동일한 시구를 반복적 운율에 실어 전해지는 노을을 배경으로 한 "외기러기, 흰 조각달, 붉게타는 강물"이 자아내는 서정성은 애절한 사연을 더해 준다. 이와 함께 "어쩔거나 어쩔거나 우리꾀수 어쩔거나"반복되는 운율4과 "기어이 가는구나 가막소로 가는구나"의 대구적 반복 형식과 병치에 의한 유장한 리듬은 꾀수가 끌려가는 슬픈 사연의 비극적 장면을 극대화한다. 이렇게 해서 화자는 광대, 등장 인물, 독자들 사이의 비극적 일체화 내지는 비장미를 실현한다.

꾀수의 비통함과 억울함을 고조시키는 비장미는 '꾀수가 가막소로 간 뒤 오적과 포대도장이 벼락을 맞아 피를 토하며 급살'했다는 후일담과 뒷풀이 대목에 이르면 반전된다. 후일담과 뒷풀이 대목인 마지막 겉 이야기 "거지시인의 싯귀에까지 올라 길이 길이 전해"진다는 허구화에 의해 서사는 다시 풍자적 거리를 되찾는다. 골계적인 해학과 풍자를 거쳐 비장으로 다시 비애와 비장에서 풍자적 거리로 되돌아 간다. 동정, 안타까움, 슬픔 등 비장을 통해서 조성된 심리적 분위기는 풍자에 의해 제거되고 조롱 섞인 웃음으로 비속한 작중 현실을 대하는 관점이 생성된다.

4. 전통의 계승과 부정 정신

지금까지 살펴본 결과 「오적」은 전통 구비 문학의 풍자성과 해학성을 창
조적으로 계승하면서 당대의 지배 이데올로기에 대립·대항하는 피지배 계
급의 이데올로기를 내세우는 것이다. 김지하가 전통 구비 문학 장르에 애착
을 보이며 이를 포괄적으로 수용하면서 새로운 시양식 창조에 노력한 이유
는 무엇보다도 기존의 서정시로는 당대 현실에 대응할 수 없다는 시적 인식
에서 비롯한 것이다. 이런 이유로 시적 전략으로서 전통을 이어 쓰고 고쳐
쓰며 관습화된 규범들을 고의적으로 위반한다. 그럼으로써 당대의 지배 이데
올로기와 권위에 대한 부정과 전복을 꾀한다. 전복과 부정의 정신은 민중 지
향적인 전통 구비 문학 장르를 계승·발전시켜 민중의 이데올로기를 구현하
는 동시에 당대의 정치 현실에 대한 전면적 비판·풍자를 효과적으로 수행
하려는 것이다. 「오적」은 풍자시의 형식으로 현실의 폭력과 부조리에 대항
하고 지배 체제의 모순과 지배 이데올로기에 야유와 조롱을 보낸다.

김지하는 구비 전승하는 전통 민중 예술이 내장하고 있는 풍부하고 다양
한 풍자성, 해학성, 비판성을 계승하여 새로운 풍자시의 영역을 창출한다.
「오적」이 지닌 패러디적 특성은 무엇보다도 풍자적 언어들을 패러디하여 새
로운 시 양식을 실험적으로 시도한다는 점이다. 이러한 실험적 태도에 의하
여 장르 간의 혼합과 경계 허물기가 이루어진다. 패러디와 전통 민중 예술이
동시에 내장한 강한 비판·풍자성을 통해 당대 현실에 대한 전면적인 비판
과 풍자라는 전략적 의도를 실현한다.

주지하다시피 1970년대 파행적인 정치·경제적 현실 속에서 민중적 기반

과 현실 비판적 인식의 부재를 자각한 당시 문단 상황은 우리의 전통 민중 예술의 장르에 많은 관심을 기울이는 분위기였다. 이러한 배경에서 쓰여진 일군의 시들은 당시의 사회적 문맥 속에서 원텍스트를 쉽게 감지할 수 있는 전통 구비 문학 장르를 전경화하여 패러디한다.5 그리하여 전통 민중 예술이 근본적으로 지니고 있는 민중적 기반 내지는 현실 비판적 인식을 확충하고자 했다. 이러한 역사·사회적 조건 속에 「오적」이 자리하는 것이다.

그런데 다양한 이질적이고 다양한 요소를 패러디한 「오적」은 판소리와 같은 구비 문학의 장르적 특징뿐만 아니라 그 차이점도 뚜렷하다. 패러디를 차이를 가진 반복이라고 규정하는 것은 그 차이성에 무게를 싣고 있음을 시사한 것으로 이해할 수 있다. 차이는 바로 원텍스트와의 비평적 거리이며, 이 거리가 시인의 창조성과 당대인 70년대의 역사 현실을 향한 비판적인 전략적 의도를 명확히 해준다. 즉 전통 민중 예술이 내장한 형식뿐만 아니라 내용을 새롭게 패러디하여 역사 현실의 모순 내지는 부조리를 비판하려는 풍자적 목적을 갖는다. 현실의 역사적 과거화 혹은 과거의 역사적 현재화를 통해 역사 현실의 단면을 우회적으로 풍자한다.

패러디는 선행하는 특정한 문학 작품이나 장르를 현재적 문맥에 삽입시키는 문학적 전략이다. 구비 문학 패러디에 의한 새로운 시양식의 전략적 창조는 무엇보다도 기존의 서정시로는 당대 현실에 대응할 수 없다는 시적 인식에서다. 판소리의 어법과 형상화 방법을 전략적으로 패러디해 전통을 이어 쓰고 고쳐 쓰며 관습화된 규범들을 고의적으로 위반하는데, 이는 당대의 지배 이데올로기와 권위에 대한 전복과 부정을 뜻한다. 전복과 부정의 실험적 태도에 의하여 장르 간의 혼합과 경계 허물기가 이루어져 당대의 정치 현실

5 특히 이른바 민중시 계열의 당시 문단은 우리의 전통 민중 예술에 대한 적극적 관심을 기울인다. 김지하가 판소리를, 신경림이 민요를, 이동순, 하일 등이 조선조 후기 서민 가사를 패러디한다. 그 이후 판소리의 어조로 심청을 물질적 노예로 변용시킨 김진경의 「심청가」나, 흥부를 부동산 투기붐을 탄 졸부로 변형시킨 가사체의 박찬의 「신흥부가」 등이 대표적이다.

에 대한 전면적 비판과 풍자를 가한다. 풍자적 수법을 통해 현실의 폭력과 부조리에 대항하고 체제의 모순과 지배 이데올로기에 야유와 조롱을 보낸다. 결과적으로 판소리에 대한 적극적이며 생산적인 패러디의 시학적 전략은 풍자성과 해학성으로 요약할 수 있다.

전통의 계승과
민중적
상상력

- 신경림론 -

1. 전통의 재생

이 글은 신경림 시의 전통 민요·굿의 창조적 재생에 주목한다. 신경림 시의 창작 방식 특성을 전통 민요·굿의 패러디에 두고, 이를 살펴봄으로써 그의 시적 특성을 이해하기 위해 이 글은 작성된다. 따라서 이 글은 신경림 의 여러 시집 가운데 산포하는 전통 구비 서사 양식의 하나인 민요나 무가 를 적극적으로 수용·계승하고 있는 시편을 뽑아 분석의 대상으로 삼는다. 이렇게 함으로써 신경림의 시가 어떻게 전통 구비문학, 특히 민요나 굿을 창 조적으로 수용·계승하고 있으며, 이로써 얻고 있는 시적 전략과 효과를 밝 히고자 한다.

신경림의 시가 전통 구비서사 양식을 창조적으로 수용하고 있다는 측면에 서 그것은 패러디에 근접해 있다. 패러디는 과거의 특정한 문학 작품이나 장 르를 출발점으로 하여, 그것의 각색을 현재적 문맥에 삽입하는 문학적 전략 이다. 항간에 구비 전승해 오는 전통 민요와 굿을 생산적으로 수용하는 신경 림의 시 창작상의 방법은 패러디적 성격이 강하다. 패러디의 범주는 광범위하겠지만 신경림의 시는 민요·굿이라는 전통 구비 문학 양식을 생산적이고 창조적으로 수용·계승하는 장르 패러디적 성격이 두드러진다.[1] 그의 시에서 민요·굿의 패러디를 통한 초문맥화는 서민적 정서로서의 비애와 설움, 그리고 전통 민중 예술이 근본적으로 함유하고 있는 신명의 낙관성·역동성·집단성으로 재해석된다. 이러한 시적 전략은 민요·굿이라는 전통 장르를 통해 자신의 시를 "한번 껍질 벗기기 위한 진로의 모색"[2]이며, 시인이 줄곧 표방하고 있는 서민들의 보편적 정서와 공동체 의식을 표현하는 시적 장치로 재구성된다.

　신경림의 문학적 관심은 사람들이 살아가는 모습에 대한 애착으로부터 출발한다. 한국 현대사의 파행적 산업화라는 현실 속에서 그는 그가 밝히고 있듯 "가난하고 억눌린 사람들의 보편적 느낌과 의지와 저항"에 관계하고자 한다. 그의 이러한 시적 지향은 우리의 전통 장르, 특히 민요와 굿 등에 강한 관심을 보이며 공동체 의식과 민중적 정서를 확보하고자 한다. 이 같은 문맥에서 그는 전통적 리듬, 후렴구 및 노래체 어구의 교체·반복·병렬·관용구의 사용 등과 같은 민요나 굿의 형식적 특성은 물론 민요나 무가의 내용이나 정서까지도 적극 차용한다. 그럼으로써 친숙하고 오래된 민요·굿을 현대시라는 낯선 장르에 새롭게 재기능·재문맥화한다.

　신경림 시에 대한 비평은 상찬과 비난의 시각이 엇갈리면서 여러 평자들의 각별한 주목을 받았다. 대체로 전자의 경우는 민중성과 서사성에 초점을 맞추어 농촌 소재, 민중 토대의 역사 인식, 우리 말의 깊이에 대한 인식, 토착 언어의 신선하고 평이한 구사, 전통 율격의 활용으로 요약할 수 있다. 이러한 평가는 "가난한 삶의 구체와 그 정한을 결곡하고 정갈하게 노래하여

1　일반적으로 패러디의 범주에는 장르에 관한 패러디, 한 시대나 조류에 대한 패러디, 특정 예술가에 대한 패러디, 개별 작품에 대한 패러디와 작품의 일부분에 대한 패러디, 예술가의 전체 작품의 특징적 양식에 대한 패러디 등이 가능하다. Linda Hutcheon, 김상구·윤여복 역, 『패러디 이론』, 문예출판사, 1992, 191쪽.
2　신경림, 「시와 민요」, 『삶의 진실과 시적 진실』, 전예원, 1983, 69쪽.

새 경지를 뚫었다"3는 상찬을 낳는다. 그런데 이와는 다르게 신경림의 시는 소박한 언어 의식에서 벗어나지 못한 채 가난한 계층에 대한 감상적 동정이나 선동으로 일관해 시적 감동을 일으키지 못하며, 그의 시에서 주로 묘사되는 가난한 사람들에 대한 슬픔은 시대 상황이 바뀐 오늘날 그 호소력이 유지되지 못한다고 폄하하는 이도 있다.4

이와 같은 상반된 견해에도 불구하고 신경림이 그의 시에서 지속적으로 보여준 시적 방법론은 우리 현대 시사에서 중요한 의미를 띤다. 그것은 곧 그의 시적 방법론이 이미지에 의하지 않고 행위를 연결하는 서사적 방법으로 시적 구조를 형상한다는 점뿐 아니라, 전통 민요·굿·가사 등의 형식적 특성은 물론 그 내용이나 정서를 현대적 의미로 재구성하는 서정 양식의 방법적 확산으로 나가는 창작 방법의 새로운 면 때문이다.

신경림 시에 대한 이해와 평가는 주로 민중성과 서사성에 초점을 맞추어 수행되었다. 그러나 그의 이러한 시적 특성에 대한 이해는 다소 단편적인 외면적 기법과 피상적인 분석으로 치우친 경향이 짙다. 이른바 그의 시의 특성으로 꼽는 민중성과 서사성의 근간을 이루는 시적 방법은 민요·굿·가사 등의 구체적 차용을 통해서 형성된 것이다. 따라서 민요·굿·가사 등의 요소가 그의 작품에 어떻게 생산적으로 재구성되어 현대적 의미로 재문맥화되는가를 따짐으로써 그의 시적 특성으로 지적되는 민중성과 서사성은 그 구체적인 면모가 밝혀질 것이다. 그러므로 이 점에 관심을 집중해야 할 것이다. 민요·굿 등의 요소들이 그의 시에서 어떠한 관련을 맺으며 그의 시적 가치를 실현하는지를 따져 물을 때 그의 시의 한 특성을 밝힐 수 있을 것이다.

---

3 유종호, 「슬픔의 사회적 차원」, 『동시대의 시와 진실』, 민음사, 1982, 181쪽.
4 이경수, 「70년대 한국시의 방향」, 『상상력과 부정의 시학』, 문학과지성사, 1986, 157쪽.

2. 민중적 상상력과 서사지향성

1970년대 이후 민중적 기반의 허약함을 체험한 이른바 민중시로 알려진 리얼리즘 계열의 당시 문단은 우리의 전통 민중 예술에 대한 관심을 기울이기 시작한다. 특히 신경림과 더불어 김지하가 판소리를, 이동순, 하일 등이 조선조 후기 서민 가사를 차용하여 전통 구비 문학 장르를 패러디한다. 그 이후 판소리의 어조로 심청을 물질적 노예로 변용시킨 김진경의 「심청가」나, 흥부를 부동산 투기붐을 탄 졸부로 변형시킨 가사체의 박찬의 「신흥부가」 등이 대표적이다. 이러한 분위기의 방향타로 작용한 것이 신경림의 민요 패러디라 할 수 있다.

패러디는 낡은 형식에 새로운 의미를 부여한다. 패러디는 익숙한 형식을 낯설게 하여 새로운 의미로 재구한다. 낡은 형식의 낯설게 하기를 통한 새로운 의미는 지금 현재의 현장성을 실현한다. 이들 민중시 계열의 전통 구비 문학 양식 패러디는 지배 체제나 사회 현실의 모순·부조리에 대한 비판과 풍자를 수행한다. 이것은 저항 의식의 정치적 의도를 드러내는 것이며 전통 장르와의 혼합과 상호 텍스트성을 바탕으로 패러디의 시적 전략을 실현한다. 이러한 차원에 신경림의 시들도 위치한다.

신경림은 1973년 첫 시집 『농무』를 상재한 이후 민중시 계열의 한 시적 전형을 보여주는 선구적 시인의 한 사람으로서, 이야기성 서정과 민요나 무가가 지닌 서사성을 절묘하게 구사하는 서사적 서정성을 특징으로 하는 시인이다. 민요와 무가의 의식적 패러디를 통한 신경림의 시적 작업은 그가 말하고 있듯 "민중의 삶에 뿌리박은 시"[5]를 쓰기 위함이다. 다시 말해 신경림은 그가 추구하는 "민중적 상상력을 정서화하기 위한 객관적인 시적 장치로서 민요나 무가 등 전통적인 민중 예술 양식에 대한 새로운 인식"[6]으로부터

---

5 신경림, 「나는 왜 시를 쓰는가」, 『씻김굿』, 나남, 1987, 339쪽.
6 박윤우, 「민중적 상상력의 양식화와 리얼리즘의 탐구」, 『시와시학』, 1993, 봄호, 111쪽.

출발한다. 이러한 측면에서 그는 의도적으로 전통 민중 예술에 포함할 수 있는 구비 서사 양식을 탐닉한다. 이는 과거의 전통 양식을 차용해 현재 민중들의 보편적 삶과 정서를 표현7하려는 의도를 담고 있는 것이며, 아울러 이를 통해 우리의 민족적 동질성과 공동체 의식의 회복8을 꾀하는 것이다.

이러한 여러 정황을 참고할 때, 신경림은 민요를 포함한 무가·가사 등 전통 구비 문학 장르와의 상호 텍스트성에 의해 독자들에게 인식되었고, 시인 또한 스스로가 전통 민중 예술, 특히 민요나 무가에 강한 애착과 인식에서 시를 창작했음을 알 수 있다.9 이 같은 단서는 곧 원텍스트의 전경화 문제에 직결된다. 창작자나 수용자가 모두 동일한 전제, 즉 신경림이 전통 민중 예술에 대한 강한 관심을 가진 시인이라는 점과 원텍스트가 사회적으로 널리 공인된 민요 내지는 무가였다는 점은 창작자가 굳이 원텍스트를 전경화하지 않아도 패러디 기능을 발휘할 수 있도록 한다.

주지하다시피 1960년대 이후 지속적으로 확산되는 근대적 산업화와 함께 파행적인 정치·경제적 현실 속에서 민족적 동질성, 민중적 기반, 현실 비판적 인식의 허약함을 인식한 당시 문단 상황은 우리의 전통 장르, 특히 민요나 무가, 그리고 판소리에 많은 관심을 기울이는 분위기였다.10 이러한 배경에서 양산된 일군의 시들은 원텍스트를 전경화하려는 시인의 의식적인 장치가 있거나 당시의 사회적 문맥 속에서 원텍스트를 쉽게 감지할 수 있는 전통 구비 문학 장르의 텍스트를 패러디한다. 그리하여 전통 민중 예술이 근본적으로 지니고 있는 민족의 공동체적 동질성, 민중적 기반, 현실 비판적 인식을 확충하고자 한다.

문학사적으로 이러한 시대적 환경의 문맥에서 당대의 여러 시인들이 민중

---

7 신경림, 「시와 민요」, 『삶의 진실과 시적 진실』, 전예원, 1983, 69쪽.
8 신경림, 「왜 민요 운동이 필요한가」, 『한밤중에 눈을 뜨면』, 나남, 1985, 22쪽.
9 신경림의 전통 민중 예술에 대한 애착과 관심은 그의 평론 「시와 민요」, 「왜 민요 운동이 필요한가」, 「민요기행」 등에 잘 나타나 있다.
10 이러한 점은 신경림 뿐만 아니라 김지하의 『오적』과 같은 시집에도 동시에 적용된다.

적 경향에 편승해서 자기 색깔을 잃고 민중성에 경도된 일련의 작품들을 대거 양산한 것도 사실이다. 이러한 현상은 민중적 서정이나 상상력을 문학적 반성없이 지당한 말씀으로 받든 단순한 윤리적 변주에서 기인한 때문이다. 사실 이 시기 민중시 계열의 작품이 반성해야 할 과오가 있다면, 그것은 당대가 요구했던 윤리적 환기력과 유토피아의 추구를 지나치게 쉽게 동어 반복적으로 변주하여 역사니 사회니 현실이니 하는 거대 담론의 영역들을 섣불리 세속화시킨 데 있을 것이다. 이런 시들은 문학성을 되외시한 채 계몽성을 앞세워 산문적 알리바이를 만들어냈으며, 그것을 진정한 문학적 감동으로 이끌고 치환하지 못한 채 진부한 상투화에 그친 점이 허다하다.

그러나 신경림의 시가 극복하고 있는 것이 바로 이러한 문학적 결함들이다. 즉 사회적 현실을 담아내되 문학 예술의 근본이라 할 수 있는 문학성을 잃지 않는다. 그는 민중적 주제를 앞세우되 체험의 현장 한 복판에 살아 숨쉬는 구체적 실감의 세부를 촘촘히 한땀 한땀 올과 날로 직조해냄으로써 시가 주는 감동의 영역을 일탈하지 않는다. 이는 곧 신경림의 시가 갖는 미덕으로 전통 민중 예술의 서민 정서와 그 서민 정서를 가장 잘 표현하는 전통 예술 양식에 근원을 두고, 거기에 천착해 그것을 새롭게 현대적으로 재형상해내고 있기 때문에 가능했던 것이다. 신경림은 전통 구비 문학 장르의 창조적 계승과 수용을 통해서 민중 정서를 환기한다.

3. 전통의 창조적 계승과 공동체적 경험

70년대 중반 이후 신경림 시에 나타나는 민요 양식의 창조적 계승은 구체적으로 전통적 율격의 차용이나 후렴구, 노래체 어구의 반복 등과 같은 형태적 측면에서부터, 비인칭의 집단적 화자를 통한 무가의 주술적인 목소리의 표출과 그에 따른 신명스런 정서와 역동적인 가락의 창조와 같은 내적 구조의 측면에까지 매우 복합적이며 심층적으로 드러난다. 민요의 율격, 반복, 병렬, 후렴, 관용어·구와 같은 민요의 형식적 요소는 물론 그 내용이나 정서를 생산적으로 적극 수용하여 시적 의미를 새롭게 재구한다.

> 하늘은 날더러 구름이 되라 하고
> 땅은 날더러 바람이 되라 하네
> 청룡 흑룡 흩어져 비 개인 나루
> 잡초나 일깨우는 잔바람이 되라네
>   (… 중략 …)
> 민물 새우 끓어넘는 토방 툇마루
> 석삼년에 한 이레쯤 천치로 변해
> 짐부리고 앉아 쉬는 떠돌이가 되라네
> 하늘은 날더러 바람이 되라 하고
> 산은 날더러 잔돌이 되라 하네
>
>   「목계장터」 중에서

위에 인용한 시는 첫 시집 『농무』에 이어 79년에 상재된 두 번째 시집 『새재』에 나오는 「목계장터」의 일부분으로 민요의 정서와 가락을 원용한 작품이다. 민요의 기본 율격 가운데 가장 흔한 4음보의 완결된 형태에 힘입은 이 시는 대구와 반복의 형식을 통해 정서적으로 뿌리 뽑힌 계층의 삶을 전경화하고 있다. 전형적인 4음보의 율격을 채택한 이 시는 여느 민요와 마찬가지로 음절, 어구, 시행 등의 반복과 병렬을 기본 구조로 하고 있다. 민요의 양식적 특성을 그대로 계승하고 있는데, 원텍스트가 민요라는 장르 전체가 되고 있음을 볼 수 있다.

우선 시 전체에 깔려 있는 4·4(4·3)조의 4음보의 율격은 민요의 가장 흔한 율격이다. 4음보를 통해 표출되는 정서는 장중한 느낌을 주는 성향이 강하다. 삶의 밑바닥에 깊숙이 자리 잡은 정신적 실체로서 한의 정서가 화자의 목소리를 통해 서럽고 장중하게 감지되는 점은 바로 이 때문이라 할 수 있다. 즉 4음보의 율격이 내포하고 있는 장중한 맛과 음송에 적합한 율격으로, 형태상의 별다른 변형없이 화자의 심정을 안정감 있게 표출하고 있다. 대체로 4음보격은 음영 민요의 율격 형태로 연속체인 서사 민요에 흔하게 보인다. 음영 민요는 사설조로 나열하거나 장황하게 읊조리는 것이 특징이기에 장중하고 안정감을 주는 것이 일반적이다. 이 시가 매끄럽게 읽히는 이유는 바로 서사 민요가 주는 장중한 가락 때문이다.

민요는 또한 일정하게 호응하는 조사와 어미의 활용을 통한 관용적 표현의 독특한 문장 구조가 있는데, 이 시에서는 '~은(는), ~이, ~네' 등의 조사와 어미를 교체 반복하는 관용적 표현을 활용하고 있음을 볼 수 있다. 즉 '~은(는) ~이 되라 하고', '~은(는) ~이 되라 하네'의 관용적 어구, 시행의 병렬과 교체 반복으로써 민요체의 노래를 듣는 듯한 일정한 리듬감을 부여하고 있다. 특히 '~고', '~네'라는 어미로 계속 반복 교체되는 내적 문법 구조는 각운을 형성한다. 이와 함께 '~고', '~네'의 연결 어미와 종결 어미는 유음과 모음의 결합에 의하여 시에 민요적인 리드미컬한 운율감을 형성한다.

과거의 원텍스트를 변화시켜 현재적 의미로 재구성하는 것은 패러디스트의 일차적 욕망이다. 「목계장터」에서 신경림은 무질서하게 떠돌던 민요 형식의 관습적 구조와 정서를 자신의 언어로 현대화하고 있다. 즉 민요의 전통적 집단무의식 내지는 정서와 현대 시인으로서의 자신의 개인적 내면성을 패러디로 결합하고 있는 것이다. 민요의 형식과 내용을 자신의 언어로 차용하여 민요체에 의한 직접적인 정서의 토로가 독자로 하여금 현실의 총체적 의미를 재구성할 수 있도록 함으로써, 민중 예술의 본래적 의미인 주체적 수용과 창조적 참여의 일치를 꾀하고 있다.

두 번째 시집에 실린 그의 다른 시들도 민요처럼 일상 생활 언어를 시어로 채택했을 뿐만 아니라 전통 구전의 민요적 음보의 차용과 여음구 내지는 나름내로 창조한 후렴구를 반복하기도 한다. "어허 달구 어허 달구"(「어허달

구」), "둥두 둥두둥 둥두 둥두둥"(「白晝」), "바람아 바람아 돌개바람아 / 돌아
라 한백날 돌개바람아"(「돌개바람」) 등과 같이 민요의 형식인 후렴구와 정서
적 내용을 자신의 언어로 재구성한다. 이러한 민요조의 창조적 패러디를 통
한 시적 전략 내지 동기는 시인 자신이 「삶의 진실과 시적 진실」에서 말하
다시피 민요는 민중의 생활과 감정, 한과 괴로움을 직정적이고 폭넓게 표현
하고 있기 때문이다. 곧 민요의 정서와 가락, 혹은 형식과 내용의 재구성은
민중의 삶의 참 모습, 원한과 분노, 지배 체제에 대한 비판과 풍자를 수행하
고자 하는 시적 전략이 내재한다.

『새재』에 이어 세 번째 시집 『달넘세』, 네 번째 시집 『남한강』에 이르면
신경림의 전통 민요와 굿에 대한 패러디는 절정을 이룬다. 이들 시집, 특히
서사시적 요소를 두루 갖춘 『남한강』에 수록된 대부분의 시들은 모두 민요
와 무가의 영향 관계에 있다고 해도 과언이 아닐 만큼 전통 민중 예술 장르
가 혼성적으로 결합되어 시를 결정한다.

넘어가세 넘어가세
논둑밭둑 넘어가세
드난살이 모진 설움
조롱박에 주워담고
아픔 깊어지거들랑
어깨춤 더 흥겹게
넘어가세 넘어가세
고개 하나 넘어가세

「달넘세」 중에서

이 시는 세 번째 시집 『달넘세』에 수록된 작품이다. 신경림은 이 시의 말
미에 '달넘세'는 경북 영덕 지방의 여인네들의 놀이 '월워리 청청'의 한 대
목이라 밝히면서, '달을 넘어가자'는 뜻의 '달넘세'는 어려움을 극복해 나가
는 일을 상징한다는 주석을 달고 있다. 제목에 대한 주석을 통해서 원텍스트

를 전경화시키고 있음을 볼 수 있다. 주석을 덧붙이는 것은 시에 대한 변명과 독자의 작품에 대한 기대 지평을 조절하는 전략적 효과를 노리기 위해서다. 제목은 패러디의 흔적을 전경화하는 가장 보편적인 방법이라 할 수 있다. 인용 시에서는 주석을 붙여 구비 시가에 대한 시인의 의식적인 관심을 잘 드러내주고 있으며, 경북 영덕 지방에서 부르는 민요가 원텍스트임을 알 수 있도록 정보를 제공하고 있다.

따라서 이 시는 이러한 민요의 양식적 특징을 그대로 차용한 채록에 가까운 시이다. 이것은 이 시 전체 텍스트를 살펴볼 때도 쉽게 발견할 수 있는 민요의 형식적 특성과의 동질성 때문이다. 시인이 붙인 제목이이나 붙임글 역할을 하는 주석, 그리고 율격, 행의 배열 등을 볼 때 패러디스트의 창조적 상상력이 좀체로 가미된 것 같지 않은 느낌을 준다. 다만 "떠도는 이들의 노래"라는 부제를 통해서 세간을 떠돌던 노래 가락을 채록하여 그것을 시인의 언어로 새롭게 현재화시켰다는 점에서 모방적으로 원텍스트를 재기능화하고 있음을 알 수 있다.

시 전체는 모두 민요의 기본 율격인 4·4조 2음보를 밟고 있다. 김대행의 분석에 따르면 2음보는 급격한 맛과 이를 통해 표출되는 정서는 집단적 성향이 짙다. 뿐만 아니라 감정의 흐름이 급박하고 직정적이면서도, 단일한 방향으로 지속되어 안정감이 있다. 4·4조 2음보의 기본 율격을 변형시킴 없이 전체에 걸쳐 배열하여 급박함과 직정적인 특징을 계속 이어나가 빠른 동작으로 하는 놀이의 유희성을 발현한다. 즉 2음보를 통해 급격한 동작으로 비교적 짧은 시간 동안 진행하는 놀이에 있어서의 리듬을 창출하고 있다.

민요의 중요한 형식적 특징은 일정한 반복 구조에 있다. 이 시도 역시 마찬가지로 음절, 어구, 관용적 표현, 시행의 반복과 병렬을 기본 구조로 민요의 형식적 특징을 계승하고 있다. 1, 2행의 "넘어가세 넘어가세 / 논둑밭둑 넘어가세"는 민요의 대표적인 aaba의 관용적 반복 구조가 드러나 있다. 이러한 1, 2행의 가창은 되풀이 되는 반복을 통해 수미 상응·병렬 구조가 효과적으로 구현되고 있다.

이러한 민요의 노래체 형식을 통해서 얻고 있는 효과는 무엇보다 시 전체에 깔려 있는 비애의 정서와 2음보의 급격한 리듬에서 오는 역동적인 가락의 결합일 것이다. 일반적으로 우리의 전통 민중 예술 장르는 서민적 정서로서 비애·설움·한과 함께 신명의 낙관성·역동성·집단성을 동시에 지니는 미학적 특성을 갖는다. 이 같은 의미에서 이 시는 "드난살이 모난 설움"으로 표현되는 현실적 조건으로서의 비애·설움·한의 정서가 나타나 있다. 그러면서 동시에 이를 극복하고자 하는 미래에 대한 낙관적인 태도가 역동적인 리듬과의 결합을 통해서 이루어지고 있다. 이것은 시에 대한 변명과 독자의 작품에 대한 기대 지평을 조절하는 주석에서 볼 수 있듯이 서로 '손을 잡고 어려움을 극복해나가는 일을 상징한다'는 말에서 드러난다. 민요라는 형식을 재구성함으로써 그 형식을 향유하는 계층의 이데올로기에 동조하고 그것을 새롭게 지각하게 하는 패러디 전략이 내포되어 있는 것이다.

전통 민중 예술의 패러디를 통한 신경림의 창조적인 시적 수용은 서사시의 형태를 지닌 시집 『남한강』에 이르면 절정을 이룬다. 『남한강』은 「새재」, 「남한강」, 「쇠무지벌」 등 3부작의 형식을 취한다. 이렇게 3부로 이루어진 『남한강』의 전체 내용은 1부에서 돌배를, 2부에서는 돌배의 연인 연이를, 3부에서는 집단적 화자를 등장시켜 구한말 국권 상실의 격동기에서부터 식민지 시대, 그리고 분단 시대를 관통하는 역사적 대립·갈등의 모습을 현재적 의미로 새롭게 재구하는 것이다. 다시 말해 현실의 역사적 과거화 혹은 과거의 역사적 현재화를 통해 역사 현실의 단면을 우회적으로 재현해 문맥화한다.

　　저기 저게 무슨 소리
　　줄바위 열두 굽이
　　다람쥐가 뛰는 소리
　　저기 저게 무슨 소리

정참판네 중대문에
왜놈 청놈 나드는 소리

「어기야디야」 중에서

소올개야 소올개야 어어디서 와았니
가앙건너 바다건너 왜놈나라에서 와았다
무얼하러 무얼하러 조선땅엘 와았니
병아리 먹고 애기 먹고 사알찌러 와았다.

「단오」 중에서

위에 인용한 시는 민요의 선후창과 문답식 교환창 형식을 빌고 있다. 신
경림의 전통 구비 문학에 대한 패러디는 비단 민요에만 그치지 않는다. 굿이
나 잡가류에 대한 패러디가 또한 보이는데, 특히 시집 『달넘세』에 수록된
대부분의 시 가운데 「씻김굿」, 「소리」, 「새벽」, 「열림굿의 노래」, 「승일교
타령」, 「허재비굿을 위하여」, 「병신춤」 등은 그 대표적인 예에 속하는 패러
디 텍스트들이다. 이들 시들은 하나같이 모두가 부제를 달고 있는데, 그 부
제가 말해주듯이 떠도는 원혼 혹은 혼령과 관계된다.

그리고 굿을 중심으로 하는 시의 어조는 민요조를 바탕으로 한다. 변형된
민요 형식에 굿을 차용하는 방식을 통해서 재기호화 하는 패러디 양상을 취
한다. 이때 신경림의 시에서 굿은 시의 소재 차원에서 패러디된다. 그의 시
에서 굿과 민요는 불가분의 관계를 가지며 진혼굿의 형태에서 민요조는 반
복적이고 주술적인 효과를 자아낸다. 민요의 형식적 특성에 대한 패러디가
원텍스트에 대한 호감을 가지고 단순히 이를 계승하는 차원의 모방적 패러
디였다면, 민요조에 이질적인 굿의 차용은 혼성 모방적 패러디 양상을 띤다.

편히 가라네 날더러 편히 가라네
꺾인 목 잘린 팔다리 끌고 안고
밤도 낮도 없는 저승길 천리 만리
편히 가라네 날더러 편히 가라네.

(… 중략 …)

꺾인 목 잘린 팔다리로는 나는 못가,
피멍든 두 눈 고이는 못 감아,
못 잡아, 이 찢긴 손으로는 못 잡아,
피묻은 저 손을 나는 못 잡아.

되돌아왔네, 피멍든 눈 부릅뜨고 되돌아왔네,
꺾인 목 잘린 팔다리 끌고 안고
하늘에 된서리 내리라 부드득 이빨 갈면서.

이 갈가리 찢긴 손으로는 못 잡아,
피묻은 저 손 나는 못 잡아,
골목길 장바닥 공장마당 도선장에
줄기찬 먹구름되어 되돌아왔네,
사나운 아우성되어 되돌아왔네.

　　　　　　　　　　　　「씻김굿」 중에서

　한국인이라면 누구나 죽은 자를 진혼하기 위한 '씻김굿'이라는 굿을 알고
있다. 따라서 '씻김굿'이라는 제목을 보는 독자는 씻김굿이 원한을 품고 죽
은 원혼을 달래고자 하는 전래의 민간 의식을 상기하게 될 것이다. 따라서
이 시도 제목에서부터 원텍스트를 전경화시키고 있다. 이러한 측면은 부제
"떠도는 원혼의 노래"나, 시인이 전라도 지방에서 많이 행하는 굿으로 원통
한 넋을 위로해서 저 세상으로 편히 가게 하는 것이 목적이라는 주석을 통
해서도 알 수 있는 사실이다. 신경림 스스로 씻김굿이라는 원텍스트를 패러
디하고 있음을 밝히고 있는 것이다.
　이렇듯 소재 자체는 굿에서 따오고 있지만 율격의 측면에서 보면 역시 민
요의 형식을 변형시켜 차용하고 있다. 신경림의 시에서 굿의 내용을 시의 저
변에 깔고 있는 시들은 대부분 2음보나 3음보 내지는 4음보를 근간으로 율

격상의 변화없이 차용되고 있다. 즉 민요의 기본 율격을 다양하게 두루 차용한다. 위 시는 3음보와 4음보의 교체 변형을 바탕으로 형성되고 있음을 볼 수 있다.

이 시의 구조적 특징은 화자인 "떠도는 원혼"의 세 가지 행위를 기본 골격으로 하고 있다. 하나는 무당이 원혼인 '나'의 진혼을 위해 요구하는 내용이 무엇이냐를 경청하는 단계이다. '나'의 진혼을 위해 요구하는 무당의 주문은 1~3연에서 '편히 가라, 고이 잠들라, 따뜻이 잠으라'는 것이다. 이러한 주문은 반복 · 병열되어 1~3연까지 동일한 형태로 배열되고 있다. 즉 민요의 관습적 어구의 반복이 1연의 '~가라네 ~가라네', 2연의 '~잠들라네 ~잠들라네', 3연의 '~잡으라네 ~잡으라네'의 반복 구조를 취한다.

이와 함께 각연은 수미 상관적 시행의 배열을 보이고 있는데, 이러한 병행 구조가 전경화되어 이 시의 전반부의 장중한 분위기와 정조를 창출한다. 즉 원통하게 죽은 원혼을 달래는 주술적 충동이 계속되는 음운과 음절의 반복 중첩의 병행 구문을 통해 진혼의 분위기를 고조시켜 나간다. 이러한 병행 · 반복적 회기의 힘은 곧 야콥슨의 논리처럼 이에 호응하는 의미의 회기성을 자아내는 것이며, 구조상의 병립성이 구성 원리로써 배열에 투영되면 불가피하게 의미의 등가성을 촉진시키기 때문이다.

다음으로 4연에 이르면 원혼인 '나'는 그러한 요구를 강력하게 거부한다. 즉 4연의 '나는 못 간다, 못 감는다, 못 잡는다'는 반복적 표현을 통해 진혼을 강력하게 거부한다. 반복 중첩되는 거부의 표현을 통해 원텍스트인 굿의 내용은 화자에게 내면화되면서 화자의 고조된 부정적 어조는 독자들을 원텍스트의 비극성으로 끌어들인다. 이는 '나' 죽은 후의 이승은 이제 "햇빛 밝게 빛나고 새들 지저귀는 / 바람 다스운 날"이기 때문에 자신의 원통한 죽음은 더욱 처절하게 느끼기 때문이다. 그래서 자신의 원혼에 대한 진혼을 강력하게 거부하게 되는 것이다.

마지막으로 그 결과 이승에서의 '한' 때문에 저승으로 향하지 못하는 '되돌아오기'이다. 5, 6연에서 심화된 원한을 '된서리, 먹구름, 아우성'으로 되돌아옴을 구체화한다. 그러나 진혼굿으로서의 씻김굿은 떠도는 원혼이 저승으로 향할 때까지 반복해서 지속되는 것이다. 따라서 원혼의 세 가지 행위인 경청하기 / 거부하기 / 되돌아오기가 반복적이고 지속적으로 수행된다고 할 수 있겠는데, 그것은 '된서리'와 '먹구름'에 근거를 둔다. 진혼이 지속될수록 원혼의 염원과 복수심은 더 심화되어 이승의 현재 세계로 되돌아오는 순환적 구조를 취하고 있다.

변형된 민요 형식에 굿의 차용은 슬픔과 비통, 절망과 좌절을 통해 역사를 철저히 인식하면서 미래에 대한 어떤 가능성을 예견하고자 하는 패러디적 의도를 읽을 수 있다. 그 가능성이 무엇인지는 분명히 드러나지는 않지만 과거나 현재보다는 좀더 나은 세상이 오리라는 미래에 대한 낙관적 기대와 염원이 바탕에 깔려 있다고 하겠다. 이러한 미래에 대한 기대와 염원은 민요조에 의해서 드러나며, 굿의 모티프가 대표적 예이다. 굿은 민중이 자신의 희망과 소원을 성취하기 위한 하나의 주술적 방법이기 때문이다.

4. 전통의 이어쓰기와 고쳐쓰기

한국 현대시가 발전하는데 있어서 민요를 포함한 전통 장르의 영향은 강력하고 뚜렷한 것이다. 우리의 시문학사에서 근대시가 형성되는 시기는 민요가 민중과 함께 호흡하던 1920~30년대이다. 이러한 민요시의 한 계보를 잇는 신경림의 시는 자신만의 독특한 언어의 운용과 의미 구현을 통해 현대시의 새로운 영역을 구축하고 있다.

신경림 시는 항간에 구비 전승해오는 전통 민요와 굿을 생산적으로 수용하여 서민적 정서로서의 비애와 설움, 그리고 전통 민중 예술이 근본적으로 함유하고 있는 신명의 낙관성·역동성·집단성을 현대적 의미로 재구성하는 시적 특성을 지니고 있다. 그럼으로써 그의 시가 지향하는 민중성을 확보한다. 이 같은 문맥에서 신경림은 전통적 리듬, 후렴구 및 노래체 어구의 교체, 반복, 병렬, 관용구 등과 같은 민요나 굿의 형식적 특성은 물론 민요나 무가의 내용이나 정서까지도 적극 차용한다. 그럼으로써 친숙하고 오래된 민요·굿을 현대시라는 낯선 장르에 새롭게 재기능·재문맥화한다.

전통 민중 예술의 장르를 패러디함으로써 신경림 시가 얻고 있는 미학적 성과는 현대시에 민요의 양식적 특성을 차용함으로써 현대시에 전통 율격을 접목시키고, 소재 수용의 다변화를 이룩했다는 데서 찾을 수 있다. 또한 신경림 시를 논의하는데 있어서 민중성과 서사성은 곧 민요 등 전통 민중 예술에 근본적으로 포함된 서사성에 크게 영향 받아 형성되었다는 점이다. 민요나 전통 구비 문학이 지닌 민중적 정서와 공감에 기대어 있기 때문에 그의 시가 대중적 친화력을 확보할 수 있는 계기를 제공하고 있는 것으로 볼 수 있다.

신경림의 전통 장르에 대한 패러디는 전통 장르의 의식적인 계승과 재창조 작업으로 시도되었다. 신경림은 주로 민요의 장르적 특성을 그대로 계승하고 있다. 민요의 채록적 특성이 강한 모방적 패러나, 변형된 민요 형식에 굿을 차용하는 혼성 모방적 패러디 작품이 대부분이다. 따라서 신경림의 패러디 텍스트들은 우리 현대시에서 소멸해가는 전통 장르를 재인식하여 현대시에 새롭게 접목시켰다는 시사적 의의를 지닌다.

서정시의 보편성과
새로운
시정신의 모색

날것의 싱싱함,
부재의 명암明暗

세속 도시와
일상의 시학

'저녁'과
'어둠'의 시간에
피어난 꽃

신성과
문명의 경계

생성과 소멸의
변증

1. 도시적 일상과 현대성

발터 벤야민의 유명한 평문 「기술 복제 시대의 예술」은 이렇게 시작하고 있다. "마르크스가 자본주의적 생산방식을 분석하는 일에 착수했을 때는 자본주의적 생산방식은 아직도 그 초기 단계에 머물러 있었다."[1] 요컨대 잘 알려진 대로 마르크스는 자본주의적 생산방식의 모순에 따른 심화되는 노동계급의 착취와 이로 인한 자본주의 체제의 종말을 예언했다. 그러나 그는 생산력의 발달이 가져올 사회 변화, 특히 문화의 모든 영역에서 생산조건의 변화를 예측하지 못했다는 것이 벤야민의 진단이다. 사실 하부구조보다 천천히 진행되는 상부구조의 변화는 마르크스의 자본주의에 대한 분석 이후 많은 시간이 지난 다음에야 비로소 문화의 모든 영역에 생산조건의 변화를 가져왔다. 문학도 여기에서 예외일 수 없다. 이 변화의 양상이 어떠한가는 오늘날에 와서야 비로소 알 수 있게 되었다. 현재의 생산조건의 변증법은 물질적 토대를 경제의 영역 못지않게 문학을 포함한 상부구조에서 뚜렷이 나타나고 있는 현상이다.

---

1 반성완 편역, 『발터 벤야민의 문예이론』, 민음사, 1983, 198쪽.

벤야민의 이러한 지적은 오늘날 한국 시를 이해하는 데 있어서도 시사하는 바가 크다. 자본주의의 쾌속적인 발전에 의한 자본의 지배와 도시적 삶의 양적 팽창은 평균적이며 균일적 일상성으로 현대인의 삶을 변화시켰다. 그것은 삶의 질적 변화로서 어느 한 분야에 국한한 현상이 아닌 문화 전반에서 광범위하게 나타난 현상으로 삶의 근본 틀을 전면적으로 바꾸어 놓았다. 평균적 균일성은 현대적 삶의 근본적 특징이다. 일상에서 어느 누구의 삶을 막론하고 예외 없이 규격화되어 있으며, 그 규격화된 틀로부터 자유롭지 못하다. 이것은 하이데거의 지적에서도 드러나듯이 대량생산과 도시화, 그리고 대중매체의 발달로 인해 촉발된 현상이다. 자본의 물신이 지배하는 도시 공간에서의 사람들의 삶이 일정한 유형을 반복하게 되면서 일상성이라는 범주가 현대성을 이루는 중요한 개념으로 자리 잡게 된 이유가 여기에 있다.

그러나 이와 같은 일상성은 그 동안 세속의 일상적 삶의 속악성과 반복성, 그 타율성과 범속성으로 인해 무시되고 부정되었다. 그런데 이것은 자본의 무의식 세계로의 침투가 가속화되고, 그럼으로써 세계의 초월성과 신성성이 사라진 탈이데올로기 사회로 접어든 지금 일종의 억압된 타자로서의 세속적 일상성을 재발견하게 된다. 벤야민이 제기한 기술문명과 예술의 변화 사이의 상관관계에 대한 새로운 인식의 전환은 따라서 전지구화된 자본주의와 이것이 배태한 도시적 문명의 현대성을 이해하고, 그 상부구조를 이루는 문학을 이해하는 데 일정한 준거틀을 제공해 준다.

이런 점에서 벤야민의 다른 글 「보들레르의 몇 가지 모티브에 대하여」2 라는 평문은 현대 사회 속에서 시인의 운명을 이해하는 데 유용한 관점을 제시한다. 그는 이 글에서 보들레르가 군중에 매혹되어 그들 사이를 거닐면서도 동시에 군중과 자신을 격리시키는 이중적 태도를 취함으로써 근대 세계에서의 시인의 위치를 상징적으로 암시해준다고 한다. 보들레르와 같이 우

---

2 앞의 책, 164쪽.

리 시대의 시인들도 일상의 속악한 세속 도시의 한복판에서 삶을 살아가고
있으며, 그로부터 시적 소재를 취하고 도시적 감수성으로 상상력의 폭을 확
장해 나가고 있다. 그런데 이러한 일상의 세속 세계는 어떠한 곳인가. 그곳
은 초월성이 거세되고 성스러운 것은 그 빛을 잃었으며, 무의미한 풍요와 화
려함만이 현시되는 공간이다. 진리에 대한 태도는 냉소적이며 일상의 무의미
함과 권태, 반복과 통속이 압도한다. 그러나 그 일상은 아무것도 아니지만
우리의 삶과 존재가 현현하는 공간이며 방식이기 때문에 모두이고 전체이며,
삶의 구체성이기도 하다.

　현대인의 삶이 대개 도시 공간에서 이루어지고 있다는 인식에 동의할 때
도시화, 또는 도시 체험의 증대는 한국 현대 사회와 시의 역사적 변화에 주
요한 지표로 기능한다는 점을 이해할 수 있다. 여기에서 일상성은 가장 중요
한 개념으로 자리한다. 현대 사회의 일상성은 문명화된 도시의 산물인데, 과
거에는 단순히 속악성(俗惡性)을 대표하는 개념으로 베르그송의 말대로 희극
적 대상이 되거나 시인이 금기시해야 하는 소재 거리에 불과했다. 그것은 무
가치하며 무의미한 것이었다. 그것은 낯익고 습관화되어 자동적으로 반복되
는 것이며, 그래서 관습적이며 기계적인 삶을 말하는 것이었다. 한 마디로
현실의 세부로서 세속적 일상성은 미적 대상이 될 수 없는 추하고 무가치한
것으로서 마땅히 부정되어야 할 것들이었다. 왜냐하면 18세기 이후 서구에
서 정립된 문학이라는 예술의 미학적 개념 속에는 시가 쾌락과 아름다움이
라는 가치 이외에는 어떠한 다른 목적을 가져서는 안 된다는 것으로 상정되
면서 순수 예술의 장르로 자리 잡게 된 사정이 있기 때문이다. 순수 예술로
서의 시가 추구하는 아름다움은 현실 혹은 일상의 삶을 넘어선 어떤 초월적
이며 이상적 가치로 자리 잡았다는 것이다. 근대 미학의 기초자인 칸트가
'무관심의 관조'로서, 또는 '무목적성의 합목적성의 형식'으로 규정한 것은
바로 이러한 사정을 반영한 결과로 볼 수 있다.

　80년대 후기시에서부터 문제되기 시작하여 90년대를 압도한 일상성의 문

제가 세기가 바뀐 지금에도 주요한 시적 사유의 소재로 쓰이고 있는 것을 보면서 일상성이 일상이 되어버렸다는 생각이다. 그것은 일상성이 현대성의 구체적인 일면이라는 점에서 현대성에 대한 시적 인식의 중요한 주제가 되었다는 것을 의미한다. 또한 일상을 지배하는 이데올로기에 대한 미시적 관찰과 반성은 삶의 진정성에 이르는 중요한 계기를 제공한다. 도시 공간 속에서 시인의 관찰과 반성은 지금 이곳의 삶을 비판적으로 인식하고 또 다른 전망을 내다보는 행위이다. 왜냐하면 그들은 도시의 삶, 혹은 현대적 삶의 일상을 지배하는 물질과 기호의 현란함에 스며들어 있는 욕망과 미시 권력의 작동을 엿보고, 이를 반성적으로 인식하려는 자들이기 때문이다. 그들은 이 지리멸렬하면서도 화려하고 현란하며 매혹적인 세속의 이면에 숨은 권력과 무의식적으로 강요된 타율성과 비개성적 존재방식을 발견하고 이를 비판적으로 인식한다. 그 발견과 인식은 그들로 하여금 이탈을 꿈꾸게 한다. 이러한 이탈은 일견 현실과 다른 곳으로의 이탈일 수 있겠지만, 필자가 주목하는 것은 무엇보다 일상의 매혹을 탐닉하면서 지금 여기에 깃든 '현대성의 무의식'에 대한 인식과 성찰의 시들이다. 이러한 시들은 삶의 조건과 과정에 대한 인식이며, 그런 점에서 이들의 시는 일상의 세부로서 그 조건과 과정에 뿌리내림으로써 시적 구체성과 정직성을 획득하고 있다.

2. 도시적 감수성 : 공포와 불안 – 악몽 속의 풍경

근대의 도시는 자본주의의 산물이다. 인간의 이성에 의한 과학의 발전과 문명의 진보를 믿는 서구의 사유 체계는 자본주의의 근간을 이루는 핵심적인 정신이다. 인간의 이성을 절대적으로 신봉하는 이들에게 역사는 끊임없이 진보하는 것이며 퇴보는 없다. 인간 이성의 꽃은 과학문명이며, 과학문명의 꽃은 자본주의이다. 그러한 자본주의의 열매는 도시이다. 근대 문명의 총화로서 도시는 삶과 정신의 물질적 토대를 이루며 우리의 삶과 정신을 규정한다. 그만큼 도시는 물질적 토대로서, 그리고 웬만한 결단으로는 피하거나 거부할 수 없는 삶의 조건으로서 현대적 삶을 지배하는 공간이다. 그러나 도시는 단순히 공간의 문제를 초월하여 현대적 인간의 가능성과 존재를 규정하는 문제이다. 도시는 현대의 문명인을 규정하는 지배소이다. 다시 말해 도시는 삶의 양식과 의식을 결정하는 토대이다. 문학도 여기에서 예외일 수는 없다. 도시적 공간이 우리 한국 문학에서 문제적인 공간으로 떠오른 것은 1930년대의 일이지만, 아무튼 삶의 양식과 의식을 반영하는 문제적 양상임에는 틀림없는 것 같다.

김주연은 산업화 과정에서의 문학을 논의하면서 문화산업의 부정적 역기능으로서의 '문학의 통속화'와 문학적 귀족주의에 대한 결별의 의미로서의 '문학의 범속화'3를 구별하고 있는데, 이 둘은 산업화 과정 속에서 문학이 가질 수밖에 없는 양면적 운명이다. 그의 말대로 문학의 범속화와 통속화는 80년대 이후 더욱 광범위하게 노정되는 것으로 보인다. 이것은 그 만큼 우리 사회가 거대한 소비사회로 진입했으며, 그러한 일상의 삶이라는 서정이 어떤 초월성을 떠나 범속적일 수밖에 없다는 역설로 들린다. 이때 통속성을 떠나 삶의 범속성이라는 뜻은 일상생활의 평범함 속에서 삶을 이해하고 서정적 가치를 발견한다는 것이다. 여기에는 일상의 구체성이 거대담론에 의해 억압되었던 측면이 있고, 또한 이러한 수준에서의 미시적 성찰 없이 어떠한 전체론적 추상도 삶에 대한 또 다른 억압이 될 것이다. 이런 점에서 일상성의 복원은 왜곡된 현대성으로부터 삶의 진정성을 찾는 일에 부응하는 것이라 하겠다.

범속성으로 가득 찬 도시적 일상은 현실의 삶과 언어에 충실하다보니 시는 자연스레 현장감과 구체성을 지닌다. 도시적 일상을 살고 있는 시적 자아

---

3 김주연, 「비평 문학과 비평적 쟁점」, 『문학과 정신의 힘』, 문학과지성사, 1990, 202쪽.

들에게 일상생활의 평범성 속에서 삶을 이해하고 서정적 가치를 발견하는
것은 거대 소비자본주의의 삶에서 왜소화되고 소외된, 혹은 거기에 유폐된
자아를 발견하고 경악하는 일에 다름 아니다.

눈여겨 보지 마. 난 아무 것도 감추지 않았어. 유통기한 지난 젤리처럼
아무도 모르게 상해가고 있을 뿐이야. 나를 좇아 다니는 CC-TV도 이제 그
만 꺼줘. 언제부터 이 쇼핑몰을 맴돌고 있는 건지 나도 잊어버렸어. 퓨즈가
나가버린 머리를 달고 나 고낭난 장난감처럼 같은 곳만 맴돌고 있어. …중
략… 몸 속 진열대, 유리병에 담긴 여자들은 쓰레기통에 폐기처분하고 365
일 냉장 보관된 싱싱한 풍경을 쭈욱 들이키는 거야. 쇼핑몰의 여자들은 이
제 집으로 돌려보내고 매장 안에도 다른 음악을 틀어 봐. 도돌이표 가득한
네 소절 단음, 이제 더 이상 밟을 스텝도 없어.

그런데 왜 이 쇼핑몰은 가도 가도 출구가 안 보이는 거야. 너도 이제 먼
지 묻은 선반에서 그만 내려와.

「쇼핑몰의 여자」 중에서

도시에서 쇼핑몰은 지배적인 일상의 세목이다. 그것은 소비의 쾌감을 보
장하고 욕망을 실현할 수 있는 물질적 조건이며, 도시적 삶의 기본 국면으로
서 소비하고자 하는 인간이 자기 존재를 발견하고 확인하는 공간이면서 동
시에 욕망을 실현하는 공간이다. 그래서 김승희는 일찍이 인간은 이제 더 이
상 세계의 중심 명제가 아니라 소비가 그 자리를 대신하는 현상을 목도하고,
데카르트의 인간에 대한 명제를 이렇게 뒤바꾸어 놓는다. "나는 쇼핑한다.
고로 존재한다." 팽만한 소비적 구조가 인간의 존재를 규정하게 되었다는 이
러한 시적 진술은 보르리야르가 이제 오늘의 사회에서 소비가 생활의 중심
이 되었고 소비가 모든 생활을 통어하게 되었다는 인식의 소산과 같다. '후
기' 또는 '소비' 자본주의라고 부르는 사회 형태에서 소비의 조합된 양식에
의해 인간 생활의 연쇄됨은 물론 욕망의 충족에 이르는 확실한 통로를 발견
하게 된 것이다. 문제는 현대화된 거대한 쇼핑몰은 단지 일상생활의 편리성

의 차원을 떠나 하나의 사회적 기호와 이미지로 기능한다는 것이다. 문제는 미로처럼 얽혀 출구를 찾을 수 없도록 안배된 공간으로서의 쇼핑몰이 지닌 행복과 풍요의 이미지이다. 그 풍요의 황금빛 신전이 비추는 빛은 우리의 의식을 사로잡기에 부족함이 없다. 자본주의의 도시적 삶에서 소비 창출의 욕망 조작 메커니즘은 일상생활의 그물망과 더불어 잘 조직되어 있다. 그 대표적 공간이 쇼핑몰이다. 그곳에서 사람들은 "소비활동의 종합을 실현"한다. 그 "소비활동의 대개는 쇼핑"이며, 그곳에서는 "예술과 여가가 일상생활과 섞여"4 있다. 그 공간은 심리 조작의 그물망으로 이루어져 있으며, 그 그물망에 포획된 일상인의 생활은 자유롭지 못하다.

김경인의 「쇼핑몰의 여자」(『다층』, 2005, 여름호)에서 시적 화자는 거대한 쇼핑몰에 감금되어 출구를 찾지 못하고 감시받는 수형자와 같다. "쇼핑몰의 여자"는 현실 소비 사회의 극단적인 초상이다. 화자가 시적 대상으로 삼은 "쇼핑몰의 여자"는 아마도 쇼핑몰에 진열된 마네킹을 의미하는 것 같은데, 화자는 그것을 자기 자신과 동일시한다. 말하자면 "유리병에 담긴 여자들은" 곧 화자 자기 자신으로서의 동일지정이다. 그렇기 때문에 그녀는 진열대 위의 마네킹처럼 "언제부터 이 쇼핑몰을 맴돌고 있는 건지" 잊어버렸으며, "퓨즈가 나가버린 머리를 달고 나"는 "고장난 장난감처럼 같은 곳만 맴돌고 있"는 것이다. 쇼핑몰의 그물이 쳐 놓은 길을 따라 움직일 뿐, 반성적 정신은 작동하지 않으며, 여기에서 주체적 보행은 허락되지 않는다. 그런 그녀는 "유리병 속에 담긴 여자들은 쓰레기통에 폐기처분하고 365일 냉장보관된 싱싱한 풍경들을 쭈욱 들이키고" "다른 음악을 틀어" 존재 전환을 꿈꾼다. 정신의 각성을 통해 존재의 전환을 이루고 싶지만, 쇼핑몰 안에서 그것은 가능하지 않다. 쇼핑몰의 소비적 충동과 달콤한 유혹은 거부할 수 없는 거대한 중력으로 작용한다. 왜냐하면 그곳은 소비의 감옥이며 "더 이상 밟을 스텝"이 허용되지 않는 "도돌이표"로 반복되는 일상이기 때문이다. 그곳은 "가도 가도 출

---

4 장 보드리야르, 이상률 옮김, 『소비의 사회』, 문예출판사, 1991, 16~18쪽 .

구가 안 보이는" 미로이며 감옥이다. 아름답고 부드러운 구속의 감옥이다.

김경인은 이 시를 통해서 쇼핑몰이 일상생활의 주재자가 되었고, 그곳에서의 인간은 몰주체적이며 비개성적임을 환기한다. 화자는 쇼핑몰, 그 어마어마하고 풍요로운 황금빛 신전 안에서 자기 자신을 비롯한 일상인들이 주체적 개성을 거세당한 채 감금된 상황을 비극적으로 보여준다. 시인이 보기에는 쇼핑몰이라는 그 풍요롭고 윤택한 신전 안에서 어떠한 일상인도 예의 물신의 무릎 아래 엎드린 노예와 같은 것이다. 그 신전 앞에서 일상적 삶은 가혹하고 그 늪은 측정할 수 없는 깊이로 욕망의 끈을 잡아 끈다. 그 안에서 인간의 주체성은 보장할 수 없다. 다만 마네킨과 같이 화려한 패션으로 치장한 허상만 있을 뿐이다. 그래서 일상은 일상적이지 않으며 불길하고 수상하다. 이러한 불길함과 수상쩍음, 도시적 삶의 고독과 소외는 종종 현대인의 불안과 공포로 나타나는 경우가 있는데 가령,

> 나에게 필요한 건 따뜻한 포옹과 빛나는 웃음이다. 강철과 유리로 지어진 냉정한 빌딩을 긴 칼로 내리치자 유리창이 깨어지고 노래가 튀어 나왔다. 끈적끈적한 리듬과 따뜻한 음색이 목을 휘감았고 뜨거운 눈물이 목을 타고 내렸다. …중략… 옆을 봐도 사람의 노래는 없었고 뒤를 보아도 사람의 온기(溫氣)는 어디에도 없었다. 앞에는 노래하지 않는 또다른 철골과 유리창의 빌딩이 버티고 서 있었다. '악' 하고 소리를 쳐보지만 메아리마저 화살이 되어 되돌아와 심장에 꽂힌다. 벚꽃잎들이 곱게 깔려진 골방 안에서 벽을 보고 돌아앉아 나는 모래보다 작은 점으로 변해간다.
>
> 「화가 뭉크의 고백 1 - 도시인의 절규 -」 중에서

라고 할 때의 경우이다. 거대한 도시 안에서 일상인은 철저하게 왜곡되고 조작된 욕망에 시달리면서, 때때로 각성을 이루지만 그것은 그러한 현실을 넘어설 만큼의 내공을 가지고 있지 못하다. 겸경수의 「화가 뭉크의 고백 1 - 도시인의 절규 -」(『시와사람』, 2005, 여름호)에서 시적 화자는 도시 공간에 갇혀 자기를 상실한 자아를 발견하고 절규하고 있다. 이 작품은 표현주의 화가 에

드발트 뭉크의 그림 「비명」에서 착안한 듯이 보이는데, 뭉크의 그림이 그렇듯이 이 시도 우리에게 어떤 불길한 공포감으로 인해 전율을 불러일으키기에 충분하다. 그 공포는 '악몽 속의 풍경'에 다름 아니다. 뭉크가 이 그림에서 표현하고 있는 자아의 불안과 공포를 김경수는 그의 시에 그대로 전사시켜 놓고 있다. 이 작품은 시의 부제가 말하고 있듯이 빌딩 숲에 갇힌 "도시인의 절규"를, 그 심리적 공황을 묘사하고 있다.

　그림에 대한 별 관심이 없는 이도 한번쯤 보았을 꽤 유명한 뭉크의 그림 「비명」은, 노인처럼 혹은 무슨 병에 걸린 사람처럼 머리가 다 빠져버리고, 그 머리 부분만이 기형적으로 크게 강조된 한 소년이 다리 위해서 양손으로 귀를 막고 비명을 지르는데, 공포로 인하여 두 눈을 크게 떴고 입은 오므라들어 조그만 구멍 같다. 다리의 저쪽 위에서 그림자처럼 혹은 유령처럼 두 신사가 서 있고, 구름이 요란스럽게 흐르고 있는 하늘도 불안과 공포의 분위기에 휩싸여 있다. 뭉크의 그림에서 우리는 극도의 자기 소외와 공포·불안 등을 느낄 수 있는데, 김경수는 뭉크가 느끼고 표현하고자 했던 공포와 불안을 현대화된 도시 공간에서 그대로 느끼고 절규한다. 뭉크가 이 그림에서 위기에 처한 정체성의 극단적인 경우를 표출하고 있듯이 김경수는 도시 안에서의 자아의 공포와 불안을 표현하고 있다. 그의 시는 악몽 속의 참혹한 풍경에서 울려 퍼지는 비명이다.

　이 작품은 "강철과 유리로 지어진 냉정한 빌딩"의 도시에서 "따뜻한 포옹과 빛나는 웃음"을 바라지만 "사람의 온기(溫氣)는 어디에도 없"는 비정함을 소재로 하고 있다. 화자는 "철골과 유리창의 빌딩"에 갇힌 자아를 발견하고는 놀라서 " '악' 하고 소리를 쳐보지만 메아리마저 화살이 되어 되돌아와 심장에 꽂"히는 심리적 경험을 한다. 그러한 심리적 경험에 의하여 화자는 "나는 모래보다 작은 점으로 변해간다." 이와 같은 자아의 상실과 왜소화는 도시적 삶의 고독과 소외의 경험으로 볼 수 있다. 뭉크의 그림에서 머리가 정신과 육체의 유기적 조화를 잃고 목 아래의 육체보다 기형적으로 강조된 점이 극

단적 자기 소외와 공포의 증거라면, "골방 안에서 벽을 보고 돌아앉아 나는
모래보다 작은 점으로 변해간다"는 진술이 현대 도시 안에서의 시의 화자가
느끼는 자기 소외와 공포·불안의 증거이다. 화자는 "따뜻한 포옹과 빛나는
웃음"을 희망하지만 그 희망을 받아들이기에 빌딩의 철골은 너무 강하고 딱
딱하며, 유리창은 반사의 빛이 너무 세다. 그 불모성에 화자는 경악한다.

3. 일상의 신화 : 반복과 평균율 – 가능성의 균등화

근대 도시란 합리주의 정신을 바탕으로 한 근대 자본주의 혹은 근대 문명
의 소산이다. 근대 도시의 출현은 사회학적으로 인간의 소외를 의미하지만
문학적으로는 생활방식과 문학적 감수성의 변모에 따른 새로운 형태의 글쓰
기를 뜻한다.[5] 도시에 거주하는 시인들의 미학적 자의식의 형태는 모더니즘
이란 이름으로 1930년대 이후 한국문학에서 널리 다루어온 주제이다. 그 점
에서 도시적 삶의 불모성과 허위성의 시적 수용은 우리 문학에서 상당한 문
학사적 성과를 지닌 셈이다. 특히 1960년대 이후 전개된 산업화와 도시화의
물결은 우리의 생활양식은 물론 의식·정서·사고의 일대 변혁을 가져오게
했다. 도시에서 신성성은 빛이 바래어 타락하고 무의미한 기호만이 부유하는
일상의 권태로움이 압도한다. 현대 문명 속의 도시적 삶과 의식의 결을 이루
는 무늬는 무의미함과 권태로움으로 새겨진다. 물질의 풍요로움과 넘치는 쾌
락, 기호의 제국이 선사하는 신비한 감각과 이미지는 우리의 비판적 전략을
일거에 무력화시킨다.

그렇다면 새로운 세기의 변화된 물질적 기반과 고도로 문명화된 도시에서
생성된 시의 인식구조는 어떨까? 그 정체성은 이미 연역적으로 주어진 것이

---

5 서준섭, 「모더니즘과 문학의 신비화」, 『감각의 뒤편』. 문학과지성사, 1995, 121쪽.

아니지만, 대체로 "고독과 소외, 꿈, 개인주의적 경향, 비인간화 또는 통합된 개인의 붕괴"6 등의 속성을 내포하고 있다. 시인들은 왜곡된 도시적 삶의 비인간적 양상을 있는 그대로 드러내 이 거대한 도시의 일상을 해부하고자 한다. 그들은 도시적 일상을 재현하고 아울러 도시적 삶의 불모성을 집요하게 천착해 들어가 그것의 정당성과 절대성을 전복시키고자 한다. 그들의 시에는 지금 우리가 살고 있는, 이미 주어져 있는 근대적 삶의 모습이 있다. 그들의 시에는 그런 도시적 삶의 한 가운데에서 매몰되어 몸부림치는 도시인의 모습이 있다. 그들의 시는 문학을 매개로 우리 자신의 시대와 삶에 대한 성찰에 도달하고자 하는 것이다. 이근화와 이기성의 시는 이런 점에서 주목하게 하는 작품이다.

　　나는 옆에 앉은 남자의 바지 주름을 보고 있다. 주름까지 물렁해진 남자들, 하나둘 셋둘둘 셋 왕복 운동을 한다. 졸고 있는 남자가 떨어뜨리는 고개는 왜 한 방향이지? 왜 남자들은 기울어지지? 나는 어깨를 직각으로 세우고

　　남자 앞의 남자가 신문을 보고 여자 옆의 여자가 책을 읽는다. 뜨거운 이야기의 마을에 이른다. 이야기가 끝나면 주인공이 타오르는 그런 마을. 하나둘 셋 둘둘 셋 박자를 맞추어 남자들이 다시 잠이 들었다. 여자들 때때로 방향을 바꾸었다.

　　가방이 미끄러지고 치마 속이 드러나고 지갑은 주인을 잃지만 꼬리에 꼬리를 물고 열차가 달리고 얼굴을 바꾸어갔다 남자들이 내리고 여자들이 내리고 하나둘 셋 둘둘 셋 박자를 맞추어 걸었다 나는 분명히 직각으로 어깨를 세우고

　　　　　　　　　　「지하로 달리는 사람들」 전문

우리는 남들이 즐기는 것처럼 즐기며 좋아하고, 남들이 판단하는 대로 판단하며 생각한다. 한 마디로 일상의 신화에 내재하는 반복과 평균율은 남들

───────────
6 서준섭, 「1960년대 이후 한국 모더니즘 시의 전개」, 앞의 책, 142쪽.

과 똑같이 생각하고 똑같이 행동하는 비개성적 방식으로 우리를 존재하게
한다. 이근화의 「지하로 달리는 사람들」(『작가』, 2005, 여름호)은 일상적으로
주어진 친근한 환경 속에서 자기의 고유한 '현존재'가 타자라는 존재양식으
로 완전히 분해되는 상황을 그리고 있다. 이 점에서 하이데거의 통찰7은 이
근화의 시를 이해하는데 참고할 만하다. 하이데거는 일상의 평균율 속에서
자기 자신은 없고 타자의 의향이 현존재의 모든 존재 가능성을 임의대로 조
정하는 경우를 '존재 가능성의 균등화'로 보았다. 이 경우 타자는 특정한 타
자가 아닌, 그러니까 이 사람도 저 사람도 아닌, 그렇다고 모든 사람의 총계
도 아닌 중성적(中性的)인 일상적 세인이다. 그것은 평균성 혹은 균일성으로
서 일상성의 존재양식을 규정한다. 가장 친근하게 주어진 환경세계 속에서
일상인은 너나없이 평균율에 따라 생각하고 행동한다. 이때 개인은 완전히
무화되어 타자에 귀속되고 '나'는 사라진다. 그런데 중요한 것은 타자의 지
배는 눈에 띄지 않고, 타율성은 이미 뜻하지 않게 '나'에게 떠맡겨져 있다.
평균성은 일상적 세인의 실존적 성격이다. 여기에서 모든 예외적 사항은 감
시되고 개별적 특수성은 억압되며, 위반은 처벌된다. 이런 까닭에 주어진 환
경은 반복되고 편리한 것이 되고 만다. 온갖 비밀과 신성과 초월성은 빛을
잃고 모든 존재의 가능성은 균등화된다.

　시적 화자는 "가방이 미끄러지고 치마 속이 드러나고" 지갑을 잃는 지극
히 일상적인 지하철 속에서 타자를 관찰하고 타자화되어버린 자기 자신을
발견하고 있다. 그는 일상적 생활 세계의 관찰을 통해서 자기를 발견하는 셈
인데, 거기에는 '나'는 없고 타자만 있다. 지하철은 도시의 생활에서 가장 친
근하게 주어진 환경이다. 그 공간에서 시적 화자를 포함한 모든 타자는 마찬
가지이며 하나같이 한결같다. 그곳에서 모든 타자들은 중성화되며 몰개성적
방식으로 존재하고 평균율의 지배를 받는다. 평균율의 지배에 의하여 "옆에
앉아 있는 남자의 바지 주름"조차도 "하나둘 셋 둘둘" 박자를 맞추어 "왕복

7　마르틴 하이데거, 전양범 옮김, 『존재와 시간』, 시간과공간사, 1992, 180~185쪽.

운동"을 하고, 졸며 떨어뜨리는 남자의 고개는 "한 방향"이고, 한결같이 한 쪽으로만 "남자들은 기울어"진다. 여기에서 모든 예와나 특수성은 허락되지 않는다. 예외는 용납될 수 없는 금기이다. 그저 일정한 평균율에 의한 반복만이 허락될 뿐이다. 그러한 반복을 화자는 계속하여 반복적으로 보여주면서 평균율의 지배를 극대화한다.

화자인 '나'는 "남자 앞의 남자가 신문을 보고 여자 옆의 여자가 책을 읽고", "하나둘 셋 둘둘셋 박자를 맞추어 남자들 다시 잠이 들"고, "여자들 때때로 방향을 바꾸"고, "꼬리에 꼬리를 물고 열차가 달리고", 반복되는 리듬에 "박자를 맞추어" 걷는 일상적 풍경을 통해 비개성적 존재방식으로서의 일상성을 강화한다. 시적 화자인 '나' 역시 예외는 아니어서 끝까지 "나는 어깨를 직각으로 세우고" 있다. "어깨를 직각으로 세"운 균등화된 기계적 경직성이 바로 일상이다. 이근화는 이렇게 균등화된 일상 세계를 통사구문의 병행과 어휘 및 음절 반복을 통해 의미론적 효과를 거두고 있다. 병행 반복적 회귀의 힘을 통해 의미의 회기성을 자아내는 효과와 구조상의 병립성이라는 구성 원리를 통해 의미의 등가성을 촉진하는 시적 효과를 거둔다. 즉 문법적 병행 구조를 전경화하여 시적 분위기와 정조를 창출하고, 그가 전달하고자 하는 도시 생활의 일상성이 내포한 현대성의 균등화라는 의미를 강화한다. 그럼으로써 '현대성의 무의식'이라는 정치성을 부각시키고 있다.

이근화의 시에 보이는 현대 도시의 균일화된 인간의 초상은 이기성의 「1호선」(『문학과사회』, 2005, 여름호)에서는 '원숭이떼'로 나타난다. 이 시는 문명의 디스토피아를 다루는 한 편의 SF 영화 ― 문명의 처참한 몰골을 음산한 화면으로 구성하고 있는 SF 영화를 연상시킨다. 아마도 머지않은 미래에 우리와 우리의 미래의 자손이 경험할지도 모르는……. 시인은 초현실적이지만 예측 가능한 세계를 집약적으로 암시한다. 지하철은 도시적 삶의 공간 이동을 가능케 하는 주요 수단이다. 지하철은 아파트나 백화점, 자동차와 같이 없어서는 안 될 도시적 일상의 중요한 세목이다. 문명의 서울에서 그것이 차

지하는 일상의 중요성을 상기해보라. 멈춘 지하철을 상상해 보라. 지하철은
공간 이동을 보장하는 물질적 조건이면서 동시에 도시적 삶과 경험의 기본
적인 국면을 이루는 지배소이다.

> 육교의 검은 철근에 매달려
> 다리를 버둥거리던 너,
> 깨진 블록처럼 투덜거리며 침을 뱉고
> 찌그러진 태양의 헬멧을
> 다시 눌러 쓴다.
> 금이 간 두 눈을 깜박일 때마다
> 황색과 초록의 틈새로 흰 먼지의 불꽃이 피어나고
> 검은 원숭이떼 자욱하게 몰려간다.
>
> 「1호선」 중에서

　신화에 의하면 인간은 도시를 천상의 세계를 모방하여 건설하였다. 집을
짓는다는 것은 카오스의 세계를 질서롭게 한다는 의미이며, 천지창조를 이룩
한 성스런 신의 행위를 반복하는 것이다. 그런 차원에서 저마다의 고대 건축
물들은 세계의 중심, 우주의 중심에 세워졌다고 믿어왔다. 그러나 도시는 또
한 불의와 탐욕과 범죄 위에 건설된 것이기도 하다. 도시의 창건자 카인은
아벨을 죽였고, 로마의 창시자 로물루스는 레무스를 살해했다. 도시의 건설
은 형제를 죽인 피로 세워졌으며, 형제 살해라는 원초적 폭력의 산물이다.
형제를 살해한 피 위에 건설된 도시는 그러므로 원죄를 바탕에 깔고 있다.
도시의 기원에 대한 이들 신화적 이야기에서 우리는 지금 우리가 몸담은 이
곳, 문명의 화려한 불빛으로 찬란한 지금 이곳의 도시는 천상의 유토피아 같
지만 사실은 전자보다는 후자를 닮았다. 구원의 가능성이 없는 불의와 탐욕
과 범죄로 얼룩진 막다른 문명의 공간, 디스토피아의 도시 말이다.
　이기성은 문명의 최첨단에서 문명의 잔해, 거대한 욕망의 탐식이 내뱉은
폐허의 부산물을 보고 있다. 인간의 욕망은 과부하에 걸려 "과열된 퓨즈처럼

녹아내리"고, "육교의 검은 철근에 매달려 / 다리를 버둥거리"는 지하철 1호
선에서 화자는 분명히 문명의 디스토피아를 보고 있는 것이다. 도시는 '악몽
속의 풍경'과 흡사하고, 그 속에 존재하는 인간 군상은 "검은 원숭이떼"에
불과하다. 시적 화자는 도시가 감추고 있는 이면을 투시한다. 그곳에서 태양
은 "휘어진 고압선 너머로 쿨룩"거리고 "기침을 하며" 떠오르고, "세상은
온통" "탄식처럼 거리를 점령한 원숭이떼"의 "벌건 엉덩짝처럼 타오"른다.
이것은 다시 환경오염과 인간성 마멸 등속의 우리 주변에 상존하는 문명의
부정적 이미지들과 어울리면서 침울하기 짝이 없는 악몽 속의 풍경을 연출
한다. 보들레르의 "대낮에도 유령이 행인들을 붙드는" 망령의 도시처럼, 이
기성의 도시도 "검은 원숭이떼가" 사방에서 "킥킥거리며 튀어나"오고 "자욱
하게 몰려"가는 '유령'의 도시이다.

시인이 경험하고 그리는 '지하철 1호선'에서 빼놓을 수 없는 의미 자질은
어떤 불길함과 황폐함, 디스토피아의 세계이다. 시인이 전하고 싶은 전언,
혹은 우리가 느끼는 주관적 판단에서 공통적으로 마주할 수 있는 의미 자질
은 분명 문명의 디스토피아이다. 그러나 그러한 이미지들은 우리가 일상에서
자동적으로 경험하는 영상이어서, 일상의 우리는 별다른 새로움이나 낯섦을
발견해 내지 못한다. 그것은 일상의 평범한 풍경이다. 그러나 시인은 너무나
일상적인 이미지를 통해 우리의 생활 가운데서 파멸과 종말, 죽음과 소멸의
실체를 똑똑히 사유해 우리 앞에 내놓고 있다. 그 사유 속에는 죽음과 파멸
의 강렬한 이미지가 있다. 이러한 일상의 이미지들은 죽음이 우리의 도시적
일상을 이루는 구체적 세목들에 고스란히 내재되어 있다는, 그래서 죽음과
파멸은 우리의 일상적 삶에 늘 붙어 있는 동반자라는 인식을 일깨운다.

이근화와 이기성은 도시 문명의 한복판에서 그 저변을 흐르는 앙상한 몰
골을 끄집어내 보여주었다. 이들을 비롯한 오늘날의 시인들이 도시를 노래한
다는 것은 단순히 도시라는 공간적 배경을 제재로 삼아서가 아니라, 도시 문
명이 안고 있는 어떤 묵시록적 위기감을 표현하고 있다는 차원에서다. 시인

들은 도시적 삶을 형상화함으로써 우리 세계에 닥쳐오고 있는 어떤 불길한 운명을 예감하고, 그것을 경계하고 그러한 삶을 반성적으로 성찰하고자 한다. 그런 점에서 그들의 시는 일상의 리얼리즘이면서 동시에 현실의 구체적 반영이라는 의미를 지닌다.

4. 욕망의 생태학 : 이미지와 기호 – 환(幻)의 세계

근대화의 과정을 걸어온, 아니 다급한 속도전을 치루며 달려온 이후 이제 도시의 매혹을 노래하기에 우리는 너무 멀리 와버린 듯하다. 사람들은 우리 사회를 '후기' 혹은 '소비' 자본주의 사회라고 진단하기를 꺼려하지 않고, 사회학자들이 진단하는 후기 산업사회의 징후들이 우리의 주변 곳곳에 편재 있음을 부정할 수도 없다. 이 지점에서 다시금 보드리야르를 거론하지 않을 수 없다. 소비 자본주의 문화논리를 '일상생활의 기호학'이라 부르는 그는 오늘날의 상황에서 인간은 예전처럼 생산물을 소비하는 것이 아니라 아이러니컬하게도 기호 그 자체를 소비하게 되었다고 한다. 그리고 그는 소비의 과정에서 욕망의 조작 현상에 주목한다. 그에 따르면 후기소비자본주의 사회에서 필요나 효용성에 기초한 사용가치는 이미 폐기되었고, 기호나 이미지 가치의 상징적 교환이 가치 우위를 차지하게 되었음을 밝힌다. 그는 기호가치 우위의 '기호의 정치경제학'에서 욕망의 문화적 조작이 편만화되고 권력화 되었음을 갈파한다. 아우라(aura)가 사라진 사회적 현실에서 기호와 이미지 가치가 모든 신성성과 초월성을 무화시키고 불가사리 같은 욕망이 번식해 놓은 일상의 풍경이 육화된 모습으로 익숙하게 우리 곁에 펼쳐진다.

후기 산업 소비사회의 문화논리가 지배하는 도시적 삶의 일상은 그야말로 기호의 정치경제학이다. 상품의 효용성이나 사용가치보다는 기호와 이미지

자체가 선사하는 상징가치가 우세한 소비사회의 현실에서 우리의 욕망은 화려하고 풍요로운 매혹적인 풍경에 무력하다. 지시 대상과 분리된 채 부유하는 현란한 기표들의 매혹, 풍요와 행복의 고혹적인 공격으로부터 우리의 여린 욕망은 무기력하다. 그곳에서 우리는 삶을 꾸리고 그 경험 세계 속에서 살아간다. 지시 대상을 잃은 떠도는 기표의 현란한 이미지들은 우리들에게 자유와 행복, 풍요와 유토피아의 황금시대에 대한 환상을 심어준다. 그것들은 기표가 기표를 낳고 또 낳는 번식력을 통해 기하급수적인 자기증식을 거듭하며 우리의 심리를 조작한다. 우리의 현실은 기호와 이미지로 구축된 난공불락의 견고한 성이다. 기호와 이미지의 씨줄과 날줄로 화려하고 풍요롭게 직조된 옷을 걸치고 우리는 행복해 한다. 그 물질의 신비로움에 경탄한다. 그러나 문제는 그것이 환각이라는 사실을 깨닫지 못하는 데 있다. 도시의 시인들은 무엇이든 먹어치우는 거대한 괴물, 소비 도시의 물질과 패션과 기호의 풍요로움과 현란함에 깃든 욕망과 미시 권력의 작동을 바라보며 사유하는 자이다. 그들의 운명은 불행하며 전망은 비극적이다.

> 나뭇가지에서 마른 잎들 떨어져
> 부랑아처럼 뒹굴고 쓰레기통 걷어차며
> 분통 터뜨리는 어둠 속 악다구니에서
> 오래된 종자의 힘이 느껴진다
> 극장 입구 무리 지어 걸어 나오는 유령들
> 소실점처럼 아득히 꺼진 눈빛으로
> 담배를 피우며 이미지에 취해
> 맥 빠진 몸을 흐느적흐느적 저으며
> 3을 향해 가고 있다
>
> 「재개발지역 2」 중에서

　장경린의 「재개발지역 2」(『문학과사회』, 2005, 여름호)는 이기성의 「1호선」과 같이 '악몽 속의 풍경'을 떠올리게 하는 작품이다. 장경린은 효용성이 다해 재개발을 앞둔 지역의 황량함에서 새로운 욕망의 재창출을 보고 있다. 재개발이란 욕망 충족의 확대 재생산을 위해 이제는 "사용할 수 없게"된 지역에서 그는 "이미지에 취해" 인간의 욕망이 끊임없이 확대 재생산되는 순환의 고리를 보고 있는 것이다. 시인은 한계효용이 체감하고 욕망의 한계충족이 체감함에 따라 욕망은 더욱 새롭게 재생산되는 것을 본다. 마치 "속에 무엇인가 꽉 차서 / 텅 비어 보이는 9"처럼 인간의 욕망이란 충족될 수 없는 결핍된 것이기에 끊임없이 새롭게 재개발해야 하는 욕망의 순환을 보여 주는 것이다.

끊임없이 욕망을 촉발할 수밖에 없는 과정을 시인은 재개발 지역, 그 '악몽 속의 풍경'에서 보는 것이다. 욕망 충족의 순환에 비례해서 그 충족의 가치율은 갈수록 하락할 수밖에 없다. 이제 결핍과 충족의 욕망의 순환 고리는 단축되고 종말의 끝은 가깝다. 시인은 이것을 '1, 9, 3, 7, 2'의 아라비아 숫자를 통해 나타낸다. 아라비아 숫자가 가진 의미와 형태를 통해 그는 결핍을 충족시키기 위하여 끊임없이 재개발해야 하는 욕망의 확대 재생산이 갖는 불길함을 보여준다. 이 작품에서 제시된 아라비아 숫자는 의미 내용이 무엇인지 곰곰이 생각하게 하여 순탄한 독서를 방해하고 지연시킨다. 그리하여 자동화되고 습관화된 인식의 과정에 제동을 걸어 시적 의미 내용을 새롭게 환기하는 효과를 거둔다. 그 의미를 추적해 발견할 수 있는 것은 이제 "사용할 수 없게" 된, "사용 중인 공간"보다 "사용 가능한 공간"이 훨씬 적게 남아서 머지않아 종말에 이를 것이란 불길한 예감이다.

작품의 1행은 '1'뿐이다. '1'은 아마도 시작이며 쭉 뻗어 있는 '거리'를 상징하는 것 같다. 그 시작은 금방 '9', 즉 "꽉 차서 / 텅 비어 보이는" 끝과 시작의 의미로 겹쳐지면서 낡은 욕망의 폐기와 새로운 욕망의 확대 재생산을 암시한다. '1'을 지나서 고개를 숙이고 "좌판에서 철지난 옷을 뒤적이고 있는 사람들"은 꽉 차서 텅 빈 '9'이며, 그 거리는 "마른 잎들"이 떨어져 "부랑아처럼 뒹굴고" "어둠 속 악다구니에서" "쓰레기통을 걸어차"는 삭막

하고 황폐한 풍경만 펼쳐져 있다. 그 속에서 사람들은 '9'처럼 꽉 찼지만 텅
비어 있는 결핍의 속이 빈 풍요와 환(幻)으로 가득 찬 가짜 만족의 '유령'에
다름 아니다. 그들은 "이미지에 취해" "소실점처럼 아득히 꺼진 눈빛으로"
흐느적거리며 '3'을 향해 가고 있다. 이때 '3'은 그 형상에서 볼 수 있듯이
'9'처럼 아직 채워지지 않은 상태를 의미하는 것 같다. 그래서 '3'은 "아직
젊어 보이지만" 쉽게 '9'가 될 수 있는 '7'이 되고, "다가올 날들이" 이제는
그만큼 적다는 '2'로 연쇄되면서 "사용 가능 공간"의 절대 부족을 나타낸다.
    장경린은 인간적 온기가 제거된, 혹은 이제는 용도가 폐기된 공간에 시안
(詩眼)을 드리우고 개발의 이면에 가려진 인간 욕망의 치부를 들춰보여 준다.
거기에는 속이 텅 빈 풍요와 거짓 욕망으로 넘실거리는 환(幻)의 세계가 자
리한다. 시인은 이것을 "이미지에 취"한 환(幻)의 현실로 인식한다. 그것은
결국 부정되어야 할 세계이며, 그 속에 매몰되어 의식을 마비 당한 채 그것
이 거짓된 세계인 것조차 망각하고 있는 인간의 모습을 역설적으로 드러내
는 것이다. 장경린이 도시의 '재개발지역'에서 발견한 것은 "이미지에 취해"
의식을 마비 당한 채 환(幻)에 함몰되어 있는 인간과 조작된 욕망으로 이루
어진 허상의 세계이다. 그 조작된 욕망의 세계에서 인간은 이미지에 취한 채
실체가 없는 '유령'이다.
    이에 비해 이덕규의 「자일리톨 껌」(『시와반시』, 2005, 여름호)은 감각적인 언
어적 기교와 넘치는 성적 상상력을 통해 상품이 주는 매혹과 쾌락을 도발적
으로 보여준다. 시인은 조작된 욕망의 세계에서 "황홀한 자본의 오르가슴"
을 경험한다. 그는 우리가 일상에서 무의식적으로 흔하게 접하고 씹는 '자일
리톨 껌'의 일회적이며 천박한 속성을 통해 자본의 상품 논리와 거기에 무
반성적으로 사로잡힌 욕망의 모습을 가감 없이 드러낸다. 그것은 자본주의의
상품논리와 상업적 책략이 감춘 허구성을 드러내는 것이며, 체제의 문법이
갖는 천박성을 폭로하는 것이다. 그는 이 시의 이러한 의미 자질을 일상에
편재한 무의식적 욕망에서 길어 올리고 있다. 욕망의 생태를 통해 그는 인간

의 탐욕적인 실존을 확인하고 자본의 상업적 책략, 그 "현란한 혀굴림에 놀
아나"는 욕망의 작용을 성찰한다.

> 내 딱딱한 순결은 그 어떤 입 속이라도
> 삽십육 점 오도의 체온을 느끼는 순간
> 촉촉하게 젖어 흥분한다 그리고 일격에
> 나의 처녀성은 환상적인 향과 달콤함을 터뜨리면서
> 아주 부드럽고 탄력 있는 몸매로 변신한다
> 구석구석 자근자근 깨무는 당신의 이빨과
> 현란한 혀 굴림에 놀아나기 시작한다
> 무엇이든 입속으로 들어오면
> 무조건 빨고 깨물고 질겅대는 당신의
> 무의식에 시동을 건 나는
> 이제 당신이 기계적으로 씹는 대로 씹히면서
> 황홀한 자본의 오르가슴을 향해 치닫는
> 단물 빠진 질기디 질긴 창녀가 다 되었다
> 결코 삼킬 수 없는 그 천박성 때문에
> 아니, 나도 당신의 그 캄캄한
> 욕망의 목울대를 넘볼 용의는 없지만,
> 말로 오입하듯이 수다와 잡담의 대용으로 즐기다가
> 射精하듯 퉤, 뱉어버리는 일을 두고
> 그 어떤 짐승은 기분 나쁘다는 듯이
> 반추 없는 되새김질이라고 혀를 차며 간다
> 　　　　　　　　　　　　　　「자일리톨 껌」 전문

　　상품의 이미지가 주는 감각적인 달콤함, 넘치는 쾌적과 매혹의 환상들은
결코 충족될 수 없을 듯한 우리의 욕망을 자극하고 조작한다. 절대적 환상으
로 다가와 매혹하는 상품의 감수성과 상상력들 앞에, 그 에로틱하고 매혹적
인 유혹 앞에 우리는 무력하다. 우리의 의식은 자본과 상품의 위력에 저항할
만큼 냉철하지 못하며, 소비 사회에서 그 만큼 우리의 의식은 그것에 지배당

하고 억압받고 있는 것이다. 이덕규의 기본적인 시적 인식은 바로 이러한 것인데, 그는 그만의 독특한 독법을 통해 상품이 강요하는 타율성과 그 상품이 유포한 욕망의 질서 속에서 맹목의 상태를 반성하지 않는 의식을 반성한다. 그는 이 시에서 무엇인가를 계속하여 소비하지 않고서는 못 배기는 도시적 일상의 욕망을 굴절해 보여줌으로써 그것의 절대성과 환상을 전복한다.

일상에서 껌을 씹는 행위는 매우 낯익은 광경이다. 그러한 행위는 거의 무의식적 반복 행위에 가깝다. 그 만큼 사소하고 친근한 행위이며 무의식적인 것이다. 그런데 시인은 껌을 씹는 낯익은 행위를 특수화함으로써 그 행위의 부정성을 환기한다. 문제는 이러한 상품의 무의식적 소비가 내포한 부정성 자체가 아니다. 이 시가 겨냥하고 있는 것은 그것에 길들여져 도취된 의식과 그 상업적 책략에 놀아나는 무의식적 욕망, 그것에 의한 소비 행태의 일차원성이다. 이 시의 문제성은 입 속에 껌을 넣고 씹는 무의식적이며 거의 '기계적'인 반복 행위와 성적 욕망의 '오르가슴'을 연상해 겹쳐 놓는 데 있다. 자일리톨 껌이라는 상품이 자동적으로 환기하는 일정한 연상 작용과 성적 행위를 겹쳐 놓음으로써 자본주의 체제 속에 길들여진 관성화된 우리의 의식을 전율스럽게 깨닫게 하는 것이다.

시 전체를 지배하는 분위기는 에로티즘이며, 그것을 진술하는 시적 화자의 어조는 천박하고 경박스럽다. 껌을 씹는 행위를 시인은 왜 그토록 천박한 성적인 행위로 묘사하는 것일까? 그것은 아마도 욕망의 생태학에 관련된 것으로 보인다. 껌을 씹는 행위, 곧 상품을 소비하는 욕망은 전혀 성적으로 보이지 않는다. 하지만 그 안에 똬리를 튼 욕망은 "환상적인 향과 달콤함을" 맛보고자 하는 성적 욕망이며, "무엇이든 입 속으로 들어오면" "무의식에 시동을" 걸어 "무조건 빨고 깨물고 질경대"는 성적 탐식으로서의 욕망과 무관할 수 없다. 그러한 욕망은 자본의 "단물 빠진 질기디 질긴 창녀"를 만나 일회적이며 천박한 정사를 나누는 것에 다름 아니다. 시인은 "자본의 오르가슴"에 도취되어 마비된 의식과 행위를 "반추 없는 되새김질"이라 하여 반성하지 않는 의식의 천박성과 자동성에 대한 반성을 일깨우면서, 동시에 그 천박성과 일회성, 그 추함에 "혀를 차"는 것이다.

도시적 삶과 자본의 상품 논리가 유포한 왜곡된 욕망에 대한 이러한 인식은 비단 이덕규만의 독특한 것은 아니다. 자본주의 도시 문명과 상품의 논리가 유포한 바이러스에 감염되어 마비된 의식과 조작·왜곡된 욕망에 대한 시적 독해 작업은 오늘의 시인들에게 폭넓게 수용되고 있는 실정이다. 이러한 시적 인식과 성과는 80년대 이후 오규원, 최승호, 유하 등등의 많은 시인들이 가졌던 인식과 시적 성과와 더불어 있으며, 이제 그것은 현대 시인들에게 보편화된 듯하다. 온갖 이미지와 기호가 인간의 욕망을 지배하고 억압하는 한 복판에서 오늘날의 시인들은 거기에 몸담고 언어를 무기로 싸우거나 아니면 훼손되지 않은 원초적 자연의 원형세계로 돌아갈 수밖에 없는 형국을 이즈음의 시들은 보여준다.

5. 훼손된 세계의 시적 탐색

돌이켜보건대 우리 현대 문학사에서 문학과 예술의 자율성에 대한 관심과 신념은 4·19 세대들에 의해 구축되었다고 할 수 있겠다. 이와 같은 신념은 비록 80년대의 문학 현장까지 온전하게 지속되었다고 할 수 있겠는데, 비록 당시의 해체시나 민중시가 현실 초월적인 문학에 대해 비판적인 입장을 취하면서 시와 삶의 거리를 좁히고자 노력하였음에도 불구하고, 이들 80년대의 시들은 여전히 추구해야할 어떤 이념 같은 것이 공통적으로 내재해 있었음은 의심의 여지가 없다.

그러나 90년대 이후에 들어서면서부터 이러한 사정은 현저하게 변모되었다. 요컨대 90년대 이후의 문학인들에게는 일체의 초월적 이념이 사라진 누

추하고 지리멸렬한 현실과 자본주의적 일상의 삶이 주요한 시적 관심사로
자리 잡게 되었으며, 이러한 현상은 현재에도 지속되고 있는 엄연한 사실이
기도 하다. 세계의 신성성과 초월적 이념이 사라지고 자본주의가 배태한 전
면적 물화의 세계는 어떠한 신성과 초월성도 허용하지 않으며, 시는 현실과
일상의 삶을 떠나서는 존재 의미를 상실한 상황에 놓이게 되었다. 그것은 앞
서 언급했듯이 도시적 일상성은 도시화된 현대인의 삶의 근본적 특징이기
때문이다. 도시는 현대 문명인의 삶과 의식을 규정하는 가장 강력한 권력이
다. 이러한 현상에는 한 마디로 탈이데올로기의 대표적 징후로서 거대담론이
그 막강한 권좌를 '억압된 타자' 혹은 '속물들의 복수'에 의해 오래 동안 누
려왔던 권좌를 그들에게 내어준 결과이다. 지난 90년대 이래 일상성이 우리
시의 핵심적 화두로 자리한 것은 이러한 맥락에서일 것이다.

   도시 문명의 삶 한 가운데에 일상성이 있다. 일상성은 다름 아닌 도시 공
간의 일반적 생활 방식의 핵심적 준거 틀이다. 그 속에는 물질과 기호의 매
혹적인 현란함이 있으며, 이것들이 발산하는 미시 권력의 미세한 작용으로
일상인의 무의식과 욕망은 지배당하고 조작된다. 자본주의적 상품 논리와 그
에 따라 조작된 공간과 시간의 안배, 이를 거부감 없이 자연스레 받아들이게
하는 일상의 패턴은 심리조작의 극치이다. 문명화된 도시는 현대적 삶의 표
본이다. 그 속에서 우리의 의식은 물론 무의식조차도 조작되고 조정된다. 자
본주의의 거대한 문화논리에 의해 우리의 의식과 무의식은 너무나 무력하다.
따라서 도시적 일상의 삶은 앙리 르페브르의 표현처럼 오늘날 "사회를 알기
위한 실마리"[8]로서 일상이라는 존재에 대한 미시적 접근과 해석의 필요성을
제기하는 것이다. 따라서 일상성에 대한 시적 관심과 인식의 재발견이 갖는
의미는 그것을 배태하고 양육한 현대의 사회를 이해하고, 그 곳에 내재하는
'현대성의 무의식'이라는 이데올로기와 정치성을 읽어내는 데 가치를 갖는다.
   한국 사회에서 후기 산업사회 혹은 소비 자본주의라는 사회적 징후들이

---

8 앙리 르페브르, 박정자 역, 『현대세계의 일상성』, 세계일보사, 1990, 63쪽.

나타나기 시작할 때부터 우리는 본격적으로 도시적 정신구조와 감수성을 만
나기 시작했다. 그것은 일종의 훼손된 세계에 대한 고통스런 시적 확인에 가
깝다. 그것은 낙관적 미래 전망을 얻지 못하고 훼손된 세계를 훼손된 방법으
로 고통스럽게 보여주는 것이었다. 그 고통은 세계를 총체적으로 인식할 수
없는, 그것을 일원적 원리로 설명할 수 없는 우리 세대의 고통이다. 그 고통
은 또한 세속 도시, 그 문명의 반문명성을 비판하면서 동시에 우리 자신이
그 문명의 일부임을 확인하고 반성적 인식과 성찰을 꾀할 수밖에 없는 우리
세대의 고통이기도 하다. 그렇다고 고통을 확인하고 섣불리 전망의 선택을
강요하거나 예견할 필요는 없을 것이다. 다만 고통은 더욱 깊어져야 할 필요
가 있으며, 그럴 때 정직한 선택은 탐구될 것이다. 어쨌든 진정한 의미의 시
적 체험으로까지 고통은 깊어져야 할 것이다. 전망은 회복되는 것이 아닌 만
들어가는 탐색의 과정에 있는 것이기 때문이다. 우리 시대의 시는 '집' 없는
길 위에 서 있는 셈이다.

- 식물적 상상력과 도시적 감수성 -

1. 우리 시대 서정의 표정

아도르노의 말처럼 서정시의 내용이 갖는 보편성이란 본질적으로 사회적
이며 시대적인 것이다. 이 말은 서정시가 주체의 주관적 감성을 직관에 의해
포착하는 순수 언어에 의한다지만 그것은 정치·사회·문화·시대적 정신
과 무의식까지도 강력하게 반영한다는 뜻으로 들린다. 특히 한국 현대 시사
에 있어서 서정시의 조건과 전개는 아도르노가 말한 사회성과의 연관 위에
놓여 있다. 현대 시사에서 서정시가 어떤 시대·사회·정치적 입장을 내세
워 그것을 대변했다거나, 아니면 서정의 별빛에 빛나는 순수의 보석을 노래
했다손 치더라도, 그것이 어느 차원에서든 정치 사회적 환경의 맥락에서 운
동한 결과라 아니 할 수 없다. 특하나 한국 근대시의 출발부터 지금에 이르
기까지 외세의 강점과 분단, 그리고 군사 독재와 파행적 산업화의 과정이라
는 근대사의 질곡에 노출된 시적 환경을 생각하면 더욱 그러하다. 서정시는
근본적으로 역사 현실로부터 자유로울 수 없다.

의지할 뗏목도 없이 이념의 홍수로 범람하던 시대가 덧없이 지나고, 세기

말의 허다한 담론이 풍문처럼 스쳐 지난 오늘날 이전과는 다른 서정의 표정
은 어떠한 것인가? 이전과는 다른 서정 주체의 반성과 차이는 단절로만 규
정될 수 없을 것이며, 동시에 지금의 서정적 주체의 문제 제기는 과거와는
일정한 차이를 지니는 것이다. 즉 이러한 변화는 단절이 내포한 연속이면서,
동시에 지금과는 다른 무엇을 향한 운동이라는 점에서 연속적 단절이다. 새
로운 시대 새로운 시인들의 서정은 과거와 단절되어 있으며, 동시에 연속되
는 서정의 표정을 짓고 있다. 그들이 보여주는 시적 스펙트럼은 이전의 선배
시인들과 일정 부분 빛깔을 같이 하며, 동시에 이전의 선배 시인이나 작품들
과는 엄격히 구분할 수 있는 다른 빛깔을 지니는 것이 사실이다.

　우리 시대 시인들은 서정의 집에서 램프를 밝히고 시를 쓰지만, 그 집은
자아와 세계가 행복하게 일치를 이루는 동일성의 세계가 아니다. 산업 자본
주의 시대에 세계를 총체적 질서의 체계로 파악하는 것은 무리이다. 그 속에
서 서정시는 자아와 세계, 육체와 정신이 농밀한 화학적 결합을 구가하는 노
래일 수 없다. 일치를 꿈꾸고 영원을 꿈꾼다 하더라도 그것은 이전의 서정
세계로의 귀환이거나 회귀일 수는 없다. 다만 그러한 세계의 시적 복원은 인
간이 세계와 참다운 관계를 맺어야 한다는 시적 울림으로 들린다.

　신성한 숲, 그 내밀한 생명과 원초적 꿈의 공간을 잃어버린 서정 시인들에
게 있어서, 끊어낼 수 없는 원죄의 서정을 노래하는 근저에는 그곳으로 돌아
가려는 무의식적 회귀의 욕망과 함께 그것을 회복하고자 하는 욕망, 이 현실
이 얼마나 반생명적인가를 환기하는 의식이 함께 자리한다. 이러한 본능적 태
도는 현실의 정치·이데올로기적 조건을 포함하는 동시에 문명의 조건에 대
한 반응의 층위로서 결과한 것이다. 이들에게 중요한 것은 무엇보다도 현실의
억압이 아니라 보다 광범위하게 펼쳐져 우리의 무의식까지도 지배하고 조종
하는 산업 자본의 도시 문명이 감추고 있는 이데올로기이다. 후기 산업자본주
의가 번식해 놓은 문화적 바이러스, 그러니까 모든 가치의 물화와 반생명성이
배태한 불길한 예감과 위기감이 우리 시대 서정의 지배적 표정이다.

　이러한 문제 의식은 후기 산업자본주의 시대에서 우리의 삶이 위기에 처해 있다는 것과 자아와 세계의 참된 관계를 회복해야 한다는 시적 인식으로 요약할 수 있다. 이것은 후기 산업자본주의 시대의 문명에 대한 안티테제로서의 의미를 갖는 것이다. 최근 계간지에 실린 시들을 이와 같은 인식의 기초 아래 몇 가지 길을 따라 가보자. 그것은 신성과 문명을 바라보는 시인들의 농밀한 내면 풍경을 훔쳐보는 일이다. 이 일은 신성한 숲의 상징과 이를 배반한 이후 자본의 도시 문명이 이룩해 놓은 욕망의 바벨탑 안에서 서정시인들이 느끼고 의식하는 감각과 표정을 더듬어 보는 일에 다름 아니다. 그 가운데에는 종말과 시원이 자리한다.

2. 숲, 내밀한 자궁 속으로

　어느 시대나 사람들은 지상낙원을 그리워해 왔다. 특하나 우리는 자본주의의 고도의 물질 문명 속에서 살아가면서도, 역설적이게도 의식의 한 구석에는 문명에 대한 반감을 간직한 채 살아가고 있다. 우리는 지금 이곳의 삶이 비인간적이고 환멸스러울수록 의식의 한켠에 도사린 반문명에 대한 적개심은 자연을 꿈꾸고 유토피아를 그리워하게 되어 있다. 거기에는 현재의 혐오스런 나라에서 벗어나고픈 또는 멀리 떨어져 있고 싶은 반항심이 잠복해 있다. 그러나 그 지상낙원, 황금시대의 이상향은 존재하지 않는다.

　토마스 모어가 처음으로 사용한 유토피아(Utopia)는 말 자체가 패러독스이다. 그것은 지상에는 없는 행복한 나라라는 뜻이기 때문이다. 그렇기 때문에 더 강한 매혹으로 우리를 사로잡는 것이 지상낙원이다. 희랍의 헤시오드가 말한 황금시대나 그 다음의 은시대도 지나고 철의 시대도 지났으며, 무형의 빛과 속도가 지배하는 후기산업사회인 지금 사람들은 더더욱 그곳을 그리워

할 수밖에 없다. 극심한 소외와 분열에 시달리는 현대인들은 사람들이 신처럼 살았으며 사철 봄처럼 따뜻하고, 슬픔이 없고 노동도 고통도 없는 헤시오드의 황금시대, 아담과 이브의 에덴동산,『오딧세이』의 엘레지움, 천년왕국, 천당, 유토피아, 무릉도원, 아르카디아 등 수많은 낙원의 이미지, 문명에 오염되지 않은 목가적 고향을 그리워한다. 문명의 그늘이 드리워 있지 않은 자연, 훼손되지 않은 목가적인 전원, 오염되지 않은 숲, 섬, 동산, 고향은 인간에게 잃어버린 낙원을 표상해 준다. 황금시대, 그 동일성의 세계를 시인들은 문명의 한복판에서 그리워하며 그것을 꿈꾼다.

동일성을 상실한 시적 자아가 찾아가는 길 가운데 하나는, 원초적 자연의 세계를 원형 그대로 복원하는 것이다. 그것은 어쩌면 현대의 파편화된 시간과 도시적 문명의 공간에서 벗어나고자 하는 현대인의 욕구와 관련되어 있다. 이는 탈주와 초월의 이탈 욕망인 동시에 좌절의 한 표현이기도 하다. 이는 자연이 갖는 모성의 안락한 세계로 돌아가고자 하는 욕망과 관련된 것이다. 그리고 일상의 초월이며, 차안을 떠난 피안의 환각을 탐닉하는 행위이기도 하다. 그렇지 않으면 분열된 현실에 발을 딛고 원시적 토착 영토의 훼손과 파괴의 실상을 긴장감 있게 드러내 보여줌으로써 인간의 욕망과 문명의 반생명성을 거울로 비춰 보여주는 것이다. 어쨌거나 이러한 두 양상은 근본적으로 한 뿌리에서 자란 두 가지이다. 그것은 우리의 삶이 생태론적 위기에 처해 있다는 것과 인간과 자연, 자아와 세계가 참된 관계를 다시금 회복해야 한다는 전언을 내포한다.

자연 대상물 가운데 숲은 어머니의 자궁과 같은 공간이다. 그래서 숲은 온갖 동식물을 잉태하고 양육한다. 숲은 식물의 자궁이며, 자연의 자궁이다. 도시에서 자라고 있는 나무와 풀과 꽃들은 자신들의 근원인 숲을 꿈꾼다면, 인간은 자신을 잉태한 어머니의 자궁을 꿈꾼다. 숲은 모태처럼 편안하고 안락하다. 나무와 풀과 꽃이 원초적 근원인 숲을 꿈꾼다면, 자연을 버린 인간은 역설적이게도 자신들이 버린 자연을 꿈꾼다. 자궁이나 숲은 우리가 그쪽으로 돌아가려 하는 만큼의 관성으로 우리를 거부하며, 동시에 그쪽에서 벗어나려 하는 만큼의 힘으로 우리를 끌어당긴다.

문태준의 「대나무숲이 있는 뒤란」(『시와시학』, 2004년 여름호)은 '장독대가 있는 뒤란의 대나무가 가득한 숲', 그 숲의 '공중에 푸른 여울'이 출렁이는 원형적 공간을 재현한다. 인간은 낙원 상실 이후 원초적 공간을 동경하였고 그곳으로 되돌아가고픈 욕망을 끊임없이 가지고 있다. 흔히 모태회귀라는 말로 표현되는 원초적 공간에 대한 그리움은 인간 심리의 보편적 무의식이다. 문학에서 낙원으로서 그 원초적 공간은 대개 숲이나 정원으로 표상되어 왔다. 그곳은 모성의 힘과 보호가 자리하는 모태와도 같은 공간이다. 그 숲에서 자라는 나무는 대지에서 태어나 빛과 공기에 의해 풍요로워지는 수직적 존재로서, '한 그루 우주 나무'로서의 신화성을 간직한다.

> 처음 이곳에 대나무숲을 가꾼 이 누구였을까
> 푸른 대나무들이 도열한 창기병 같다
> 장독대 뒤편 대나무 가득한 뒤란
> 떠나고 이르는 바람의 숨결을
> 空寂과 波瀾을 동시에 읽어낼 줄 안 이 누구였을까
> 한 채 집이 할머니 귓속처럼 오래 단련되어도
> 이 집 뒤란으로는 바람도 우체부처럼 오는 것이니
> 아 그 먼 곳서 오는 반가운 이의 소식을 기다려
> 구군가 공중에 이처럼 푸른 여울을 올려 놓은 것이다
> 　　　　　　　　　　　　　　「대나무숲이 있는 뒤란」 전문

고즈넉이 자리한 시골집의 뒤란 대나무숲 풍경을 서정적으로 묘사하고 있는 문태준의 시는, 우리가 잃어버린, 아니 우리가 저버린 유년의 옛날 집에 대한 시적 재현에 가깝다. 모든 현실적 요구를 외면한 채 자연 대상을 마주한 화자는 일상 경험을 초월한, "공중의 푸른 여울"로 상징되는 초역사적인 영원의 정신 세계를 꿈꾼다. 화자는 현실을 괄호 안에 묶어두고 나머지 여백의 공간에서 원형의 공간을 재현한다. 가볍고 경쾌한 언어 구사로 투명하게

우리의 옛 공간을 색칠하고 있는 이 시가 궁극적으로 말하고자 하는 것은 무엇일까. 그것은 아마도 자아와 세계의 원초적인 만남과 그에 기인한 은밀한 떨림이다. 시인에게 대나무 숲은 "空寂과 波瀾"의 멈춘 듯 순간 모습을 바꾸고 파동하는 것으로 비친다. 이를 따라서 시인은 부드럽게, 공중에 떠오르는 새처럼 가볍게 언어를 구사한다. 대나무 숲의 움직임처럼 시인의 언어는 대상을 붙잡으려 하기보다는 현상과 함께 명멸할 정도로 찰나적이다. "대나무 숲이 있는 뒤란"이라는 제목이 암시하듯 "空寂과 波瀾"의 미묘한 운동의 떨림과 고요의 풍경을 포착함으로써 세계와의 조화로운 관계를 꿈꾼다. 그 관계는 초역사적 관계의 참된 복원이라 할 수 있다.

신성을 상실한 이후 인간은 원초적 공간으로서 숲을 동경해 왔다. 마치 "푸른 대나무들이 창기병처럼 도열한" "장독대 뒤편의 뒤란 대나무 숲"은 우리가 잃어버린 공간이며, 그곳은 "할머니의 귓속처럼 오래 단련"된 우리가 돌아가야 할 집과 같은 모성의 공간이다. 그 뒤란에 자라는 대나무 숲은 수직적 존재로서 신화적 우주의 기능을 담당하면서 문명의 세계로부터 떨어진 원형적 거소로 자리하고 있다. 왜냐하면 뒤란의 대나무 숲으로 쌓인 울은 안정된 영혼의 휴식처를 의미하기 때문이다. 숲은 인간의 정신 속에 원형적 공감을 일으키는 공간이며 조화와 안정으로 가득 찬 장소로서 문명의 정신을 순화시키는 성소와 같은 장소이기 때문이다. 그 대나무 숲은 신성의 공간에서 멀어진 이후 그 안락한 공간에서 영원히 거주할 권리를 박탈당한 우리가 되돌아가고 싶은 모성의 공간이다. 끊임없이 움직이는 자연의 "空寂과 波瀾을 동시에 읽어낼 줄 안 이"의 지혜에서 시인은 영원 회귀와 그를 통한 존재의 변모를 대나무 숲에 이는 "푸른 여울"의 물결처럼 꿈꾼다. 그곳은 우리가 문명이라는 이름으로 숲을 배반하고 떠났지만 "할머니의 오래 단련된 귀"로 상징되는 집처럼 우리가 다시 돌아오기를 기다리는 곳이다. "공중에 푸른 여울이" 넘실대는 숲, 우리를 먹여 살렸던 장독대와 숲으로 둘러싸인 동그란 원형의 뒤란으로 이제 그만 돌아온다는 소식을 기다리는 곳이다. 왜

냐하면 대나무 숲으로 둘러싸인 장독대 뒤란의 이미지는 누구나 회귀하고자
하는 원형의 이미지를 환기하는 원초적 공간이기 때문이다.

  이러한 숲의 이미지는 매우 환상적인 형태를 지향하기도 한다. 조명의 「모
계의 꿈」(『창작과비평』 2004년 여름호)은 숲이 지닌 모성으로 인하여 지극한 고
요함과 평화로움, 그리고 온화한 안정과 경이를 들려준다. 시인은 지금 우리
가 잃어버린 신성의 숲, 그 숲이 내장하고 있는 신비적 질서의 세계로 가자
고 손목을 잡아끈다. 그의 시에 보이는 숲은 현세적 모순이 제거되고 신성과
생명의 내면적 리듬이 충일한 공간으로 제시된다. 그의 숲에는 원시적 생명
의 리듬과 태고의 심성이 그대로 숨쉬고 있다.

  할머니는 털실로 숲을 짜고 계신다. 지난밤 호랑이 꿈을 꾸신 것이다. 순
  모사 실뭉치는 아주 느리게 풀리고 있다. 한올의 내력이 손금의 골짜기와
  혈관의 등성이를 넘나들며 울창해진다. 굵은 대바늘로 느슨하게, 숲에 깃들
  모든 것들을 섬기면서. 함박눈이 초침소리를 덮는 밤, 나는 금황색 양수 속
  에서 은발의 할머니를 받아먹는다. 고적한 사원의 파릇한 이끼 냄새! 저 숲
  을 입고 싶다. 오늘밤에는 할머니 꿈속으로 들어가 한마리 나비로 현몽할
  까? 어머니는 오월 화원이거나 사월 들판으로 강보를 만드실지도 모른다.
  그러면, 이백여섯 개의 뼈가 뒤틀린다는 진통의 터널을, 나는 통과할 수 있
  을 것이다.

                                          「모계의 꿈」 전문

  숲, 그 원형적 공간으로서의 자궁은 멀어진 만큼의 관성적 힘으로 우리를
그곳으로 끌어당긴다. 숲은 모태요 원초적 세계이기 때문이다. 숲은 자궁이
다. 숲은 깊고 내밀하다. 깊고 내밀할수록 그 속에 깃든 생명의 시원은 드넓
게 펼쳐지게 마련이다. 숲과 자궁은 둥글고 포근하게 감싸는 듯한 이미지가
서로 닮았다. 그래서 숲은 모태처럼 편안하고 안락한 이미지를 지니게 된다.
이 시에서 보여주는 숲은 그대로 탄생을 꿈꾸는 자궁이고, 자궁은 생명을 잉
태한 숲이다. 시인은 숲과 자궁을 꿈꾸는 듯 숲이 품은 아늑한 생명의 호흡

을 들려준다. 이러한 것들은 모두 '숲', '양수', 태아로 보이는 '나'의 '진통의 터널'을 통과하는 모태와 출산의 이미지에 의해 결속된다.

이 작품에서 숲은 모성으로 충만해 있다. 할머니의 뜨개질에서 촉발된 시인의 상상력은 숲→꿈→탄생이라는 이미지의 연쇄를 따라 완성된다. 이야기의 고리는 할머니의 뜨개질, 양수 속 '나'의 생각, 어머니의 행위, 그리고 나의 탄생으로 연결된다. 할머니는 "지난밤 호랑이 꿈을" 꾸시고 "그 속에 깃들 모든 것들을 섬기시면서" "털실로 숲을 짜고 계신다." 호랑이의 꿈에 내포된 태몽의 상징과 그에 연계된 숲의 이미지, 숲에 깃들 생명에 대한 섬김은 자궁으로서의 숲의 신성한 비밀을 말해준다. 그 신성한 비밀은 생명에 대한 경외감이다. 그것은 실 한 올 한 올로 조직된 숲의 내력이며 여성적 이미지가 함축한 모성의 내력으로서 생산성의 숭고함을 말하는 것이다. 다음으로 현상적 화자인 '나'는 아직 모태 속 양수에 싸인 태아이다. 그래서 '나'는 어머니의 "금황색 양수 속에서 은발의 할머니를 받아 먹"으며 할머니가 짠 "숲을 입고 싶"고, 또 "어머니의 꿈속으로 들어가 한마리 나비로 현몽"하기도 한다. 어머니는 "오월의 화원이거나 사월의 들판으로 강보" 만들고, 그러한 모성의 내력에 따라 '나'는 "진통의 터널을" 통과해 탄생한다는 것이다.

무엇보다도 이 시에서 느낄 수 있는 분위기는 환상적이며 몽환적인, 그래서 아늑한 양수 속 태아의 호흡을 느끼게 해주는 것이다. 몽환적 분위기가 지배적인 시적 구도에서 우리가 읽을 수 있는 것은, 숲이 지닌 모성의 신성성과 생명 탄생의 경이로움이다. '숲, 양수, 터널' 등은 자궁과 모태의 이미지로서 가장 내밀하고 아늑하고 편안 공간으로서의 시적 기능을 한다. 시인이 몽상 속에서 만나는 숲의 풍경은 시원으로서의 원형적 공간과 관련되어 있다. 시인은 눈을 감고서 내면 세계로 눈을 돌린 다음 '모계의 꿈'을 꾼다. 그 모계의 꿈은 생명을 잉태하는 모성의 내력이다. 그 꿈은 영원 회귀와 그를 통한 존재의 변모, 곧 "뼈가 뒤틀리는 진통의 터널을 통과"하는 생명 탄생의 통과제의에 다름 아니다.

3. 불임의 숲, 벗겨진 처녀성

보통 자연을 노래하는 전원적 목가주의는 소박한 자연 예찬과 전원적 꿈을 추구하는 감상적 목가주의, 아니면 자연과 도시 문명의 상호 역학관계를 탐구하는 보다 현대적인 복합적 목가주의의 양상을 보인다. 그런데 우리가 주목해야 할 것은 자연에 대한 낭만적 이상향을 지양하고 자연과 문명 양자 간의 긴장 관계를 문제 삼는 복합적인 목가주의이다. 왜냐하면 후기 산업 자본주의라고 명명되는 오늘날 과학에 대한 맹목의 신앙이 지배하고 자아와 세계가 심각하게 분열된 상황에서 시인이 취할 수밖에 없는 당연한 결과일지 모르겠기 때문이다. 삶과 세계를 총체적 질서로 파악하려는 노력이 좌절되고 모든 존재를 물화시킨 자본주의적 상품 논리 속에서 시인은 자연으로의 회귀보다는 회귀 불가능성을 노래하는 경우가 많아졌다. 가히 비극적이라 할 만하다.

유토피아, 지상낙원은 지상에는 없는 행복한 나라이다. 자아와 세계가 행복한 일치를 보이는 황금시대는 오래 전에 이미 지났다. 그것은 하나의 꿈이며 이상향이다. 자연에 대한 낭만적 그리움은 이상향을 동경하는 태도로 나타나기도 하나지만, 도심 속의 도시인들은 또한 이지적인 현실주의자이기도 하다. 그들에게 지상낙원은 현실적으로 존재할 수 없는 불가능한 공간이다. 말 그대로 이상향이다. 그들은 이지적 현실주의자이기 때문에 자연과 문명 사이의 긴장 관계 속에서 자연을 재신비화하지 않는다. 이들이 이지적 현실주의자들이기 때문에 둘 사이의 긴장 관계가 파생하는 문제에 대해 비판과 사회적 풍자도 가능한 것이다. 이들은 자연에 대한 낭만적 이상화를 거부하고 자연과 문명 간의 긴장을 문제 삼는다. 그들은 자연의 재신화화를 꿈꾸지 않는다. 그러기보다는 훼손된 자연 대상이나 문명의 반생명성, 인간 욕망의 탐식을 보여주기 위해 노력한다. 다음의 시에서 불길한 예감으로 휩싸인 숲을 산책하기란 섬뜩한 일이다.

뙤약볕 아래
몸을 꼿꼿이 세우고 있는 나무들
지상에 단단한 옹벽을 만들고 있다.

숲 속에는, 잡풀만 우거진 메마른 샘터의 갈증과 한 평생 허리 눕혀 쉴
수 없는 직립의 고통이 있다. 병든 몸끼리 부딪쳐 상처난 자리마다 맷돌처
럼 무거운 옹이의 한숨이 매달려 있다. 산성비에 절어 썩지 못한 낙엽들이
켜켜이 쌓이고 흘러가지 못한 채 소문처럼 풀썩이는 추억이 있다. 때가 되
면 다시 못 올 손님처럼 떠나가는 뼈아픈 이별이 있으나 별빛에 섞여 깜빡
이다 사라지는 반딧불 같은 그리움은 없다.

뙤약볕 아래
수천 수만의 나뭇잎 풀어
저를 감추는, 한여름의 숲은 위험하다.

「여름 숲」 전문

오랜 세월 자연의 숲은 시인들에게 상상력의 젖줄을 대어준 곳이다. 이러
한 숲은 원초적 세계의 복원, 모태로의 회귀 혹은 존재의 중심을 회복하려는
욕망의 시적 이미지로 쓰여 왔다. 그런 의미에서 숲의 이미지는 뿌리 뽑힌
일상인의 삶에 활력을 제공해주는 곳이기도 하다. 그러나 이 시대에 숲과 자
연은 우리가 찾아가도 편안히 안길 수 있는 곳이기보다는 이미 더럽혀지거
나 상처받은 순결이며, 피 흘린 처녀성으로 존재한다. 그곳의 신성은 오염되
었다. 때문에 숲은 불길하며 공포스럽다. 그러한 원시적 토착 영토의 훼손과
파괴의 실상을 그대로 드러내보여 주는 작품이 신덕룡의 「여름 숲」(『시와
정신』 2004년 여름호)이다. 신덕룡의 시는 자연과의 친화와 합일이 주는 기쁨
을 노래하기보다는 자연과의 친화나 합일이 불가능하다는 고립의식이 지배
적으로 깔려 있다. 그에게 자연은 이제 더 이상 어머니의 품이 아니다. 신덕
룡은 자연으로의 회귀보다는 그 회귀 불가능성을 통해서 어떤 불길함을 암
시한다. 시인은 원초적 건강성을 상실한 병든 숲, 불길한 자연의 모습을 역

상(逆像)으로 비추면서 문명과 생태의 문제에 대해 생각하게 한다.

신덕룡의 시는 환경 파괴의 실상을 고발하는 생태주의 시에 가깝다. 자연 환경의 파괴는 인간의 근원적 터전으로서 자연이 지니는 상징적 의미마저도 왜곡 변질시킨다. 자연의 원형적 공간으로서 숲은 병들었고, 병든 몸을 수천 수만의 나뭇잎을 풀어 감춘 것이 '여름 숲'이다. 때문에 여름 숲은 그것이 지닌 본래의 생명 이미지를 잃고 불길하고 공포스러운 괴기적 이미지로 변질되어 있다. 자연과의 재결합이 가져다주는 건강한 기쁨을 노래하기보다는 자연과의 합일이 불가능하다는 분리 의식의 시적 정조가 괴기스럽기까지 하다. 숲을 감싸고 도는 음습한 분위기는 그야말로 불길하고 공포스럽다.

산업자본주의의 문명에 대응하는 시인들의 전략은 그 산업 자본주의의 도시적 문명이 숨기고 있는 반생명성을 집중적으로 드러내거나, 조명의 시나 문태준의 시처럼 그런 상황의 현실 조건을 넘어서 결핍으로 가득 찬 지금 이곳의 상황과 대비되는 시공간으로서 시원에 대한 그리움으로 나타낸다. 그런데 신덕룡의 시는 자연의 재신화화가 함축한 낭만적 이상을 버리고 그 신성의 공간으로 다시 돌아갈 수 없다는 불귀, 혹은 회복 불가능의 비극성을 노래한다. 시인은 숲이 지닌 원초적 시원에 대한 그리움이나 그것이 지닌 자연의 생명성을 노래하기보다는 파괴되고 훼손된 병든 숲의 반생명을 드러내는 데 치중하고 있다. 그래서 신덕룡의 「여름 숲」은 불길하고 매우 공포스럽다.

숲은 시인에게 이제 더 이상 원형적 공간으로서 우리가 꿈꾸는 시원의 동산이거나 자궁이 아니다. 숲은 자연의 생명, 시원의 신성을 잃고 어둡고 불길한 기억이 내장된 이미지 공간으로 기능한다. 숲은 음습한 기억의 저장고 같다. 산업 자본주의의 집약적 상징이 도시 문명이라면 숲으로 표상된 자연은 그러한 부정적 현실의 지평 너머에 떠오르는 구원의 자리로서 기능하지 못한다. 그것은 이미 생태적 순환성을 상실하고 죽음을 앞두고 있는 병든 숲이기 때문이다. "몸을 꼿꼿이 세우고" "지상에 단단한 옹벽을 만들고 있"는

"숲 속에는" "메마른 샘터의 갈증"과 "직립의 고통이 있"을 뿐이다. 샘이 지닌 원초적 생명성과 나무의 수직 직립이 지닌 초월적이며 신화적 우주성의 이미지는 상실하고 말았다. 숲은 "병든 몸끼리 부딪쳐 상처난" "옹이의 한숨이 매달려 있"을 뿐이며, "산성비에 절어 썩지 못한 낙엽들이 켜켜이 쌓"여 있을 뿐이다. 숲은 더 이상 우리에게 "별빛에 섞여 깜빡이다 사라지는 반딧불 같은 그리움"을 주는, 우리가 꿈꾸는 원형적 공간일 수 없다. 이제 숲은 "수천 수만의 나뭇잎 풀어" "저를 감추는, 한여름의 숲은 위험"한 지경에 이른 것이다. 이제 숲은 원초적 처녀성을 상실한 채 위험한 지경에 이르게 되었다. 대지에 뿌리를 박고 숲을 이루는 나무들은 전면적 위기 상황에 처하게 되었고, 그것은 강제된 인간 욕망에 의해 생명을 잃고 수직 직립의 초월적 가치를 상실하고 만다. 여기에서 불행하게도 우리는 신성과 초월, 생명이 아닌 죽음의 공포스러운 숲을 비껴 갈 수 없다.

> 새로 난 산길을 따라 나무들이 베어져 있다.
> 이제 겨우 소녀의 종아리 굵기만큼 자란 나무들이다.
> 근육과 핏줄이 잘려나간 동그란 단면마다 잔잔한 파문이 일고 있다.
> 한쪽에는 껍질이 벗겨진 나무들이 차곡차곡 쌓여 있다.
> 강제로 벗겨진 하반신처럼 유난히 희어서 부끄러운 살색이다.
>
> 「어린 나무들」 전문

김기택의 시 「어린 나무들」(『세계의 문학』 2004년 여름호)은 자연을 살해한 범행의 현장 검증에 다름 아니다. 숲은 인간의 채울 길 없는 욕망으로 인하여 산중에 길이 나고, 그 사이로 나무들이 "강제로 벗겨진 하반신처럼" 베어져 있는 풍경이란 가없이 무한한 인간 욕망의 절경을 보여준다. 그런 점에서 이 작품은 자연의 탈신비화 내지는 욕망의 절경에 가깝다. 인간의 욕망에 의해 신성은 문명의 길이 새로 나고, 그것이 숨기고 있는 반생명성에 그 무지막지한 파괴적 속성에 시인은 집중하고 있다. 문태준과 조명의 시가 그런 상황의 현실 조건을 넘어서 결핍으로 가득 찬 지금 이곳의 상황과 대비되는 시공간으로서 시원에 대한 그리움이란 형태로 드러낸다면, 신덕룡의 시나 김기택의 시는 자연 파괴의 황폐성을 건조하게 전달한다. 시인은 자연에 귀의해 일치하고자 하는 상상적 욕망보다는 그러한 현실의 실상, 그 무차별적 훼손의 풍경을 그대로 묘사한다.

"새로 난 산길을 따라 나무들이 베어져 있"고 그 베어진 나무들은 "겨우 소녀의 종아리 굵기만큼 자란 나무들이다." 이 시는 베어진 어린 나무가 소녀의 종아리, 그리고 잘려나간 핏줄과 근육, 강제로 벗겨진 소녀의 하반신이란 이미지로 전이하면서 가없는 인간 욕망의 풍경과 그 탐욕이 저지른 끔찍한 자연 파괴의 실상을 보여준다. 인간의 편리와 문명의 전도를 위해 베어진 어린 나무가 '소녀의 종아리'로 치환되면서 인간 욕망의 잔인성은 부각되고, "껍질이 벗겨진 나무들"은 "강제로 벗겨진" 소녀의 '하반신처럼 흰 살색'으로 연상되면서 그 잔혹감은 고조된다. 강제로 벗겨진 소녀의 하반신이라니! 어린 나무의 훼손을 시인은 성적 상상력 통해 자연이 지닌 원시적 처녀성의 상실을 아프게 그리고 있다. 그래서 이 시는 인간의 욕망과 그 욕망이 쌓아 올린 문명의 바벨탑이 감춘 반생명의 층위에서 읽힌다. 인간의 자연 훼손 그 자체가 아니라 보다 근원적이고 광범위한 부분에서 세계의 물화와 생명에 대한 위기감으로 읽힌다.

4. 식물, 세속의 나무와 씨앗의 꿈

바슐라르의 생각을 빌리면 "식물은 행복한 꿈의 추억을 성실하게 간직"하고 있다. 왜냐하면 "봄이면 식물은 행복한 꿈의 추억"을 되살려주기 때문이다. 이런 맥락에서 숲을 이루는 봄의 나무와 씨앗에 대해 상상의 한 구석에 앉아 생각해보자. 그 구석은 문명의 도시적 삶에서 꿈꾸고 생각하는 일상적인 것이다. 앞의 시들이 자연의 원형적 자질로서의 가치와 그 원형적 자질이 훼손된 세계 안 구성체들의 불길한 모습을 재현하고 있다면, 정호승의 「이사」(『문예중앙』 2004 여름호)와 강연호의 「봄날 저녁의 우주」(『시작』 2004 여름호)는 도시적 공간에서 목도하는 반생명과 생명의 우주성을 발견하고 있다는 점에서 또 다른 시적 변주를 이룬다. 정호승의 시가 어느 한곳에 정착할 수 없는 도시 서민들의 슬픔을 "아직 봄은 오지 않았는데 뿌리 뽑힌" 채 이주하는 가치의 중심에서 소외된 나무에 빗대고 있다면, 강연호는 황사의 모랫바람 속에서도 아파트 베란다에 싹튼 상추 잎을 보고 끝끝내 우주의 섭리를 발견하려고 노력한다. 이 시대에 생명의 신성함을 노래하는 것은 외면하거나 포기할 수 없는 가치이다.

> 낡은 재건축 아파트 철거 작업이 끝나자
> 마지막으로 나무들이 철거되기 시작한다.
> 아직 봄은 오지 않았는데
> 뿌리를 꼭 껴안고 있던 흙을 새끼줄로 동여매고
> 하늘을 우러러 보던 나뭇가지를 땅바닥에 질질 끌고
> 이삿짐 트럭에 실려가는 힘없는 나무 뒤를
> 까치들이 따라간다.
> 울지도 않고
> 아슬아슬 아직 까치집이 그대로 남아 있는 나무 뒤를
> 울지도 않고

「이사」 전문

나무는 인간 삶에 대한 비유로 가장 많이 쓰이는 대상 가운데 하나이다. 시인 이희중은 자신이 가장 좋아하는 시어의 하나로 나무를 들면서, 나무는 "자연의, 생명의, 우주의 아름답기 그지없는 상징"으로서 자신의 삶에 대한 반성적 거울의 대상이라고 말한 바 있다. 나무는 지고지순한 삶의 과정뿐만

아니라 그 모습 또한 인간의 그것과 닮아서 인간의 삶에 대한 가장 친근한
비유의 하나로 애용되어 왔다. 나무는 분명 삶을 푸른 하늘로 싣고 오르는
힘을 상징한다. 그러나 직립과 수직 상승의 행위와 꿈은 좌절되거나 실패하
기 일쑤다. 더구나 원초적 숲이라는 터전을 상실한 나무는 말할 필요조차 없
다. 그래서 정호승의 「이사」는 도시에서 자라고 있는 나무가 자신들의 근원
인 숲을 꿈꾸는 것처럼 들리며, 이것은 마치 도시적 서민의 삶이 근원의 집
을 상실한 채 이리 저리 떠도는 뿌리 뽑힌 것이란 슬픔을 들려준다.

이 시는 어느 한곳에 정착할 수 없는 도시 서민들의 슬픔을 "아직 봄은
오지 않았는데 뿌리 뽑힌" 채 이주하는 나무에 빗대고 있다. 때문에 다분히
사회적이며 정치적 의미를 지니고 있다. 나무가 상징하는, 삶을 푸른 하늘로
싣고 오르는 힘은 여기서 발견할 수 없다. 오히려 나무는 봄도 아닌데 이식
을 위해 뿌리 뽑힌 채 어디론가 실려 가는 상황에 의해 꿈의 강제 철거처럼
보인다. 나무가 본질적으로 지닌 수직적인 행위, 올곧게 서려는 행위는 찾아
볼 수 없다. 오히려 익숙한 나무의 상징성에 기대어 그러한 원초적 직립성이
보장되거나 보호될 수 없는 상황을 노래함으로써 삶의 절박함을 표상한다.
그러니까 "하늘을 우러러 보던 나뭇가지를 땅바닥에 질질 끌고" "이삿짐 트
럭에 실려 가는" 나무에서 느낄 수 있는 것은 삶의 절박함이다. 뿌리 뽑힌
나무는 솟아오르는 수직의 힘, 그 비상의 꿈이 좌절된 도시 서민의 삶, 그
자체이다.

'나무—까치'의 상상적 조형과 간명하고 명료한 이미지를 통해 구축되는
정호승의 시는, 나무에 집을 짓고 살아가는 까치의 슬픈 운명을 상징적으로
제시한다. 이 시의 표제인 '이사'는 분명 보다 나은 삶의 공간으로의 확장과
변환이라는 의미가 아니다. '아파트의 철거'와 '나무들의 철거'에서 보이듯
그것은 외부의 힘에 강제된 철거이며 이사일 뿐이다. 그것은 "아직 봄이 오
지 않은" 때 이른 이사이다. 그렇기 때문에 까치는 아파트에 사는 사람의 동
일 지정이다. "뿌리를 꼭 껴안고 있던 흙을 새끼줄로 동여매고" "아슬아슬

아직 까치집이 그대로 남아 있는 나무 뒤를" 울지도 않고 따라가는 까치는 분명 이 시대 하층민의 모습이다. 시인은 대지에 뿌리박은 나무의 큰 생장과 정착, 그 우주적인 의미를 부여하지 못하고 나무가 지닌 상징성으로서의 인간적인 꽃을 피우지 못한다. 식물적 신비가 지닌 행복한 꿈의 추억을 되살리지 못한다. 그러니까 이 시는 식물적 상상력에서 존재와 생성, 그리고 힘이라는 원초적 의미를 획득하지 못하고 그것이 좌절될 수밖에 없는 슬픈 현실의 형상화이다. 이 시에서 우리는 뿌리 뽑힌 채 트럭에 실려 가는 나무의 '수직의 꿈'과 함께 그 나무 끝에 매달려 있는 까치집을 뒤따르는 까치의 '직립 정착의 버려진 꿈'을 동시에 읽을 수 있다.

산업 자본의 문명에서 시적 대상들은 원초적 의미를 잃어버렸다. 특히 생태계의 파괴는 시적 대상의 원초적 성격을 심각하게 훼손한다. 그러나 아직도 시적 상상력은 세계의 원초적 대상에 눈을 맞추고 사유하고 있으며, 거기에서 내밀한 시적 상징들을 발견해 낸다. 강연호의 시는 이러한 도시적 환경과 나날이 가속화되는 생태 파괴의 현실에서 생명의 우주적 신비와 그것이 지닌 신성함을 형상함으로써 자연과 세계를 생명으로 가득 찬 것으로 바라보고 있다.

> 봄날 저녁, 잠시 비오고 황사 섞이고
> 문득 아파트 베란다가 들썩거린다
> 나가 보니 한쪽 구석을 차지한 상추 모판에서
> 새 생명들이 지구를 뚫고 나온 거라
> 지구를 한 번 들었다 내려놓고 나온 거라
> 겨드랑이마다 삐죽삐죽 솟아오른
> 간지러운 엽록소의 깃털을 푸드덕거리며
> 다들 마저 활개치지 못해 안달이다
>
> 다만 오늘 같은 연초록의 저녁
> 아파트 베란다에 마악 도착한 우주의 별빛이

있기는 있는 거다.

「봄날 저녁의 우주」 1연과 끝 연

강연호는 황사 바람이 불고, 흙비가 내린 후 아파트의 베란다에서 씨앗이 움튼 상추 잎을 보고 우주의 생명성을 발견한다. 화자는 아파트 베란다라는 열악한 조건과 '흙비, 황사바람' 속에서 움트는 상추씨를 보고 느끼게 된 생명의 경이로움을 형상화한다. 아주 작은 소재인 씨앗에서 우주적인 생명력으로까지 끌고 가는 시인의 상상력은 우리 시에서 그리 놀라운 것은 아니지만, 그럼으로써 시인은 따스한 생명의 우주성을 환기한다.

시인은 "문득 아파트 베란다"의 "상추 모판에서" "지구를 뚫고 나온" 어린 생명을 발견한다. 그 생명의 힘과 신비는 "지구를 한 번 들었다 내려놓고 나온" 것이다. 지구를 뚫고, 지구를 한번 들었다 내려놓고 "삐죽삐죽 솟아오른" 상추 잎의 이미지는 이내 날개의 이미지를 획득하고 하늘을 향해 날아오르려 한다. 이것은 "저녁의 장엄미사"처럼 종교적인 거룩한 의미를 지니는 것이다. 그러나 인간은 "여태 도착하지 않은" 생명의 장엄하고 신비한 별빛, 곧 연초록 생명의 어린 잎이 "어디 얼마나 더 있는지조차 모"르며, 그렇기 때문에 "세상은 또 더러워지고" '흙비도 섞이는 것이다.' 그런 상황에서 시인은 "아파트 베란다에서 마악 도착한 우주의 별빛", 그 연초록 생명의 별빛을 발견하고 경이로워 한다.

시인의 마음은 연초록 어린 잎의 싹을 보고 찰랑찰랑 물결이 이는 것처럼 동요한다. 생명의 경이로움과 신성함을, 그 장엄미사를 보고 그 숭고함과 거룩함에 마음이 충만하여 설레고 있다. 이것은 시인의 마음이 상추 잎의 어린 생명에 열려 있으며, 그와 교감한다는 것이다. 우주와의 교감이 마음의 동요를 일으키고, 그 동요는 따뜻한 생명의 기운을 전해 받는 것이다. 그럼으로써 시인은 상추 잎 하나가 가지는 생명력을 그것에 그치지 않고 우주의 모든 기운들과 함께 한다는 시적 인식을 보여준다. 아파트 베란다 한 구석 상추의 어린 잎이 '날개'와 '별빛'의 이미지로 전환하면서 상추의 어린 잎은 다가적인 의미를 지진다. 이것들이 내포하는 광대한 우주적인 의미는 곧 상징의 위력이다. 이 다가성은 생명력의 표상에서 우주적인 섭리가 되는 신성한 생명으로까지 의미를 확대하는 것이다.

5. 빌딩 숲의 도시적 감수성

우리 시대 가장 중요한 시적 사유 가운데 하나는, 도시 공간에서 이루어지는 도시적 일상에 대한 부정적 인식이다. 이러한 부정적 인식은 도시 문명 속의 일상적 삶에 대한 풍자나 날카로운 비판 내지는 자각의 반성으로 나아가게 한다. 이러한 현상은 산업 사회의 인간 소외와 자본의 논리에 의해 물화되는 가치들에 대한 인식에서 비롯한다. 산업 자본주의 도시 문명이 잉태하는 인간 소외와 가치의 물화는 도시적 삶의 지배적인 현상이다. 보통 산업 자본주의의 도시적 일상에서 상품이나 화폐를 신비적인 힘을 행사하는 것으로 숭배된다. 인간이 물질에 의해 지배받는, 그것을 조장하는 자본주의의 문화 논리와 이데올로기는 인간을 위협하는 요소이다.

그런데 한 시인에게 비인간화와 물신주의의 세계에서 느끼는 소외감은 존재를 자각하는 동인으로 작용하기도 한다. 인간성을 자각게 하는 소외감은 그렇기 때문에 물신화된 세계에 대한 저항의 양식으로 자리한다. 그것은 자본주의 상품 논리와 이데올로기에 길들여진 존재이기를 거부하고 물질적 동물이기를 거부하는 도시적 삶의 감수성이다. 이렇게 볼 때 산업 자본주의 사회에서 부정성은 예술의 한 전형을 이루는 것이다. 예술은 현실 세계의 부정적 인식을 보여주는 대표적 모델로서, 이 부정성은 산업 사회의 비인간적인 물신화와 문명에 대한 맹목적 신앙에 대한 인간적 자각이며 저항이다. 이것이 부정의 힘이다.

옥상 균열은 건물의 늙고 싶은 표정이었다
부러진 안테나가 금의 끝점에 꽂혀 있었고
입주민 양미간으로도 쉽게 금이 번졌다
다시 펴지지 않는 금은 우울한 인상으로 통했다
주파수를 잃은 TV는 캄캄한 우주를 수신했다
밤에 떠난 사람도 많았으나 건물 우편함에
배달된 청구서는 그 여행을 뒤따라가지 못했다
건물은 너무 오래 서있었으므로 저녁은
쉽게 피곤했고 마을버스는 때때로 오지 않았다
지하창고에서 입술을 나눈 남녀는 보풀이 붙은
옷을 서로 벗겨주었다 농밀하게 수놓는 그들처럼
여전히 건물에서는 재봉질이 계속되고 있었다
누군가 현관 바닥에 실 뭉치를 힘껏 내던져
실마리가 풀리지 않는 자해로 매듭 되기도 했다
야근을 마친 충혈된 눈에서도 균열의 뿌리가
내려왔다 여름이 끝나갈 무렵, 지하창고에서
툭툭 불거져 나온 철근들이 가로수 잎을
녹슬게 하고 있다는 소문이 나돌았다 구청직원은
딱지를 붙이며 건물이 헐릴 것을 예고했다
건물주가 풍으로 쓰러진 건 실핏줄 때문이었다
온 신경을 다 드러내놓은 TV가 납땜된 뒤
일층 전파사에 진열되었다 천연색 담쟁이가
건물 균열을 타고 자꾸만 뻗어 올라갔다

　　　　　　　　　　　　　　　「장안상가」 전문

　자본주의적 삶의 양식에서 상가나 백화점은 물질적 쾌락을 보장하는 조건
이며, 도시적 경험의 기본적 양식을 제공해주는 공간이다. 그래서 이들 공간
은 도시적 삶의 풍요로움과 물질적 풍요의 신화를 보장해주는 기호로 작용
한다. 윤성택의 「장안상가」(『문예연구』 2004년 여름호)는 이러한 기호적 가치
와 이미지를 지닌, 자본주의적 행복의 이데올로기에 대한 전복이다. 시인은
도시적 삶과 일상 속에서 우리가 갖고 있는 상가의 이미지와 상징 가치를

깨어버리고 거기에 균열이 가 금방 무너져버릴 붕괴의 이미지를 부여하고
있다. 그는 어둡고 그로테스크한 이미지를 통해 상가가 지닌 화려한 이미지
를 깨고 그 안에 깃든 인간 욕망에 의한 파멸의 징후를 발견하고 있다.

   윤성택의 시는 밀도 있는 이미지에 의해 구축되고 있는데, 사실적 소묘와
이미지의 연쇄가 돋보인다. 사실적인 소묘를 통해 상가의 풍경과 그 속에 깃
든 삶을 그로테스크하게 보여준다. 그럼으로써 보통 도시적 삶의 범주에서
느끼는 산뜻하고 풍요로운 상가의 이미지는 곧 뒤집혀 머지않아 붕괴될 것
이라는 불길한 예감과 위기감을 조장하고 있다. 그럼으로써 우리가 도시적
일상에서 갖게 되는 물질적 풍요와 편리, 안락이라는 보편적 관념을 허물어
버린다. 그것은 '상가 건물에 난 균열'과 거기에 세 들어 사는 '입주민의 양
미간에 번진 금', 그리고 '풍으로 쓰러진 건물주의 실핏줄'을 통해서 서서히
금이 가 곧 쓰러질 것이란 불길한 예감이다.

   그리하여 그의 언어들은 그 상가 건물에 이리저리 난 균열처럼 산만하게
출렁거린다. 그 산만하다 싶은 언어의 출렁거림에 시적 질서를 부여하는 것
은 하나의 화두에 의해 끊임없이 연쇄되는 이미지의 연상에 의한다. 이미지
의 연상은 매우 통일적으로 진행된다. 그것은 '옥상 균열, 양미간의 금, 재봉
질, 실 뭉치, 풀리지 않는 실마리, 충혈된 눈, 실핏줄, 신경, 담쟁이'로 이어
지는 균열이 주는 줄(선)의 이미지를 통해 구축된다. 이러한 이미지의 연쇄에
의해서 물질적 풍요와 행복과 쾌락의 이미지는 '우울한 죽음의 인상'으로 남
는다. 이러한 이미지들은 '저녁(밤, 깜깜함), 떠남, 쓰러짐, 헐림' 등의 언어와
'않았다, 못했다' 등의 부정적 언어 구사를 통해서 위기감과 불길한 정조를
자아내는데 조력한다. 불길한 시적 정조는 마지막으로 "천연색 담쟁이가 / 건
물 균열을 타고 자꾸만 뻗어 올라갔다"는 표현을 통해 상가로 은유되는 문
명의 바벨탑에 대한 반성적 사유를 이끌어내고 있다. 반성적 사유의 주체로
서 시적 자아는 숨어 있는 함축된 화자이다. 숨은 화자는 얼굴을 드러내지
않고 이미지의 명시적 드러냄, 그러니까 묘사적 방식을 통해 이루어내고 있

다. 그렇기 때문에 윤성택의 시는 노래로서의 시의 발생적 성격을 떠나 명료
한 묘사와 이미지의 언어에 의해 바벨탑 같은 도시적 문명의 현상학을 보여
주는 작품이다.

　　지하철 신도림 역에 내리면
　　화살들이 정신없이 쏟아진다

　　계단을 올라가라
　　옆으로 돌아가라
　　앞으로 가라
　　밑으로 내려가라
　　건너 가라
　　곧장 가라
　　그 쪽으로 가지 마라
　　백화점은 여기다
　　돌지 마라
　　양말은 이게 좋다
　　치약은 저 거다
　　여기가 최고다
　　발 밑을 조심하라

　　화살에 맞고도
　　그 많은 사람들이
　　피 한 방울 흘리지 않은 채
　　잘 살아가고 있다
　　　　　　　　　　　　　　　　　　　「화살표」 전문

　신미균의 「화살표」(『시와사람』 2004년 여름호)는 도시적 생활에서 느끼는 혹
은 느끼지 못하는─ 왜냐하면 그것은 우리가 늘 경험하지만 낯익고 평범한
것이기에─ 일상에 대한 시적 보고이다. 아니 그 일상의 무의식을 지배하고
조종하는 이데올로기에 대한 시적 경고로 읽힌다. 그의 시는 도시적 삶의 일

상적 사실에 접근해 반복되는 경험의 타율성과 속악성을 전경화하고 있다. 어느 시인의 표현처럼 "추한만큼 우리에게 일상적인 게 또 있느냐"(김승희, 「평화일기·2」)는 자조어린 반응을 되새김하게 한다. 도시적 일상 생활의 내부를 살피면, 미안하지만 볼품없고 추하다. 그 인습적이고 기계적인 자동성이란 베르그송이 설파한 것처럼 희극적 대상이거나 시인이 금기해야 할 소재거리에 지나지 않는다. 그러나 그렇지 않다. 앙리 르페브르의 말처럼 그것은 소비자본주의 사회로 명명되는 오늘날 그 "사회를 알기 위한 실마리"를 제공하기 때문이다. 신미균의 시는 소비자본주의 총화라 할 수 있는 도시적 삶이 강요하는 물신적 이데올로기에 대한 반성으로 읽힌다.

그의 시는 타인과 똑같이 인식하고 똑같은 틀에서 똑같은 견해를 갖고 똑같은 행동을 하도록 요구하는 도시적 삶의 균일성과 비자율성을 비판한다. 이 작품에서 도시적 삶이 강제하는, 그에 따라 움직이는 획일성은 가히 '현대성의 무의식'이라는 명제를 드러내는 본보기이다. 그 획일성과 비자율성은 도시적 문명의 삶이 요구하는 것이며, 그것을 강제적으로 강요하고 조장하는 것은 이미 프로그래밍된 틀에 따라 움직이게 하는 상품 미학의 이데올로기이다. 인간의 자유로운 삶을 억압하고 강제하는 도시의 '화살표'는 도시적 삶을 획일화하는 강제성의 기표이다. 우리의 주위에는 우리가 선택하지 않았지만 관습·합리·편리라는 이름으로 우리를 지배하고 억압하는 기제들이 널려 있다. 이것들은 내가 선택하지 않았음에도 불구하고 나의 삶과 정신을 지배하고 통제한다. 마치 그 화살표가 지시하는 방향을 그대로 따르면 행복의 나라로 이른다는 듯이 말이다.

신미균은 그러한 현대 도시의 일상성이 품고 있는 강제성을 통해 반성 없는, 정확히 말하자면 정해진 회로에 따라 살아가는 획일화된 일상에 내재한 인간의 비자율성과 비개성성을 풍자한 작품이다. 도시적 삶이 주는 타율성과 비자율성은 지식인으로서의 시인이 비판해야 할 의무이기도 하다. 화살표가 상징하는 편리와 합리, 그리고 질서는 인간의 욕망을 조절하고 금기하는 전

능한 규칙이다. 그 전능한 금기의 규칙을 잘 따르는 이 시대의 시민들은 맞
으면 죽어야 할 "화살을 맞고도 피 한 방울 흘리지 않은 채 / 잘 살아가"는
인조인간과 같은 존재이다. 따라서 그의 시는 도시적 삶과 일상에 내재한 도
구화되고 획일화된 타율성에 대한 비판이다. 또한 그러한 질서 안에서 맹목
의 상태에 대해 반성할 수 없는 일상에 대한 시적 반성이다. 자본주의의 도
구적 이성과 이데올로기에 대한 시인의 비판적 인식은 물신 시대의 왜곡된
욕망의 통로를 '화살표'가 지시하는 통로로 여기고, 그 통행로의 길을 무반
성적으로, 그러니까 시인의 표현대로 "화살에 맞고도 / 그 많은 사람들이 / 피
한 방울 흘리지 않은 채 / 잘 살아가고 있"는 무반성적 보행에 대한 반성적
성찰이다.

6. 신성과 문명의 경계에서

시를 시답게 하는 중요한 조건은 무엇보다도 서정이 우선한다. 시의 언어
는 서정의 언어이고, 시의 서정성은 예술로서의 시의 원형적 자질을 획득하
게 하는 원초적 원소이며 질료이다. 이때 서정적 자아의 원형은 주관과 객
관, 이성과 감정이 명쾌히 변별되지 않는 원초적 시원의 상태, 자아와 세계
가 행복하게 일치하는 낙원에 위치해 있다. 그런데 우리 시대에 있어서 서정
시는 더 이상 인간과 인간, 자아와 세계의 조화로운 포용에서 오는 동일성의
지극한 화음일 수는 없다. 인간과 인간, 인간과 세계의 동일성은 이미 오래
전에 첫사랑의 약속처럼 깨지고, 억압과 결핍, 혼돈과 분열의 세계 가운데를
시적 자아는 불안한 모습으로 서성댄 지 오래다. 그 속에서 삶과 세계를 총
체적 질서로 파악하려는 노력은 좌절될 수밖에 없고, 삶과 세계의 신성성과
초월성은 더 이상 우리 곁에 행복한 표정으로 머물 수 없다. 자아와 세계는

분열되고 과학과 산업에 대한 신앙은 모든 존재를 물화시킨다. 주체와 객체, 자아와 세계가 조화롭게 일치하던 시대의 신성은 더럽혀지고 능욕당했으며, 그러한 문명의 세계에서 서정적 자아는 행복한 표정으로 인간과 세계를 노래할 수 없다.

우리는 온전한 의미로서의 서정으로부터, 시원의 어머니로부터 너무 멀리 떨어져 나와 있다. 설령 그 꿈 속으로 돌아간다 해도 그것은 행복한 서정의 황금 시대에 대한 동경에 그칠 뿐이다. 우리는 다만 상상계의 질서 안에서 황금 시대의 행복한 가락에 몸을 맡겨 춤을 출 뿐이다. 도시 문명의 저주스런 굿판의 사설, 마법과 주술이 사라진 언어 속에서 도시적 감수성으로 말이다. 밤 하늘 별을 보며 길을 찾던 서정 자아의 순결하고 충만했던 눈과 의식은 문명의 불길한 징후 앞에서 미아처럼 불안에 떨며, 그 모습은 감싸려 애쓰면 애쓸수록 오히려 더 덧나는 상처이다. 신성이 사라진 시대에 주체와 객체, 자아와 세계의 조화로운 일체감과 동일감은 상상의 언어와 유토피아적 상상력의 자력 안에서만 맴돈다. 우리 시대의 우리 서정시란 바로 이러한 불협화음의 삶 가운데서 상실된 세계와 행복하게 일치 합일했던 일체·동체의 신혼의 밤으로 돌아가려는 서정적 자아의 힘겨운 자기 반성이거나 울림없는 메아리, 고립된 경계의 말이다. 그것은 도시적 일상에서 느끼게 되는 어쩔 수 없는 감수성의 서정이다.

그러나 그 고립된 경계선에 위치에서 맴도는 서정의 언어와 세계, 신성과 자연에 대한 그리움은 어쩌면 자연스런 일로 받아들여진다. 위독한 도시, 자기 생식력과 자기정화 기능을 상실한 도시를 떠나 푸른 자연에 안기고자 하는 일군의 시인들, 혹은 현대 도시인들이 보여주는 도시 탈출의 심리적 정서가 보여주는 태도는 당연한 일인지도 모르겠다. 아도르노의 지적처럼 서정시의 내용이 갖는 보편성이란 본질적으로 사회적인 것이라 할 때, 우리 시대의 시인들의 시에 나타난 자연이 종말론적 세계관과 직접적 관련성이 없다손 치더라도 그것은 사회적 현상과의 상관성 아래 파악되어야 한다. 그래야만 단순한 자연 예찬이나 회귀가 아니라 의미 가치의 진정성을 획득할 수 있기 때문이다. 아도르노의 말은 서정시가 주체의 주관적 감성을 직관에 의해 포착하는 순수 언어에 의한다지만 그것은 정치·사회·문화·시대적 정신과 무의식까지도 강력하게 반영한다는 뜻으로 들린다. 그러니까 최근 시인들에 보이는 자연은 단순히 친화적인 예찬의 대상일 수도 있겠지만, 그보다는 자연은 도시 문명이라는 우리 시대의 지배적인 문화와 신화에 대한 반작용으로서의 대응 문화, 혹은 대응 담론으로서의 의미를 지닌다고 할 수 있다.

후기 산업사회의 거대 도시에 몸담고 있는 또 한편의 일군의 시인들은 도시와 문명의 종말을 바라본다. 도시 문명의 한복판에 서서 그것들과 적극적으로 대결하기도 한다. 그들의 그 싸움은 새로운 시작을 꿈꾸는 행위이며, 존재의 거듭남을 모색하는 행위이다. 시인들은 거대 도시 문명의 문화논리가 지배하는 공간의 밑자리에 바싹 몸을 감춘 욕망과 그것이 내포한 죽음의 이미지를 본다. 오늘날 도시의 시인들은 문명에 끊임없이 달라붙어 숨쉬는 앙상한 죽음의 생생한 이미지를 파헤치는 장례사이며, 그들의 노래는 창백한 죽음에 바쳐진 장송곡이나 죽음의 넋두리에 가깝다. 시인들이 도시적 삶을 노래한다는 것은 단순히 도시라는 공간적 배경이 시의 제재가 되어서가 아니다. 중요한 것은 현대의 도시에 몸담은 시인들이 도시적 삶을 시로 형상화함으로써 머지않은 미래에 우리에게 닥칠지도 모르는 어떤 종말의 순간을 경계한다는 점이다. 그것은 또한 새로운 시작 또는 삶과 존재의 새로운 거듭남을 모색하는 작업이기도 하다. 시인은 꿈꾸는 존재이기 때문이다.

생성과 소멸의
변증

1. 죽음을 사는 삶

비평은 태생적으로 불행하다. 왜냐하면 선행하는 원텍스트에 기생하기 때문이다. 비평은 자기에 덧씌워진 운명적 불행을 걷어냄으로써 불행을 모면하고자 하지만 태생적 한계로 인하여 늘 불행할 수밖에 없다. 더구나 한 시기에 발표된 작품을 놓고 시평을 쓸 때 비평가는 선택과 배제의 피할 수 없는 갈림길에서 고민할 수밖에 없을 때, 그것은 고약한 운명의 장난처럼 짓궂다. 이것은 그들 비평가에게 주어진 태생적 운명이며 동시에 한계이기도 하다. 그래서 비평은 끊임없이 자신의 불행을 애써 감추고 실존의 불확실성을, 실존의 한계를 극복하려 하지만 그것은 불가능하며, 불가능과의 싸움을 벌인다.

비평가들은 한 시대의 문학적 경향을 하나의 축약된 도식으로 치환하여 사유하고 진단하려는 태도를 보편적으로 지니고 있다. 수적으로 일일이 확인할 수 없을 정도로 많은 분량의 시들이 축복처럼 은총의 말씀처럼 쏟아지고 지고 있는 판에 그것을 전체적으로 아우르는 작업은 고단한 일이다. 무수한 작품들의 개별적 존재태가 독립적이며 나름의 자율성과 자족적인 존재 가치를 확보하고 있음에도 불구하고, 비평가들은 이들의 세계를 몇몇의 대표적 갈래로 분류하고 진단하며, 거기에 어떤 미학적 가치를 부여하려 애쓴다.

그러나 분명한 사실은 우리 시대 문학의 미학적 세계와 그 가치 판단은 단선적으로 그릴 수 없는 다채로운 빛깔의 다양한 형상을 지니고 있다는 점이다. 공시적이며 통시적인 문학의 지형도 안에서, 그 다양한 형상을 지닌 지도 안에서 그것들은 서로 다른 높낮이, 서로 다른 넓이와 깊이의 거울로 서로를 비추며, 그들끼리 서로 다른 차이를 확보하고 자기만의 영역을 구축하기 위해 자기 갱신의 운동을 부단히 펼쳐나가고 있다. 그러나 이와 같이 다채로운 빛깔의 다양한 프리즘으로 존재하는 우리 시대의 문학이 다양한 형상의 지형을 형성하고 있다 하더라도, 그들의 밑변을 흐르는 심층적 공통분모랄까 저류를 관통하는 핵심적 흐름을 추출해 내는 것까지 불가능한 일은 아니다. 그 공통분모 중에서 필자는 죽음을 사는 삶, 혹은 삶을 사는 죽음의 틈을 엿보고자 한다.

2000년대라는 새로운 세기의 문을 연 지금, 우리 시대의 문학, 특히 서정시는 세기말의 허무와 죽음의 이미지를 걷어내고 그것으로부터 탈주하려는 몸부림을 보여준다. 세기말의 감각을 온몸으로 확인한 시인들은 이제 죽음과 허무의 장막을 거둬내고 그 속에서 새로운 긴장의 떨림을 감지해내고 있다. 그들은 죽음의 이미지에서 새로운 생명을, 그리고 생명 안에 깃든 죽음의 이미지를 지각해낸다. 죽음과 허무를 몸으로 경험하는 일은 비극적이지만 그것이 도달한 지점은 시의 정신과 인간의 정신이 날카롭게 만나는 접점을 마련한다. 왜냐하면 시는 내면의 가장 깊고 어두운 자리까지 파고드는 굴착력을 지니고 있기 때문이다. 그 자리에서 주목해야 할 것은 생과 사의 이분법적 문제가 아니라 중요한 것은 둘 사이에 존재하는 어떤 팽팽한 긴장력을 감지하는 일이다. 삶과 죽음이라는 틈 사이에서 생기는 긴장력은 팽팽하게 당겨진 시위와 같다. 그 틈 사이에서 미세하게 전율하는 떨림의 순간을 포착하는 일은 죽음을 사는 인간이 벗어날 수 없는 불가피한 조건이다.

삶과 죽음 사이의 틈에서 전율하는 순간을 포착하는 일은 인간에게 주어진 상황과 조건을 불가항력의 운명으로 받아들이면서 동시에, 아니 오히려 그것을 인간의 실존적 조건으로 수락하고 버텨내려는 의식의 표현이다. 이것은 삶이 지닌 한계로부터 자신을 도피하거나 허무의 종말론적 사유에 빠지는 것이 아니라, 그 속으로 자신을 능동적으로 던짐으로써 역설적으로 인간 실존의 한계를 확인하는 작업이다. 그럼으로써 삶을 더욱 풍요롭게 산출해 나가며 더불어 삶을 존재 가능케 하는 죽음과의 관계를 새롭게 설정하여 우리의 삶을 응시하게 하는 것이다. 삶을 사는 것은 죽음을 사는 것이기도 하기 때문이다.

이 시대의 유력한 평론가이자 시인인 남진우는 어느 글에서 시인의 언어 행위는 항상 마지막 순간을 가정하고 이루어지는, 상징적 죽음의 의례라고 했다. 요컨대 시란 끝없는 죽음에의 접근인 동시에 죽음을 초극하기 위한 시도이기 때문이란 것이다. 따라서 시인이란 존재는 항상 위험과 불안 앞에 노출되어 있으며, 그 위험과 불안을 거부하지 않고 자신의 내밀한 고독 속에서 종국까지 응시하는 사람이다. 자신의 내밀한 고독 속에서 종국까지 응시하는 일은 곧 삶과 죽음 사이에 팽팽하게 당겨진 활처럼 존재하는 긴장된 생명을 직감하는 일이다. 그것은 죽음을 수락하여 삶의 중심에 품고 그것을 견뎌내는 극한의 생명에 대한 관심이며 반영이다. 필자는 이러한 삶과 죽음의 틈을 사유하며 그 사이를 사는 시를 만나려고 한다.

2. 죽음의 징후

불안하고 위험한 현대의 인간에게 죽음의 이미지는 언제나 그림자처럼 현재형으로 곁에 머문다. 우리에게 현대는 문명적이며 그 문명에 의해 풍요롭고 안락하며 평화로운 이미지로 가득 찬 곳이다. 그곳은 언제나 그러하듯이 분주하고 평온한 일상이다. 그 일상은 여전히 지속되고 반복되어 파멸에 대한 예감은 유예되고 불길한 암시는 그저 오래된 예언의 수사에 불과하다. 세상은 아직도 진보하고 있으며 희망의 등대가 불빛을 비춘다. 세상은 그럭저럭 살 만한 곳이다. 그곳에서 일어나는 어떤 사건도 충격적이지 못하며, 평온과 권태, 무미하고 건조한 일상이 되풀이 된다.

그대와 나는 일상에 길들어 있다. 그대와 나는 모른다. 그 일상에 덧붙은 죽음을. 아니 알면서 모르는 체하는 것일 게다. 타자들의 죽음과 불길한 예감은 한낱 배설의 고통 끝에 맛보는 쾌감에 접어버리는 나와는 무관한 정보에 불과하다. 이 지점에서 우리는 허무와 불안의 묵시록적 현상을 만난다. 어쩌면 그것은 삶에 대한 열정뿐만 아니라 내일을 향한 전망마저 삭제해버리는 것이기도 하다. 그러나 묵시록적 세계 인식은 깨어있는 정신으로 이 시대를 정면으로 응시하고자 하는 사람이라면 누구나 공유하고 있는 일종의 비극적 인식론이며 정서적 토대이다. 이것은 시인에게 상상력의 지하 수맥을 제공해주기도 한다.

그들의 상상력의 편린을 살피다보면 분명 우리는 어떤, 그러니까 우리가 골몰해 왔던, 아니 필자와 같이 80년대를 청춘으로 보냈던 시기에 고민했던 것과는 질적으로 다른 위기에 직면해 있다는 것을 감지할 수 있다. 그것은 우리 사회뿐만 아니라 세계가 여러 층위에서 커다란 지각 변동을 일으키고 있으며―그렇지 않은 역사가 어디 있으랴만―그것이 부정적 방향으로 운동하고 있다는 예감, 그리고 그 해결책 또한 쉽게 찾아질 수 없다는 불안감, 이 모든 것이 예민해서 탈인 정신들을 자극하고 위협하고 있다. 거기에 예민한 촉수를 대고 죽음의 이미지를 빠는 부류의 시인들의 시가 편재해 있다. 가령,

　　　나는 오래된 그늘이었다
　　　길들여지지 않은 섬 바람에
　　　세상이 눈부셔 바닥 밑으로 물꼬를 틀던
　　　칸나 뿌리의 불온한 문신이었다

　　　질기디 질긴 습성으로 숨겨진 비명을 지른다
　　　거센 보폭의 해일이 넘칠 때
　　　잃어버린 지도를 따라 나선다
　　　해가 진 뒤 음습한 뒷골목에 서식하기 시작하는 도시의 불빛
　　　쇼윈도마다 마녀의 눈썹처럼 숱이 무성한 주술의 달빛
　　　밤이 새도록
　　　구름 바벨탑이 뜯겨나간다
　　　첨탑 끝 십자가에 걸린
　　　불빛, 핏물 홍건히 쏟는다
　　　고층 빌딩의 불켜진 감옥마다 창틀 완강히 닫힌다
　　　불빛, 닫혀진 방마다 블라인드 사이에 끼인다
　　　돌아갈 방을 만들지 않았으므로
　　　퇴화한 날개 죽지 파닥이며
　　　무인도를 건넌다 시체 몇 몇 달빛 바다에 잠긴다
　　　흑백도시의 관 뚜껑을 열면 만선을 잃어버린
　　　슬픈 어족의 비늘
　　　돌아갈 방을 만들지 않는 그늘이 허공으로만 뿌리 뻗는다
　　　　　　　　　　　　　　　　　　　　　「도시 불빛」 전문

라고 노래하는 양인숙의 「도시 불빛」(『문예중앙』 2004년 겨울호)과 같은 경우
이다. 어두운 도시의 밤 풍경 속에 펼쳐지는 이 시는 내일에 대한 어떤 전망
도 모두 반납하고 남은 냉철하고 허무적인 정신이 담겨 있다. 어둠을 밝히는
불빛이 갖는 긍정적 이미지에도 불구하고 이 시에서는 어떤 불길한 죽음의
징후가 짙게 배어 있다. 그 불길한 죽음의 징후는 우리를 괴기스런 풍경으로
이끈다. "도시의 불빛"은 "해가 진 뒤 음습한 뒷골목에서 서식하며", 그 속
에서는 "달빛"조차도 "마녀의 눈썹처럼 숱이 무성"하다는 진술은 불빛의 긍
정적 이미지를 단번에 삭제해버린다. 도시의 밤은 분명 죽음이 찾아드는 자
리이다. 그 죽음의 자리는 부활의 자리도 아니어서 "십자가에 걸린 / 불빛"마
저도 종교적 의미를 상실한 채 "핏물을 홍건히 쏟"으며, "고층 빌딩"은 "감
옥"과 같이 "완강히 닫힌" 공간이다. 화자는 도시의 밤을 비추는 불빛에 대

해 말하고 있다. 도시의 불빛이란 무엇인가? 그것은 "해가 진 뒤에 음습한 뒷골목에서 서식하는" 음험한 것이다. 그래서 불빛이 닿지 않는 "나는 오래된 그늘"이며 "허공으로만 뿌리 뻗는다." 빛과 그늘이 불러일으키는 선명한 인상과 함께 불온한 문신, 시체, 관 등과 같은 단어들이 환기시키는 죽음의 분위기는 이 작품의 우울한 전망을 한층 강화시켜주고 있다. 이러한 우울한 전망을 내포한 시적 분위기는 "숨겨진 비명"을 지르며 "주술의 달빛" 아래 "구름 바벨탑이 뜯겨나"가고 흥건히 핏물을 쏟는 환상적이며 초현실적인 이미지와 함께 죽음의 징후를 강화하는 데 기여하고 있다.

　음습하고 불길한 분위기가 지배하는 이 도시에서 우리에게 허락된 삶이란 구원을 상실한 채 감옥에 닫힌 삶이며, "돌아갈 방"이 없어 "허공으로만 뿌리 뻗는" 부유하는 삶이다. "흑백도시"는 "관" 속과 같은 공간이며 그곳의 밤은 다만 "만선을 잃어버린" "슬픈 어족의 비늘"처럼 허공으로 불빛이 뻗는 죽음의 이미지뿐이다. 이 시인은 왜 이 칙칙한 분위기 속에서 죽음의 풍경에 대해 말하지 않으면 안될까? 우리는 여기서 이 시의 저류를 흐르는 시인의 비극적 세계 인식이 구체적으로 어떤 정치 사회적 맥락을 거느리고 있는가를 의심해 볼 필요가 있다. 그것은 현대화된 도시 문명의 '바벨탑' 안에 깃든, 그러니까 풍요와 편리로 상징되는 도시적 공간과 그 속에서의 일상에 달라붙은 죽음과 허무에 대한 인식이다.

　시인은 문명의 화려한 외관 안에 깃든 불길한 죽음과 환멸의 형상을 본다. 그렇기 때문에 우리가 이 시에서 느끼는 것은 죽음의 황량한 풍경뿐만 아니라 죽음과 환멸의 장면 속에 숨은 삶의 강렬한 충동이다. 왜냐하면 죽음, 환멸, 허무 등속의 개념은 인간의 건강한 의식을 마비시키고 모든 가치에 대한 신념을 무화시키는 불온한 정신으로 여겨 왔지만, 뒤집어보면 도구적 이성이 지배하고 이것이 구축해 놓은 문명의 질서에 대한 반성적 사유를 포함하고 있기 때문이다. 이렇게 볼 때 비극적 감수성으로 빛나는 이 시는 우리의 도시적 삶과 문명에 대한 해석에 있어서 허무적 관점과 그것

을 적절한 비유와 상징을 통해 한 편의 시로 형상화해 우리의 삶을 반성적
으로 인식하게 한 것은 주목에 값하는 것이다.

3. 소멸과 생성의 역설

죽음에 대한 문제는 어느 특별한 시인에게만 있는 것이 아니다. 죽음의
상상력, 혹은 소멸의 상상력은 한 시인에게만 고유한 것이 아니라 우리 시대
중요한 시인들에게서도 쉽게 찾아볼 수 있다. 시인들은 늘상 죽음에 대해 말
해 왔다. 그것은 죽음이란 궁극적으로 우리가 맞이해야 할 목표이자 인간적
한계인 동시에 삶의 완성이기 때문이다. 시인들은 항상 유한한 삶에 대해 몰
락과 소멸의 향기를 맡아 왔다. 이들은 어쩌면 죽음과 소멸에 대해 가장 먼
저 그리고 가장 예민하게 촉수를 대고 있는 자들이다. 우리 시에서 죽음의
상상력은 지난 연대에 정치 사회적 악에 저항하는 순결성으로부터 이제는
지리멸렬한 일상에 대한 시적 대응으로 그 맥락을 변화시켜 왔다. 그것은 일
상의 현실 원칙은 죽음을 숨기고 억압하는 토대 위에서 구축된 것이니까. 다
음 윤중호의 「능금」(『문학과사회』, 2004, 겨울호)의 시는 우리가 보편적으로 만
나왔던 소멸에 대한 순응, 소멸에 대한 전통적 인식을 서정적으로 잘 보여주
는 시이다.

> 기달릴 사람도, 그리운 사람도 없는데
> 자꾸 달아올라요
>
> 滻天江에 꽃그림자 흘려보내던
> 능금꽃 필 때도 그랬어요
> 어느 날 느닷없이, 봄바람 부풀 대로 부풀어

온천지 꿈틀꿈틀 움터을 때도
쑥국새 소리에 설렜던걸요
밤마다, 먼 곳, 길 떠나는 꿈을 꾸었어요

「능금」 중에서

이 작품은 유고 시 중의 하나이다. 지난해 가을에 작고한 윤중호의 이 작품
에는 죽음을 예견하고 삶의 의미를 되짚어 보고 있다. 그런 면에서 이 작품은
죽음을 통한 삶의 반추라는 의미를 띠고 있다. 죽음을 앞두고 쓴 시들이 우리
가 예전에 보아왔던 것처럼 거부할 수 없는 불가항력의 그것을 담담히 수용하
고자 하는 화자의 태도가 특징적으로 나타나 있다. 이 시는 죽음을 예견하고
담담히 받아들이고 있는데, 죽음에 대한 인식이 어떤 정치 사회적 의미나 일상
성에 대한 시적 대응으로써가 아니라 인간의 실존적 조건으로 관조하는 전통
적 문맥을 따르고 있다.

매우 서정적인 화자는 "능금나무 아래 소복이 쌓인 채 썩어가는 산능금"을
통해 소멸의 아름다움을 노래하고 있다. 능금처럼 붉게 빛나는 한 생을 다하고
자연의 섭리에 따라 썩어서 흙으로 돌아가는 순환론적 소멸의 의미는 우리가
많이 맛본 상상력의 과즙이다. 내면의 심연에 깊이 잠수한 서정 화자는 삶을
돌이키며 반추한다. 그가 돌이킨 삶의 질감은 능금처럼 "자꾸 달아"오르는 것
이지만, 그것은 "봄바람 부풀대로 부풀어" "능금꽃이 필 때"부터 이미 소멸을
전제한 것이다. 그래서 화자는 "밤마다, 먼 곳"으로 "길 떠나는 꿈을" 꾼다. 이
러한 인식은 3연에서 심화되어 나타나는데, "자꾸만 달아"오르는 '기다림'이나
'그리움', 그리고 '설렘'은 모두 "가을 바람이 거두어가는 것"이라는 순환론적
인식에 도달하게 된다. 그래서 화자는 스스로 소멸을 인정하고 담담하게 "이젠
가야겠"다고 고백한다.

시인은 그 소멸을 인정하면서 결국 "지난 한 철"은 아름다웠다는 것을 인식
하게 된다. 즉 소멸을 통해 삶의 아름다움을 인식하는 것이다. 소멸이야말로,
혹은 죽음에 대한 인식이야말로 자기의 실존적 존재 의미를 비춰주는 거울이

기 때문이다. 삶은 그 자체로 아름다운 것이 아니라 죽음이 전제되었기 때문에 아름다운 것이다.

> 이 냄새, 분명 이 냄새는
> 면(綿)에 슬픔을 엎지른 듯 자세를 낮추는 이 냄새는
> 내 것임에도 한번 물었다 놓지 못하는 냄새의 질감은
>
> 나를 훑고 있는 이 냄새는
> 이것이 아니면 도무지 살 일도 없을 것 같은 냄새는
>
> 계피, 산초, 더덕, 뽕잎을 버무려 쪄놓은 듯
> 건조하고 따뜻하기조차 한 것으로 뭉쳐
> 생에 단 한번 찾아온다는 이 소요는
>
> 한번 체하면 더이상 흘리는 일 없을 거라는 이 냄새의 사지(四肢)는
> 정녕 내 한 몸을 뜯어먹고 다 이해하였다는 듯
> 저리 다 끝낸 땅에 뭔가를 심어댄단 말이냐
>
> 「시취(屍臭)」 중에서

죽음은 인간과 세계를 이해하는데 중요하며 필수적인 조건으로 기능한다. 죽음에 대한 인식은 인간에게 존재의 의미를 부여한다. 그렇기 때문에 실존주의자들에게 죽음은 가장 중요한 철학적 사유의 테제였다. 하이데거의 명제에 따르면 '인간은 죽음을 향한 존재'이며, 현존재의 가장 유력하고 불가피한 가능성이 죽음이다. 인간의 실존적 한계를 자각하고 사는 인간에게 죽음은 실존적 의미를 부여하는 중요한 기제이다. 삶의 외연으로부터 죽음의 내포를 끌어내고자 하는, 혹은 죽음의 외연으로부터 삶의 내포를 끌어내 삶과 죽음에 대해 일정한 문맥으로 의미화하려는 노력은 실존적 한계를 지닌 인간이 보편적으로 수행하는 사유의 형식이다.

이병률의 「시취(屍臭)」(『문학동네』 2004년 겨울호)는 위와 같은 시적 사유를

잘 형상한 작품이다. 이 작품은 일상 속에서 혹은 인간의 실존 속에서 섬뜩한
죽음의 냄새를 맡으며 죽음의 의미를 환기한다. 그것은 자동화된 일상적 삶에
서 갑작스런 죽음의 냄새를 맡음으로써 존재의 심연을 마주한 자의 놀라움이
다. 그 놀라움은 일상의 자동화된 의식을 충격한다. 시체에서 풍기는 고유한
냄새를 통해서 시인은 이 시를 죽음의 이미지로 채색한다. 인간에게 실존적이
며 운명적으로 달라붙은 '시취'는 어쩔 수 없는 인간의 한계에 대한 인식으로
읽힌다. 그러나 죽음의 이미지가 근원적으로 내포한 삶의 불모성과 공포, 또
는 부조리를 환기한다기보다는 죽음을 내포한 육체적 한계에 대한 자각에 가
깝다. 그 자각은 죽음이 가진 사라짐이라는 소멸의 이미지가 아니라 그 안에
자리한 삶에 대한 강한 충동, 혹은 삶의 가치성을 확인하는 것이다.

    이 시에서 기괴하고 불길하며 메스꺼운 이미지의 전개는 다소 공포스럽게
느껴지기도 하지만, 그보다 죽음의 이미지는 실존적 삶에 끝없이 간섭하여
삶을 근원적으로 규정하는 기제로 받아들여진다. 그러니까 죽음은 우리 곁에
항상 가까이 있는 것이며, 삶의 의미를 결정하고 규정하는 힘으로 작용한다.
화자는 이 죽음의 불쾌하고 고약한 냄새를 "내 것"으로 인식한다. 이 죽음의
냄새는 털어낼 수 없는 삶의 한 부분이며, 모든 인간의 육체에 달라붙은 죽
음에 대한 인식이다. 그렇기 때문에 이 냄새는 "한번 물었다 놓지 못하는",
그래서 끝까지 육체가 품고 살아야 할 것이다. 시취는 항상 "나를 훑고 있"
다. "이것이 아니면 살 일도 없"고, 이것은 "내 한 몸을 뜯어먹고" 또 나를
"다 이해"하는 방식이다. 이러한 진술은 죽음을 동반할 수밖에 없는 삶의 근
원적 부조리함을 드러내주는 동시에 죽음의 냄새는 실존을 규정한다는 인식
을 포함하고 있다.

    죽음은 삶과 육체를 이해하고 완성해 비춰주는 거울이다. 사람들은 말한
다. 어떤 형식의 죽음이라도 죽음은 삶의 완성이라고 그러나 우리는 잘 모
른다. 죽음은 그저 타자들의 것이며, 나와는 무관한 정보에 불과하다. 자동
화된 일상에 사로잡힌 우리는 죽음을 타자들의 죽음으로만 인식하기 때문이

다. 그러나 죽음은 항상 '나'와 함께 한다. 이병률이 보여주는 이와 같은 삶과 죽음에 대한 시적 사유는 보통의 서정시가 갖는 전통적인 인식이나 자동화된 연상의 틀로는 포착할 수 없는 삶의 근원적 심연을 드러내고 있다는 점에서 주목에 값한다.

4. 생명의 포착과 허무주의

삶이 죽음을 포함한다는 말은 동시에 생명을 포함하고 있다는 말이 된다. 죽음의 상상력에 기대어 인간과 삶의 실존적 의미를 짚어보는 시가 있음과 동시에 그 만큼의 무게로 생명에 대한 관심을 드러내는 시가 존재한다. 이것은 생명의 징후, 혹은 살아있음을 감지하는 일인데, 무엇보다도 그들이 표현하는 것은 생사의 위기에 직면한 순간적인 생명력을 포착하는 일이다. 그들이 주로 관심을 갖는 영역은 극한적인 상황에 처한 생명에 대한 관심이다. 생사의 갈림이라는 극한의 상황에서 가장 빛나는 것은 절박한 순간의 생명이다. 여기에서는 살고 죽는 것이 문제가 아니라 극한의 절박하고 극도로 긴장된 순간이 중요하다. 그러나 그 극한점의 순간적 생명을 시적으로 포착하는 일은 쉬운 일이 아니다. 다음과 같은 박형준의 「춤」(『창작과비평』 2004년 겨울호)은 극한의 절박하고 긴장된 순간의 생명, 그 생명의 아름다움을 선취해 보여준다.

　　근육은 날자마자
　　고독으로 오므라든다

　　날개 밑에 부풀어오르는 하늘과
　　전율 사이

꽃이 거기 있어서

絶海孤島,
내려꽂혔다
솟구친다
근육이 오므라졌다
펴지는 이 쾌감

「춤」 중에서

　　박형준의 이 작품에서는 용수철 같은 탄력성과 천길 벼랑 끝에 마주선 절대 고독, 그리고 존재론적 극한에 놓인 팽팽히 당겨진 활과 같은 긴장이 느껴진다. 이 작품에서 죽음을 전제하고 첫 비행을 감행하는 송골매의 비행 연습을 화자는 '춤'으로 보고 있다. 절해고도의 하늘에서 춤추는 율동의 비상은 "천길 절벽 아래"의 '꽃'을 마주한 고독이라는 정태적 이미지와 대비되면서 극한에 직면한 존재가 발하는 순간적 생명의 빛을 화자는 예리하게 포착하고 있다. 그럼으로써 존재론적 극한과 긴장된 대치 관계를 설정해 살아 있음을 느끼게 한다.

　　"첫 비행이 죽음이 될 수 있으나, 어린 송골매는 / 절벽의 꽃을 따는 것으로 비행연습을 한다"는 진술을 시작으로 전개되는 박형준의 이 시는 강렬한 생명의 역동적 이미지로 가득 차 있다. "첫 비행이 죽음이 될 수 있"으며, "절벽의 꽃을 따는 것으로 비행연습"을 하는 송골매의 극한적 상황은 생사의 기로에 선 생명의 극한을 보여준다. 그래서 "절벽에서 꽃을 따는" 절박하며 팽팽한 긴장력이 감지된다. 이것은 "근육이 오므라졌다 / 펴지"는 수축 운동과 "絶海孤島"의 광활한 하늘에서 "내려꽂혔다 / 솟구친다"는 수직상승 운동, "상공에 날개를 활짝" 편 비상의 수평 운동, 그리고 "외침이 하늘을 찢어놓"는 파괴적 운동감, "바람무늬"의 감각성 등을 동반하면서 그 극한적 절박함과 긴장감을 배가한다.

이 작품에서 전율하는 역동적 운동 이면에는 절대 고독이 자리한다. 그러니까 "천길 절벽 아래"에 따야 할 '꽃'을 대면한 송골매의 고독은 살아 있음을 감지하는 일이며, 시적 화자는 여기에서 절박한 순간에 직면한 생명성을 포착하고 있다. 그의 관심은 '꽃'이라는 목적의 성취보다는 그 꿈같이 절박한 '순간'이다. 극한의 절대적 상황에서 가장 빛나는 영혼은 고독이며, 그 고독 속에 깃들어 있는 순간의 생명이다. 여기에서 꽃을 따는 목적의 성취는 중요하지 않다. 이것은 절대적 고독의 순간에 비하면 그저 사소한 일에 불과하다.

나무들이 증명하는 바람의 행로,
심지가 곧은 것들은
저렇게 생(生)을 다해 단 한 번
꺾어지는 것

사원을 뒤덮어 폐허를 구축한 케이폭 나무는
폐허의 뒤에도 살아남으려는 욕망으로
뿌리의 긴 발톱을
사원의 지붕 위에 박아 넣고 있었다

탑을 움켜쥐고 있는 나무의 욕망이
사원을 지탱한다

깨어진 돌에 새겨진 범어처럼
문 하나하나마다 또 다른 세상이 나타나는
새로운 폐허인,
어느 먼 유적지에서처럼 나는 중얼거린다

삶의 미망에서 깨어나기 위해서는
반드시 팔만의 장경과 일천칠백의 선의 공안이
필요한 것은 아니리라

폭풍이 지나갔다
부러진 나뭇가지의 잎들이 말라가고 있다
바스락바스락 숲 속에서
염소들이 먹을 것을 찾아다니고 있다
　　　　　　　　　　　　「바람의 행로」 중에서

　조용미의 시는 죽음의 상상력에 기대어 있다. 지난해 이맘 때쯤 나는 그
녀의 시집 『삼베옷을 입은 자화상』을 읽은 적이 있다. 그때의 소감을 기억
하건대 그녀는 삶과 죽음에 대한 깊이 있는 사유를 인상 깊게 펼쳐 보여주
었던 것 같다. 그러나 그다지 유쾌하지 않은, 우리 삶에 덧붙은 죽음의 그림
자, 그것을 드러내는 그녀의 언어는 너무 담담하고 차분한 것이어서 조금은
당혹스러웠던 것으로 기억한다. 위의 작품 「바람의 행로」(『문예중앙』, 2004,
겨울호)도 그녀의 시집에 나타나는 이와 같은 맥락의 연장선에 있는 것 같다.
가령, 그녀의 시집에 "바람은 무엇이며 / 어디에서 생겨나는가"(「바람은 어디에
서 생겨나는가」)라고 할 때의 도무지 불가해한 무정형의 삶의 심연에 대한 물
음의 연장에 이 작품은 놓여 있다. 그녀는 이 시에서 죽음이라는 거울을 통
해 삶을 성찰하기보다는 죽음 자체에 관심을 집중한다. 이것은 생명의 징후
나 살아 있음을 감지하는 일도 아니며, 그녀가 표현하고 있는 것은 죽음 뒤
에도 살아남으려 하는 욕망의 본성이다. 그리고 죽음이 함축한 소멸과 허무
적 인식이다.
　이 시에서 그녀의 시적 사유는 폭풍의 강한 "바람을 못 이기고 쓰러져
누운 나무들 / 사이", 폐허와 유적지에서 이루어지고 있다. 그 사이에 그녀
는 우두커니 서서 쓰러진 "나무들이 증명하는 바람의 행로를" 묻고 있다.
여기서 바람은 도무지 알 수 없는 삶의 심연을 드러내는 등가물이다. 이런
화자의 질문은 허무의식과 맞닿아 있다. 그래서 삶을 가능케 하는 욕망이
란 "폐허의 뒤에도 살아남으려는 욕망"으로 부질없다는 허무적 결론에 도
달한다. 나무의 뿌리가 움켜쥔 폐허의 탑, 폐허의 사원은 나무의 욕망이 지

탱하는 것이기 때문이다. 화자는 이 지점, 그러니까 소멸과 죽음, 무엇으로도 채울 수 없이 결핍된 욕망의 뿌리를 통해 어떤 깨달음으로 나갈 법한데 그렇지 않다. 화자에게 "깨어진 돌에 새겨진 범어처럼" 문 하나 하나마다 나타나는 세상은 "새로운 폐허"일 뿐이며, "먼 유적지"일 뿐이다. 이 지점에서 우리는 극단적인 허무주의를 읽을 수 있다. 이러한 허무적 인식은 삶의 욕망과 "미망에서 깨어나기 위해서는" "팔만의 장경과 일천칠백의 선의 공안"이 필요치 않다는 종교적인 허무 의식에 도달하게 된다. 죽음을 내포한 삶 혹은 존재의 규정을 '바람의 행로'가 상징하는 것처럼 부조리한 것이며 우연한 것이라 결정짓는 것은 비극적으로 보이기도 한다. 우리는 "부러진 나뭇가지의 잎들이 말라서" 바스락거리는 숲 속에서 먹이를 찾아 헤매는 염소와 무엇이 다를까?

죽음과 폐허, 소멸의 사라짐과 상실, 이런 어휘들과 관계된 허무적 세계관은 정신 건강을 해치는 병적인 현상으로 폄하되어 왔다. 이것은 미래에 대한 혹은 삶에 대한 전망을 상실한 자들의 불결하고 불온한 정신병으로 여겨져 왔다. 하지만 허무주의는 도구적 이성이 지배하는 현실 원칙과 질서에 대한 반성적 사유의 형식이기도 하다. 그것은 현실 원칙이 억압하고 이데올로기가 감추고 있는 현실에 대한 반성적 사유를 제공해준다. 그런 차원에서 허무주의는 현실과 이성에 대한 부정과 전복 사유이다. 조용미가 보여주는 삶과 죽음에 대한 허무적인 시적 사유는 바로 이러한 의미망에 포획되는 것이다.

5. 생성과 소멸의 변증

새로운 세기의 문을 연 지금 서정시는 세기말의 허무와 죽음의 이미지를 걷어내고 그것으로부터 탈주하려는 몸부림을 보여준다. 그들은 죽음의 이미지에서 새로운 생명을, 그리고 생명 안에 깃든 죽음의 이미지를 지각해낸다. 삶과 죽음이라는 틈 사이에서 생기는 긴장력은 팽팽하게 당겨진 시위와 같다. 그 틈 사이에서 미세하게 전율하는 떨림의 순간을 포착하는 일은 죽음을 사는 인간이 벗어날 수 없는 불가피한 조건이다. 삶과 죽음 사이의 틈에서 전율하는 순간을 포착하는 일은 인간에게 주어진 상황과 조건을 불가항력의 운명으로 받아들이면서 동시에, 아니 오히려 그것을 인간의 실존적 조건으로 수락하고 버텨내려는 의식의 표현이다. 그럼으로써 삶을 더욱 풍요롭게 산출해 나가며 더불어 삶을 존재 가능케 하는 죽음과의 관계를 새롭게 설정하여 우리의 삶을 응시하게 하는 것이다.

　이러한 차원에서 죽음의 이미지에 달라붙은 의미는 소멸이나 사라짐, 삶의 종결이나 허무라는 단순한 의미가 아니라 삶의 근원적인 조건에 대한 각성과 생성의 새로운 시작을 의미한다. 죽음은 삶이 궁극적으로 죽음에 포섭될 수밖에 없다는 성찰을 가능하게 하는 정신의 매개물이다. 그것은 단순한 소멸, 사라짐의 무화가 아니다. 거부할 수 없는 무형의 죽음은 삶과 짝패를 이루는 관계이다. 삶이 있기 위해서는 죽음이 있어야 한다. 죽음은 삶을 규정하는 틀이다. 그래서 삶의 궁극적 지향은 죽음에 이르는 길에 놓여 있다. 그러나 이와 같은 정신적 지향이 지나치면 삶은 회색적이며 허무적 빛깔을 띠게 된다. 따라서 삶은 무의미하며 허망한, 혹은 염세적인 것이 되고 만다. 여기에는 삶과 죽음이 상보적인 관계를 취하여 둘에 대한 관계의 진지한 성찰을 수반할 때 의미 있는 사유가 된다.

　죽음은 삶의 극복할 수 없는 한계이면서 동시에 삶의 진정한 가치를 드러내는 대상이어야 한다. 그것은 역설적으로 삶에 대한 강렬한 집착을 유발하고 새롭게 시작하려는 생성과 축제의 동인이 되어야 한다. 죽음이 삶의 필수 조건이듯이 삶 또한 죽음의 필수 조건이다. 죽음은 이 세계의 거부할 수 없는 진실이고, 완벽한 소멸은 그 자체로 아름다운 것이며, 그것은 존재의 변화를 이룩하는 약동하는 힘이다. 무엇보다도 죽음을 통한 삶의 근원적 조건

에 대한 깊은 성찰을 경험 세계에 대한 치열한 생존과 현실 인식으로 확산
될 때, 생성과 소멸이 건강한 변증의 관계를 맺을 때 의미 있는 것이 된다.
그 틈에는 긴장이 있고 떨리는 생명의 전율이 있다.

서정시의 **보편성**과
새로운
시정신의 **모색**

1. 다색(多色)의 성찬

　창작의 생명은 무엇보다도 작가의 개성에 있다. 개성이란 여러 의미가 있
겠지만 다른 작가 혹은 다른 작품과 변별되는 형식과 내용의 질적 차이에
있을 것이다. 때문에 의심할 여지없이 우리 시대의 시와 그것이 내장하고 있
는 미학은 단일하고 균질적인 지형으로는 형상할 수 없는 다양한 프리즘으
로 존재한다. 그들이 발현하는 빛은 무지개처럼 다양한 빛깔을 띠고 있으며,
우리는 저마다의 고유한 색깔과 향기를 통해 그들의 존재 가치와 이유를 판
단한다. 또 거기에는 시인이 스스로의 세계를 갱신하고 부단히 자기 영토를
확장하는 시적 신진대사를 통해 빚어낸 꿀이 있으며, 그것을 맛보는 일은 시
읽기의 즐거움이며 재미 가운데 하나이다.

　청탁을 받고 아홉 시인의 열여덟 편, 그러니까 각각 두 편씩의 시를 읽은
셈인데, 이들의 시는 각기 다른 개성과 특장을 내장하고 있었다. 그냥 읽고
마음으로 음미하는 것에서 그칠 수 있었으면 좋으련만, 평자에게 그런 생각
은 임무를 망각한 호사스런 사치가 아닐까 싶다. 그것을 가지고 주어진 시간
안에 평을 해야 한다는 심리적 압박은 솔직히 읽는 즐거움이나 재미를 앗아

갔다. 더구나 각기 다른 개성을 지닌, 그래서 어떤 공통성을 찾기 힘든 여러 시인들의 작품을 읽고 그들의 시적 경향을 하나의 축약된 형도(形圖)로 바꾸어 사유하고 진단해야 하는 일은 비평가들의 임무이고, 그 임무수행의 과정에는 마땅히 어떤 장애가 뒤따르는 것 아니겠는가. 이런 종류의 원고 청탁이란 문단의 특정한 주류나 혹은 시대의 유행에 어느 정도 민감하게 의식하고 반응한 작품들이 아니어서, 이들 사이에 어떤 공통적인 요소를 발견하는 일은 쉽지 않다. 여러 명의 시인이나 시집의 평을 부탁받았을 때 평자의 입장으로서 속마음으로는 은근히 어떤 공통된 분모를 지니고 있기를 바라는 것도 사실이지만, 그런 마음은 열심히 공부하지 않고 시험장에 들어가며 좀 쉬운 문제가 나왔으면 좋겠다는 헛된 기대심리와 다를 게 없다. 창작이 작가의 개성을 드러내는 작업이라 할 때 그런 마음은 일종의 넌센스다. 차이와 개성은 시인이라면 마땅히 가져야할 덕목이라 할 때 오히려 차이와 다름은 당연한 일이다.

그러나 우리 시대 문학의 전체적 양상이 아무리 서로 다른 차이와 개성, 다양한 빛깔과 향기를 지니고 있다 하더라도 그 밑변을 흐르는 저류라 할까, 아니면 구인구색(九人九色)의 다양한 빛깔 속에서 서로 공유하고 있는 내적 연결의 끈을 찾는 것까지 불가능한 일은 아니다. 서로 달라 보이는 단절과 그 단절 속에서 서로 연결된, 그러니까 연속적 단절, 혹은 단절적 연속은 공시적으로든 통시적으로든 문학이 갖는 운명이 아니겠는가. 따라서 무엇과 어떻게 다르고 또 그러면서 연속되는 점을 추적해보는 일에 여러 시인의 다양한 시를 읽는 즐거움이 있다. 다만 필자는 이 글에서 아홉 시인들의 좀더 많은 시편을 읽고 그 밑자리를 이루는 심층적 원형질을 추출해 공통의 꼭지점에 도달하지 못하는 성급한 일반화를 감내할 수밖에 없는 점이 아쉽다.

2. 서정본색 혹은 낯익음과 편안함

최승자는 그녀의 세 번째 시집에서 "서정 시대는 끝났어. / 서정 연습 시대가 있을 뿐이야"라고 했다. 서정시에 대한 다소 비탄어린 이 진술은 우리 시대의 서정시가 처한 운명을 극단적으로 보여준 시적 통찰이다. 인간과 인간, 인간과 자연, 주체와 대상 사이의 조화로운 화음이 울려 퍼지던 서정의 '황금 시대'는 끝나고 '서정 연습 시대가 있을 뿐'이라는 다소 절망 섞인 진술에는 이 후기 자본주의의 산업시대, 그 문명의 세계에서 서정시가 어떠한 자리에 있을 수 있는가를 생각하게 한다. 과연 우리는 빛나는 황금의 서정 시대, 그 찬란한 신전 앞에 다시 설 수 있을까? 아마도 대부분 인간과 인간, 주체와 대상이 분열되지 않은 그 동일성의 세계나 서정적 자아의 원형은 이 시대에 온전하게 존재할 수 없을 것이다. 그것을 기대하기에 시대는 멀리 왔고, 세계는 빠른 속도로 바뀌었다. 다만 우리가 할 수 있는 일이란 그 세계를 상상적 질서 안에서 재구축하거나 모방하는 일이다. 따라서 서정시는 이 궁핍한 시대의 삶 가운데서 상실된 세계와의 동일성을 찾아가고자 하는 노력일 수밖에 없다.

안창현, 양희순, 정용재의 시는 이 시대의 시적 조류와는 무관한 듯이 보인다. 직설적으로 말하자면 시대감각에 좀 걸맞지 않는 낯익은 방식이고, 식상한 어법, 단순한 발상이라고 할 수 있다. 그런데 이들의 방식과 어법, 그리고 발상은 일견 요즘 흔히 만나게 되는 감각보다 친숙하게 느껴졌다. 그것은 어쩌면 우리가 잊어왔던 시의 근원에 대한 본질적 감각, 시의 본원을 생각하게 하는 느낌을 준다. 시의 언어는 서정의 언어이고, 이 점에서 서정성은 예술로서의 시의 원형질을 획득한다. 이것이 서정시의 힘이며 매력이다. 이들의 시는 서정시 본연의 낯익음이 있어 편안하다. 그러면서 꼼꼼히 읽어보면 현실의 무게에 대한 고뇌를 발견할 수 있다.

나는 지금 떠나고 있다
외계행성으로
잠시 머물던 지구에서
40년을 넘기다니
세월의 빠름에 놀랐고
곧 외계로 타전
귀환하라고 답이 왔다

　　　(… 중략 …)

나는 지금 아름다운 별들 사이를
흥분한 채 지나고 있다
그러나 돌아오리라
돌아볼 따뜻함이 있는지
다시와 찾으리라
초록별에서
별빛처럼 반짝이는 사람들

안창현, 「外界行星으로」 중에서

　안창현의 시에는 낭만적 자아가 전경화되어 있다. 낭만적 자아는 현실의
고뇌와 괴로움 속에서 피안으로의 초월을 꿈꾼다. 화자는 현실을 부정하고
벗어나려는 낭만적 충동에 차 있다. 그 초월의 기착지는 '외계행성', 곧 하늘
이다. 그는 "욕심으로 눈이 먼" 지구를 떠나 외계행성으로의 비행, 지상으로
부터 수직 초월을 꿈꾼다. 여기에는 차안을 무화하고 피안을 건설하려는 동
경이 내재하고 있다. 그것은 지극히 낭만적 동경으로 보인다. 삶이 고통스럽
고 막막할 때, 혹은 현실이 환멸스러울 때 그 삶에 대한 관심은 유토피아적
인 전망으로 자아를 이끄는 것은 어쩌면 당연한 일인지 모른다. 그런데 안창
현의 초월은 지극히 동경적이며 거기에 머물러버린 듯한 감이 있다. 다시 돌
아와 "돌아볼 따뜻함이 있는지", "별빛처럼 반짝이는 사람들"이 있는지 찾
아보겠다고 내일을 향해서 약속하지만, 현실에 뿌리를 두지 못한 막연한 동

경이어서 내일의 삶을 탐문하는 시적 견인력을 행사하고 있지 못하다. 내일
에의 약속은 허망하고 막막한 채로 내버려져 있다. 이런 점에 비추어 볼 때
유토피아적 전망은 차안의 환멸스런 현실을 넘어 내일에는 행복의 시간을
재현할 수 있다는 가능성에 의해 그 가치가 있는 것이다. 그런데 그것을 담
보하고 있느냐고 물을 때 선뜻 대답하기에는 어려운 점이 있다. 이와 함께
전체적으로 긴 호흡, 간단없는 고백과 대화체의 남발로 인하여 긴장력을 훼
손하고 있어 아섭다. 초월적 충동은 현재의 부정성을 끊임없이 환기하면서
그것을 검증하고, 그 안에서, 그 안으로부터 새로운 삶을 꿈꾸는 것이어야
하지 않을까?

> 가뭄에도 우듬지로 하늘에서 물을 빨아들인다는
> 미루나무에는 언제나 시원한 강물소리가 났다
> 바람에 부딪치는 푸른 이파리들의 갈채 속에서
> 내 유년은 긴 열을 지어 행군하는 병사들처럼
> 어처구니 닮은 그 나무들이 물소리 끌고
> 신작로를 한없이 걸어가는 것으로 시작된다
>   (… 중략 …)
> 너무 먼 바다로 나와 세상살이에 골몰하여
> 돌아갈 곳을 기억하지 못하는 내게
> 이 여름 눈부신 물소리로 지느러미 퍼덕이게 하는 ,
> 내게 돌아갈 곳 있음을 철썩 일깨우는 강물소리 나무
>   양희순, 「미루나무」 중에서

　현란한 시각적 언어 조형과 비유 체계의 밀도를 보여주는 양희순의 시는
유년의 추억을 미학적으로 재현하는 한 전형, 인류학적인 공간을 유감없이
보여준다. 안창현이 현실의 고뇌로부터 낭만적 초월을 꿈꾼다면, 양희순은
잃어버린 자아를 찾아 동일성의 세계, 그 시원과 원형의 세계로 돌아가려는
욕망을 드러낸다. 동일성의 세계를 잃어버린 자아가 걷는 길 중의 하나는,
추억의 세계를 복원함으로써 삶의 원형적 시원으로 가는 길이다. 그녀의 시

는 동일성의 세계, 그 행복한 시간과 공간으로 가는 길목에 있다. 그녀의 시에서 유년의 원형적 공간에 자리한 미루나무는 너무나 인류학적이다. 이러한 미루나무는 "너무 먼 바다로 나와 세상살이에 골몰하여/ 돌아갈 곳을 기억하지 못하는" '나'를 일깨운다. 일깨움이 바람에 찰랑이는 이파리를, 푸른 '강물'·'퍼덕이는 지느러미'·'강물소리'로 연상 비유되어 시원의 우주적 비밀을 드러내는 듯 하다. 이와 같이 심화된 추억의 서정성을 보여주는 그녀의 시는 생명력 넘치는 유년의 기억을 더듬고 있다. 수평으로 길게 늘어서 있으면서 수직으로 높이 솟은 나무와 물의 이미지가 결합된 비유의 조형을 통해 드러나는 위의 시는 잃어버린 세계, 화자가 '돌아가야 할 곳'에 대한 시적 재현이다. 그녀가 재현한 유년의 기억은 생명력으로 가득 찬 세계이다. '나무'와 '강물', '바다'와 '연어', '참매미', '아버지'로 연쇄되는 이미지는 건강한 생명력으로 충만해 있으며, 그것의 드러남은 관념적 회로를 거쳐 드러나는 것이 아니라 육화된 추억을 통해서이다. 시원과 원형으로 돌아가려는 그녀의 시적 욕망이 찾아간 자리는 하나의 인류학적 상징의 자리이다.

    심장에 묶여진 사슬을 풀며
    진정 가고자 했던 곳은
    자유 진행형의 나라였는지 모른다
    힘겨운 걸음 내딛다 허기로 쓰러진 오후
    삶을 애도하는 소리 없는 조종이 울린다
    한끼 밥으로 한 달은 거뜬히 달려가는
    그에게 목을 조이듯 밥을 준다
                    정용재, 「괘종시계 멎는 날」 중에서

  안창현이 초월을 꿈꾸고, 양희순은 동일성의 세계로 돌아가려 한다면, 정용재는 반복·균일적이며 억압된 일상적 삶에 대한 반성적 성찰을 보여준다. 시작법 또한 그들과는 일정한 차이를 지니고 있다. 안창현이 긴 호흡으로 시를 이끌어가고, 양희순이 현란한 시각적 조형으로 시를 구축한다면 정용재는 간단명료하며, 언어를 아끼고 있다. 그는 다소 건조한 언어구사를 통해 절제 있게 시를 구축한다. 이 말은 그의 시가 단순하다는 뜻이 아니라 언어의 운용에 있어서 경제성을 살리고 있다는 뜻이다. 정용재에게 일상적 삶은 '괘종시계'처럼 "중심을 이탈하지 않고" "일정한 보폭을 유지하며 살아"가는 반복과 타율성이다. 화자는 일정하게 행동하고 똑같은 견해를 갖고 살 수밖에 없는 억압된 현대인의 비자율성을 괘종시계를 통해 보여준다. 사실 우리의 일상적 삶은 다양한 변화의 연속일 수도 있겠지만―이것이 '일상성의 무의식'이겠지만 시인은 이것을 반복으로 인식한다. 시인은 일상의 끊임없는 운동이 실은 끊임없는 반복에 지나지 않는다는 것을 환기한다. 그러나 그러한 인식은 일상적 현실의 반복된 억압을 돌파할 만큼 파괴력을 지니고 있지 못하다. 왜냐하면 일상적 현실의 삶에 내재한 억압의 사슬은 단단하기 때문이다. 화자는 "심장에 묶여진 사슬을 풀"고 "자유 진행형의 나라"로 가고 싶다는 욕망을 진정으로 갖지만 "목을 조이듯 밥을" 줄 수밖에 없다. 정용재의 이 저주받은 일상적 삶의 전형이 어쩌면 우리 시대 서정적 자아가 위치한 자리가 아닐까?

이 시대의 시적 조류나 흐름과는 무관한 듯이 보이는 세 시인의 시를 읽으며 나는 또 생각했다. "아우슈비츠 이후에 서정시는 불가능하다"라며 비탄어린 어조로 외쳤던 아도르노를. 그러나 이 시대에도 여전히 서정시는 쓰여지고 있다. 그리고 아도르노는 또 "서정시의 내용이 지니는 보편성이란 본질적으로 사회적이다"고 말한다. 이와 같은 그의 진술들은 '서정 연습 시대', 그 궁핍함의 시대에 맞서는 서정시만의 대응력이 무엇인가를 생각하게 한다. 우리는 문학의 자율성을 강조해야 할 자리라 하더라도 문학은 현실을 반영할 수밖에 없다는 사실을 인정해야 한다. 이러한 진술은 서정시의 경우에도 마찬가지인데, 서정시가 표면적으로 어떠한 정치·사회적 입장을 대변했느냐는 차원에서가 아니라 보다 근원적 차원에서 정치성을 띨 수밖에 없기 때문이다. 그것은 역으로 시대의 궁핍함을 외면하고 서정의 세계를 노래한다는 것 자체가 현실에 대한 일종의 항의일 수 있기 때문이다. 안창현, 양희순, 정

용재의 시가 보여주는 항의의 근저를 이루는 것은 정치의 층위에서라기보다
는 문명의 층위에서, 보다 근원적 차원에서 세계의 물화와 위기감인 것으로
보인다. 그러나 그 낯익음은 익숙한 것이어서 편안하기도 하지만 자칫 시적
긴장을 헤칠 수 있다는 생각을 거둘 수 없다.

3. 화정원색(花情原色), 죽음의 예감

우리의 전통 시에서 서정성은 인사(人事)와 자연에 대한 상호 관계에서 파
생하는 문제로 귀착하고 있다. 인사와 관련하여 자연 대상물 가운데 꽃은 가
장 빈번하게 등장하는 이미져리 가운데 하나이다. 시적 소재로 사용되는 식
물은 다양하게 나타나는데, 그 중 꽃의 이미지도 다양한 상징성을 내포하고
있다. 생물학적으로 꽃은 식물의 생식기에 지나지 않는다. 그러나 꽃이 피고
지는 양상에 따라 서로 다른 서정적 감정을 유발하고, 그것이 내포하는 의미
또한 다채롭다. 보통 우리는 피는 꽃에서 가능성, 희망 등의 생명의 이미지
와 지는 꽃에서는 생명의 유한성, 소멸 등의 무상과 덧없음의 죽음의 이미지
를 느낀다. 이것이 화정본색이다.

이정희, 김화순 시는 꽃을 소재로 죽음을 탐닉하고, 김희정은 폐광의 불모
성, 그것이 내포한 폐허와 죽음의 이미지에 주목한다. 전자의 두 시인은 유
난히 꽃이라는 시적 상관물에 관심을 집중하고 있다. 그러나 그들이 보여주
는 꽃의 이미지는 각기 다르다. 이정희의 꽃이 말 그대로 식물을 대상으로
한 것이라면, 김화순의 꽃은 육체에서 피어나는 몸꽃이다. 그리고 김희정의
꽃은 몸과 연계된 폐광의 불꽃이다. 이렇듯 이들은 서로 상이한 꽃을 중심
소재로 하고 있지만, 공통되는 분모는 죽음과 관련한 소멸과 덧없음, 폐허의
이미지이다. 김희정의 경우는 좀 다르지만 이들 시인은 꽃을 통해 삶을 반추

하는데 시인의 눈에 포착된 꽃은 적막과 고요, 쓸쓸함과 덧없음이라는 내적
정서를 투영한다. 그들은 모두 죽음의 그림자를 짙게 드리우고 있다.

벌써 편지 석달이 지났다 지지 않는 꽃을 바라보는 일은 쓸쓸하다 보는
봄에서 여는 여름까지 꼿꼿하던 하얀 호접난(胡蝶蘭), 장마철이 되어서야
제 안의 물기를 말리고 있다 가느다란 기억의 줄 붙들고 있다 가느다란 기
억의 줄 붙들고 있다 밀리언달러 베이비라는 영화를 보았다 고통 받는 여자
를 위해 남자가 산소호흡기를 떼고 있었다 나는 베란다로 갔다 이제 그만
놓아주고 싶었다 그녀, 명주 날실 삼고 모시 씨실 삼아 베를 짰던 거다 부
드럽고 시원한 눈매였다 제 몸을 둥그렇게 말아 고치를 만들고 있다 춘포로
짠 수의(壽衣), 누추한 몸 그만 쉬게 하려던 내 손 끝이 파르르 떨린다 흰나
비가 보인다 어머니

이정희, 「춘포(春布)」 전문

이정희는 지는 꽃을 통해 생의 덧없음을, 그러면서 그 유한성을 잔잔한
심정으로 수락한다. 감정의 동요를 극도로 제한하면서, 감정의 미세한 떨림
만 감지되면서 정밀하게 내적 심정을 토로하고 있는 그녀의 시는 생명의 유
한성에 대한 섬세한 통찰로 우리를 이끈다. 그녀가 다루고 있는 경험 세계는
우리의 삶에서 누구나 경험하는 사례이면서도 절실한 체험 가운데 하나를
이루기도 한다. 그런 점에서 진부한 시적 발상으로 이어질 수도 있는데, 그
체험이 워낙 절실하고 그것을 형상하는 군더더기 없는 어법과 절제된 시상
의 전개로 인하여 삶의 유한한 속성을 절실한 시적 정서로 환기시키는 효과
를 거두고 있다. 절제된 듯 하면서 미세하게 떨리는 언어, 잔잔히 출렁이는
감정의 눈으로 삶의 비의를 꿰뚫는 그녀의 시안은 그래서 일정한 미학적 성
취를 거두고 있다. 화자는 "편지 석달이 지났"는데도 지지 않는 호접난을 바
라보며 쓸쓸함을 느낀다. '봄부터 여름까지 꼿꼿하던 호접난'이 장마철이 되
어서야 시들어가는 모습을 보고 화자는 제 손으로 꽃을 따주려다 "손 끝이
파르르 떨"림을 감지한다. 그 떨림은 이내 죽음으로 상징되는 '흰나비'에서

'어머니'로 연결된다. 꽃이 아름다움이나 여자를 상징한다고 할 때 호접난은 아마도 어머니의 동일지정인 듯싶다. 살아 있는 존재는 유한하다. 호접난처럼 혹은 어머니처럼 꼿꼿한 아름다움을 지녔던 존재가 시간의 흐름에 따라 빛이 바래고 끝내 떨어질 수밖에 없는 것이 유한한 존재의 운명이다. 시인은 그것을 잔잔한 떨림으로 받아들이고, 여기에서 자연의 순리를 본다. 이런 태도에서 우리가 보편적으로 만나왔던 소멸에 대한 순응, 소멸에 대한 전통적 인식을 서정적으로 잘 보여주고 있다.

> 홍역 앓듯 살아온,
> 사는 동안 질병 떠나지 않은 팔순의 다 늙은 몸
> 누룩 같은, 노란 꽃 피어 어지럽다
> 텅 빈 고목 한 그루로 남아있는
> 구절양장의 생애 썩어 거름이 될까
> 타오르는 정염 거듭 죽이고 살아온 세월
> 원통하고 폭폭했던 것일까
> 검푸른 몸에 패인 꽃들
> 그렁그렁 눈물 담겨 있다
> 이제 곧 퀴퀴한 죽음의 향이 나비들
> 불러 모을 것이다
> 꽃은 더 깊이 뿌리 내리려고
> 생의 바깥으로 기운, 흙구덩이 그의 온몸
> 마구 헤집고 있다
> 들큰한 고름 꽃들의 소리 없는
> 절규가 시끄럽다
>
> 김화순, 「몸꽃」 전문

　　김화순의 작품은 절대적 분위기로 죽음의 그림자가 드리워져 있다. 시상의 전개는 매우 간단하다. "팔순의 다 늙은 몸"에서 "누룩 같은 노란" 몸꽃을 보고 화자는 죽음을 예감한다. 화자는 죽음에 대한 예감을 다소 그로테스크하게 이끌어간다. 죽음을 향해 피어나는 몸꽃을 통해 시인은 소멸의 상상력을 극단으로 밀고 간다. 죽음을 예감하는 몸꽃을 바라보는 화자의 시선과 감정은 건조하다. 거기에는 소멸의 징후에 대한 어떤 연민의 감정이나 동정, 슬픔의 심리 같은 것을 찾을 수 없다. 이것은 죽음을 바라보는 태도가 그만큼 객관화되어 있다는 것이며, 죽음에 드리운 감상적 시선이 걷혀 있다는 것을 의미한다. 그녀는 죽음을 인간의 힘으로는 어쩔 수 없는 인간의 유한성으로 보는 시각을 극복하고, 그것을 나름대로 해석해보려는 의지를 보여준다. 이러한 태도는 비약해 말한다면 죽음은 삶과 육체에서 분리된 것이 아니라 그 안에 품고 있다는 역설이다. 다만 삶에서 죽음을 바라보는 시선, 혹은 생의 거울로 죽음을 비추고 관찰하는 것이 아닌 죽음의 편에 서서 죽음을 바라보았다면 좀더 신선하지 않았을까 한다.

> 무너지는 꿈처럼 갱도가 주저앉아도
> 새로운 갱도는 다시 만들어진다
> 화약꽃이 막장에 막혀 시들어 간다
> 더 이상 탄을 캐지 못하자
> 굴착기는 뼈 속 깊숙이 구멍을 내기 시작한다
> 한 겨울 뼈를 관통해
> 수 천 미터 막장에서 불어오는 바람은
> 숭숭 뚫린 구멍으로 황소 울음소리가 난다
> 결국 한 장의 진단서가 마지막 탄차에 실려온다
> 한 번도 불꽃을 지피지 못한 채
> 벌집처럼 수 없이 구멍만 난 몸
> 폐광 팻말이다
>
> 　　　　　　　　　　김희정, 「폐광」 중에서

　시인이자 평론가인 남진우는 그의 평문 「신성한 숲」에서 "시인의 언어 행위는 항상 마지막 순간을 가정하고 이루어지는, 상징적 죽음의 의례"라고 했다. 요컨대 시란 끝없는 죽음에의 접근인 동시에 죽음을 초극하기 위한 시도라는 것이다. 따라서 시인이라는 존재는 항상 위험과 불안 앞에 노출되어 있으며, 그 위험과 불안을 거부하지 않고 자신의 내밀한 고독 속에서 종국까지 응시하는 사람이다. 김희정은 자신의 내밀한 고독 속에서 불모의 죽음, 위험과 불안을 종국까지 마주해 응시하고 있다. 김희정의 시는 죽음의 음산한 그림자로 가득 차 있다. 그의 시에서 폐광은 생의 불모성이다. 이때 죽음의 이미지와 연결된 불모성은 불임과 비생산, 폐허와 일치한다. 이러한 이미지는 폭력적 욕망의 은유로 보인다. 문명의 불을 밝히기 위해 파헤쳐 이제는 폐허가 되어버린, 자신의 몸에는 "한 번도 불꽃을 지피지 못한 채" "벌집처럼 구멍 난" 폐광의 불모성은 파멸에 대한 예감이다. 불안하고 위험한 현대 문명의 인간에게 죽음의 이미지는 언제나 그림자처럼 곁에 머문다. 그러나 일상이 내포한 예감은 유예되고 파멸에 대한 암시는 그저 타자의 것이다. 시인은 깨어있는 정신으로 그것을 정면으로 응시하고 그것이 감추고 있는 이면을 들추어내고 있는 것이다. 따라서 이러한 김희정의 시적 인식은 비극적 인식론이며, 일종의 종말적 세계관이다. 죽음과 폐허, 허무의 이미지와 관계된 김희정의 시적 인식은 정신 건강을 해치는 병적인 것으로 폄하될 종류의 것이 아니다. 미래에 대한 전망 상실의 불결하고 불온한 정신병으로 치부될 수 있는 성질의 것은 더욱 아니다. 그의 시적 인식은 도구적 이성이 지배하는 현실원칙과 질서에 대한 반성적 사유의 형식이기 때문이다. 그것은 현실 원칙이 억압하고 이데올로기가 감추고 있는 현실에 대한 반성적 사유를 제공해 주기 때문에 가치 있는 것이다.

4. 일상의 빛 또는 현실과 환(幻)

자본주의의 발전에 의한 도시적 삶의 팽창은 평균적이며 균일적 일상성으로 현대인의 삶을 규정하게 되었다. 대량생산과 도시화, 그리고 대중매체의 발달로 인해 사람들의 삶이 일정한 유형을 반복하게 되면서 일상성이라는 범주가 현대성을 이루는 중요한 개념으로 자리 잡게 된 것이다. 그러나 일상성은 그 동안 세속의 일상적 삶의 속악성과 반복성, 그 타율성과 범속성으로 인해 부정되었다. 그런데 자본의 무의식 세계로의 침투가 가속화되고, 그럼으로써 세계의 초월성과 신성성이 사라진 탈이데올로기 사회로 접어든 지금 일종의 억압된 타자로서 세속적 일상성을 재발견하게 된다. 일상성은 다름 아닌 도시 공간의 일반적 생활 방식의 준거틀이다. 그 속에는 물질과 기호의 매혹적인 현란함이 있으며, 이것들이 발산하는 미시 권력의 미세한 작용으로 일상인의 무의식과 욕망은 지배당하고 조작된다. 따라서 이것은 앙리 르페브르의 표현처럼 오늘날 "사회를 알기 위한 실마리"로서 일상이라는 존재에 대한 미시적 접근과 해석의 필요성이 부각된다. 일상성에 대한 관심과 인식의 재발견이 갖는 의미는 다시 말해 그것을 배태하고 양육한 현대 사회를 이해하고, 그곳에 내재하는 '현대성의 무의식'이라는 이데올로기와 정치성을 읽어내는 데 가치를 갖는다.

　　전동진, 고명자, 이재순의 시는 도시의 속도의 신화로 가득 찬 풍요로운 욕망의 거리에서 쓰여졌으며, 그곳에 내재하는 현대성의 무의식이 어떠한 것인가를 증언하는 작품이다.

　　간밤, 힌소리로 잘못 찾다 만남, 그놈 참, 그 이름 참, 하다 잠들다

　　출근 시간이 다 끝나가는데도 마소는 다닐 수 없다는 자동차 전용도로는 여전히 숨가쁘다, 얼마나 많은 생명들이 이 뻥 뚫린 제단 위에서 속도의 우상에게 받쳐지고 있는가

　　무섭다,
　　시속 100km를 추월해 달리는 쏜살같은 승합차 뒷 유리에 붙어 있는,
　　"아이가 타고 있어요"
　　　　　　　　　　　　　　　　전동진, 「힌소리」 중에서

전동진의 「힌소리」는 "속도의 우상"에게 바쳐진 시이다. 한 마디로 도시적 풍경의 풍자적 재현이면서 동시에 '일상 속의 죽음'에 대한 탐구에 바쳐진 시이다. 자동차는 도시적 삶에서 필수적인 일상의 품목이다. 그것은 도시적 삶의 안락과 시간의 경제적 소비를 보증하는 조건으로서 문명의 전령사이다. 그것은 과학 문명이 주는 모험과 속도, 그리고 감각적 쾌감을 보장해 준다. 그 가운데 전동진은 더 이상 모험이 사라진 시대에 자동차가 안겨다 주는 모험과 게임으로서의 속도에 주목한다. 그의 눈에 비친 도시적 삶의 풍경은 일종의 종말을 향한 멈출 수 없는 속도처럼 보이며, 시인은 자동차로 상징되는 문명의 가속성에 대한 조롱 섞인 풍자를 보여준다. 그의 속도에 대한 풍자는 "어린아이들을 불살라 우상에게 제사하였"다는 "힌놈의 골짜기"라는 신화적 삽화와 아이들을 태우고 "시속 100km를 추월해 달리는" 현실을 병치시킴으로써, 그리고 자본주의적 언어 양식들의 가벼운 어법과 표현을 그대로 차용하면서 획득되고 있다. 그러면서 그는 그것들에 야유를 보내고 비꼼의 형식을 통해 그 허구성을 폭로한다. 허구성은 곧 그 안에 깃든, 그러니까 종말을 향한 속도의 죽음 이미지이다. 문명의 속도전에 대항하여 시인이 할 수 있는 일은 야유를 보내는 방법밖에 없는 것 같다. 그래서 그는 광적인 속도 안에 깃든 은폐된 죽음의 이미지를 풍자적 상상력을 통해 보여주는데, 이것은 속도의 신화를 깨뜨리는 대항적 의미를 갖는다. 그러나 이렇게 물질화되고 속도에 지배되는 도시적 일상에서 그 대항은 무력해 보인다. 그렇기 때문에 시인의 말은 '힌소리'며, 연약한 시가 여기에 대항해 그 부조리와 모순을 전복할 수 있는 방법은 풍자적 비판으로써만 가능하다. 시로써 그것이 가능할까라는 생각도 들지만, 도리어 시이기에 가능하겠구나라는 생각이 든다. 전동진은 어쩌면 "마소는 다닐 수 없"는 문명의 '파시스트적 속도'에 저항하면서, 혹은 문명의 재빠른 속도에 적응하지 못하면서, 혹은 종말을 향한 속도에 전율하면서 문명의 어두운 이면을 응시한다. 그는 응시를 통해 속도에 대해 반성적

거리를 확보하려 하고 있다. 야유는 무능하고 무력해 보이는 시인에게 부
조리한 세계가 안겨준 쓰라린 선물이며, 야유어린 풍자는 본래적 삶을 회
복하려는 정신적 고투와 비판을 반영하는 것이기도 하다.

> 기둥과 벼랑과 난간에서 봄을 수식하는 햇무처럼 희고 매끄러운 다리가
> 하얀 점선을 따라 걷는다 투명한 발뒤꿈치로 쪽쪽 길을 뽑아 올리는 여자의
> 딴청이 봄볕 아래 푸르다 길바닥에 찰싹 몸을 붙이고 구겨진 그림자가 따라
> 간다 등뒤로 오는 것들은 한결같이 뜨거워서 씹어 삼키지 못하는 가벼운 결
> 점이 있다 뱉어 버리면 금방 따분해지는 씁쓸한 뒷맛이 있다 오번가와 칠번
> 가 사이 "가슴 쪽으로 깊이 문을 잡아당기고 유리벽 너머 나를 따라오세요"
> 마네킹의 친절한 귀엣말로 햇살의 내부를 찾아간다 초록 짙어 가는 허공을
> 힐끗힐끗 돌려 씹으며 아직 어디에도 닿아 본 적 없는 수직의 발끝이
> 고명자, 「유리벽 속으로」 중에서

자본주의의 도시적 삶에서 소비 창출의 소비 조작 메커니즘은 일상생활의
그물망과 더불어 잘 조직되어 있다. 거리는 매혹적이며 풍요롭기 그지없다.
고명자는 매혹적인 도시의 거리에서 관능과 욕망에 몸을 맡긴다. 시의 전면
은 매혹적인 거리의 관능적 이미지로 넘치고 있다. 이 시의 화두는 "봄볕 아
래" "자일리톨을 훌훌 날려가면서" "벗은 발을 까딱거리며" 걷는 여자이다.
시적 화자는 도시의 거리에서 "햇무처럼 희고 매끄러운 다리"를 본다. 화자
의 눈은 매혹적인 거리의 풍경 속 여자의 걸음에 맞춰져 있다. "투명한 발뒤
꿈치로 쪽쪽 길을 뽑아 올리는 여자"의 걸음은 거리의 관능과 매혹을 함축
하는 것이다. 거리가 주는 매혹은 "구름에겐 듯 해에겐 듯 맞닿으려는 꿈을
까마득히 부풀려" 올리려는 환각적 욕망을 주입하고, "여자의 혀가 얇고 간"
매혹의 거리는 현란하고 감각적인 "기립문자"의 기호와 이미지들로 풍요로
우며 그것들은 "낭창낭창 윤이 흐른다." 낭창낭창 윤이 흐르는 쾌적과 안락
과 풍요의 기호와 이미지들은 시적 화자로 하여금 그 관능적 거리의 매혹에
몸을 맡기도록 유혹한다. "유리벽 너머로 나를 따라 오세요"라고 그러나 화

자는 그것을 매우 천박하게 묘사하고 있다. 가령 '씹어댄다, 헤픈 입술로 오므렸다 펼쳤다, 벗은 발을 까딱거린다, 쪽쪽 길을 뽑아 올린다' 등의 의성어와 동사는 화자의 현실 인식 태도를 드러내는 것이며, 작품의 전체적 의미 형성에 중요한 기능을 한다. 어딘지 모르게 방정맞고 천박한, 그러면서 어떤 빈정거림이 엿보이는데, 이 같은 태도는 거리의 매혹이 주는 환각과 도취에 대한 빈정거림이다. 그럼으로써 그녀는 관능으로 출렁이는 욕망의 거리에 거리를 둔다. 그러나 그녀에게 유리벽 속의 마네킨이 유혹하는 환각과 도취에서 거리를 둠으로써 반성적 자아를 획득하고 싶지만, 그 유혹의 눈빛은 너무 강렬하고 은밀한 것이어서 거부할 수 없는 것처럼 보인다.

고명자가 유혹의 거리를 배회하면서 욕망의 풍경을 묘사하면서 그 안에 깃든 헤픈 천박성을 발견하고 있다면, 이재순의 「잠들지 않는 都市」는 전동진의 경우처럼 문명의 도시 안에 깃든 죽음의 이미지를 보고 있다. 우리에게 현대 문명의 도시는 풍요롭고 안락하며 평화로운 이미지로 가득한 곳이다. 그곳의 일상은 여전히 지속되고 반복되어 파멸에 대한 예감은 유예되기 일쑤다. 이 때 죽음은 타자들의 것이다. 우리는 고명자의 경우에서처럼 도시적 이미지가 주는 도취와 환각의 매혹에 안겨 행복해 한다. 그러나 깨어 있는 자로서의 시인은 매혹이 감추고 있는 또 다른 얼굴을 볼 수 있는 자이다. 그들은 문명의 화려하고 매끈한 외관 안에 담긴 불안과 공포, 죽음의 형상을 본다.

> 인하대 병원 11층 휴게실
> 투명 유리창 밖 세상을 본다
>
> 푸르고 검던 바다는 어디로 밀려갔는지
> 신경 세포가 다 보이도록 환한 밤이 다가선다
> 역병처럼 환한 혈관들이 달아오르고
> 안구건조증에 시달린 밤들이 누워 있다

범람하는 네온 속 건물들은
아픈 生들의 핏빛 살점을 닮아 있다
좀처럼 썩지 않을 저 성들의 환한 외곽이 들어있다
                    이재순,「잠들지 않는 都市」중에서

   도시와 도시적 삶에 대한 소묘는 1930년대 이후 우리 시단에서 끊임없이
시도되었다. 그런데 이들이 지닌 한계는 도시적 삶이 주는 소외와 고독, 꿈
과 개인주의를 다분히 주관적 감상의 차원에서 처리하고 있다는 점이다. 그
리고 일상에 대한 소묘는 도시적 풍경의 표피적인 묘사에 그치고 있다는 점
이다. 그들은 도시의 외관과 일상의 소품들에 대한 부분적인 묘사에 만족함
으로써 세계 인식의 깊이를 획득하지 못했다. 그들에게 도시는 서정의 소품
에 지나지 않았으며, 주관적 경향은 자아에 대한 반성적 인식이 결여된 채
감상주의로 덧입혀졌고, 외관에 대한 감각적 반응에는 삶의 실감이 없었다.
도시를 소재로 하는 이재순의 시가 좀 더 빛을 발하기 위해서는 이와 같은
점에서 좀더 고민해야 할 것이다. 다시 말해 도시적 일상에 대한 시적 현실
성과 구체성, 일상적 자아에 대한 반성적 인식을 보다 깊이 있게 선취할 때,
그리고 주관적인 감상적 태도를 한 꺼풀 걷어낼 때 보다 높은 시적 성취를
이루어낼 수 있을 것 같다. 그녀의 시를 보자.
   이재순은 문명의 화려하고 매끈한 외관 안에 담긴 불안과 공포, 죽음의
형상을 본다. 그녀는 "좀처럼 썩지 않을 저 성들의 환한 외곽" 안에 깃든
"종양을 떼어낸 환자의" "핏빛 살점"을 볼 수 있는 투시력을 지니고 있다.
도시의 밤 풍경 속에 펼쳐지는 이재순의 시는 어떤 전망도 상실한 채, 단순
히 "네온 불빛 속" '투명 수족관 해초처럼 흔들리고 싶을' 뿐인 다소 감상적
이며 허무적인 정신이 담겨 있다. 어둠을 밝히는 불빛이 지닌 긍정적 이미지
에도 불구하고 이 시에서는 불길한 죽음의 징후가 짙게 깔려 있다. 그 불길
한 죽음의 징후는 우리를 괴기스런 풍경으로 이끈다. "핏빛 살점"이나 "내장
이 드러난 살점" 등속의 이미지는 불빛이 지닌 긍정적 이미지를 단번에 삭

제해버린다. 도시와 대척된 공간으로서 시적 화자는 "바다의 날숨소리를 / 듣고" "해초처럼 / 한동안 흔들리고 싶"지만 그것은 상상적 질서 안에서만 가능한 듯 보인다. 그래서 더욱 우울하고 불길한 전망을 발산하며, 때문에 시적 화자의 인식 태도는 감상적 흔적이 엿보이기는 하지만 비극적이다.

그렇다면 이재순을 비롯한 전동진, 그리고 좀더 범위를 확대 한다면 김희정의 시의 저류를 흐르는 비극적 세계 인식이 어떤 정치 사회적 맥락을 포함하는 것일까? 그들은 모두 불길한 죽음과 환멸의 형상을 보고 있다. 죽음, 환멸, 허무 등속의 개념은 건강한 정신을 마비시키고 가치에 대한 신념을 무화시키는 불온한 정신으로 여길 수도 있지만, 뒤집어 생각해 보면 그것은 도구적 이성이 구축한 문명의 질서에 대한 반성적 사유를 포함하는 것이다. 그러니까 반성없는 삶에 대한 반성이다. 이렇게 볼 때 비극적 감수성으로 빛나는 이들의 시는 우리의 도시적 삶과 문명 그리고 억압적 현실 원칙에 대해 반성적으로 인식하게 해주는 것은 주목에 값하는 것이다.

1. 현장의 언어와 기억의 언어

언어는 인간 정신을 드러내는 가장 중요한 수단이며 도구로 쓰인다. 그렇기 때문에 언어는 '존재의 집'이며, 인간의 '정신과 무의식조차도 언어적 구조'로 이루어져 있다고 해도 과언이 아니다. 인간의 사유 체계에 있어서 언어의 소중한 기능과 가치는 새삼 언급할 필요가 없는 일반적 사실이다. 이와 같은 자명한 사실은 또한 문학, 특히 시에 있어서도 마찬가지이다. 시는 언어로서의 예술이기 때문이다. 이것이 시에서 언어를 주목하게 하는 이유이다. 시의 질료로서 언어는 즉흥적으로 쓰인다기보다는 흩어지고 혼란한 충동들 가운데 하나를 선택하고 배열하며 중요한 것을 전경화하도록 기능한다. 시인은 언어를 통해 대상을 관찰하고 그것을 현재화한다. 시의 언어는 관찰 대상에서 경험한 의식을 번역하는 것이 아닌 경험된 의식을 실재로 실현하는 움직임이다.

시는 언어를 재료로 한다. 이런 점에서 시는 다른 예술과 변별되는 특징을 가지고 있다. 그러나 시가 언어를 재료로 한다는 점은 일상적인 언어와 예술로서의 시를 구분하는 데 여러 혼동과 논란을 가져오고 있지만, 자연언어가 그러하듯 시는 나름의 구조와 조직화 원리를 가지고 있는 하나의 언어체이다. 모든 자연언어가 그것 나름의 구조와 체계를 통해 연속적인 세계의 흐름을 분절하고 모델화한다면, 시 역시 언어라는 점에서 그것 나름의 방식으로 세계를 분절하고 모델화한다. 시가 자연언어를 재료로 한다는 점에서 자연언어의 규칙에 지배되지만, 그러나 시는 자연언어의 규칙에 덧붙여진 이차적 질서화를 가지고 있으며, 이 때문에 시는 자연언어보다 훨씬 풍부한 의미 체계로 존재한다. 구조 언어학자 야콥슨은 이것을 언어의 미적 기능으로 보았다.

시인의 정서와 직관과 관념은 언어구조를 통해서 실현된다. 한 편의 시는 시인의 정서와 직관과 관념을 복잡하게 조직화한 언어구성물이며, 여기에 사용된 모든 성분과 컨텍스트는 의미론적 성분으로서 어떤 내용, 어떤 의미와 유기적으로 연결된 것이다. 그리고 형식적인 요소, 그러니까 압운, 리듬, 문법적 자질 등과 같은 요소들 역시 마찬가지이다. 시에서 내용과 형식을 구분하고 언어의 쓰임을 고려하지 않은 독서는 마치 살아 있는 유기체에서 생명을 추출해내려는 어리석은 시도와 같다. 생명은 살아 있는 유기체 속에 실현되어 있는 것이지 독립적으로 생각될 수 있는 것이 아니다. 이런 점에서 시를 읽는 독서 행위는 언어로부터 출발해야 한다.

시의 언어는 시인의 정서, 태도, 관념, 그리고 시적 대상과 체험에 따라 다른 맛을 준다. 가령 삶의 현장에서 발견한 언어는 시 안에 생기를 불어 넣고, 기억의 깊은 심연에 자리한 언어는 시 안에 내밀한 의식의 밀실을 마련하게 한다. 시에서 다루고 있는 경험 세계가 우리의 삶의 현장에서 직접 포착한 절실한 시적 체험이라면 그것은 더욱 더 현장의 생기발랄함과 시적 통찰을 배가시키는 것이 되는 것은 당연하다. 반면에 깊고 어두운 의식의 심연 밑에 가라앉은 기억과 원형적 체험의 재생은 본능의 쾌락 원리가 자리하는 곳으로 돌아가려는 욕망의 언어를 배출하거나 무섭고 불길한 공포의 언어로 우리의 심기를 불편하게 만든다. 나는 몇 가지 모티프를 묶어 시인들이 뽑아낸 언어의 길목을 따라가 보고자 한다. 그 길목의 이정표는 생의 직관적 포

착에 오는 날것으로서의 언어가 주는 싱싱함, 잃어버린 세계와 유년의 기억
에 새겨진 원체험의 언어, 그리고 부재하지만 엄연히 현존하는 어두운 의식
의 공포스런 언어의 불길함을 가리키고 있다.

2. 생의 직관적 포착과 날것의 싱싱함

삶의 현장에서 잡은 언어는 팔딱거리며 은빛의 비늘을 반사하는 살아있는
물고기와 같이 날것의 싱싱함으로 전해지는 생동감이 있다. 그 안에는 삶의
비의를 한 칼에 꿰뚫는 쾌도난마의 활달하고 현란한 검법이 있다. 현실 삶의
현장에서 순간적으로 포착한 생동감과 섬세한 묘사 뒤에 숨은 삶에 대한 통
찰은 그러므로 우리로 하여금 무릎을 치며 탄성하게 만든다. 그것은 순전히
살아 숨쉬는 날것의 언어에서 오는 신선한 아름다움이며 살아있는 리얼리티
이다. 손택수의 「자갈치 1・2」(『문예연구』 2004년 가을호)와 한경동의 「빛나는
삶」(『시와시학』 2004년 가을호)은 날것의 싱싱함과 신선함, 시퍼렇게 날선 직관
의 언어가 포착한 삶의 비의를 느끼기에 유감없는 작품이다. 이 두 시인의
작품을 읽으며 나는 살아 있는 언어와 섬세하고 날선 직관이 시에 있어서
얼마나 중요한 가치와 덕목을 이루는 요소인지 새삼 알 수 있었다. 두 시인
의 작품에서 삶의 비의를 포착하는 언어는 살아서 "은빛 / 날비린내를 뿜는"
(「자갈치 1」) 싱싱하고 "참 빛나는 상형문자"(「빛나는 삶」)에 다름 아니었다.

> 생선함지박을 이기 위해
> 여자가 허리를 굽혔다
> 펴는 순간,
> 여자의 지친 얼굴에
> 파도가 일렁였다

주름살이 어떤 표면장력을
갖기라도 한 듯
수축했다 펴지길 거듭하며
심하게 꿈틀거렸다
浮力이라는 말이 떠오른 건
아마 그때였을 것이다

아낙의 머리 위에 동동 떠있는 함지박,
쉼 없이 일렁이는 물주름이 떠받들고 있었다

찡그린 바다의 얼굴에 자글자글한 주름살이
싱싱하다고 생각한 것도 아마 그때였을 것이다
「자갈치 2」 전문

1998년에 등단하여 『호랑이 발자국』이란 첫 시집을 냈고, 주목받는 젊은 시인 중의 하나로 손꼽을 수 있는 손택수의 위의 시는, 자신의 시적 체험을 공감 가능한 이미지의 유기적 조직으로 환치하는 교과서적인 정공법으로 시적 형상화를 추구한다. 시인은 자갈치 시장의 역동적이며 '싱싱'한 장면을, 파닥거리는 이미지의 살아 있는 언어로 포착하고 있다. 그는 정공법의 묘사체로 자갈치 시장의 살아있는 전체의 풍경을 단 하나의 동작을 통해 가볍고 경쾌하게 그려낸다.

손택수는 "생선함지박을 이기 위해" "허리를 굽혔다 / 펴는 순간"적인 여인의 동작에서 자갈치 어시장의 생동하는 싱싱한 풍경을 집요하게 천착해 들어간다. "허리를 굽혔다 펴는 순간" "여자의 지친 얼굴에"서 일렁이는 파도를 보고, 파도가 주는 리드미컬한 반복 운동의 이미지는 다시 여자의 이마에 "수축했다 펴지길 거듭하며" "심하게 꿈틀거리"는 '주름살'의 이미지로 환치된다. 그리하여 다시 아낙의 이마에 진 '주름살'은 파도처럼 "쉼 없이 일렁이는 물주름이"라는, 다시 말해 파도와 주름살이 합성된 '물주름'이라는 뛰어난 이미지의 표현을 획득한다. 이 '물주름'에 의해서 '함지박'은 "아낙의 머리 위에 동동 떠있"는 것이 된다. 시인은 아낙의 얼굴에서 바다를 보는 것이다. 결국 이 모든 것의 압축된 표현으로 보이는 마지막 3연의 "찡그린 바다의 얼굴에 자글자글한 주름살이"라는 고도의 감각적이며 회화적인 언어 사용은 살아 숨쉬는 날것으로서의 언어의 백미를 보여 준다. 이러한 감각적이며 묘사적 이미지에 의해 구축되는 시의 이미지는 동선으로 가득하고, 그래서 자갈치 어시장의 활어처럼, 일렁이는 파도처럼 매우 역동적이며 생기에 차 있는 '싱싱'한 공감을 불러일으킨다.

이 작품에서 손택수는 함지박을 인 여자의 모습 하나로 자갈치 시장의 살아 있는 풍경 전체를 훌륭하게 묘사해내고 있다. 그 묘사의 언어는 동적이면서 감각적이다. 그 동적이며 감각적인 묘사의 배후에는 삶을 바라보는 시인의 싱싱하고 건강한 의식이 있으며, 삶의 역동성이 내재해 있다. 거기에는 노동하는 삶의 싱싱함과 건강한 활력이 있다. 그리고 무엇보다 생의 순간을 포착하는 시인의 안목과 상상력이 있다. 그 생의 순간은 일상적 경험 세계에 바탕한 것이며, 이것을 전통적인 시의 문법을 통해 형상화하고 있다는 점에서 주목할 만하다. 이 시가 보여주는 군더더기 없는 깔끔한 이미지의 압축된 전개에 의한 시적 형상화의 정공법은 시에 모범적 규범이라 할 만하다. 이것은 시의 근원을 지탱하는 것이기 때문에 언제나 소중한 가치를 지닌다.

한경동의 경우도 자신의 시적 체험을 공감 가능한 이미지의 유기적 조직으로 환치시키는 전통적인 시적 형상화의 방법을 추구한다. 다만 말놀음에 가까운 언어유희적인 시적 언어의 운용이 다르다. 그러나 중요한 것은, 그의 언어유희는 말놀음의 즐거움에 그치지는 것이 아니라 그것을 통해 삶과 생명을 따뜻하고 진지하게 바라보는 태도의 진정성이다.

　ㄱ(기역)자로 허리 굽은 할머니
　콘크리트 바닥에 ㄴ(니은)자로 퍼질러 앉아
　ㄷ(디귿)자로 골목길 오가는 사람 아랑곳없이
　눌러도 눌러도 ㄹ(리을)자로 일어나는 빈 보루박스

차곡차곡 묶고 있는데
아, 양 손가락에 ○(이응)자로 빛나는
황금반지여

생존은 이렇게 진지한 것인가
삶은 이다지 가파른 것인가

좁은 골목길에 우연히 마주친
참 빛나는 상형문자
                                        「빛나는 삶」 전문

　시는 언어 자체를 수단과 목적으로 하는 미적 구조물이다. 한경동의 위의 시는 언어유희에서 시작하여 보편적 삶의 비의를 자각게 하는 작품이다. 언어유희는 언어가 외부세계로부터 눈을 돌려 그 자신에 대하여 기술하는 것이기 때문에 언어유희에서는 그 안에서만 운용되는 독자적 논리를 구축할 수밖에 없다. 이러한 시가 언어유희를 행사하기 위해 부릴 수 있는 가장 기초적인 기교는 보통 리듬이나 단어의 연속놀이를 생각할 수 있다. 위의 시는 음상과 의미가 표리일체가 되어 한 덩어리로 굴러가면서 구성해내는 의미들의 형상이 발랄하기 그지없다. 시인은 음상이 주는 언어 기호의 형상을 논제로 하나의 술사를 형성하는 연속작용을 통해 시를 형상화한다. 사물과 언어의 합일, 그러니까 음상의 일치와 의미속성의 일치에서 말놀음이 주는 쾌감을 선사해주고 있다.

　이 시에서 연속되는 음상과 기호의 형상에 부여된 의미의 속성은 우리에게 어떤 이미지를 제공해주고 있다. 화자는 "ㄱ(기역)자"의 음상과 기호의 형상은 "허리 굽은 할머니", "ㄴ(니은)자"의 음상과 형상은 "퍼질러 앉은" 자세, "ㄷ(디귿)자"는 "골목길", "ㄹ(리을)자"는 눌러도 자꾸만 "일어나는 보루박스", "○(이응)자"는 할머니가 끼고 있는 "빛나는 / 황금반지"와 일치시킨다. 이것은 언어유희에 다름 아니며, 이 시가 언어유희를 시적 생성의 원인으로 삼고 있음을 말한다. 이러한 언어유희는 이 시를 생동감 있게 만드는 요소로 작용하고 있다. 화자는 골목길에 퍼질러 앉아 "빈 보루박스"를 "차곡차곡 묶고 있는" 할머니의 "양 손가락에" 동그란 "ㅇ(이응)자로 빛나는" "황금반지"를 보고 가파른 삶에서 생존의 진지함과 엄숙함을 자각한다. 시인이 발견한 그 진지한 삶은 그 자체로 완결된 "빛나는 상형문자"이다. 왜냐하면 황금이 주는 보석의 이미지와 둥근 'ㅇ'이 표출하는 원의 이미지가 결합된 세계이기 때문이다.

3. 잃어버린 세계와 유년의 즐거움

손택수와 한경동의 시가 삶의 현장에서 포착한 언어인 반면에 이동호의 「便所에 대한 오래된 기억」(『시와사상』 2004년 가을호)과 전동진의 「우물이 있던 자리」(『시와정신』 2004년 가을호)는 깊고 어두운 의식의 심연 밑에 가라앉은 기억과 원형적 체험의 재생에 가까운 시이다. 이들의 시는 의식의 심연을 길어 올리는 언어이기 때문에 몽환적이기도 하고 동화적이기도 하다. 두 시인이 추구하는 유년의 기억에 바탕을 둔 서정성은 문명의 층위에서 자신의 시를 읽도록 강요하는 것 같다. 이들 두 시인은 마치 동일성을 잃어버린 자아가 찾아가는 길 가운데 하나인 기억의 오롯한 세계를 복원함으로써 '통시적 자기 동일성'에 대한 욕망을 보여준다. 그것은 후기 산업 사회적 징후를 노정하고 있는 현대의 파편화되고 물화된 시간으로부터 벗어나려는 욕구와 연관되어 있다. 이는 유년의 모성에 대한 원체험의 안락한 세계, 원형적 시간과 공간으로 돌아가고자 하는 낭만적 충동과 연관되어 있는 것이다.

내 속의 도시를 내려 놓는다. 변상누각 위, 탐스런 달덩이가 아랫배를 꽉
쥐어짠다.

변기 속 어둠의 수위가 깊고 그득해진다.

열린 내 국화꽃잎 속에 잠입한 버드나무 뿌리가 호드기처럼 나를 불어대
고 있을 때,

내 소화불량은 뒷간 문을 지그시 밀고 나가 할머니 무덤에 노란 감꽃을
뿌려놓았다.

나는 변소에 쪼그려 앉아 들창으로 스며드는 달빛이 등골을 찌를 때마다
애절한 목소리로 할머니를 청했다.

그녀는 문 밖에 오래된 재실처럼 서 있었다.

할머니의 이마 위에는 다시 감꽃이 별빛이었고, 텃밭에는 상추들이 보쌈
속에서 풀벌레 울음소리를 가득 꺼내놓고 있었다.

할머니가 돌아가시던 날, 멋도 모르고 나는 유난히 둥글고 흰 달빛이 걸
린 변소에 앉아 고요한 집안의 묵음에 할머니만 찾고 있었다.

감나무 위에서는 밤 매미 소리가 감꽃 대신 밝았고, 문간엔 할머니 젖꼭
지처럼 오래 전에 찌그러진 감꽃들이 말라 있었다.

「便所에 대한 오래된 기억」 중에서

유년의 기억 속에 자리 잡은 어두운 밤의 무서웠던 변소와 할머니로 대표
되는 모성적 생명력의 세계를 보여주는 이동호의 시는, 농경 문화적인 언어
의 육화로 이루어졌다는 차원에서 잃어버린 세계에 대한 시적 재현에 가깝
다. 그리고 현란한 시각적 언어 조형과 밀도 높은 비유 체계는 유년의 기억
을 하나의 관념이 아니라 강렬한 빛으로 채색해 그리고 있다. 그의 유년의
기억에 각인된 변소는 어두우면서 현란하다. 왜냐하면 할머니로 대표되는 모
성의 위안과 변소의 밤으로 규정할 수 있는 공포가 동시에 존재하기 때문이
다. 농경 문화적 맥락에서 밤의 변소는 무섭고 공포스런 것이었다. 그렇기
때문에 '변소와 할머니'에 관계된 이야기를 바탕으로 위의 시는 다소 괴기스
러운 분위기 속에 펼쳐지고 있다. 그 괴기스러움은 바로 밤 늦게 가야했던
변소에 대한 유년 시절의 기억에 연유하는 것이다. 말하자면 이 시에서 변소
는 무서움과 할머니의 위안이 동시에 존재하는 곳으로서, 시원과 원형의 공

간이다. 잃어버린 농경 문화적 공간에 대한 육화된 시적 재현의 또 다른 성취를 보여주는 것은,

> 먼 길 떠났던 그리운 사람처럼 허겁지겁 비가 내린다. 아버지 네 살적 터를 잡을 때부터 도린곁 우물곁을 지켜 서 있었다는 감나무, 뿌리는 여전히 우물을 더듬고 있으리라
> 장마에도 넘치는 일 없고 가물에도 바닥 드러낸 적 없는 정천澯川 가직한 옛적 우리 집 우물을 스무 해 남짓 먹고 자랐다. 멱을 감다말고 돌보洑 밑을 파내 잡던 돌조개 껍질 같이, 햇살에 데여 부풀어 오른 등줄기의 수포들이 갈앉기도 전에 꿍꿍 찧은 여뀌를 냇가에 풀어 잡은 버들치랑 꽃가래, 돌 뒤짐으로 잡은 붕어랑 각시붕어 또 물길 끊긴 수통 아래 우리들 잠지만한 벌써 수염달린 새끼 메기들을 고무신에 담아오는 길, 꼭 이쯤에서 동무들은 집에 가져갈까 그냥 도랑에 버릴까 멈칫, 우리 집 우물에는 그렇게 새 식구가 늘어가는 것이었다. 그런 저녁이면 밥에서도 국에서도 비릿한 내가 비치는 듯도 하였으나 혹 고기가 허옇게 떠올라 지청구를 듣게 되면 어쩌나 오줌 누러 일어난 새벽바람에 무서운 줄도 모르고 들여다보던, 아침에도 점심 때도 우물은 늘 그렇게 깊고 푸르고 고요하였다.
> 감잎에서 한숨 돌린 빗물들이 한 번은 후두둑 우물 자리를 두드리고 한 번은 후두둑 내 쪽을 후린다. 후 두 둑 후 두 두 둑 떠날 사람은 떠났다. 구름도 감나무도 해거름을 밟고 오는 어둠까지도 마음이 자꾸 쏠리는가, 금방이라도 갓 스물을 넘긴 각시붕어가 감푸른 쓰개치마를 벗어 내리며 얼굴 내밀 것만 같은 그 우물이 있던 자리
>
> 「우물이 있던 자리」 전문

라고 쓴 전동진의 시이다. 그는 이 시에서 언제나 "깊고 푸르고 고요한" 우물에 기억의 두레박을 드리우고 원형적이며 신화적인 이미지와 농경 문화적인 유년의 기억을 퍼 올리고 있다. 토착적 세계에 대한 복원이라는 문맥에서 뛰어난 위의 시는, 동화적 순진무구함으로 물들어 있다. 여기에는 유년의 공간에 되돌아가 느끼는 포만한 기쁨으로 가득하다. 이동호의 시가 유년의 기억 속에 자리 잡은 변소에 대한 다소 몽환적이며 괴기스런, 그러니까 어떤

즐거움과 공포가 동시에 느껴지는 세계라면, 전동진의 시는 자기동일성이 완벽하게 실현된 시원의 원형적 공간에 대한 이야기이다. 유년의 한 시절을 판화로 찍어낸 듯한 전동진의 시는 우물과 관련한 행복한 추억에 기대 있다. 그 육화된 추억이 드러나는 것은 관념적 인식의 회로를 거쳐 드러나는 것이 아니라, 구어체의 토착적 율격, 그 농밀하게 흐르는 언어의 과즙에 의한 것이다. 그 언어의 즙에 의해 흘러나온 시의 분위기는 그래서 아늑할 뿐이다.

전동진이 찾아 내려간 우물 밑의 세계는 원형적 이미지들이 춤추는 세계이다. 그곳은 금방이라도 "각시붕어가 감푸른 쓰개 치마를 벗어 내리며 얼굴을 내밀 것 같은" 전설의 공간이다. 그 우물이 갖는 공간은 얼마나 은밀하며 또한 신화적인 공간인가. 그러나 그 공간은 실재했었지만 이제는 존재하지 않는 "떠날 사람은 떠"나버린, 그래서 지금은 흔적으로만 남아 있을 뿐이다. 그 공간은 존재하는 것이 아니라 상실의 회한감 속에서만 존재하는 것이다. 옛날엔 있었지만 지금은 흔적만이 남아 다시는 회복할 수 없으리라는, 다시 돌아갈 수 없다는 불귀의식, 다시 회복할 수 없는 시간과 공간에 대한 향수의 의미를 함축하고 있다. 그 조화로운 시원의 공간과 공동체적 연대감은 다만 유토피아적 상상력 안에서만 떠도는 것일 뿐이며, 상실한 동일성에 대한 향수 안에서만 떠돈다.

따라서 이동호와 전동진의 시적 자리는 후기 산업사회 삶 가운데서 잃어버린 세계에 대한 일체감과 자기 동일성을 찾아나가려는 노력일 수밖에 없다. 이들 시의 근저를 이루는 것은 과거를 기억하는 것이 아니라 그 '변소'와 '우물'이란 공간에 깃든 분위기이다. 그 공간에 깃든 이야기는 동화적이고 신화적이며 때로는 주술적이기도 하다. 그리하여 그와 같은 공간이 사라진 세계는 전설의 세계로부터 추방당한 세계이다. 이들 시의 자리는 기억의 저 깊은 우물과 변소의 원형적 공간에 대한 회고라는 일차원적 재현의 자리는 아니다. 그들의 자리는 시원과 원형으로 돌아가려는 욕망이 찾아 내려간 유년이라는 가라앉은 상징의 자리이다. 그 기억의 밑바닥에는

상실된 세계가 있고, 그것을 돌이켜보게 하는 것은 현실의 피폐함으로 볼
수 있을 것이다.

4. 부재의 현존과 현존의 불길함

시인들의 시적 탐색에 있어서 동물의 이미지가 자주 포착되는 것은, 일시
적인 현상이 아니다. 동물적 이미지는 그것이 지닌 원시성과 관능성으로 인
하여 현실원칙의 문명과 이성의 이미지에 대한 대항 이미지로 읽힐 수 있다.
그래서 다분히 동물적 이미지는 현실원칙에 대항하여 본능의 가장 원초적
세계인 잠재된 충동·무의식·욕망 등을 드러내는 데 유용하게 쓰인다. 따
라서 동물 이미지로 표현되는 원시적 역동성에 대한 탐구는, 합리성의 권위
와 무기물의 물질 문명과 문화에 의해 압살된 본능과 무의식 세계의 복원과
연관되어 있다. 동물적 이미지의 세계는, 쾌락 원칙이 지배하는 분별과 윤리
이전의 원시적 생명력과 관능의 세계이다. 김옥희의 「고양이」(『다층』, 2004,
가을호)와 최금진의 「고양이 울음」(『시작』, 2004, 가을호)은 고양이를 모티프로
본능을 좇아 움직이는 역동적인 움직임과 생태적으로 둘러싸고 있는 관능적
이고 신화적인 분위기를 통해 시를 형상화하고 있다. 그러나 이 두 시인이
그리고 있는 그 관능적이고 신화적인 분위기는 유쾌한 것이 아니라 죽음과
공포를 동반하는 것이어서 불길하다. 불길한 공포 안에는 억압되고 금지된
잠재의식을 해방하려는 원초적 욕망이 숨어 있다.

1
안 보이는 표정과 소리는 불안하다 가볍게 담장을 뛰어넘어 발 밑에 웅
크리는 검은 것, 갔구나 했는데 다시 돌아와 눈을 마주보는 살찐 것, 길 가
운데 납작 뭉개진 것, 애인이 지나고 있는 가로수에 시퍼렇게 매달린 것, 막

차 끝난 역에서 김추자의 늦기 전에를 흥얼거리는 것, 대검을 찬 군인들에
게 쫓기던 막다른 골목의, 유언비어 속으로 저물던, 밤 집에 돌아오지 않은
누이의 것, 입가에 묻은 핏자국을 스윽 닦는 것,

(… 중략 …)

길을 가다 돌아보면 검은 피의 흔적, 땅 밑에서 부르는 소리, 내 몸이 부
르는 소리

「고양이」 중에서

위의 시에서 김옥희는 괴기스런 묘사력을 통해 고양이게 관계된 원초적
이미지를 포착하고 있다. 이 시의 정조는 고양이라는 대상이 품고 있는 어떤
관능의 분위기에 의해 형성된다. 하지만 그녀의 시는 고양이에 대한 사실적
인 소묘를 겨냥하고 있지는 않다. 그녀가 묘사하고자 하는 것은 동물의 야수
성과 움직임의 역동성이 아니라, 그 모습과 동작, 그리고 생태를 둘러싸고
있는 고양이 특유의 미묘한 분위기이다. 그 미묘한 분위기는 지극히 공포스
럽고 불길하며, 문명의 것이 아닌 어떤 본능적인 충동과 관능으로 가득 찬
어떤 것이다.

'고양이'의 이미지는 시 안에서 금지된 것, 또는 부정한 것 등의 속성을
갖고 있다. '고양이'는 정상으로부터의 일탈과 금기의 위반이라는 의미를 띠
고 있으며, 죄와 죽음과 범행이라는 현실원칙에 대한 부정과 전복을 포함한
다. 고양이의 이미지는 일종의 기존질서, 문명의 현실원칙에 대한 도전과 위
반으로 볼 수 있다. 따라서 모든 금지가 사라진 제한 없고 구속 없는 상태에
대한 욕망이라는 해석에 이를 수 있다. 이 같은 상태에 대한 욕망은 "내 몸
이 부르는 소리"로서 문화 이전의 육체적 충동이 지배하는 본능적인 것이다.
좀더 넓혀 말하자면 생명력의 회복, 정신·육체적 금기가 사라진 자유로운
삶에 대한 회원으로 파악할 수 있다.

아웅, 아웅, 누나는 고양이 울음을 달고 살았지만 약이 없었다 할머니는
누나 몸에 소금을 뿌렸다 병신 같은 년, 니 에미년한테나 가라, 소금이 누나

몸에 계속 녹아 들어가면 어쩌나 사해바다엔 아무 것도 살지 못하는데, 썩
지도 않는데, 언젠가 누나가 짭짤한 고등어 통조림이 되면 어쩌나, 물고기
지능보다 조금 더 나은 우리 누나 모른다고 해서 아픔도 모를까, 낡은 부엌
문을 열고 들어가면 거기 웅크리고 앉아 울고 있는 머리카락 치렁치렁한 어
둠, 나는 밥 대신 누나 발밑에 부엌칼을 갖다 놓았다 아버지가 누나를 확
데려갔으면 좋겠어, 날선 햇살이 어둠을 자르는 부엌문을 닫아걸고 돌아설
때 등 뒤에서 아옹, 아옹, 서럽다는 건지, 딴에도 무얼 알아들었다는 건지
누나는 구석에 웅크리고 앉아 희미하게 웃었다, 어서 가라고 손을 흔들었다,
모른다고 해서 정말 모를까마는

「고양이 울음」 전문

시인에게 이미지는 절대와 본질에 통하는 유일한 통로이며 출구이다. 초
현실주의에서는 하나의 사물이 본래 있어야 할 위치에서 전혀 다른 곳으로
자리바꿈하여 강렬하고 경이로운 이미지를 얻게 하는 전위의 수법이 쓰인다.
이러한 수법은 두 실재를 맞부딪치게 해 놓음으로써 이성적 정신의 유추적
형태를 깨뜨리고, 상상력을 해방시켜 인간의 의식을 무한히 확대시키는 기능
을 한다. 최금진의 위의 시는 초현실주의의 수법과 매우 닮았다. 위의 시에
서 보듯 원거리 현상에 의한 이미지들의 불연속적인 집합인 데뻬이즈망 수
법이 많이 보인다. 위의 시에서 보듯 나타나는 이미지들은 매우 초현실적이
고 그로테스크하다. '누나'와 '고양이 울음'의 결합이 주는 당돌성과 여기에
서 연유한 이미지의 전개가 매우 단절적이고 비약이 심하다. 거리가 먼 이미
지들이 당돌하게 연결되어 관습적인 자동화된 의식을 깨뜨리고 꿈과 현실이
종합된 세계로 나아간다. 그럼으로써 이러한 이미지들은 잠시나마 우리를 일
상성의 진부한 세계로부터 떠나게 해 줌으로써, 현실의 원리에 억압된 우리
의식의 해방을 맛볼 수 있게 하고 있다.

최금진의 시는 복잡한 개인의 무의식적 단면을, 즉 그 혼돈 속의 질서를
보여주는 '주관적 생의 흐름'을 기술하는 듯하다. 고양이의 울음에서 촉발된
이질적 사물의 폭력적 결합이 주는 느낌은 매우 혼란스럽고 자동기술에 가

까울 정도이다. 고양이의 울음에서 비롯한 할머니의 소금뿌리는 행위, "짭짤
한 고등어 통조림이 되"는 부엌, "날선 햇살이 어둠을 자르는 부엌문을 닫아
건" 부엌의 캄캄함, 그런 "구석에 웅크리고 앉아 희미하게 웃"는 것으로 고
양이의 이미지는 연쇄된다. 고양이의 울음소리는 내면세계의 황량함을 드러
내 주는 하나의 오브제이다. 개인적 무의식에서 터져나오는 어둡고 환상적인
이미지들은 언어의 자발성과 규제성 사이의 혹은 의식과 무의식 사이의 고
투의 산물이겠는데, 이는 개인적 고통이 환상을 통해 초월되는 과정이라 여
겨진다.

　산문적 호흡 속에 현란하게 구사되는 불길하고 몽환적인 이미지의 연쇄
속에서 사물과 사물은 새로운 관계로 결합되며 우리의 안이한 인식에 충격
을 가한다. 최금진의 시에서 기존의 권위나 도덕률로 대표되는 현실의 원칙
은 여지없이 파괴되고 있다. 그래서 "나는 밥 대신 누나 발밑에 칼을 갖다
놓"고, "아버지가 누나를 확 데려 갔으면 좋겠"다는 생각을 하게 된다. 아버
지의 부성은 폭력성으로 상징화되어 있으며 정상적인 사랑이나 가족과 생활
은 파괴되어 나타나고 있다. 이것은 억압된 잠재 의식을 해방시킴으로써 인
간 해방을 이루고자 하는 듯싶다. 최금진은 세계의 허위를 폭로하고 이 땅
이 자리에 있는 삶의 한 조건으로 그가 지니고 있는 아픔과 상처를 드러냄
으로써 환기를 통한 치유의 길을 보고 있는지 모르겠다.

　이 점은 김옥희의 시도 역시 마찬가지라 할 수 있다. 이 두 시인의 시는
문명에 의해 억눌린 욕망과 본능의 영역, 초현실의 영역으로 침잠해 들어가
심리적 자동 현상에 몰입하고, 리비도의 심연을 탐사하기 위해 환상과 꿈과
광기의 세계를 탐험하는 것이다. 이들의 시에는 마치 이성의 통제를 벗어난
자유 연상에 의한 이미지가 긴 호흡으로 나열되며, 어둠 또는 무의식의 빛깔
이라 할 검은색의 이미지가 빈도 높게 출현한다. 이러한 것은 문명의 이성이
지배하는 현실원칙에 대한 위반이며, 검은색의 이미지는 죽음과 허무, 종말
의식, 공포와 불안, 악마와 저주와 회의의 빛깔로써 심연의 세계를 그대로

드러내는 것이다. 두 시인의 언어는 무질서하고 혼란스런 심연의 세계를 드러내기 위한 몽상과 환상, 최면과 광증의 언어이다.

5. 날것의 싱싱함, 부재의 명암(明暗)

직관에 의한 생의 순간 포착은 생동감과 함께 삶에 대한 통찰을 보여준다. 그것은 순전히 살아 숨쉬는 날것의 언어에서 오는 신선한 아름다움이며 살아있는 리얼리티이다. 손택수와 한경동의 시에는 날것의 싱싱함과 신선함, 시퍼렇게 날선 직관의 언어가 포착한 삶의 비의를 느끼게 한다. 이 두 시인의 작품은 살아 있는 언어와 섬세하고 날선 직관에 의한 생의 순간 포착이 돋보인다.

손택수의 언어는 동적이면서 감각적이다. 그 동적이며 감각적인 묘사의 배후에는 삶을 바라보는 시인의 싱싱하고 건강한 의식과 역동적 시선이 내재해 있다. 그러한 시인의 눈과 의식에 의해 포착된 대상에는 노동하는 삶의 싱싱함과 건강한 활력이 있다. 그의 시가 보여주는 군더더기 없는 깔끔한 이미지의 압축된 전개에 의한 시적 형상화의 정공법은 시에 모범적 규범이라 할 만하다. 한경동의 경우도 자신의 시적 체험을 공감 가능한 이미지의 유기적 조직으로 환치시키는 전통적인 시적 형상화의 방법을 추구한다. 한경동이 보여주는 재기발랄한 언어유희는 삶과 생명을 따뜻하고 진지하게 바라보는 태도의 진정성이 담겨 있다. 이들의 시에는 삶의 현장에서 포착한 날것의 싱싱함이 존재하며, 그렇게 때문에 시의 구체성을 획득하고 있다. 그런 면에서 이들의 시는 언어의 경제성과 이미지의 압축이 잘 조화된 시로 주목에 값한다.

손택수와 한경동의 시가 삶의 현장에서 포착한 언어인 반면에 이동호와 전동진의 시는 깊고 어두운 의식의 심연 밑에 가라앉은 기억과 원형적 체험의 재생이다. 이들의 시는 의식의 심연에서 길어 올리는 언어이기 때문에 몽환적이기도 하고 동화적이기도 하다. 이 두 시인의 언어는 일회적이고 고정된 기억에서 나오는 것이 아닌 우리에게 보편적으로 축적된 무의식에서 나오는 소리이다. 이들의 언어와 의식은 부재하지만 엄연히 현존하는 실재이다. 마치 동일성을 잃어버린 자아가 찾아가는 길 가운데 하나인 기억의 오롯한 세계를 복원함으로써 '통시적 자기 동일성'의 세계를 지향한다. 이들의 시적 인식은 현대의 파편화되고 물화된 시간으로부터 벗어나려는 욕구와 연관되어 있다. 이는 유년의 모성에 대한 원체험의 안락한 세계, 원형적 시간과 공간으로 돌아가고자 하는 낭만적 충동과 연관되어 있는 것이다. 이들의 시는 과거의 축적된 무의식을 통해 현재의 우리의 삶을 역상(逆像)으로 되비추어 준다.

동물적 이미지는 그것이 지닌 원시성과 관능성으로 인하여 현실원칙의 문명과 이성의 이미지에 대한 대항 이미지로 읽힐 수 있다. 그래서 다분히 동물적 이미지는 현실원칙에 대항하여 본능의 가장 원초적 세계인 잠재된 충동·무의식·욕망 등을 드러내는 데 유용하게 쓰인다. 따라서 동물 이미지로 표현되는 원시적 역동성에 대한 탐구는, 합리성의 권위와 무기물의 물질문명과 문화에 의해 압살된 본능과 무의식 세계의 복원과 연관되어 있다. 동물적 이미지의 세계는, 쾌락 원칙이 지배하는 분별과 윤리 이전의 원시적 생명력과 관능의 세계이다.

김옥희와 최금진은 고양이를 모티프로 본능을 좇아 움직이는 역동적인 움직임과 생태적으로 둘러싸고 있는 관능적이고 신비적인 분위기를 통해 시를 형상화하고 있다. 그러나 이 두 시인이 그리고 있는 그 관능적이고 신화적인 분위기는 유쾌한 것이 아니라 죽음과 공포를 동반하는 것이어서 불길하다. 불길한 공포 안에는 억압되고 금지된 잠재의식을 해방하려는 원초적 욕망이 숨어 있다. 이것 또한 부재하지만 우리의 의식 심연에 자리한 어둡고 불길한 공포의 언어이지만 엄연히 존재하는 실재이다.

'**저녁**'과
'**어둠**'의 시간에
피어난 꽃

1. 시적 영혼의 팽창

시를 읽는 이유야 제각기 다르겠지만 적어도 나에게 시를 읽는 즐거움이란 시인의 내밀한 영혼을 훔쳐보기이며, 영혼을 드러내는 방법에서 오는 떨림에서 비롯한다. 지난 계절에 문예지에서 만난 시의 모습들은 다양하고 풍성했다. 그만큼 소재와 주제 영역은 넓고 깊었으며, 그리고 그것을 드러내는 시인들의 방법과 장기 또한 특별했다. 때문에 시를 읽는 즐거움을 만끽할 수 있었다. 이들 시들이 감추고 드러내는 내용과 형식을 훔쳐보는 재미란 항상 독자에게 주어진 특권이 아니겠는가 생각해 본다. 그 중에서 이상국, 김혜순, 이화은, 진은영, 정병근, 손택수 시인의 시들을 주목해 보았다. 이들 시인의 시들은 모두 '저녁'과 '어둠'의 시간에 피어난 '꽃'의 시들이었다. 앞서 열거한 시인들의 시는 모두 저녁과 어둠(밤)이라는 시간에서 시적 소재와 상상력의 물꼬를 끌어오고 있는 시들이며, 유난히 '꽃'이라는 시적 상관물에 집중하고 있는 시들이었다. 저녁과 어둠의 시간, 그리고 꽃을 중심으로 펼쳐지는 변주였다.

우리가 시간을 의식한다는 것은 곧 자아를 의식한다는 것이기도 하다. 술에 취한 사람은 시간을 의식하지 못한다. 시간은 술에 취하지 않은 의식, 다시 말하면 자아 의식의 각성이라는 모습에서 경험되는 현상이기도 하다. 따라서 시간을 의식한다는 것은 자아를 의식한다는 뜻이며, 자아의 의식은 자기 존재를 의식한다는 것이다. 시간의 흐름과 변화에 대한 인간 주체의 인식은 다양하며, 시에서 시간은 기억이나 직관, 미래에 대한 상상과 꿈의 형태로 변형되어 나타나는 것이 일반적인 예일 것이다. 시에서 시간의 이러한 변형은 우리의 영혼 때문에 가능하며, 그렇기 때문에 시간은 시적 영혼의 활성화와 팽창의 운동을 끊임없이 추동하는 동력으로 작용한다.

   이러한 기능을 하는 시간, 특히 저녁과 어둠의 시간은 시에서 다양한 이미지로 등장하기 마련이며 꽃 또한 마찬가지이다. 일반적으로 저녁은 하루를 마감하는 낮과 밤이 교차하는 경계의 시간대이며 휴식이 기다리는 시간, 혹은 새로운 질서를 창조하기 위한 원초적 카오스의 세계로 들어가는 시간이다. 그리고 어둠은 보통 시대의 억압과 모순을 상징하는 이미지를 지니거나 일상 너머에 존재하는 삶의 심연, 혹은 이성보다는 욕망의 본능을 표상하기도 한다. 시에서 소재로 사용되는 식물은 다양하게 나타나는데, 그 중 꽃의 이미지도 다양한 상징성을 내포하고 있다. 생물학적으로 보면 꽃은 결국 식물의 생식기에 지나지 않는다. 그러나 꽃이 피고 지는 양상에 따라 서로 다른 감정을 유발한다. 우리는 피는 꽃에서 가능성, 희망 등의 생명의 이미지를, 지는 꽃에서는 노쇠, 생명의 유한성, 소멸 등 무상과 덧없음의 죽음의 이미지를 느낀다. 이러한 원초적 상상력을 염두에 두고, '저녁'과 '어둠'의 시간에 피어난 '꽃'을 따라 이들 시인들의 작품과 내면을 엿보도록 하자.

2. 저녁과 어둠의 변주

이상국 시인의 「어둠과 놀다」(『문학수첩』, 2004년 봄)와 김혜순 시인의 「지평선」(『문학동네』, 2004년 봄)은 우리가 느끼는 저녁과 어둠의 이미지에서 얼마간 가까우며 멀리 있다. 이 두 시인의 작품이 공유하는 점은 내성적이고 서정적인 체험들로 이루어져 있다는 점이다. 그러나 이상국 시인의 작품이 '어둠'이라는 자연 사물과 시간을 투명함과 정결함으로 받아들이고 있다면, 김혜순 시인의 작품은 저녁 시간의 노을, 그 서정적 敍景을 人事에 투사하여 독특한 부정성을 드러내고 있다는 점이 다르다. 이 두 시인의 시는 서정의 언어가 갖는 존재의 위력을 느끼기에 충분한 작품이다. 그것은 현실과의 접촉을 성큼 뛰어넘는 신비적 초월주의나 모든 사물을 아름다움으로 치장하는 미학주의의 황홀과 몰입이라는 허상과 진지하게 맞서고 있기 때문이다. 현실의 골치 아픈 근심거리를 접고 물아일체의 편안한 몰입과 황홀경의 경지로 나가자는 달콤한 유혹을 과감히 뿌리치고, 삶의 비의를 진지하게 드러내려 애쓰고 있기 때문이다. 한 마디로 삶의 진한 냄새가 풍기고 있다.

이상국 시인은 '어둠'에 '저녁의 집', 평온한 안식의 집을 짓는다. 시인은 이 작품에서 어둠에 새로운 의미를 부여한다. 그동안 우리가 익숙하게 받아들이고 써 먹었던 '어둠'이라는 상징, 그 역사적 비전을 부드럽고 포근한 순환의 상상력을 통해 순화시키고 있다. 그에게 '어둠'은 더 이상 시대성을 지닌 암흑과 억압, 혹은 금기의 부정적 의미로 쓰이지 않는다. 오히려 '어둠'을 친근한 존재, 우리를 포근하게 감싸 안는 품으로 받아들이고 있다. 그 품 안엔 따뜻한 온기로 가득 차 있다.

일을 마치고 돌아오는데
골목길에서 누가 덥석 손목을 잡아끈다
새로 온 저녁이었다
자기네 집에서 쉬어 가라는 거였다
아내와 아이들이 기다린다고 했지만
이런 날이 날마다 있는 건 아니라며
한사코 잡아끌었다

> 나는 새우깡 한 봉지와
> 소주를 받아 가지고
> 학교 마당 나무 아래 저녁의 집에서
> 어둠과 놀았다
> 그리고 그가 데리고 가라는
> 새로운 어둠과 어깨동무를 하고
> 노래를 부르며 돌아왔다
>
> 이상국, 「어둠과 놀다」 전문

이 작품은 끊임없이 반복되는 일상 속에서 '어둠'이 어떤 존재인가를 탐색하게 한다. 아마도 이 시의 화자는 평범한 노동자이거나 직장인인 듯싶다. 화자는 하루 "일을 마치고" 집에 오다가 문득 골목길에서 어둠에 이끌려 '어둠'이라는 실체를 새롭게 인식한다. 그래서 날마다 오는 어둠이지만 "새로 온 저녁"이라 느낀다. 집에서 "아내와 아이들이 기다"리지만 이전과는 다른 "새로 온 저녁"이기 때문에 화자는 "새우깡 한 봉지와 / 소주를 받아 가지고" "저녁의 집에서" "어둠과 놀았다"는 것이다. 이것은 곧 우리가 보통 '어둠'을 부정하거나 청산해야 할 대립적 실체로 인식하는 것이 아니라 스스럼없이 어울려 놀 수 있는 친숙한 대상으로 받아들이는 것이다. 화자에게 '어둠'은 '쉬어' 갈 수 있는 곳을 제공하는 휴식의 공간이며, 그래서 "새우깡 한 봉지"와 "소주를 받아 가지고" 쉴 수 있는 소박하고 평화로운 "저녁의 집"이다.

이상국의 이 작품이 주는 매력은 하루 일과를 마친 건강한 삶의 시선이 어둠을 따뜻하게 하는 데 있다. 그래서 이 시에서 '어둠'은 화려하고 분주했던 낮의 삶을 감싸주는 존재이며 삶과 일상의 고단함을 씻어주는 존재이다. 왜냐하면 모든 것의 기원이 되는 것은 어둠이기 때문이며, 모성의 젖가슴과도 같은 것이 밤이기 때문이다. 그리고 "새로운 어둠과 어깨동무를 하고" "노래를 부르며" 집으로 돌아가는 화자의 모습에서, 어둠에 대한 인식은 일상의 삶과 긴밀히 관계를 맺고 순환하고 있다는 것을 보여준다. '낮─밤',

'밝음—어둠', '일상—어둠'의 순환 관계를 통해 밤의 평화, 어둠의 포근한 보금자리를 다시 한번 확인하게 한다.

　김혜순 시인의 시가 가지고 있는 특징은 극적 긴장으로 가득 차 있다는 것이다. 그녀의 작품은 팽팽하게 당겨진 활처럼 힘찬 호흡으로 읽히며, 시위를 떠난 살처럼 거침없이 날아가듯 속도감 있게 언어를 운용하며, 본질의 과녁에 단호하게 꽂히는 힘을 느낄 수 있는 시이다. 주저함 없이 도도하고 힘찬 언어의 율동은 독자를 압도할 만큼 강열하다. 그 강열한 시의 유속에 휩쓸려 들어가는 가는 일은 어떤 거대한 힘을 느끼는 일이다. 그 속에는 삶과 세계에 대한 존재론적 물음이 있으며, 그 물음에 대해 고뇌하는 자의 존재의 떨림이 있다. 아래의 시는 삶과 세계에 대한 깊은 고뇌의 흔적을 느낄 수 있다.

> 누가 쪼개놓았나
> 저 지평선
> 하늘과 땅이 갈라진 흔적
> 그 사이로 핏물이 번져나오는 저녁
>
> 누가 쪼개놓았나
> 윗눈꺼풀과 아랫눈꺼풀 사이
> 바깥의 광활과 안의 광활로 내 몸이 갈라진 흔적
> 그 사이에서 눈물이 솟구치는 저녁
>
> 상처만이 상처와 서로 스밀 수 있는가
> 내가 두 눈을 뜨자 닥쳐오는 저 노을
> 상처와 상처가 맞닿아
> 하염없이 붉은 물이 흐르고
> 당신이란 이름의 비상구도 깜깜하게 닫히네
>
> 누가 쪼개놓았나
> 흰 낮과 검은 밤

낮이면 그녀는 매가 되고
밤이 오면 그가 늑대가 되는
그 사이로 칼날처럼 스쳐 지나는
우리 만남의 저녁

김혜순, 「지평선」 전문

대개 그녀의 시가 그러하듯 이 작품도 일정한 극적 상황을 설정하고 그
속에서 벌어지는 드라마를 추적하는 형식을 취하고 있으며 시적 독백의 형
식을 적극적으로 도입하고 있다. 그러나 이 작품에서 보이듯이 감상적으로
느낄 수도 있는 '지평선 너머의 저녁 노을'을 바라보는 시인의 눈과 의식은
서정적인 영탄이나 감상과는 전혀 다르다. 또한 비교적 건조한 어휘의 묘사
로 이루어졌음에도 불구하고 시적 떨림의 진폭이 큰 것은 시의 극적 구도
때문으로 보인다. 시인은 땅과 하늘, 육체와 정신, 낮과 밤의 갈라진 틈 사이
의 경계에서 존재의 비의를 펼쳐 놓는다.

"누가 쪼개놓았나"라는 반복적인 독백으로 시작하는 이 시는 지평선에 깔
린 '저녁 노을'이라는 자연 현상을 극적으로 재구성하여 지평선에 깔린 저녁
노을의 장관처럼 우리의 인식에 충격을 가한다. 간결하고 단순 비유, 대립되
는 이미지의 병치, 반복되는 통사구조 속에 농축된 상상력의 확산, 언어유회
의 말놀이에 가까운 기발하고 섬뜩한 정의는 우리가 일반적으로 느끼는 인
식의 틀을 충격하고 와해시켜 버리고 만다. 시인은 "하늘과 땅이 갈라진 흔
적"의 "지평선"은 "내 몸이 갈라진 흔적"인 "눈"과 동일시한다. 저녁의 지
평선은 "하늘과 땅이 갈라진 흔적"이며, 그 저녁의 노을을 바라보는 화자의
눈은 "내 몸이 갈라진 흔적"으로 "핏물이 번져나오"고 "눈물이 솟구치는"
곳이다. 왜냐하면 그것은 '하늘과 땅', '윗눈꺼풀과 아랫눈꺼풀이 갈라진 사
이'는 상처와 다름 아니기 때문에 "붉은 물이 흐르"고, "당신이란 이름의 비
상구도 깜깜하게 닫히"는 것이다. 그래서 따뜻하고 평안하게 맞아야 할 "우
리 만남의 저녁"은 "칼날처럼 스치"는 부정적이며 파괴성을 지닌 것으로 표

상된다.

'하늘 / 땅, 윗눈꺼풀 / 아랫눈꺼풀, 흰 낮 / 검은 밤'의 시적 구도 속에서 펼쳐지는 이 작품에서 낮이 삶의 역동성을 나타낸다면 밤, 정확히 말해서 낮과 밤의 경계인 저녁은 그러한 삶의 영역을 침식해 들어가는 존재라고 할 수 있다. 이처럼 낮이 축소되고 밤이 확대됨에 따라, "낮이면 그녀는 매가 되고" "밤이 오면 그가 늑대가 되는" 화해할 수 없지만 공존해야 할 이 세계를 시인은 둘로 '갈라진 사이'를 통해 드러내 주고 있다. 저녁 시간 점점 불어만 가는 밤, 그 현실의 부정적 속성을 시인은 서로 갈라진 사이라는 이미지를 통해 표현한다. 여기에서 지평선에 붉게 깔린 노을을 통해 현실 조건의 비극성을 숙명적으로 고통스럽게 받아들이고 감내하는 비관주의를 엿볼 수 있다. 그것은 그것을 초월하려는 상승 이미지로 나타나지 않고 '핏물이 번지고' '눈물 혹은 붉은 물이 솟구쳐 흐르'며, 당신이란 이름의 '비상구가 깜깜하게 닫히고' 만남이 '칼날처럼 스쳐지나는' 것처럼 밑으로의 흐름이나 수평적 확산과 이동이 이루어지기 때문이다. 그럼으로써 현실의 부정성을 극단적으로 과장한다.

시인의 이러한 절망적 사유는 추상적 초월이나 희망보다는 이 순간의 구체적 절망에 충실한 것이 시인이 취할 수 있는 정직한 포즈라 생각하는 듯하다. 이것은 시인이 세계의 부조리함과 삶의 비극성 앞에서 버티어 서고자 하는 안간힘이며 반항의 양식이다. 그런데 중요한 것은 이 시에서 내뿜는 압도적인 부정성에도 불구하고 이 작품의 어조는 비극성과 전혀 동떨어진 탄력성과 경쾌함을 동반하고 있다는 점 또한 주목할 만하다. 시인은 저녁 노을의 지평선을 통해 이 세계의 끔찍한 천형의 고통을 보여주고 강조하고 있지만 발랄하고 강한 언어로 표현함으로써 생기를 얻어낸다. 시인은 '저녁 노을의 지평선'에서 현실의 무게에 질식하는 대신 한걸음 물러서서 그것을 변형시키고 의도적으로 뒤틀어 이를 바르게 바라볼 수 있는 시야를 확보해 놓고 있다.

3. 진 꽃과 깨진 튤립

　이화은 시인의 「쓸쓸한 중심」(『시와반시』, 2004년 봄)과 진은영 시인의 「청춘 3」(문학과사회』, 2004년 봄)은 차분한 시상의 전개와 정밀한 은유의 기법을 사용하고 있다는 점에서 눈길을 끈다. 두 시인은 꽃을 통해 지난 시간을 반추하는데, 시인의 눈에 포착된 꽃은 적막과 고요, 쓸쓸함과 덧없음이라는 내적 정서를 투영한다. 그래서 두 시인에게 지난 시간은 덧없음이며 회한으로 가득 찬 것이다. 이화은 시인의 시가 '중심'에서 "멀리 흘러와" "꿈마저 시린" "변두리 잠"이 표상하듯 쓸쓸함과 생의 덧없음이라면, 진은영 시인의 작품은 존재에 대한 기억의 재생으로 이루어져 있다. 진은영 시인에게 "모든 것은 지나가기에" 그것을 시인은 "자주 뒤돌아" 보게 만든다. 이 두 시인에게 현존재의 시간은 과거의 시간을 재생하고 기억하는 기능을 한다.

　사실 이 두 시인이 다루고 있는 경험 세계는 우리의 삶에서 누구나 경험하는 사례이면서도 절실한 체험 가운데 하나를 이루기도 한다. 그렇기 때문에 그와 동시에 진부한 시적 발상으로 흐를 수 있고, 좀처럼 시적 감동을 주기 어려운 소재이기도 하다. 그러나 두 시인은 이러한 시적 체험을 정밀한 비유의 언어와 섬세한 통찰로 우리 삶이 지닌 통속적 속성을 절실한 시적 정서로 환기시키는 효과를 거두고 있다. 사람 살이가 대부분 그렇고 그렇기 때문에 시적 체험이나 시의 세계란 결국 한정되어 있다. 예나 지금이나 삶의 모습이란 결국 그게 그거 아니겠는가. 그러므로 시가 이를 극복해 일정한 미학적 성취를 이루기 위해서는 과감한 형식을 빌거나 섬세한 통찰의 언어로 삶의 비의를 꿰뚫을 시안(詩眼)이 시작의 중요한 요건이라 할 수 있겠다. 두 시인의 시는 후자의 방법에 머물러 있다.

　　꽃은
　　그 나무의 중심이던가

필둣말둣
양달개비꽃이
꽃다운 소녀의 그것 같아
꼭 그 중심 같아
中心에서 나는 얼마나 멀리 흘러와 있는가
꿈마저 시린
변두리 잠을 깨어보니
밤 사이 몇 겹의 세월이 피었다 졌는지
어젯밤 그 소녀 이제는 늙어
아무 것의 한 복판도 되지 못하는
내 중심 쓸쓸히 거기에
시들어

이화은, 「쓸쓸한 중심」 전문

꽃을 중심 소재로 한 이화은 시인의 「쓸쓸한 중심」은 삶의 덧없음을 표상하는 작품이다. 보통 꽃은 화려한 것, 아름다운 것을 의미하기도 하고, 좋은 때를 만나 세상에 떨치는 것을 포함한다. 뿐만 아니라 가장 좋은 시절이나, 여자, 아름다움, 시간의 덧없음을 상징하기도 한다. 그리고 우리 시에서 꽃은 사랑하는 사람, 조국이나 민족, 존경하는 인물, 혹은 존재론적 본질로서의 꽃으로 쓰여 왔다. 꽃은 하늘을 향해 조용히 피어나는 존재이다. 그렇기 때문에 꽃의 개화는 열림으로의 지향을 의미한다. 그런데 이화은의 꽃은 지는 꽃의 무상함과 연결되어 있다.

이화은의 작품에 핀 꽃은 무한 공간인 하늘과 빛나는 기체인 하늘 햇빛의 자유로움 속으로 상승하는 운동이 아닌, 시간의 흐름에 따라서 빛이 바래고 떨어질 수밖에 없는 하강의 이미지가 지배적이다. 활짝 핀 꽃의 눈부신 빛과 향기가 상승하는 모습의 아름다운 존재 인식에 대한 열망을 표상하는 것이 아니라 빛과 향기를 다한 쓸쓸하고 덧없는 삶을 향해 열려 있다. 이 시에서 꽃은 시들어 떨어지는 하강의 이미지이다. 그래서 상실과 소멸, 쓸쓸함과 덧없음의 허무 의식이 시의 정조를 이루고 있다. 그리고 존재의 소멸을 의식해

가는 화자의 시선은 다소간의 감상적 기분과 따뜻한 비관주의가 서로 겹치고 있다. 한 마디로 이제는 중심에서 밀려난 중년의 쓸쓸함과 외로움이 물컹 배어나올 것 같은 느낌이다.

꽃이 안내하는 모범적인 길을 따라 가면 종국엔 삶의 향기를 맡을 수 있다. 시상의 전개는 군더더기 없이 매우 간단하다. '나무의 중심'은 '꽃'이고, 꽃은 '소녀'와 같다. '소녀'는 인생의 "꼭 그 중심" 같은데, "그 소녀 이제는 늙어" 그 중심에서 멀어져 '쓸쓸히 시들어' 있다는 것이다. 화자는 "中心에서" "멀리 흘러와 있"기 때문에 "꿈마저 시"리고 "변두리의 잠은" 쓸쓸하기만 하다. 이러한 시상의 연쇄는 너무 소박하다는 감을 떨칠 수 없지만, 요즘 시의 현상 가운데 하나로 지적되는 난해성, 태생적으로 시가 지닌 난해성의 특성을 넘어 시의 의미가 매우 불투명해지는 현상에 대비되고 있다는 점에 주목하지 않을 수 없다.

시는 개인적이며 내면적인 경향을 띠고 체험과 정서의 미세한 영역을 다루게 됨으로써 시의 난해성은 가중된다. 시의 난해성은 시의 본질적 속성이다. 때문에 불투명하고 모호한 언어와 문장 구사는 시의 의미를 다층적으로 만들고 결국 독자의 주의를 집중시키며 시적 긴장을 유발하는 효과가 있다. 따라서 이 작품은 어떻게 보면 시적 긴장이 없는 맹맹한 맛을 느낄 수도 있고, 또 알 수 없는 난해성이 시의 모든 특권인냥 하는 경향의 시에 비춰본다면 시의 기본을 다시 한번 생각해 보게 하는 작품이다. 시인의 시적 인식은 일상적인 경험 세계에 바탕을 두면서 전통적인 시의 문법을 통해 형상화하고 있다는 점에서 주목을 끈다. 시에 어떤 모범적인 규범이 있다면 이 작품은 여기에 속할 것이다. 자칫하면 이러한 규범적이며 전통적 시 작법에 충실한 시는 어쩔 수 없이 신선함이 결여되는 한계를 지닐 수도 있겠지만 시의 근원을 지탱해 주는 것이기 때문에 언제나 소중한 가치를 지닌다.

진은영 시인의 「청춘 3」은 아폴리네르의 "가자가자 모든 것이 지나가기에 / 나는 자주 뒤돌아보리라"는 인용으로부터 시작한다. 아폴리네르에게서 인용한 시귀에서 알 수 있듯이 시인은 지난 날을 뒤돌아보며, 지난 시절을 회상하고 과거를 기억해 낸다. 그녀가 기억하고 재생해 낸 과거의 시간은 아픈 상처의 흔적이다. 상처의 흔적 속에는 젊은 날의 향기가 배어 있는 것이다. 그 향기는 달콤하다기보다는 맵고 쓴 맛이다.

> 출구든 입구든
> 주황색 초벌칠이 가장 아름다운 철문들
>
> 기억한다
>
> 날아오는 돌멩이들 속에서
> 피어나던 빨간 유리 튤립
>
> 상처 난 이마 밟고 가던
> 꿈의 부드러운 발꿈치를
>
> 기억한다
>
> 불타는 내 얼굴 묻기 위해 달려갔던
> 투명한 두 개의 빙산, 너의 가슴
>
> 눈보라와 박하 향기가 함께 휘몰아치던 곳
>   진은영, 「청춘 3」 전문

　지극히 평범한 시상에 의해 전개되는 이 작품도 이화은 시인의 작품처럼 현재의 시점에서 과거를 뒤돌아본다. 이 시는 젊음의 방황과 상처의 흔적에 대한 청춘의 보고서이다. 이 청춘 보고서는 삶에 대한 열정을 감춰 둔 자전적 삽화의 기록물이다. 이미 한참 지난 젊은 날의 삽화, 그 기억 속에 그려진 자아의 형상은 삶과 세계에 대한 치열성과 진정성으로 가득 차 있다. 상처투성이이지만 그 상처를 짓밟고 가는 '발꿈치'마저도 부드럽게 받아들이

는 화자의 태도는 '꿈'으로 표현된 희망과 목적에서 비롯한 것이다. 때문에 꿈으로 가득한 그녀의 가슴은 그것을 이루기 위해 '달려갔던' "투명한 두 개의 빙산"과 같은 것이다. 그곳은 "눈보라와 박하 향기가 함께 휘몰아치던 곳"으로 사랑과 혁명의 열정이 동시에 자리한다.

사람이 자꾸 과거로 회귀하는 것은 "모든 것이 지나가기에" "자주 뒤돌아"보려는 회귀의 본능이기도 하지만, 그가 속한 현재의 시간과 공간이 불안하고 만족스럽지 못하기 때문에 과거를 아름답게 보고자 하는 것이기도 하다. 화자의 심리 상태는 이러한 조건에 휩싸여 있으며, 그렇기 때문에 "주황색 초벌칠이 가장 아름다"울 수밖에 없다. 아무 색도 덧칠해지지 않은 '초벌칠'의 순수한 시절을 화자는 기억해내는데, 그 시절은 "날아오는 돌멩이들 속에서 / 빨간 유리 튤립"이 피어나는 치열하고 격정적인 풍경으로 묘사된다. 화자는 격렬한 시위 현장을 시적 상황으로 삼아 "상처 난 이마"를 "밟고 가는 발꿈치"조차도 부드러운 '꿈'으로 생각한다. 아프지만 '꿈'이 있었던 시절, 그래서 그 시절은 꽃 같은 시절이었고, 매서운 "눈보라와" 달콤한 "박하 향기가 함께 휘몰아치던" 시절이었다. 화자가 기억해낸 청춘의 뒤안길에는 "불타는 얼굴을 묻고" 싶은 "투명한 두 개의 빙산"에 대한 사랑과 혁명의 꿈이 동시에 자리한다.

이 지점에서 우리는 그녀의 시가 말하는 젊은 날의 가치에 대한 신념과 만날 수 있다. 그녀는 젊은 날의 가치와 신념을 통해, 궁극적으로 꿈의 양식일 수밖에 없는 시의 길을 노정하는 것일까? 꿈이 사라진 지금, 그러나 꿈은 늘 피폐한 고통까지 함께 껴안고 환기되어야 하며, 그것을 환기하는 필요성이 이 시의 매력이다. 그것은 애이불상(哀而不傷)의 지혜처럼 자신의 삶의 자리와 담담히 마주하며 대화하는 잔잔한 흐름이다. 잔잔한 흐름을 타고 지난 시간을 뒤돌아 보는 이 작품은 자의식에 갇힌 자의 한숨과 자탄, 울부짖음이 아니라, 고통을 감내한 통제된 방식으로 보여주는 강인함이 있다. 이화은 시인의 시가 그랬듯이 진은영 시인의 이 작품도 평이함과 꾸밈

없는 진솔함은 폭력적 수다를 일삼는 어떤 시보다 강한 내적 친화력을 느
끼게 한다.

4. 숲이 켜든 생명의 집어등

숲은 나무와 풀과 꽃 등 온갖 자연물을 잉태한다. 숲은 식물의 자궁이며,
자연의 자궁이다. 도시에서 자라고 있는 나무와 풀과 꽃 들은 자신들의 근원
인 숲을 꿈꾼다면, 인간은 자신을 잉태한 어머니의 자궁을 꿈꾼다. 숲은 모
태처럼 편안하고 안락하다. 나무와 풀과 꽃이 원초적 근원인 숲을 꿈꾼다면,
자연을 버린 인간은 역설적이게도 자신들이 버린 자연을 꿈꾼다. 자궁이나
숲은 우리가 그쪽으로 돌아가려 하는 만큼의 힘으로 우리를 거부하며, 그쪽
에서 벗어나려 하는 만큼의 힘으로 우리를 끌어당긴다. 정병근 시인의 「나
팔꽃 씨」(『실천문학』, 2004년 봄)와 손택수 시인의 「어부림」(『창작과비평』, 2004
년 봄)은 모두 식물적 상상력을 기반으로 생명의 소중한 가치를 노래하는 시
이다. 정병근 시인의 작품이 나팔꽃 씨와 자신의 몸이 하나임을 확인한다면,
손택수 시인의 작품은 자연을 잃은 도시인으로서 원형적 공간인 숲에서 어
울리는 온갖 생명의 풍요로움과 울창함을 노래한다.

> 녹슨 쇠울타리에
> 말라 죽은 나팔꽃 줄기는
> 죽는 순간까지 필사적으로 기어간
> 나팔꽃의 길이다
> 줄기에 조롱조롱 달린 씨방을 손톱으로 누르자
> 깍지를 탈탈 털고
> 네 알씩 여섯 알씩 까만 씨들이 튀어나온다

손바닥 안의 팔만대장경,
무광택의 암흑 물질이
손금을 빨아들이고 있다
마음에 새기는 것은 얼마나 힘겨운 일이냐
살아서 기어오르라는,
단 하나의 말씀으로 빽빽한
환약 같은 나팔꽃 씨
입 속에 털어넣고 물을 마셨다
오늘 밤, 온몸에 나팔꽃 문신이 번져
나는 한 철 환할 것이다

　　　　　　　　정병근, 「나팔꽃 씨」 전문

　　정병근 시인의 「나팔꽃 씨」는 자연과 하나됨을 노래하는 작품이다. 화자
는 "녹슨 쇠울타리에 / 말라죽은 나팔꽃"에서 생명의 위대함을 본다. "녹슨
쇠울타리"로 표현되는 인위적이며 반생명적 환경에서도 하늘을 향해 끝까지
기어오르다 말라 죽었어도 결국 씨앗을 남긴 "나팔 꽃의 길"은 "팔만대장
경"의 "말씀"과 같은 것이다. 화자는 한 알의 씨앗에서 "팔만대장경"의 말
씀을 본다. "말라 죽은 나팔꽃" 씨방 속 까만 씨를 손바닥 안에 넣고 그 속
에서 시인은 "죽는 순간까지 필사적으로 기어간 / 나팔꽃의 길", 장엄한 생명
의 역사를 본다. 한 알의 까만 나팔꽃 씨에는 씨앗이 뿌리내리고 꽃을 피우
고 열매를 맺은 나팔꽃의 생애가 있다. 거기에는 팔만대장경의 장엄한 미학
이 있다. 나팔꽃이 따라 올라간 "녹슨 쇠울타리"의 줄기와 열매는 생명의 역
사이다. 나팔꽃씨 한 알은 팔만대장경의 말씀을 포함하고 있다.
　　여기에서 시인은 죽음에 깃들어 있는 삶을 동시에 바라본다. 시인에게
"까만 씨"들이 "손바닥 안의 팔만대장경"으로 보이는 이유도 여기에 있다.
그 "무광택의 암흑 물질"인 씨앗이 시인의 "손금을 빨아들이고 있다." 이는
죽음이 삶을 포용하는 것에 다름 아니다. 이것을 "마음에 새기는" 일은 "힘겨
운 일이"지만 깨달아야 할 진리이다. 그러기에 "살아서 기어오르리라는 / 단

하나의 말씀으로 빽빽한" 팔만대장경 같은 "나팔꽃 씨"를 "입 속에 털어 넣
고 물을" 마신다. 그럼으로써 씨앗과 하나가 되고, "온몸에 나팔꽃 문신"이
번짐을 느낀다. 시인은 죽음 속에 내재한 삶을 삼킨 것이다. 이는 죽음과 삶
의 동시성을 말하는 것이며 자연과 하나가 되려는 것이다. 그래서 "온몸에
나팔꽃 문신이 번져" 시인은 "한철 환할 것"이라 믿는다.

  신을, 아니 자연을 버린 현대인은 모두 일종의 실향민이다. 자연은 항상
인간에게 잃어버린 낙원을 표상한다. 근원으로부터 멀리 추방되었지만 근원
으로 다시 돌아가고자 하는 인간은 도시적 삶이 불만족스러움에 비례해서
자연으로 시선을 돌리는 경향이 많아졌다. 이때 자연은 단순히 잃어버린 낙
원의 대용품이란 소극적 의미로 머물 수도 있고, 우리의 삶이 다시 회복해야
할 영역이라는 의미를 지닐 수도 있다. 이 작품은 자연에 조금이라도 더 가
까이 다가가기 위한 방식으로 존재한다. 잃어버린 생명, 생명이 제대로 꽃피
울 수 없는 "녹슨 울타리"의 척박한 조건 속에서 시인은 "입 속에 나팔꽃
씨를 털어넣고 물을" 마심으로써 "온몸에 나팔꽃 문신이" 번지는 자연과 생
명으로 돌아가고자 하는 욕망, 존재의 시원을 회복하고자 하는 현대 문명인
들의 무의식이 빚어낸 결과가 아닐까. 한 알의 씨앗은 하나의 소우주이기 때
문이고, 생명의 근원, 원초적 세계이기 때문이다.

        딴은 꽃가루 날리고 꽃봉오리 터지는 날
        물고기들이라고 뭍으로
        꽃놀이 오지 말란 법 없겠지
        남해는 나무그늘로 물고기를 낚는다
        상수리나무 느티나무 팽나무 짙은 그늘 물위에 드리우고
        그물을 끌어당기듯,
        바다로 휜 우듬지에 잔뜩 힘을 주면
        푸조나무 이팝나무 꽃이 때맞춰 떨어져내린다
        꽃냄새에 취한 물고기들 영영 정신을 차리지 못하도록
        말채나무 박쥐나무 꽃도 덩달아 떨어져내린다

木그늘로 너희들 목에 내린 그늘이라도 풀어라
남해 삼동 촘촘한 그늘 가득 퍼득대는 물고기를
잎잎이 어깨에 메고 우뚝 선 어부림
꽃향기는 수평선 너머로도 가고 심해로도 가서
낚싯바늘처럼 단숨에 아가미를 꿰뚫는다
꽃가루 날리고 꽃봉오리 터지고 청미래 댕댕이 철썩 철썩
파도소리를 흉내내며 뒤척이는 숲,
날이 저물면 남해는 나무들도 집어등을 켜든다

손택수, 「어부림」 전문

때때로 문학은 현실적 요청을 거부함으로써 역설적으로 현실에 기여할 수
있다. 시란 피안의 세계를 지향하며, 시인이란 근본적으로 꿈꾸는 자이다.
그런 만큼 당장의 현실 인식에 좌우되기보다는 내면의 목소리에 귀를 기울
이는 정관적 태도 또한 시와 시인의 특권이다. 시인에겐 꿈꿀 권리, 꿈꿀 자
유가 있다. 시인은 현실적 요청을 받아들여 치열하게 의식을 고양할 수도 있
겠지만 현실 너머에서 꿈꾸고, 현실 너머를 동경할 수 있다. 이들의 꿈이 펼
쳐 보여주는 세계는 일상적 의식 저편, 일상의 공간 저 너머에 위치해서 찾
지 않으면 보이지 않는 세계이다. 손택수의 「어부림」(『창작과비평』, 2004, 봄)
은 남해 먼 바닷가 끝에 위치한, 그래서 일상적 의식의 저편에 존재하여 우
리가 찾지 않으면 발견하거나 경험할 수 없는 시원으로서의 공간을 재현한
작품이다. 그리하여 우리가 당도한 곳은 바닷가 숲이며, 그곳은 분열과 모순
이 사라진 신성의 성소이다.

손택수의 「어부림」은 우리의 일상의 저편에 있는 그 아늑한 꿈과 생명의
원시림으로 우리를 이끈다. 현실과 환상이 아름답게 공존하는 그의 작품은
반복적이며 평균적인 일상의 진부하고 낡은 삶에서는 얻을 수 없는, 일상의
현실 저만치에서 충만한 생명과 고양된 감각을 한꺼번에 느낄 수 있게 해준
다. 그 느낌은 고요함과 평화로움, 내적 충만감과 따뜻한 안정감이다. 그의
시는 어부림이라는 숲과 나무가 원초적으로 간직한, 그러나 지금의 현실적

일상에서는 쉽게 찾을 수 없는 숲과 나무의 재신비화이며 동시에 자연의 신화화이다. 시인은 어부림이라는 우리의 현실 저편에 자리한 숲을 통해 잃어버린 생명의 신비적 질서와 그것이 퍼뜨리는 울림에 귀 기울이도록 한다.

이 시에서 원시적 생명성은 시인이 대상에 대해 감각하는 천진한 감수성과 원시적 상상력에 기반한다. 이러한 기반 위에서 바람에 파닥이는 나뭇잎처럼 생동하는 빛나는 언어구사, 그리고 환상적이며 신비한 이미지의 조형은 우리를 어떤 황홀경에 빠뜨려 아늑하게 만든다. 시적 화자는 "꽃가루 날리고 꽃봉오리 터지고 청미래 댕댕이 철썩"대며 "파도소리를 흉내내며 뒤척이는 숲"이 있는 바닷가 어부림 속에서 몽상의 나래를 편다. 언어는 물고기의 비늘처럼 반짝이고 시적 감수성은 그 어부림의 수천수만 나뭇잎처럼 일렁이며 가볍고 투명하게 숲을 통과해 나간다. 꽃가루 날리고 그 꽃 향기 수평선 너머나 심해로도 가서 그 향기에 취해 물고기가 뭍으로 오고 나무 그늘로 물고기를 낚는 어부림은 그야말로 물고기를 유인하는 집어등이다.

어부림은 환하게 불을 켜든 집어등이다. 이 어부림의 집어등을 통해 시인이 말하고자 하는 것은 무엇일까. 아마도 그것은 자아와 대상의 원초적 만남과 만남에서 오는 주체할 수 없는 떨림일 것이다. 떨림은 숲과 바다와 물고기, 그리고 내가 일체된 감각에서 오는 떨림이다. 시인은 어부림이라는 대상의 본질을 보는 것이 아니라 눈앞에 펼쳐지는 현상의 드러난 풍경을 노래할 뿐이다. 그 드러난 풍경을 바라보는 시인의 눈은 지극히 조화로운 것이어서 꿈결인 듯하다.

제 3 부 성찰하는 응시

불화와
화해의 문법

묵시록적
도시의 일상

삶과
존재를 바라보는
세 가지 시선

禪·성찰·상처의
풍경

불화와
화해의 문법

― 박진성 · 최광임 ―

1. 불화와 화해의 방식

시적 자아가 세계와 마주하는 태도야 여러 가지이겠지만 거칠게 축약한다면 그 방식은 두 가지다. 부정하거나 화해거나. 어떤 방식이 됐든 그 관계 맺기에서 오는 울림에는 나름의 진정성이 있어야 한다. 진정성이 있다면 부정과 전복의 몸짓에서 오는 불화의 불협화음이든, 아니면 고뇌 끝에 찾은 진정한 화해의 몸짓에서 오는 교향악이든 들어볼 만한 가치가 있다. 왜냐하면 거기에는 삶의 풍취와 시적 고뇌가 서려 있기 때문이다. 여기에서 내용의 좋고 나쁨, 호불호는 선택사항이 아니다. 다만 그것을 드러내는 방식, 세계와 관계하면서 얻게 되는 형식, 곧 문법이 문제이다.

모든 사람은 어떠한 방식으로든지 간에 객관적 세계와 일정한 관계를 맺으며 살아간다. 이것은 실존하는 인간에게 주어진 당위적 조건이며 필연이다. 그 관계 맺기의 방식이 세계관이다. 세계관은 객관적 세계를 어떻게 바라보느냐 하는 시각에 의해 결정된다. 객관적 대상은 바라보는 사람의 시각과 태도, 그가 가진 주관적 경험 세계와 정서 등의 지극히 개인적인 사유 체계에 의해 의미가 결정된다. 인식 대상은 하나이지만 그것이 발현하는 의미는 다양하다. 그래서 무엇이 옳고 그르고, 좋고 나쁜 가치 판단은 유보된다. 말하자면 대상을 인식하는 인식 주체의 태도나 정서에 의해 대상은 의미가 규정된다.

이러한 관계 속에서 갈등하고 고민하는 자가 시인이다. 그들은 늘 세계와 불화한다. 설령 세계와의 원초적 동일성, 분리와 소외가 존재하지 않는 자아와 대상이 행복하게 일치하는 세계도 따지고 보면 역설적이게도 현실의 삶이 조화롭고 질서롭지 못하기 때문에 발생한 역작용이다. 그것은 꿈을 가로막는 현실에 대한 반작용이다. 그래서 그들은 이탈을 꿈꾸고 현실의 저 너머를 동경한다. 미지의 꿈과 동경을 포기한 자는 진정한 시인이 아니다. 시인은 늘 고통스럽고 불행한 운명을 타고난 자이다. 그들에게 행복과 만족은 현실 저편 너머에 존재하는 것이며, 그것을 방해하는 현실적 조건들과 그들은 생래적으로 불화하도록 태어난 자이다. 그들은 자기에 주어진 현실에 만족할 수 없는 결핍된 자이며, 그렇기 때문에 비극적 운명의 소유자이다. 그렇지만 역설적이게도 그들은 결핍을 만족하는 자이며 비극은 곧 그들에게 행복이다. 그들은 항상 세계와 불화하며 긴장한다. 긴장하며 살아 있음을 확인하고 존재의 떨림을 감각한다.

황금시대를 거쳐 은의 시대를 지나고 철의 시대를 지난 이후 시인들의 운명은 더더욱 불행하며 비극적이다. 왜냐하면 소외와 불화의 양식뿐만 아니라, 이미 문화의 중심에서 밀려난 듯 한 시와 시인의 삶 자체의 위태로운 위기, 머지않은 날에 곧 종말을 맞을지도 모른다는 절박함이 그들의 주변에 짙게 드리워져 있기 때문이다. 그렇다고 세계와 불화하며 신세를 한탄하고 저주하는 슬픔의 방식이나 적대감으로 피폐해진 절망의 양식까지를 여기의 범주에 포함하는 것은 결코 아니다. 오히려 시는 건강한 정신의 역설로서 세계에 부딪쳐나가는 응전의 불화와 화해를 보여준다. 그들은 현실과 불화하면서 그 가운데에서, 삶의 한 복판에서 불화하고 화해를 꿈꾼다. 그것은 미래를 꿈꾸는 것에 다름 아니다.

축복처럼 쏟아지는 많은 시집 가운데 좋은 시를 만나는 일은 결코 쉬운 일이 아니다. 이 축복받은 시집의 풍요 속에서, 천박한 다원주의와 결탁하고 저급한 상업주의가 번식해 놓은 풍요롭고 야릇하고, 화려하고 번듯한 외양의 '시의 집'들이 전시된 서점에서 우리가 '살' 만한 시의 집들은 드물다. 그 만큼 우리의 기대 지평을 열어줄 만한 치열한 시쓰기를 만나는 일은 드문 일이다. 형식을 얻지 못한 저급한 내용과 정신의 풍요 속에서 박진성, 최광임의 시집은 시쓰기의 고뇌어린 치열성을 보이고 있다는 점에서 주목해야 한다. 이들의 시집을 접은 지금 필자의 소감을 밝히면 불화와 화해의 몸짓으로 요약할 수 있다. 이들 시인들이 세계와 관계를 맺으며 쏟아내는 교성은 때로 고통스러웠고 때로는 아름답다. 박진성의 『목숨』(천년의 시작, 2005)은 시적 자아가 세계와 불화하는 불온한 정신의 고통이 느껴지며, 최광임의 『내 몸에 바다를 들이다』(모아드림, 2004)는 유년의 시공간에서 경험한 원체험이란 전의식의 아련한 영상으로 펼쳐진다. 그 속에서 시적 자아는 현존재의 갈등과 화해를 모색하는 몸짓을 읽을 수 있다. 이 두 시인의 첫 시집에는 시적 자아가 세계와의 불화하면서 겪을 수밖에 없는 고통과 상실, 그리고 따뜻한 화해가 있다.

2. 병, 불화를 드러내는 방식

시인의 가계에는 언제나 세계의 질서와 가치들에 대하여 회의하고 부정하며 반역하는 반골의 피가 운명적으로 흐르고 있다. 그들의 출신성분은 어쩌면 타고난 반골이다. 그들은 생래적으로 자기에게 주어진 세계와 운명에 대하여 그대로 긍정하고 수용하려 들지 않는다. 그들의 기질은 앞으로 끌면 끌수록 관성적으로 뒤로 버티는 힘이 강해지는 고집 센 염소 같은 존재이다. 박진성 시인도 여기에서 예외는 아니어서 막강한 지배적 질서와 가치의 힘, 그를 둘러 싼 현실원칙에 대해 회의하고 버티며, 저항하다 못해 그것을 전복하려든다. 그래서 그는 병을 앓는다. 병적 증후 때문에 그의 정신은 불온하고 불결하며 불안하다. 박진성은 반골의 기질을 타고난 듯하다. 그의 시편에 등장하는 이러한 반골의 기질적 성향은 곧 도구적 이성과 합리의 전횡과 폭력에 의해 구축된 현대의 질서에 대한 반성적 사유로 보아야 한다. 그것은 강압적 현실원칙에 대한 회의이며 부정이다. 그것은 소외된 실존의 불만과 개인적 저항이라기보다는 문화적 저항의 한 양상으로 인식되어야 한다.

박진성의 첫 번째 시집 『목숨』을 읽다보면 병과 관련된 체험의 시화가 두드러지게 나타난다. 그는 병을 통해 세계와 불화한다. 그의 시집 곳곳에는 병의 환유로서 '응급실, 병실, 주사, 간호사, 의사, 흰 알약'에서부터 이것이 가져다주는 정신적 '불안, 우울, 공포, 공황발작, 자살충동, 초조, 강박증, 신경증, 노이로제'가 시집 전체를 압도한다. 이것은 이 시인과 시집의 관심이 어디에 쏠려 있는지 측정할 수 있는 가늠자이다. 그런데 그가 드러내는 병의 표층은 의학적으로 신체의 질병을 뜻할 수도 있지만 그것보다는 하나의 수사적 은유로 보는 것이 타당하다. 우리가 일반적으로 비정상이라 일컫는 신체적 질병과 정신적 질병은 차라리 그의 시혼(詩魂)의 극단을 보여주는 형식으로 존재한다. 고통스런 병 체험의 묘사와 진술은 이성과 합리, 그리고 이것이 번식해 놓은 과학문명이 지배하는 현대의 질서에 대한 부정이다. 이러한 진단을 가능하게 하는 것은 「대숲으로 가다」, 「나쁜 피 – 동물의 왕국」, 「나쁜 피 – 응급실」, 「나쁜 피 – 그 겨울의 삽화」, 「아라리가 났네」 등등을 비롯한 다수의 작품에서 극단적으로 드러난다.

아라리가 난거랑께 의사 양반, 까운에 환장허겄다고 달라붙는 햇살이 아
라리가 나서 꽃잎을 흔들자뉴 오메 發病 원인은 불안 강박 우울 공황발작,

이런 게 아니라 아라리가 나서 그렇탕께 왜 심전도는 찍자 그러능규 술판서
언 눔이 아리랑 불러 재끼는디 아라리가 헉 하고 피를 토해내능규 복분자가
요강을 뒤집어엎는 것 맹기루 아라리가 내 몸도 이렇게 뒤집어서리 환장허
겄다고 나도 아라아리가 나아안네 부르고 있는디 내 몸이 꽃이파리마냥 바
르르 떨고 있는디 그 냥반들이 응급실에다 나를 처 넣은규 (… 중략 …) 긍
께 의사 냥반 이 담에 병원 와서 불안하고 우울하담서 뒤집어 자빠진 사람
있으믄 아리랑 한번 불러주슈 아라리 땜시 잠시 잠깐 그랑깅께

「아라리가 낫네」 중에서

　박진성의 시에서 병적 증상은 시를 구성하는 지배소이다. 그는 병을 아
주 특이한 방식으로 다루는데, 그의 시에서 발병의 원인은 잘 찾아지지 않
으며, 또 그 병과 싸워서 이겨내고 그것을 치유하려는 투병의 과정은 그의
시편 어디에도 보이지 않는다. 다만 그는 자신의 육체와 정신에 발작을 일
으키는 병을 자신이 지닌 본래의 것으로 인정하고 그것을 예술적 창조에
영감을 주는 영기(靈氣)나 신명(神明)쯤으로 인식한다. 그래서 그에게 병은
다름 아닌 신이 내리는 신병과도 같다. 그렇다고 해서 그 병적 발작의 부
정적 상태를 긍정한다는 뜻은 아니다. 그는 병적 발작이라는 부정성을 그
대로 끌어안고 드러낼 뿐이다. 말하자면 그는 부정성을 온전히 형식화할
뿐이다.
　화자는 지금 응급실에 있다. "의사 냥반"은 "발병의 원인"을 "불안 강박
우울 공황발작"에서 찾지만 화자는 이러한 진단소견에 동의하지 않는다.
"의사 냥반"은 병의 정확한 진단을 위하여 "심전도를 찍자"고 하지만, 화자
는 "아라리가 나서 그렇"다고 주장한다. 화자는 이성적 과학의 전도사인 의
사와 현대의학이 자신이 겪고 있는 "환장"난 상태를 "불안 강박 우울 공황
발작"이라는 정신분열적 질병이라고 소견을 밝히지만 화자는 이러한 발작적
증상의 '환장'난 것을 꽃이나 햇살, 그리고 자신의 육체가 근본적으로 지니
고 있는 본질이라고 여긴다. 환장은 병이 아니라 모든 존재가 지니고 있는
본질이라는 것이다. 화자는 이것을 아리랑이 지니고 있는 신명에 다르지 않

다고 항변한다.

이러한 아라리의 신명은 자신의 내부를 이루는 중요한 요소이고, 그것은 존재의 순수한 열정, 신열의 뜨거운 떨림으로 이해한다. 프로이트 식으로 말하면 이성과 정신의 현실원칙으로 자신의 발작을 이해하려는 것이 아니라 모든 존재가 지니고 있는 무의식과 본능의 순수한 쾌락원칙으로 받아들이는 것이다. 그 내밀한 부분은 자아가 보기에는 현실원칙의 질서를 위해 억압하고 금지되어야 할 것이지만 가장 순수한 본질이며 이성의 가면을 쓰기 않았기 때문에 가장 인간적이라는 사유이다. 그렇기 때문에 화자는 "긍께 의사 냥반 이 담에 병원 와서 불안하고 우울하담서 뒤집어 자빠진 사람 있으믄 아리랑 한번 불러주슈 아라리 땜시 잠시 잠깐 그랑깅께"라고 충고하며 "나 갈라유"라고 외치며 돌아서는 것이다.

우리 말에 '신난다'는 말이 있다. 신에 지펴서 흔쾌한 마음의 상태나 신기운을 피우면서 유쾌한 마음의 상태를 일컫는 말이다. 말하자면 '신난다' 혹은 '신남'은 신에 지펴서 신기운을 피우는 상태가 세속적인 흔쾌함이나 유쾌함을 나타내는 의미로 변화한 말이다. 그런 의미에서 시적 자아의 환장난 상태는 신난 상태이다. 시적 자아에게 붙여진 "불안 강박 우울 공황 발작"의 환장은 신지핌에 따르는 흥분 혹은 도취된 정신 상태나 심리상태, 곧 엑스타시(ecstasy)이다. 시적 자아에게 환장은 하나의 떨림이고 흥분이며 도취이고 발산이다. 그런 차원에서 "아라리가 났네" 하고 노래 부르는 것은 신명에 가까운 신바람의 노래이며, 그 노래는 곧 신명의 발산으로 화자는 이해한다.

박진성의 시는 비정상 상태의 병을 통해 세계와 불화한다. 그 불화의 형식은 열정적이며 광기로 가득 찬 예술혼을 담아내는 그릇으로 기능한다. 그렇기 때문에 아주 종종 발작을 일으키는 그의 시 정신은 건강하며 정상적인 것이다. 박진성은 병에서 비롯한 환장, 신명, 광기를 그의 시혼을 나타내는 정신의 동력으로 여긴다. 그는 환장이라는 신명의 광기에서 예술혼을 본다.

이것은 그의 시적 태도이기도 하다. 병과 병중에 관한 시적 기록과 함께 그의 시집에는 인상파 화가 빈센트 반 고흐를 소재로 하는 시들이 다수를 차지한다. 이들은 모두 병적 증상과 연계되어 있으며 시인 자신이 시를 대하는 태도를 웅변하는 것이기도 하다. 대표적으로 고흐가 자신의 동생 테오에게 고백하는 형식을 빌은 「테오에게」, 「발작 이후, 테오에게」, 「밀밭에서, 테오에게」, 「론강의 별밤, 테오에게」, 「크리스틴을 그리며, 테오에게」와 「반 고흐와 놀다」 등등의 작품에서 잘 나타나 있다.

> 테오, 나는 지금 아를의 강변에 앉아 있네 욱신거리는 오른쪽 귀에서 강물 소리가 들리네 별들은 알 수 없는 매혹으로 빛나고 있지만 저 맑음 속에 얼마나 많은 고통을 숨기고 있는 건지, 두 남녀가 술에 취한 듯 비틀거리고 있다네 이 강변에 앉을 때마다 목 밑까지 출렁이는 별빛의 흐름을 느낀다네 나를 꿈꾸게 만든 것은 저 별빛이었을까 별이 빛나는 밤에 캔버스는 초라한 돛단배처럼 어딘가로 나를 태워 갈 것 같기도 하네
>
> 「론강의 별밤, 테오에게」 1연

빈센트 반 고흐의 삶을 소재로 삼은 이 작품은, 고흐의 예술적 고뇌와 열정, 치열성과 자의식, 그의 예술혼을 나타내고 있다. 고흐는 수십 개의 자화상을 남긴 화가로도 유명한데 그의 자화상은 거의가 공통적으로 성실한 예술가의 초상이다. 아무리 그 표현이 병적으로 격렬할지라도 그 성실함과 치열성에는 변함이 없다. 그는 자주 정신적 위기에 시달려야 했고, 역설적이게도 여기에서 예술적 영감과 상상력을 찾았다. 그가 1889년에 그린 잘린 귀를 붕대로 감싼 「자화상」을 바라보노라면 광기서린 표정은 차마 오래 바라보기가 어려울 만큼 참담하다. 그 시기, 프랑스 남쪽의 농촌 아를의 정신병원과 생 레미의 요양원에서 역설적이게도 그는 가장 왕성한 작품 활동을 했다. 박진성은 고흐의 정신분열과 발작과 광기가 예술혼을 승화시키는 촉진제였던 것처럼, 그가 생각하는 시혼도 고흐의 예술혼과 다르지 않다는 것을 '테오에게' 주는 시편을 통해 보여준다.

"욱신거리는 오른쪽 귀에서" 이명처럼 "강물 소리 들리는" 고흐는 "지금 아를의 강변에 앉아 있"다. 이때 '욱신거리는' 이명(耳鳴)에 시달리는 귀로 강변에 앉아 강물 소리를 들으며 별빛을 바라보고 있는 고흐는 곧 화자 자신으로서의 동일지정이기도 하다. 이 작품에서 '욱신거리는' 이명의 발작은 예술적 광기를, "매혹으로 빛나"는 '별빛'은 그가 도달하고픈 예술혼을 상징한다. 그림에 대한 광기를 예술혼으로 승화하는 고흐처럼 화자는 그러한 경지를 꿈꾸고 있다. 그러나 별들이 "알 수 없는 매혹으로 빛나고 있지만 저 맑음 속에" "많은 고통을 숨기고 있는" 것처럼 자신이 추구하고 도달해야 할 예술적 세계는 고통스러운 것이다. 그것은 이성적 사고를 초월한 것이다. 그를 "꿈꾸게 만든 것은" 고통을 숨긴 별빛이며, 별빛은 나를 "어딘가로 태워 갈 것 같기도 하고" "나의 영혼을 물감처럼 하늘로 번져" 가게 만드는 것이다. 그러면서 시인은 광기와 신명을 "영혼이 측백나무처럼 통째로 / 하늘로 올라 갈 것"(「발작 이후 — 테오에게」)처럼 승화되기를 바란다. 고흐의 정신이 박진성의 정신이며, 고흐의 광기가 곧 박진성의 발작이다.

박진성의 시집은 매끄럽게 읽히는 시집이 아니다. 말들이 어렵다는 뜻이 아니라 특수한 체험과 병적 상상력이 낯설게 반복되기 때문이다. 마치 정신병자의 병실을 들여다보는 듯하다. 그러나 꼼꼼히 읽어 내려가면 시집 전체를 아우르는 질서와 치열한 부정과 불화의 어법이 있음에 안심할 수 있다. 이런 맥락에서 그의 시집은 개인적인 독특한 병력의 체험이나 정서가 객관적 설득력을 지니기까지의 과정에 자리한다. 그는 불화하는 몸짓, 거부하는 눈, 병자의 의식으로 세계를 겪고 있다. 그래서 그의 시는 다르고 새롭다. 그의 시에 지배적으로 등장하는 병과 관계된 이미지와 그 증상의 이미지 같은 것들은 안정되고 개방적인 자아에게서는 길어 올려질 수 없는 것들이다. 아마도 그것은 그의 병의 체험에서 얻어진 결과물이며, 세속적 일상인의 눈과 의식으로는 발견할 수 없는 것들이어서 새롭다.

3. 바다, 원체험의 재현과 화해

누구에게나 기억은 있고 그것은 시 쓰기의 원형을 이루기도 한다. 원형의 세계는 수정되지 바뀌지 않고, 변형되어 나타날 뿐이며 다만 가라앉을 뿐이다. 그것은 실존의 가장 어두운 곳에 자리하며 텍스트에 음영을 드리는 그림자로 기능한다. 최광임 시의 원형은 바다이다. 그녀의 고향으로 보이는 변산의 바다는 그녀 시의 원적을 이루는 호적초본이다. 그녀의 시에서 바다는 결핍, 상처, 가난, 죽음, 소멸 등의 의미 자질을 함유하고 있다. 그 바다는 "빈 솥"과 같이 비어 있고, 비어 있음이 결핍을 낳고 있으며 "괴괴한 음성 같은 까마귀 소리"가 파도처럼 퍼지고, "가난한 어미"(「바닷가 까마귀」)나, 혹은 "폐경기의 여인"(「내 몸에 바다를 들이고」) 같은 죽음과 소멸의 결핍된 의미로서의 바다이다. 그러나 내심에는 환생의 자궁을 품고 있는 바다이다. 그녀 시의 원체험으로서 바다가 결핍과 가난의 죽음, 자기 치유와 화해의 재생이라는 상징에 연관된다면, 이것이 시인의 현실적 삶과 상관하면 "짜디짠 서러움"(「그리움은 소금꽃이다」)과 "쓸쓸한 눈빛"(「두꺼운 옷을 입고 있었다」)을 하고 "누구도 손잡을 수 없"이 "미끄러지기만 하는"(「무인도」) 외롭고 쓸쓸한 현실적 삶의 상징에 연관된다.

기억은 주체의 적극적이며 창조적 일환으로 통일되고 일관된 주체의 구조를 드러내는 기능을 떠맡고 있다. 기억을 거치지 않고는 주체를 경험적으로 회복할 수 없다. 이 점에서 최광임의 시는 기억을 통해 자아를 회복하려는 욕구와, 기억 속에 각인되어 있는 바다와 가족에 대한 유년의 원체험을 현재적 삶에서 회복하려는 열망을 지니고 있다. 그녀의 원체험은 그러나 행복한 기억의 영상으로 남아 있는 것이 아니다. 시인의 원체험에 남은 기억의 영상에는 "가난한 어미 같은 바다"가 "울컥울컥 피 토하고" "괴괴한 까마귀 소리"(「바닷가 까마귀 소리」)가 들리는 곳이다. 그곳에는 "폐병 앓는 아제가 있"(「꽃 피는 가게」)고, 또 "꽃 피우지 못하는 늙은 감나무"(「감꽃」)와 "불임여자"

(「불임여자」)가 있다. 그녀의 시는 이런 "무서운 유년의 노을"(「유년의 노을은
그렇게 흘러 갔다」)에 대한 한스런 풀이이다. 그 한 풀이에는 내면의 내홍과
불화를 겪은 자의 따뜻한 화해와 사랑의 몸짓이 있으며 대화가 있다.

> 괜찮다, 괜찮을 거다
> 무덤가 아버지 축축이 젖은 손 뻗어
> 내 시린 눈 어루어주고 있었다
> 멀리서 희끄무레하게 흰 파도 밀리다 말다,
> 바다와 나
> 붉게
> 몸 들이고 있었다.
>
> 　　　　　　　　　　　「내 몸에 바다를 들이고」 중에서

　이 작품은 화자인 나와 바다와 아버지가 합일하는 화해의 과정을 노래하
고 있다. 화자는 아버지와의 화해를 시도하기 위해 "폐경기 맞은 여인처럼
주름져 있"는 바닷가의 아버지 무덤을 찾아간다. 우리는 삶에서 어떤 큰 상
처나 실패, 좌절과 절망을 경험했을 때 고향이나 부모의 산소를 찾아가 상처
를 위로받고 치유하고자 하는 회귀적 속성을 보편적으로 갖고 있다. 화자의
심리도 아마 이와 비슷한 듯싶다. 화자가 화해의 손을 내미는 아버지는 "어
머니 골수를 뽑아 술로 마셨던 한량"인 "고급 룸펜"이며, "시대적응의 부진
아"로 기억되어 있다. 그녀에게 아버지는 중심이 아니라 실패한 부성(父性)이
다. 그러나 화자는 중년의 나이에 접어들면서 자신도 아버지의 삶과 별반 다
를 수 없음을 경험하고 그런 아버지의 부성을 이해하고 화해하려 한다. 그것
은 삶에 대한 이해이며, 그 이해의 밑변에는 현실적 삶을 긍정하고 버텨내려
는 삶에 대한 의지가 자리 잡고 있다.
　화자는 "불어나는 체중으로 삶의 부피를 감지하는" 자신이나 "술병 속의
새"(「술병 속의 새」)로 갇혀 있으며 술병 밖의 하늘로 비상하고 싶었던 아버지
를 동일한 존재로 인식한다. 「술병 속의 새」에서 '새'는 "룸펜이었"던 아버

지이며 동시에 삶에 잘 적응하지 못하는 중년의 화자 자신으로써 이제는 "파란 날개가 돋고 술병 속에서 푸드덕거리는 소리"를 내며 술병 안의 갇힘의 상태에서 술병 밖으로 날아가야 한다. 그 날개 돋음과 비상은 아버지의 넋을 달래어 날려 보내는 한의 풀이이며, 삶은 "의지 밖에서 / 끊임없이 휘도는 소용돌이라며"(「유년의 노을은 그렇게 흘러갔다」) 아버지를 이해하는 화해의 몸짓이다. 인정할 수 없었던 아버지와의 화해, 그 비상의 날개 짓은 곧 삶을 이해하고 긍정하는 행위이다. 그 날개짓의 소리는 또한 "언 땅 속 구근으로부터 뽑어 올리"는 "숨통 튀우는 소리"(「대숲에서」)이며, "추운 대궁 속을 빠져나온 푸른 명의 잎사귀들이 / 받쳐들고 있는 붉은 슬픔의"(「칸나」) 칸나의 비상과도 같은 것이다.

화자는 지금 "목놓아 먹일 것도 없는 황량한 들판"이며 "백주 대낮에도 부끄러운" 상태이다. 이로 보아 화자는 지금 세속적 삶에서 어떤 상처와 좌절에 빠져 있는 듯싶다. 아픔을 간직한 화자가 아버지 무덤을 찾아 합일하는 동일성은 곽명숙의 적절한 해석처럼 "상처의 치유이자 자아의 회복"이다. 상처받은 화자의 내면은 "아버지 축축이 젖은 손 뻗어" 화자의 "시린 눈 어루어"줌으로써 위무된다. 이러한 화해와 치유의 과정은 바다와의 화해로 이어진다. 바다 또한 "만신창이 된" 상처를 입은 상태이다. 그런 바다를 몸에 들이는 합일은 바다와 자신을 동일시하며 치유하는 행위이다. 치유의 행위 속에는 삶은 고통스럽고 상처투성이이지만 버텨내야 한다는 굳은 집념과 그러한 삶을 긍정하는 따뜻한 시선이 자리하고 있다. 그러한 화자의 시선에 의하여 삶은 넉넉하게 포용되고 있다.

최광임은 아버지에서 자신을 보고 자신에서 아버지를 보듯, 바다에서 자신을 보고 자신에서 바다를 보는 것이다. 그녀에게 바다와 아버지에 대한 원체험의 영상은 볼 수 없으면서도 늘 마음속에 있는 부재하는 실재이다. 그녀의 기억 속의 영상은 아무것도 아니지만 그것 없이는 살 수 없는 사랑이며 환상이다. 현실을 버티는 힘이다. 라캉 식으로 말하면 바다와 아버지는 실재계에 난 구멍이요, 상상계적 주체가 상징계를 거친 후 희미하게 남겨 놓은 얼룩, 우리를 살게 만드는 "오브제 쁘띠 아"이다. 이청준의 소설 『이어도』의 천남석처럼 그토록 부정하고 증오했던 이어도가 사실은 자신의 내부이며 사랑이라는 것을 깨닫는 것처럼 말이다. 최광임에게 그래서 바다와 아버지와 가족에 대한 기억은 한 세상의 질곡을 견디게 하는 힘이요, 그를 버티게 만드는 가슴 속의 섬이다. 가슴 속에 바다가 있는 한 그녀는 삶의 어려움을 견뎌낼 것이다.

> 나 없이 너의 뼈가 되어 살아도 좋았다
> 삶은 언제나 목마르다 계절풍처럼
> 일정하게 떠나기도 하지만 이내 돌아올
> 준비를 하고 있다는 것, 그 길 지워지지 않도록
> 검게 야윈 금들을 붙잡은 축원
> 끝나고도 식지 않는 사랑이다.

바다를 떠난 세속적이며 일상적인 현실적 삶도 그녀에게는 고통스럽고 외롭다. 사랑이 부재하기 때문이다. 그녀의 시적 여정에는 은밀하고 개인사적인 원적의 체험이 현실을 규정하는 의미를 동반한다. 세속적 현실이 주는 상처와 시련은 유년의 공간과 길항하며 화해해 나가는 것이다. 이러한 길항관계 속에서 그녀는 사랑의 부재 속에서도 그 사랑을 확인하며 사는 일이 삶을 버티는 힘이라고 믿는다. 부재하는 사랑은 "언 땅 속 구근으로부터 뽑어 올리"는 "숨통 튀우는 소리"(「대숲에서」)이며, "추운 대궁 속을 빠져나온 푸른 몡의 잎사귀들이 / 받쳐들고 있는 붉은 슬픔의"(「칸나」)으로 표현된 칸나의 비상과도 같은 것이다. 그녀는 사랑이 부재하는 세속적 일상에서 사랑의 "구근에서 트는 싹"(「하얀거」)과 "상처도 사는 힘"으로써 "봉인된 구멍에서 트는 싹"(「못질」), 사랑과 생명의 싹을 튀우고자 한다. 그녀에게 삶이란 담쟁이처럼 현실의 벽에 "살을 붙이기도 하고" "뼈와 뼈를 맞추기도 하고 살과 뼈

사이" "아귀틀림을 다듬기도 하며 나를 지우며" "끝나고도 식지 않는 사랑"
으로 사는 것이다. 삶에서 "상처도 사는 힘"이다. 아니, 사는 것이 아니라 그
야말로 버티어 내는 것이다. 버텨내는 행위 속에는 따뜻한 화해의 시선과 삶
이 필연적으로 동반하는 상처나 고통을 이해하고 그것을 끌어안으려는 넉넉
한 이해의 폭을 지니는 것이다.

최광임의 첫 번째 시집 『내 몸에 바다를 들이고』는 기억 속에서 실존적
원형을 찾아 나가며 그것을 현재적 의미로 재구한다. 이러한 시적 성향은 전
망 없는 현실에 회의하며 그 현실을 낳은 마음의 근원, 욕망의 근원 속으로
돌아가려는 움직임으로 설명될 수 있다. 거기에는 동일성을 향한 꿈이 있다.
그 꿈에는 기억 속에서 재구성된 어떤 본질적인 경험과 의식이 있다. 이것은
일종의 원체험이라 할 수 있는 기억 속의 영상과 흔적, 그리고 숨결을 발굴
하고 재현하려는 움직임이다. 이와 같은 차원에서 삶의 순수한 본질에 천착
함으로써, 삶의 본질과 의미를 드러내려는 노력을 경주한다.

이러한 동일성의 지향은 곧잘 여성이 지닌 생명력으로 시화된다. 가령, 「대
숲에서」의 풍장한 아기의 울음소리를 언 땅 구근이 숨통 틔우는 것이나, 아
기를 낳지 못하는 할머니가 죽음으로써 불임의 세월에 월경의 꽃을 피우는
「불임여자」, 세습 같은 질긴 외로움에도 생명의 꿈을 품은 구근의 욕망을
보는 「홀라후프를 돌리며」가 대표적이다. 이러한 시적 자아의 의식의 지향
성은 동일성의 회복에 관계된 것이다.

상처와 소외는 현대의 가장 일반적 체험 양상이며, 그 속에서 시인은 자
기 소외와 존재의 분열을 극복하고 자아와 세계의 동일성을 되찾으려 몸부
림친다. 그것은 늘 불화하지만, 삶을 긍정하고 상처를 치유하는 행위로 볼 수
있다. 다만 개인사적 원체험이 보다 굳건한 현실적 삶과 자기 것만이 아닌
역사성을 획득할 때 더 가치로워질 수 있지 않을까. 이제 '술병 속의 새'가
하늘을 훨훨 비상하기를 기원한다.

1. 삶 또는 존재에 대한 물음

　인간의 삶과 존재에 대한 물음은 철학이 제기하는 중심 테마이다. 하지만 이러한 질문은 문학이 또한 폭넓게 끌어안고 고민하는 문제이기도 하다. 이 문제는 철학뿐만 아니라 문학이 제기하는 질긴 고민거리이다. 이 물음에 앞에서 철학은 하나의 분명한 명제를 도출해 내고 그것을 증명하기 위해 애쓴다. 철학은 논리적 사변으로 물음에 답하려 한다. 그러나 문학은 이러한 물음에 대해 불친절한 태도를 취한다. 문학은 아주 불친절하게도 항상 여유를 갖고 그 명제를 유보해 두거나, 애써 그 실체를 밝혀내려 하지 않는다. 친절함을 베푼다 해도 기껏해야 상징적 제시나 암시에 머물며 유연하게 질문의 중심에서 비껴 서고자 한다. 문학은 특성상 그러한 질문에 대해 정곡을 찔러 명료한 답을 제시하기보다는 오히려 이리 저리 돌려 말하거나 아예 생략해 버리기 일쑤이다. 이 지점에 철학과 문학의 갈림길이 있고, 문학만의 고유한 특성과 생명의 근거, 그 존재의 이유가 있다. 문학은 인간 존재와 삶에 대한 물음에 관해서 다만 우회적으로 돌려서 말하거나 생략, 또는 압축해서 상징적으로 보여주기 일쑤이다. 그래서 많은 부분이 여백으로 남아 있고, 그 여백을 채워야 할 몫은 순전히 독자의 상상력에 달려 있다. 그래서 다양한 해석과 감동이 가능한 것이고, 이것이 문학만이 지닌 고유한 맛이고 미덕이며 매력이다. 뚜렷한 실체나 정체 없음이 우리를 매혹한다.

문학이 인간의 존재와 삶에 대한 물음에 대해 판단을 유보해 두거나 그것을 다만 상징적 제시로 머물고자 할 때 더욱 그 강한 속성을 드러내는 장르는 특히 시에서 두드러진다. 왜냐하면 시에 있어서 서정이란 대상을 인과적인 논리적 완결성에 의해 그려내는 것이 아니라 인식 주체가 주관적으로 체험하고 느끼는 '생의 순간을 포착'하는 것이기 때문이다. 그런데 인식 주체인 시인이 생의 어느 부분을 바라보느냐, 혹은 어떤 방식으로 바라보느냐에 따라 시의 양상은 매우 다르게 나타나기 마련이다. 말하자면 무엇을 어떻게 바라보나에 따라 그 양상은 크게 다른 모습을 보이게 된다. 어쨌든 인간 존재나 인간이 사는 삶, 혹은 객관 대상을 바라보는 시인의 눈과 개성에 따라 다양한 양상이 존재하고 있음은 사실이다. 그 다양함이 또한 우리를 매혹한다. 그리고 그 매혹 앞에 우리는 난처하다.

최창균, 이화은, 강희안 시인의 시집은 각각 서로 다른 색깔과 무늬가 선명히 빛나는 시집이다. 세 시인이 삶과 세계를 바라보는 시선과 태도는 서로 상이했으며, 그렇기 때문에 이 가을의 단풍처럼 세 시인의 시집은 저 나름의 장기를 가지고 다양한 색깔을 뿜내고 있다. 그러나 불행히도 나는 무지개처럼 빛나는 세 시인의 여러 색깔을 요목조목 들어서 이들이 내장한 시의 빛깔을 평할 능력을 가지고 있지 못하며, 또 설령 가지고 있다 하여도 그럴 필요성을 느끼고 있지 않다. 왜냐하면 어떤 시에 대해 아무리 떠들어도 그것은 결국 변죽에 지나지 않으며, 다 말할 수 없는 무엇을 항상 감추고 있는 것이 시라는 생각 때문이다. 다만 나는 이들 시집이 지닌 여러 빛깔 가운데 하나를 골라 훔쳐보거나 다양한 색깔들이 모여 이루는 독서의 즐거움을 누리고 싶을 뿐이다. 나는 나와 동시대를 살고 있는 시인들의 눈과 목소리, 그리고 그들의 시집이 짓고 있는 표정을 통해 다른 세계를 읽고 싶었던 것인지 모르겠다. 내 독서의 욕망은 이들 시인이 욕망하고, 그 욕망이 낳은 편견으로 보여주는 다른 세계를 만나고 싶었던 것이겠다. 독서의 경험은 항상 또 다른 세계로 나를 이끄는 유혹이기 때문이다.

2. 농경민적 상상력과 생명의 원리

최창균 시인의 처녀 시집 『백년 자작나무숲에 살자』에는 동물의 이미지와 식물의 이미지가 시를 형상하는 주요한 대상으로 쓰이고 있다. 그의 시적 탐색에 동·식물의 이미지가 자주 포착되는 것은 일시적이며 우연적인 현상인 것 같지 않다. 시집 전체를 통해 볼 때 이들 이미지는 매우 지속적이며 빈도 높게 출현하고 있다. 그래서 그런지 동·식물의 이미지는 하나의 개인적 상징으로 그의 시를 형상하는 지배소로 쓰이고 있다. 동물의 이미지는 주로 '소'에 관련되어 있으며, 식물의 이미지는 '나무'와 '풀'에 관련되어 있다. 이들 동물과 식물의 이미지는 독립되어 있으면서도 서로 섞이기도 하고 겹치기도 하면서 시집 전체의 의미를 구축하는데 결정적인 기능을 한다.

최창균 시인은 '소'의 동물적 이미지를 통해 「소 2 ─ 인공수정」에서처럼 문명의 이미지에 대한 대항의 이미지로 쓰이기도 하고, 「쓰러진 소를 일으키며」에서처럼 자신 또는 보통의 인간의 삶을 드러내는 개인적 상징으로 쓰이기도 한다. 대개 '소'의 이미지가 그러하듯 그의 시에서도 '소'는 우직하고 성실하다. 뿐만 아니라 '소'라는 동물 이미지로 표현되는 원시적 역동성에 대한 시적 탐구는 합리성의 권위와 무기물의 문화에 의해 압도당하는 본능과 원시적이며 무의식적 세계의 복원과 연관되어 있다. 동물적 이미지의 세계는 「소 1 ─ 소의 하루」에서처럼 "자세의 구별없이 / 똥도 싸대고 물도

마시고" "어슬렁대기도 하고" "힘겨루기와 장난도" 치고 "혓바닥으로 몸도
가꾸"는 근본적으로 분별과 윤리 이전의 원시적 생명력과 역동성의 세계이
기 때문이다. 최창균 시인이 그리는 것은 본능을 쫓아 움직이는 소의 역동적
인 생명성 뿐만 아니라 그것이 자기는 물론이거니와 인간의 삶을 닮은 운명
적 동질성의 비유로 쓰고 있다.

> 풀밭에 멧돌 같은 이빨을 묻고 있네
> 똥과 오줌으로 풀밭의 너른 영역 누비고 잘살았던
> 소 한마리 그만 풀밭에 아주 눕고 있네
> 이제 풀을 되새김질해 살과 가죽을 얻지 못하네
> 반 평 가죽옷으로 짜낼 것이 그리 많았는지
> 진저리 되새김질로 풀의 바다 퍼마셨나
> 마구 퍼마셔 술 취한 몸 풀어 놓았나
> 풀기둥에 어쩌지 못하는 뿔을 묶고
> 늘어진 귀는 말문을 막았네
> 죽어 더욱 그윽해진 눈 속으로 뛰어드는 풀들이
> 고스란히 저 주검의 무게를 밀어올릴 것이네
> 풀이었던 초록의 몸뚱어리
> 공중으로 망울망울 터뜨려버릴 것이네
> 땀이 솟지 않는 콧잔등으로 풀이 헤엄쳐 오고
> 끊임없이 벌름거렸던 뱃구레 속에서
> 배설을 기다리던 풀들이 일제히 헤엄쳐 나오고 있네
> 저 장엄한 풀들의 행진 속으로
> 소가 풀꼬리를 감추고 있네
> 「소 5 - 소 쓰러지다」 전문

인용한 시는 풀밭에서 소가 쓰러져 죽은 모습을 그린 작품이다. 그러나
소의 죽음을 응시하고 그것을 받아들이는 화자의 목소리에서 소멸이나 상실
의 슬픔은 느낄 수 없다. 아무래도 죽음은 상실이나 소멸의 이미지가 강한데
도 말이다. 화자는 그 죽음의 이미지를 순환과 생성의 상상력으로 치환하여

그려내고 있다. 소는 초식성 동물이다. 풀을 먹고 살다가 풀밭에 "맷돌 같은 이빨을 묻고" 다시 풀이 자라는 흙으로 돌아가는 순환과 또 다른 생성의 원리를 시인은 보고 있다. 이러한 시적 인식은 그래서 원래 소는 "풀이었던 초록의 몸뚱어리"였으며, 그 죽음은 "풀들의 행진 속으로" 나가는 "장엄"하고 엄숙한 전진이기도 하다. 풀밭에 "소가 풀꼬리를 감추"어 풀밭과 합일하는 것은 소멸이거나 상실이 아닌 모든 생명이 본래 있던 자리로 귀의하는 당연한 섭리의 과정일 뿐이다. 소의 죽음은 단지 원래 풀이었던 초록의 풀밭으로 환원하는 것이다. 마치 '푸성귀보다 많은 풀'들이 "내 푸성귀 밭에 밑거름"(「어떤 농사법」)인 것처럼.

　이와 함께 최창균 시인은 소를 통해 삶의 과정에서 피할 수 없는 슬픔이나 비극을 인식하고 또 동시에 소의 생태를 통해서 그것을 인내하고 순응하면서 섭리에 거스르지 않고 살아가는 생태를 본다. 우황 든 소가 고통으로 잠을 이루지 못하고 서럽게 우는 모습을 통해 아버지의 비극적 삶을 드러내는 「소 3 ─ 우황에 대하여」는 이를 잘 드러내주는 감동적인 작품이다. 이 시에서 "골수까지 사무친 막부림당한 삶"이란 화자의 아버지 뿐 아니라 화자 자신과 더불어 우리네 모두의 일반적인 사람살이이며, 이러한 삶의 고통은 "코뚜레 꿰고 멍에 씌워 채찍 들고서 / 막무가네 뜻을 이루려는 자가" 많아서 생긴 것이다. 그것은 순리에 따르지 않고 순리를 거스르는 것에서 비롯한 고통이며 비극이다. 그러나 시인은 삶의 고통과 슬픔을 거부하거나 피해갈 것으로 인식하지는 않는다. 삶이란 어차피 고통을 피해갈 수 있는 것이 아니며, 그것을 받아들이고 그것을 통해서 "우황주머니 가슴에 없는 사람 / 우엉우엉 우는 소리 귀담지 못한다"는 것과 같이 슬픔과 아픔을 통한 자기 성찰, 그리고 삶과 세계에 대한 깊이를 이해할 수 있다는 것이다. 슬픔과 아픔의 체험은 삶과 세계를 이해하기 위해 필요하며, 이러한 고통은 삶의 깊이를 깨닫고 긍정하기 위해 필요하다. 고통의 체험을 가진 사람만이 실존을 감각할 수 있다.

  파주에서 소를 키우며 농사를 짓고 있다는 이력에 걸맞게 그의 시는 농촌
에 뿌리를 둔 시로 여길 수 있다. 그러나 실제로 노동하는 인간의 시선이 보
이기도 하지만, 그의 시에는 피폐한 농촌의 현실이나 문제에 닿아 있지 않
다. 굳이 말하자면 농촌 서정시로서, 그가 소를 키우고 농사를 짓는 농부와
목자로서 노동하며 자연 대상과 관계하고 교감하는 데 시선이 닿아 있다. 농
부로서 목자로서 노동하며 겪는 자연 대상과의 관계에서 그의 시선은 따뜻
하며 삶과 세계에 대한 깊은 신뢰의 교감을 보인다. 그래서 그의 시는 소외
된 농촌 현실의 아픔이나 슬픔에 대한 문제 제기보다는 자연 친화적이며 모
든 자연의 생명에 대해 애정 깊은 눈으로 바라보고 그것을 존중하고자 하는
태도를 지니고 있다. 그의 시에는 대상과의 한없이 따뜻하고 화해로운 관계
맺음이 있다. 이것이 최창균 시의 세계관이다.
  이러한 시적 지향 때문에 그의 시에 자주 보이는 '소'의 이미지와 더불어
「햇빛 환한 집」, 「햇빛에 대하여」, 「탐스러운 햇빛」, 「주머니 햇빛」 등에
나타나는 '햇빛'이라는 천상의 공기 이미지, 그리고 그의 시편에 너무나 빈
번히 등장하는, 특히 시집의 3부에 집중적으로 포진한 '풀'과 '숲'과 '꽃'과
'나무'의 식물 이미지, 그리고 '햇빛'이란 공기와 함께 자연 생명의 원형적
원소를 이루는 흙과 물, 대지와 액체 이미지(「맨발의 흙길을 걸어요」, 「진흙발자
국」)는 모두가 이러한 범주에 속한다. 이러한 이미지는 모두 생명에 대한 존
중과 삶에 대한 따뜻한 애정으로 수렴되는 것이다. 그래서 소와 초록, 햇빛
과 흙과 물의 이미지는 대지에서 노동하는 사람으로서 자연 대상과 맺는 관
계의 애정 어린 교감이 내재한다. 이러한 농경민적이며 자연친화적인 상상력
은 그대로 생명의 원리로 결속된다.

    돌이켜보니 나는 저 족적으로
    부단히도 삶을 뒷걸음질쳐왔다
    지난봄 밭에다 씨앗을 심을 때
    논배미 모 꽂을 때 모두 뒷걸음질쳐야 했으니

초록을 앞세운 것이 아니라
초록이 네 발자국을 따라왔던 것이었으니
저 꽝꽝 언 진흙발자국은 초록을 데리고
봄으로의 진흙 속으로 뒷걸음질치고 있으리라
                    (… 중략 …)
진흙의 슬픈 국자처럼
내 꽝꽝 언 진흙발자국은
지금 초록을 떼내고 있는 중이다
                                「진흙 발자국」 중에서

　화자는 "꽝꽝 언 진흙발자국"에서 초록의 무한한 생명력을 읽어내고 있
다. 흙과 물의 결합인 언 진흙의 발자국에서 화자는 생명의 원리를 체득하고
있다. 언 진흙 발자국이 내포하는 멈춤의 정태적 이미지에서 화자는 발자국
이 지닌 동적인 리듬을 읽어낸다. 화자가 언 진흙 발자국에서 읽어낸 동적인
리듬은 곧 생명의 운동, 순환과 반복의 생명의 숨소리, 생명의 리듬에 다름
아니다. 그 리듬은 "꽝꽝 언 진흙 발자국은 초록을 데리고/봄으로의 진흙
속으로 뒷걸음질치"는 느리지만 거스를 수 없는 자연의 리듬이며, 그렇기 때
문에 꽝꽝 언 진흙 발자국은 "초록을 떼내고 있는" 생명의 춤이며 꿈이고
운동이다. 이러한 시적 인식은 "밭에다 씨앗을 뿌릴 때"나 "논배미에 모 꽂
을 때 모두 뒷걸음질쳐야" 하는 농경민의 삶에서 비롯한 것으로 볼 수 있다.
이는 오직 앞으로 앞으로만 그것도 누구보다도 빨리 전진을 하고자 하는 욕
망과 그것을 강요하는 문명의 멈출 수 없는 속도전에 대한 반성으로 들리기
도 한다. 여기에는 자연과 생명의 음보에 귀 기울이고 몸을 맡겨 사는 농경
민적 지혜와 삶에 대한 애정 어린 믿음이 담겨 있다.
　최창균 시인의 따뜻하고 화해로운 관계맺음은 초록 생명의 믿음과 꿈에서
연유한 것이다. 소와 풀, 초록과 햇빛, 흙과 물이 빚어내는 그의 상상력은 봄
날의 햇빛처럼 건강하며 여름날의 녹음처럼 푸르다. 나무와 풀과 숲의 초록
은 흙과 물과 햇빛의 사랑스런 관계맺음, 이들의 행복한 결합에서 오는 것이

다. 나무와 풀과 숲, 그리고 흙과 물과 햇빛이 어울린 행복한 결합으로서 초록은 대지의 혼례이며, 그것이 잉태한 생명이다. 이러한 건강한 관계 맺음은 "오래 전 나무에게서 받아두었던 / 연못의 물이 나뭇가지의 눈으로 옮겨가"(「봄나무」)는 우주적 순환의 원리와 "맨발의 흙길"을 걸어서 "대지의 마음을" 아는 생명 친화적이며 자연 친화적인 건강한 것이다. 그의 시는 초록 생명에 대한 꿈을 꾸는 한 "초록을 떠내고 있는 중"일 것이며, 이에 따라서 진초록의 팔랑이는 이파리에 반사하는 햇빛처럼 그의 언어는 건강할 것이다.

3. 꽃의 이미지와 사랑의 충원

이화은 시인의 세 번째 시집 『절정을 복사하다』는 사물과 현상의 정밀한 응시와 관찰을 통한 사유가 시인의 내면의 풍경을 드러내고 있다는 점에서 눈길을 끈다. 시인 자신에게 주어진 사물과 현상에 대한 정밀한 관찰의 사유는 대개 잃어버린 시간에 대한 반추이며, 지금도 자꾸 길을 잃지만 "잃어버린 길들로 가득한 내 방에 / 또 하나의 / 길을 들여놓"(「향기의 등대」)는 삶에 대한 사랑의 충원으로 채워져 있다. 그녀가 잃은 길은 꽃이 지는 아픈 상실과 회한의 공허한 삶이고, 그럼에도 불구하고 그녀가 깨달은 삶이란 바로 "다시는 피어나지 않겠다는 듯 온몸을 꽉꽉 여미"지만, "그래도 밤하늘에 짝짝짝 박수 소리처럼" "다시 피"(「내 사랑 목백일홍」)려는 꽃의 숙명과도 같다. 이것은 삶에 대한 의지의 반영이며 표상이다. 그녀가 인식한 삶이란 "죄 없이 한 세상 꽃 피다 지는 일"에 다름 아니다. 꽃이 그러하듯 우리의 삶도 피고 지는 일과 다르지 않다는 것이다. 삶이란 공허하지만 "한 세상 흙탕에 뒹굴"며 "그놈의 씨를 받아"서 "그놈의 새끼를 낳고" "뼈를 묻고 죽"(「연못에 대한 한 관념」)는 것이 그녀가 인식한 존재의 원리이며 삶의 방식이다. 이것이 그녀에게 주어진 공허한 현실을 초월하는 방식이며, 동시에 현실적인 삶의 존재 방식이기도 하다. 그 중심에 꽃이 있다.

　꽃은 동서고금을 막론하고 중요한 시적 오브제의 하나로 쓰여 왔다. 일반적으로 꽃은 그 자체로서는 역사적 시간성과 공간성을 가질 수 없으며, 현실적 연관성도 지니지 않는다. 다만 시인의 경험과 상상력을 자극함으로써 시적 오브제를 구성하는 조건일 뿐이다. 이러한 꽃은 미학적으로 여러 시인들에 의하여 각기 다른 의미의 색깔을 입고 시화되어 다양하게 나타난다. 이화은의 꽃도 마찬가지겠는데, 그 까닭은 그녀의 정신 속에 기록되는 감각적인 모습일 수밖에 없기 때문이다. 그녀에게 꽃은 다소 허무적으로 나타난다. 그녀의 꽃은 피는 꽃이라기보다는 지는 꽃으로서 노쇠와 생명의 유한성, 소멸 등 무상과 덧없음을 환기한다. 그것은 아마도 그녀가 중년의 나이에 접어들면서 느끼게 되는 나이테와 연관된 듯싶다. 그렇지만 그것은 인생을 반추하며 현재의 삶을 지탱하고자 하는 것이며, 삶과 세계에 대한 성찰적 의미를 지진다. 때로 허무, 죽음, 소멸, 사라짐, 시듦 등과 같은 무상과 덧없음은 그 자체로 현재를 반성케 하는 거울로 기능하기 때문이다. 그것은 역상(逆像)으로 우리를 비추어주어 삶을 곧추세우게 한다.

　　꽃은
　　그 나무의 중심이던가
　　필듯말듯
　　양달개비꽃이
　　꽃다운 소녀의 그것 같아
　　꼭 그 중심 같아
　　中心에서 나는 얼마나 멀리 흘러와 있는가
　　꿈마저 시린
　　변두리 잠을 깨어보니
　　밤 사이 몇 겹의 세월이 피었다 졌는지
　　어젯밤 그 소녀 이제는 늙어

아무 것의 한 복판도 되지 못하는
내 중심 쓸쓸히 거기에
시들어

「쓸쓸한 중심」 전문

꽃을 중심 소재로 한 이 시는 삶의 덧없음을 표상하는 작품이다. 보통 꽃은 화려한 것, 아름다운 것을 의미하기도 하고, 좋은 때를 만나 세상에 떨치는 것을 포함한다. 뿐만 아니라 가장 좋은 시절이나, 여자, 아름다움, 시간의 덧없음을 상징하기도 한다. 그리고 우리 시에서 꽃은 사랑하는 사람, 조국이나 민족, 존경하는 인물, 혹은 존재론적 본질로서의 꽃으로 쓰여 왔다. 꽃은 하늘을 향해 조용히 피어나는 존재이다. 그렇기 때문에 꽃의 개화는 열림으로의 지향을 의미한다. 그런데 이와는 다르게 이 시는 무한 공간인 하늘과 빛나는 기체인 하늘, 햇빛의 자유로움 속으로 상승하는 열림의 운동이 아니다. 꽃은 시간의 흐름에 따라서 빛이 바래고 떨어질 수밖에 없는 하강의 이미지가 지배적이다. 활짝 핀 꽃의 눈부신 빛과 향기가 상승하는 아름다운 존재 인식에 대한 열망을 표상하는 것이 아니라 빛과 향기를 다한 쓸쓸하고 덧없는 삶을 향해 열려 있다.

강한 서정의 향기가 물씬 풍기는 이 시의 시상의 전개는 군더더기 없이 매끄럽고 매우 간단하다. '나무의 중심'은 '꽃'이고, 꽃은 '소녀'와 같다. '소녀'는 인생의 "꼭 그 중심" 같은데, "그 소녀 이제는 늙어" 그 중심에서 멀어져 '쓸쓸히 시들어' 있다는 것이다. 나무의 중심이 꽃으로 연쇄되고, 다시 꽃은 소녀로, 소녀는 인생의 중심으로 연쇄되는 연상작용은 평범하다. 그리고 그 꽃 같이 활짝 핀 소녀는 이제는 늙어서 쓸쓸히 시들어 있다는 상상력의 질서는 단순하다. 여기에서 표백되는 정서 내지 시적 분위기는 소월의 꽃과 같은 느낌이다. 아쉬움과 그리움, 쓸쓸함과 외로움, 허무와 체념이 담겨 있기 때문이다.

쓸쓸히 시든 꽃은 아마도 중년의 화자 자신일 것이다. 이러한 시상의 연

쇄는 너무 소박하다는 감을 떨칠 수 없지만, 요즘 시의 현상 가운데 하나로
지적되는 난해성, 태생적으로 시가 지닌 난해성의 특성을 넘어 시의 의미가
매우 불투명해지는 현상에 대비되고 있다는 점에 주목하지 않을 수 없다. 시
는 개인적이며 내면적인 경향을 띠고 체험과 정서의 미세한 영역을 다루게
됨으로써 시의 난해성은 가중된다. 시의 난해성은 시의 본질적 속성이다. 때
문에 불투명하고 모호한 언어와 문장 구사는 시의 의미를 다층적으로 만들
고 결국 독자의 주의를 집중시키며 시적 긴장을 유발하는 효과가 있다. 따라
서 이 작품은 어떻게 보면 시적 긴장이 없는 맹맹한 맛을 느낄 수도 있고,
또 알 수 없는 난해성이 시의 모든 특권인양 하는 경향의 시에 비춰본다면
시의 기본을 다시 한번 생각해 보게 하는 작품이다. 그럼으로써 우리를 아련
한 꽃 향기에 취하게 만든다.

> 사는 일이 그냥
> 숨쉬는 일이라는
> 이 낡은
> 생각의 驛舍에
> 방금 도착했다
>
> 평생 걸렸다
> 　　　　　　　　　「여행에 대한 짧은 보고서」 전문

　시인의 시적 인식은 일상적인 경험 세계에 바탕을 두면서 전통적인 시의
문법을 통해 형상화하고 있다는 점에서 주목을 끈다. 시에 어떤 모범적인 규
범이 있다면 이 작품은 여기에 속할 것이다. 자칫하면 이러한 규범적이며 전
통적 시 작법에 충실한 시는 어쩔 수 없이 신선함이 결여되는 한계를 지닐
수도 있겠지만, 시의 근원을 지탱해 주는 것이기 때문에 언제나 소중한 가치
를 지닌다. 사실 이화은이 다루고 있는 경험 세계는 "사는 일이 그냥 / 숨쉬
는 일이라는" "낡"고 진부한, 때문에 우리의 삶에서 누구나 경험하는 사례이

면서도 절실한 체험 가운데 하나를 이루이기도 하는 것들이다. 그렇기 때문에 그와 동시에 진부한 시적 발상으로 흐를 수 있고, 좀처럼 시적 감동을 주기 어려운 소재일 수도 있다. 그러나 시인은 이러한 시적 체험을 정밀한 비유의 언어와 섬세한 통찰로 우리 삶이 지닌 통속적 속성을 절실한 시적 정서로 환기시키는 효과를 거두고 있다. 사람 살이가 대부분 그렇고 그렇기 때문에 시적 체험이나 시의 세계란 결국 한정되어 있다. 예나 지금이나 삶의 모습이란 결국 그게 그거 아니겠는가. 그러므로 시가 이를 극복해 일정한 미학적 성취를 이루기 위해서는 과감한 형식을 빌거나 아니면 섬세한 통찰의 언어로 삶의 비의를 꿰뚫을 시안(詩眼)이 시작의 중요한 요건이라 할 수 있겠다. 그런데 이화은의 시는 후자의 방법에 머물러 있다.

　상실과 상실한 삶의 재생을 꿈꿀 때 그녀의 비유는 식물성의 꽃에 닿아 있다. 이화은은 꽃을 통해 지난 시간을 반추하는데, 시인의 눈에 포착된 꽃은 적막과 고요, 쓸쓸함과 덧없음이라는 내적 정서를 투영한다. 그래서 시인에게 지난 시간은 덧없음이며 회한으로 가득 찬 것이다. 꽃은 '중심'에서 "멀리 흘러와" "꿈마저 시린" "변두리 잠"이 표상하듯 쓸쓸함과 생의 덧없음이면서, 동시에 "이승의 낮은 산 자락에 엎드려 / 온몸으로 흰 접시불 밝히"(「배꽃 저 눈 시린」)는 것이며, "진흙 속으로 걸어 들어가 / 한세상 흙탕에 뒹굴"면서 "쫙쫙 제 몸을 찢어발겨 / 꽃피어야"(「연꽃에 대한 한 관념」) 하는 현실의 적극적인 삶을 표상하기도 하며, 포기할 수 없는 삶에 대한 사랑의 표상이기도 하다. 우리의 삶이 꽃처럼 피었다 지는 허망하고 덧없는 것이지만 언제나 "파먹을 여백이 남아 있는" "달콤"한 것이기 때문이다.

　그녀가 상실을 극복하고 현실을 초월하는 일은 그렇다고 저 높은 이상의 세계로 향해 있지 않다. 그녀가 꿈꾸는 초월은 "한세상 흙탕에 뒹굴"며 "그놈의 씨를 받아" "그놈의 새끼를 낳"고 "거기 뼈를 묻고 죽"(「연꽃에 대한 한 관념」)는 현실의 삶에 기반한 초월이다. 그 초월의 방법은 "생숯으로 묻혀 있는" "내 사랑의 지하자원"(「구절리 그 후」)을 채굴하여 상실의 삶을 사랑으로 충원하는 것이다. 생숯으로 묻혀 있는 사랑의 광맥을 채굴하는 일은 다름 아닌 "한세상 흙탕에 뒹굴"며 "쫙쫙 제 몸을 찢어발겨" "꽃 피워야 하"는 일이다. 이것이 그녀의 삶의 방식이며, 이러한 현실적 삶의 방식 때문에 그녀의 시가 선적 깨달음의 세계를 지향할 때도 현실성을 획득하게 된다.

선적 깨달음의 세계는 주로 시집의 4부에 집중적으로 포진해 있는데, 위에 인용한 「여행에 대한 짧은 보고서」에서처럼 지극히 단순하지만 쉽지 않은 무위와 무욕의 세계이다. 그녀가 인식한 삶과 깨달음이란 "생업에 충실했던 노동의 한마당"이 삶이며, 깨달음이란 삶의 "큰소리 지나간 자리에 깃들 큰 고요"(「소리의 그늘 속으로」)의 세계이다. 무욕과 무위의 '큰 고요'의 세계는 "밥그릇과 숟가락이 부딪치는"(「밥값」) '밥집'이나, "조껍데기 익은 술내가 헤롱거리"(「숙성」)며 피어나는 '노점 좌판'이나, "자장면 곱배기를 쳐죽이는"(「법문을 쏘다」) '자장면집'에서 얻어지는 것이다. 그래서 그녀에게 "이승의 한쪽"은 "사과 벌레처럼" "아직도 내가 파먹을 여백이 남아 있는" "달콤한"(「하얀거」) 것이다. 생숯으로 묻혀 있는 사랑의 광맥을 찾아 채굴하는 그녀의 시가 앞으로 어느 금맥을 찾아 갈지 기대된다.

3. 알레고리적 사유와 존재의 탐구

강희안 시인의 두 번째 시집 『거미는 몸에 산다』는 "어디에 있을까 / 너, 혹은 나는?" 이라는 존재의 본원에 대한 물음으로부터 출발하여 "어디로 가는가 / 너, 혹은 나는?"(「어느 날 문득」)이라는 물음으로 끝난다. 존재에 대한 물음 앞에서 자아에 대한 인식은 대개 허위의 욕망과 우매함, 실존적 고통과 존재의 미로와 언어의 감옥에 갇힌 자아의 발견이다. 그는 자신에 대한 명쾌한 명제에 이르지 못한 채 「매미의 독백」이나 「오리들의 성당」 등의 작품에 나타나 있듯이 실존의 미로와 언어의 감옥에 갇힌 '囚人'처럼 끊임없이 존재에 대한 물음을 던지며, 어떤 답을 찾고자 고민하지만 끝내 물음 앞에 또다시 물음을 남길 뿐이다. 이러한 실존적 고민은 그래서 곧잘 「기호의 문」이나 「색깔론」, 「슬픈 동화」 등에서처럼 언어에 대한 탐구로 이어지기도 한다. 언어에 대한 탐구는 마치 하이데거의 '존재의 집으로서의 언어'를 떠올리게 하기도 한다. 끊임없이 자기 확인의 욕망과 그 확인의 불가능성으로 귀결되는 이 시집의 상징적 테마소는 결국 자기 자신과 인간의 절망적이며 허무적 속성의 발견과 그에 따른 구속적 운명으로부터의 해방이라는 지배소를 끌어안는 상상력에 의해 펼쳐진다.

　　타조는 제가 짝다리라는 사실을 모르기 때문에 죽을 힘을 다해 발버둥친다. 저리 큰 걸음으로 몇날 며칠 평원을 내달리다 아치에 깨어나 보면, 다시금 원심점이란 사실에 소스라쳐 놀란 적이 한두 번이 아니다. 정신 나간 친구놈이 링반데룽 현상인가 뭔가라며 신경증적 치료를 권유했지만, 그는 결코 누구의 말에도 솔깃거나 휘둘릴 까닭이 없다. 내일은 반대편 길로만 줄달음치면 이 지평을 벗어날 수 있으리라 확고부동하게 믿는 눈치다. 갈수록 이런 타조가 기하급적으로 늘고 있다고 한다. 골머리 썩기 전에 철저한 대책 마련이 시급하다는 후문이다.

　　　　　　　　　　　　　　　　　　　　　　　「타조의 꿈」 끝 연

　이 시는 타조를 통해 "몇날 며칠 평원을 내달리다 아침에 깨어나 보면, 다시금 원심점"으로 되돌아와 있는 우매한 삶을 우회적으로 드러내고 있다. 자신이 속한 비본질적 "지평을 벗어"나 어떤 진실된 존재의 세계로 나아가지 못하고 "먹고 도망치는 일에만 몰두"하는 타조는 곧 '해오라기처럼 강심에 비껴서서 맴돌며' 생의 본질에 도달하지 못하는 자아의 어리석은 삶에 대한 성찰이면서, 동시에 존재에 대한 비극적 인식이다. 「그녀는 고양이가 되고 싶다」의 고양이처럼 "세상을 헛딛기라도 하는 양" "심각한 우울증세를 보이며 골목 골목을 헤매"고 "슬하의 자식들조차 뒷골목 부랑아가 되"어버린 비극적 인식은 그래서 매우 절망적이다.

이러한 알레고리적 사유는 삶과 존재에 대한 확인이며 성찰로 읽힌다. 강희안의 시가 도달하고 있는 존재 확인으로서의 '나' 또는 '인간'은 마치 "활어회집 수족관"에서 "툭 불거진 눈알만" "멀뚱이 굴리며" 헤엄치지만 결국 "머리통과 다리 사이를 오가다"(「오징어, 질긴」) 죽음을 맞이하는 오징어와 같다. 그것은 또 "마음이든 시간이든 질질 늘려 팔이든 얼굴이든 닥치는 대로 얽어"(「거미는 몸에 산다」)매는 거미와 같으며, 검은댕기물오리처럼 "강심에 첨병 몸을 던"져 "싱싱한 칠어 한 입 물고 나오"지 못하고 "강의 가장자리"(「해오라기의 碑銘」)를 맴돌며 존재의 본질이나 진실에 다가서지 못하는 해오라기와도 같다. 이들은 모두 "적의를 드러낸 채 희번득이며 활보"하며 "무모한 식욕으로" "핏빛 눈알 번뜩이"(「수탉에게」)는 수탉과 같이 존재의 본질에서 벗어나 있다. 사실 강희안의 시집은 이것 외에도 「귀뚜라미는」의 귀뚜라미, 「매미의 독백」의 매미, 「도마뱀 십자가에 못박히다」의 도마뱀, 「弱肉强食」의 능구렁이와 두꺼비 등 동물이나 곤충의 알레고리적 이미지가 빈번히 등장하는데, 이러한 알레고리적 사유는 모두 시인 자신을 포함한 인간의 비실존적 존재성을 진단하는데 바쳐진 것이다. 이것은 죽음과 동행하는 인간에 대한 비극적이며 절망적 인식으로부터 비롯되는 상상력의 갈래 포함되는 것들이다.

강희안 시인이 삶과 존재를 바라보는 시선은 그래서 매우 비극적이다. 이러한 비극적 인식은 우리의 삶이 "매맞는 모습에 어울리고" "낯선 시간 속으로 끌려와" "험한 비탈을 굴러야"(「엑스트라, 그는」) 하는 주체성을 상실한 '엑스트라, 그'의 삶과 다름 아니며, 동물과 곤충의 알레고리로 처리된 비본질적 삶이란 것이다. 이러한 존재론적 인식은 본질적 자아와 절연되어 있다는 분리 의식을 배태하고, 여기에서 비롯한 공포감이나 위기 의식이 시적 자아를 지배하기도 한다. 그래서 "죽음에 대한 공포 의식도 내가 모르는 사이 이미 관념의 일부로 공유"(「가구에 대하여」)하게 되고, 나는 "벼랑으로 뻗은

왜송 뿌리로부터 위험한 한 마리 짐승이 매달려 있"(「지리산 폭설 이후」)거나
"캄캄한 벼랑으로 떨어질까 두려워 늘 버둥거리는"(「아기의 잠덧」) 아기의 잠
과 같은 위기감을 겪게 된다.

　이러한 불안과 공포, 분리 의식은 인간이 살아가는 직접적인 목적을 괴로
움 그 자체에 두고, 우리가 살아가는 이유를 어디에서도 찾을 수 없다는 쇼
펜하우어의 세계 인식과 상통하는 비극성이다. 그러하여 강희안의 시는 한
인간으로서 이러한 절망과 비극성으로부터 해방을 꿈꾸지 않을 수 없다. 여
기에 시와 시인의 아름다운 구원의 가능성이 열려 있다.

　　꽃샘의 불길에 열두 폭 접은 비선 계곡, 가파른 산길 디딜 때마다 스스로
　의 자리에서 반쯤 묻힌 돌을 보라. 침묵의 목을 놓는 항생의 깊은 물결 부
　서지며 차오를 때, 뿌리 없이 하늘인 죄―어디서 용서받을까. 놀란 텃새 숨
　어든 피나무의 검은 적막, 차디찬 잔설의 그늘 너머 물소리 따라 들어간 계
　곡의 낭하에는 낮달마저 기울었네

　　우듬지로 자물치는 저 삼월의 눈망울들
　　환한 메아리로 뻗어 나가
　　푸른 고요에 잠긴 돌 속에 들었네
　　　　　　　　　　　　　　　　　「돌과 같이 · 1」 중에서

　　어떤 영혼이 강에 닿은 적 있는가. 허연 갈꽃 몇 자락 꺾어 고요의 입구
　에 닿는다. 떨어진 시간 주위를 살핀다. 잠자리 꽁지 만한 손가락으로 물그
　리메 그릴 때마다 여기 저기 황망히 몸을 피하는 피라미떼, 내 눈보다 먼저
　돌이 그들을 품는다. (… 중략 …) 바람도 일제히 하늘 밖으로 소리를 던진
　다. 천 길 흩어진 물결 고른다. 강은, 돌이 되어 그 깊이 헤아린 자의 정신
　이다. 고요에 든 자의 파문이다.
　　　　　　　　　　　　　　　　「발자국 내려놓다」 중에서

　강희안의 시집은 인간의 실존적 의미를 동물이나 곤충의 알레고리를 통해
관념화한 일종의 존재 탐구의 시로 볼 수 있다. 관념화라는 말은 그의 시 형

식이 묘사보다는 철학적 사색이나 사변적 기술을 주로 하고 있다는 뜻이다.
다시 말해 합리적 사고의 정식에 비유의 연금술을 구사하든가 철학적 사색
의 에스프리를 비유나 상징의 형태로 시화한다. 그의 사상적 근저에 깔려 있
는 두 가지 아포리아, 그러니까 실존적 회의와 실존의 허상을 벗어나 존재의
진정한 본질적 가치라는 구원의 가능성을 타진할 때, 그의 시는 '강'과 '돌'
이라는 개인적 상징과 비유의 세계를 마련한다. '돌'의 이미지가 그것이다.

강희안의 시에서 개인적 상징과 비유로서 '돌'은 존재의 비실존성을 견디
고 단련하여 도달한 고요와 적막의 응축된 세계를 표상한다. '돌'의 상징이
내포한 자기 탈각의 세계는 "푸른 고요에 잠긴" 침묵의 정신이며, 그것은
"깊이 헤아린 자의 정신"이다. 그것은 어쩌면 「거미는 몸에 산다」에서처럼
'말'을 버리고 영생의 돌이 되는 세계이며, "집착처럼 노랗게 달라붙은 오래
된 말의 똥"을 귀이개로 파내 "막혔던 속이 뻥 뚫린다"(「영혼의 귀」)는 진술
처럼 새로운 깨달음의 세계이다.

> 터벅터벅 결빙의 계곡에서
> 그대가 얻을 수 있는
> 차갑게 빛나는 침묵
> 다시 살아나는 얼음장 밑
> 神들의 숨소리 같은
> 사내를 만났네
>
>   「겨울, 지리산에 들다」 중에서

삶과 존재에 대한 비극적 인식으로부터 '말'을 버리고 회복한 본질적 존
재는 "결빙의 계곡에서" "차갑게 빛나는 침묵"의 강인하고 견고하며 내밀한
정신의 드높은 경지를 말함이다. 그 경지는 "살아나는 얼음장 밑"에서 솟아
나는 "神들의 숨소리"와 같이 장엄하고 엄숙한 정신의 세계이다. 얼음은 그
에게 순도 높은 정신의 결정체이며 일체의 불순물이 섞이지 않은 투명하고

견고한 정신의 세계이다. 그곳에서 그는 침묵하는 "神들의 숨소리"를 듣고 싶은 게다. 그리하여 비극적으로 인식될 수밖에 없는 실존이 거처하고픈, 그리하여 새롭게 존재의 변화를 이룩하고자 한다. "결빙의 계곡에서" "차갑게 빛나는 침묵"의 "신들의 숨소리"는 그에게 존재의 변화를 꿈꾸게 한다.

궁극적으로 강희안 시인은 강물처럼 투명하며 끊임없이 운동하고, 돌처럼 집중된 응결의 힘을 보여주는 세계, 정신적 순결성과 이미지의 명징성이 일치하는 조화로운 세계를 꿈꾸는지도 모르겠다. 이러한 강인하고 내밀한 정신의 지향은 때로 「畵室풍경」에서처럼 "바르게 쓰자는 고집"의 올곧은 정신을 표상하기도 하고, "차갑도록 빈 하늘에" 욕망의 잎을 버려 "결별로 완성된 감"(「감나무 아래서」)의 '환'하고 '단단한' 경지로 표현되기도 한다. 이로 미루어볼 때 그는 이제 실존의 불확실성과 비극성을 넘어 정신의 견고하고 투명한 연금술의 세계로 접어든 듯싶다.

바로 이 지점에서 인간 존재의 불확실성과 비극성에 대한 끊임없는 자기 물음과 결국은 절망적으로 인식될 수밖에 없는 존재 인식이 새롭게 변화될 단초가 보이지만, 이 시집에는 아직 인간의 운명을 바라보는 시선의 비극성, 또는 인간 존재에 대한 물음의 순환론적 고리 속에서 벗어나고 있지 못하다. 이것이 이 시집이 지닌 전언의 중심 실체이며 범주이다. 이것은 강희안이 더욱 깊숙이 명상적으로 밀고 나가 인간을 사유할 상상력의 빈 여백을 확보해 두고 있음을 반증하는 것이다. 실존적 회의와 실존의 허상에서 출발하여 존재의 비극성을 넘어서고자 언어적 고투를 벌이는 그의 시는 '결빙의 침묵'으로 더욱 단단해질 것이리라.

묵시록적
도시의 일상
- 김만수 · 윤종영 -

1. 감춤과 드러냄

한 편의 시를 읽는 즐거움이나 이유가 있으면 무엇일까? 사람에 따라 이유야 많겠고 다르겠다. 하지만 그 한 이유로 한 권의, 아니 한 편의 시를 읽는다는 것은 시인의 내밀하고 은밀한 정신 세계를 훔쳐보는 호기심 어린 설레임이 아닐까. 그러고 보면 모든 독자나 관객은 관음증 환자이다. 시 뿐만 아니라 다른 어떤 예술 장르도 역시 마찬가지겠지만 그것을 만든 사람의 비밀스런 의식 내용을 엿보아 살피는 일은 작품을 읽는 하나의 즐거움이 될 수 있으리라. 그것은 고통을 수반하는 쾌락이다. 왜냐하면 시인은 자기가 말하고자 하는 바를 직접적으로 정곡을 찔러 말하기보다는 감추고 요리조리 돌리거나 한 부분만을 말해주기 때문이다. 그래서 그것을 훔쳐보기란 얼마간의 고통을 감내해야 하며, 고통을 이겨낸 자 만이 독서의 열매가 주는 달콤함을 맛볼 수 있다.

우리는 내가 아닌 타자의 삶과 영혼, 우리가 속하지 않는 영역의 삶과 세계에 대해 늘 궁금해 한다. 그래서 우리는 끊임없이 들으려 하고 시인은 말하려 한다. 독서는 듣고 싶은 욕망과 말하고 싶은 욕망의 교섭이다. 듣고 말하는 가운데 질서와 규범, 법과 금기라는 상징적 아버지의 억압적 현실원칙을 위반하는 쾌감을 맛보며, 그러면서 우리는 늘 미지를 꿈꾼다. 꿈꾸기를 통해 한 시인이 욕망하고 지향하는 세계를 살피며, 그것을 통해 우리는 삶과 세계에 대한 성찰과 반성적 질문을 던진다. 우리의 삶이 과연 자유스럽고 행복하며, 우리를 둘러 싼 현실원칙이 온당한 것인가를 되돌려본다.

　왜냐하면 한 편의 시에는 시인이 세계와 대상에 대면해서 느끼고 인식하는 고유한 개성적 의식이라 할 수 있는 시인 자신만의 독특한 세계관이 불가불 침투해 있기 마련이기 때문이다. 여기에서 독자는 시인의 개성적 세계 인식 방법과 내용, 그리고 그가 지향하는 인식 세계를 경험할 수 있다. 그러면서 나와는 다른 세계에 대한 인식 방법과 내용의 비밀스런 심연을 훔쳐보는 쾌감을 충족하며 책장을 넘기게 된다. 책장을 넘길수록 독서의 오르가슴은 절정을 향해 가고, 그것은 끝끝내 채워지지 않는 결핍이어서 또 다른 독서의 잉여를 남긴다. 잉여된 독서는 다른 독서를 재생산한다. 그래서 우리는 반복해서 읽고 시인은 세헤라자드처럼 끊임없이 말한다. 그런 즐거움을 일차적으로 맛보며 우리는 일상 속에 매몰된 우리의 의식에 반성의 채찍을 가하는 것이다. 이것이 한 권의 시 혹은 한 편의 예술 작품을 감상하는 이유가 될 수는 없을까.

　내가 가지고 있는 것을 감추지 않고 모조리 다 드러내는 시는 시라는 장르의 특성상 그것은 시에 근접할 수 없다. 그리고 다 말하려 해도 말할 수 없는 것이 시이다. 시는 장르적 특성상 직접 말하려 들지 않고 돌려 말하고 여백을 주고 직관적 통찰을 통해 압축적으로 표현한다. 한 마디로 시는 말하고자 하는 내용을 직접 드러내지 않고 의도적으로 우회하여 전달하는 언어 양식이라 할 수 있다. 시는 그렇기 때문에 이리 저리 말을 돌리거나 아예 어떤 말을 생략해 버리거나 일상적 어법에서 벗어난 엉뚱한 표현을 써서 독자들의 즉각적인 이해를 지연시킨다는 특징을 갖는다. 이것이 시의 매력이며 힘이다.

시는 이러한 특성을 지니고 있기 때문에 시를 읽을 때 우리는 세심한 관찰과 주의를 통해 요모조모 따져보아야 한다. 독자는 주의 깊은 관찰과 상상력을 통해 한 편의 시가 감추며 드러내고자 하는 내밀한 세계에 대하여 관심을 기울여야 한다. 시인이 이렇게 자신이 전달하고자 하는 내용을 정곡을 찔러 말하지 않는 것은 독자의 세심한 주의를 환기시키기 위함도 있겠지만, 얄미울 정도로 그것을 이리 저리 돌려 말하는 것이 효과적이기 때문이기도 하다. 말하자면 변죽을 쳐서 복판을 울리는 것이다. 어떤 사물이나 현상의 핵심이라는 것도 그 자체만으로 선명한 노출이 어렵고 가장자리를 잘 파악할 때 그 핵심은 의외로 선명하게 노출될 수 있기 때문이다. 그리고 핵심의 선명한 노출이나 명료한 설명은 아름답다기보다는 추할 수 있기 때문이다. 시가 됐든 무엇이 됐든 감추며 절제하고 언뜻 살짝 드러낼 때 아름다운 것 아니겠는가.

김만수 시인의 네 번째 시집 『종이눈썹』(새로운눈, 2003. 9)과 윤종영 시인의 두 번째 시집 『푸른의 별의 세상』(한국문연, 2003. 10)에서 엿볼 수 있는 것은 강한 서정성을 바탕으로 삶과 세계라는 문제에 천착하는 특성을 지니고 있다는 데 주목의 대상이 된다. 이들 두 시인의 시를 관통하는 핵심적 화소는 삶에 대한 연민과 지난 저편의 기억들이 인간과 인간이 사는 세상을 바라보는 데 끊임없이 간섭하고 있다는 것이다. 그렇다면 이들 두 권의 시집이 감추고 있는 시적 세계를 훔쳐보자.

2. 비애 이면의 생명성

김만수 시인의 시집 『종이눈썹』은 인간 존재와 삶에 대한 물음을 제기하는 시들이다. 인간의 존재에 대한 물음은 철학이 제기하는 중심 테마이지만 그것은 사실 문학적 상상력의 바탕이기도 하다. 인간이란 무엇인가. 혹은 삶이란 무엇인가에 대한 물음 앞에서 철학은 분명한 하나의 명제를 유도해내고 그것을 증명하고자 노력한다. 그러나 문학은 이와는 다르게 여유 있게 그 명제를 유보해 두거나 다만 상징적 제시에 머문다. 독자는 유보된 명제를 찾아 스스로 생각하고 빈 행간의 여백을 채워 넣어야 한다. 여기에 문학의 특성과 생명이 내재하는 것이다.

문학이 인간 존재와 삶에 대한 물음에 판단 유보를 통한 상징적 제시에 머물고자 할 때 더욱 그 강한 속성을 드러내는 장르는 시이다. 시에 있어서 서정이란 서사와는 다르게 대상을 인과적 완결성에 의해 그려내는 것이 아니라 헤겔의 말처럼 직관적으로 체험되는 생의 순간 포착을 하는 것이기 때문이다. 그렇기 때문에 시는 언어가 미학적으로 기능하는 절정의 상태를 보여준다. 시인은 인간이란 혹은 세계란 무엇인가에 대한 본연의 질문에 대해 분명한 답을 제시하거나 즉각적인 대꾸를 하지 않는다. 시인은 그러한 문제에 대해서 즉각적이고 명료한 대답을 준비하기보다는 시적 장치를 통해 그 대답을 회피거나 숨긴다. 여기에서 회피한다는 것은 상세한 설명이나 뚜렷한 대답을 하지 않는다는 뜻이다. 시인은 정곡은 숨긴 채 핵심을 피해 간다. 그러면서 명료한 대답을 피해 돌려 말하거나 애매하게 표현하거나 어떨 때는 아예 생략하는 수법을 통해 우회하여 돌아간다.

그런데 여기에서 그 생의 어느 부분을 바라보느냐, 또는 어떤 방식으로 바라보느냐에 따라 시의 양상은 매우 달라진다. 흔히 인간의 내면적 사실보다는 외면적 사실을 중심으로 한 시들의 경향을 리얼리즘이라 거칠게 말할 수 있다면, 김만수 시인의 『종이눈썹』은 외면적 사실에 중심을 둔 리얼리즘에 가깝다. 이 시집은 특히 서민 정서에 기초한 비애와 연민 이면에 서민적 정서의 생명성을 감추며 드러내고 있다. 김만수 시인은 서민들의 삶에 깃든 비애와 설움의 정서에 시적 관심을 집중한다. 김만수는 서민들의 표면적 삶에서 드러난 비애와 설움의 정서에 시선을 집중하면서 동시에 궁극적으로 드러내고자 하는 것은 그 심층에 고스란히 담아 놓는다. 그는 비애의 정서

이면에 자리한 낙관적 생명을 감지한다. 사실 우리의 서민 정서로서 한은 비애와 설움이라는 정태적 요소를 포함하고 있다. 그러나 그에 못지않게 그 이면에 간직한 삶에 대한 긍정과 그러한 정서를 배태하게 하는 현실적 모순을 극복하고자 하는 미래한 대한 낙관적 전망 또한 내재되어 있다. 그에게 미래에 대한 낙관적 전망은 서민들의 삶이 보여주는 생명이다.

　김만수는 인간적 삶의 다양한 외면적 사실을 드러내는 데에 그치지 않고, 그것을 통해서 은연중에 우리 인간의 삶이 품고 있는 어떤 내면적 사실의 세계를 지향하고 있다. 즉 자신을 둘러싼 주변의 여러 삶의 양상과 그 삶을 살아가는 인간에 대한 일차적 관심을 통해 우리 시대의 보편적 인물들이 지닌 내면 세계를 그려내고 있다. 이를 통해 시인은 서민적 정서의 비애나 설움을 극복하고 서민 혹은 민중적 삶이 내포하고 있는 끈질긴 생명의 연속성을 드러내고 있다. 그의 시의 표면에는 비애와 설움의 질감이 느껴지지만 그 심층에는 그 비애와 설움의 현실적 조건과 묵묵히 맞서서 그 한계를 극복하는 낙관적 전망이 있다. 그의 시에는 비애와 설움의 서민적 삶이 표층적 중심을 이루지만 그 심층에는 그것을 넘어서려는 삶에 대한 긍정이 내재되어 있다. 이것이 김만수의 시집이 갖는 매력이다.

> 어머니의 전동재봉틀이 섰다
> 나의 꽃무늬 속옷 몇 장과
> 당신의 이른 수의가 말가져 나온 아침
> 느리게 타원을 그리던
> 그 불규칙한 소리를 쥐고 나는
> 죽도 다리목 미싱기름집
> 서울상회에 가야한다
>
> 　　　　　「서울상회에 가야한다」 중에서

　이 시는 시인이 기억의 저편을 더듬어 들추어낸 어머니에 대한 회상을 중심으로 전개된다. 시적 상황으로 보아 화자의 어머니는 재봉틀 하나로 가족

의 생계를 책임지는 여인으로 판단된다. 재봉틀은 어머니에게 가족을 먹여
살릴 수 있는 유일한 방법이며 수단이다. 시쳇말로 재봉틀은 화자 가족의 밥
줄이다. 가족의 생계 수단을 제공하는 그런 어머니의 전동재봉틀이 멈추어
서고 화자는 어머니의 심부름을 간다. 화자는 "어머니의 나사와 볼트/낡은
피대에 습기를 주기" 위해서 "그 길고 느린/어머니의 울음소리 이어주기
위해"서 "죽도 다리목"의 "서울상회"로 심부름을 간다. 이러한 배경이 이
작품의 시적 상황을 이루고 있다. 표면에 드러나는 이와 같은 분위기로 인하
여 시는 전체적으로 어둡다. 그러나 그 이면에 흐름은 심층은 삶에 대한 건
강한 긍정이 자리한다.

　이런 상황 속에서 드러나는 시적 분위기와 정조는 어머니에 대한 애틋한
연민의 심정이 주조를 이룬다. 시인 세대의 어머니가 혹은 일반적으로 우리
가 지니고 있는 어머니의 초상이 그러하듯 고단하고 가난한 삶이 짙게 표백
되어 있다. 그녀의 삶은 "불규칙한 재봉틀 소리"와 같이 불규칙하여 불안하
고 위태롭다. 그래서 삐그덕 삐그덕 불규칙하게 들리는 재봉틀 소리는 시인
에게 "어머니의 울음소리"로 들린다. 그러나 화자에게는 그것이 윤활유의
습기를 잃은 불규칙하고 불안한 재봉틀 소리 같은 삶이지만 그래도 그 "울
음소리 이어" 갈 수밖에 없는 것이 어머니의 삶이고 우리네 인생이라는 인
식이 깔려 있다. 여기에서 화자의 삶에 대한 긍정적 태도를 감지할 수 있다.

　김만수의 시선은 따뜻하며 그 따뜻함은 삶에 대한 강한 생명의지로 나타
난다. 그래서 그의 시는 비애와 설움으로 가득 차 있으되 절망하지 않고 삶
에 대한 긍정과 확신을 획득한다. 그의 시에는 특히 그의 가족을 이루고 있
는 구성원들과 그 이웃하는 주변의 변두리 삶이 자주 나타난다. 어머니나 아
내, 아버지, 할아버지, 이웃하여 사는 사람들이 주로 등장한다. 그런데 그들
의 모습은 대개 아내는 어머니를 닮아 있고 어머니는 할머니의 모습을 닮았
다. 그리고 나는 아버지와 아버지는 할아버지의 삶과 닮았다. 그리고 이웃들
은 우리 가계의 식구들과 삶의 양상이 유사하다. 김만수는 이들 가족 구성원

들과 이웃의 모습을 통해서 세대를 넘어서는 인간의 보편적 삶을 보고 있는
것이다. 가난한 서민적 삶은 대물림되는 것이기는 하지만 그는 이러한 대물
림에서 강하고 친밀한 상호 연대성을 확인한다. 그가 느끼는 연대성은 이들
에 대한 따뜻한 사랑이고 삶에 대한 강한 긍정이라 할 수 있다.

> 아내의 찬장에는
> 연지 지우며 동개놓은
> 그녀의 첫 그릇들 가지런합니다
> 단 한 번도 오목한 미소도 훈기도 담아내지 못한
> 　　　　　(… 중략 …)
> 자국눈 내리는 저녁 속 아직도
> 첫 손님 기다립니다
>
> 　　　　　　　　　　　「첫 그릇」 중에서

　아내의 모습은 어머니의 삶이 그러했듯 "단 한 번 오목한 미소도 훈기도
담아내지 못"하고 "평생을 그렇게 기다리며" 견디는 찬장 속의 그릇과 같은
것이다. 그리고 "그렇게 견디다 조금씩 휘발되어 졸아들고" "서서히 소멸되
어"(「아내의 바다」) 가는 푸른 바다의 기억에 다름 아니다. 어머니의 삶이 불
규칙한 재봉틀의 울음소리를 내며 견뎌온 것이라면, 아내의 삶은 한번도 밖
으로 나와 빛을 보지 못한 그릇이다. 그래서 "단 한번 미소도 훈기도 담아내
지 못한" 찬장 속의 그릇과 같은 기다림의 삶이 아내의 삶이다. 시인은 어머
니에게서 느꼈던 애틋한 연민의 심정을 자신의 아내에게서 그대로 느낀다.
시인은 그녀들의 삶을 통해서 가족을 위해 자신을 희생하는 어머니의 모성
을 느끼고 있다. 어머니의 삶이 그러했듯 아내의 삶도 역시 기다림의 삶이
다. 그것은 아버지나 할아버지의 삶도 역시 마찬가지이다. 그들에게 기다림
은 삶의 희망이고 미래에 대한 확신이며 전망이다. 그들이 기다리는 "자국눈
내리는 저녁 속"에서 아직도 기다리는 "첫 손님"은 만해의 '님'과 같은 대상
이며, 육사의 '백마 탄 초인'에 다름 아니다.

이러한 인간 삶의 모습에 대한 애틋한 연민의 정은 자연히 일상에 존재하는 주변의 변두리 인물들로 확대된다. 그들의 삶도 어머나나 아내의 삶이 그렇듯 가난하고 고단한 것이다. 그러나 그것은 우리의 보편적 삶이며 거기에는 살아있는 삶의 생명력이 자리하는 곳이기도 하다. 비애 이면에는 건강한 생명이 있다.

> 밥 한 그릇 못 챙겨 먹던 그늘이
> 아직도 사람 사이에 흉터처럼 걸쳐있구나
> 맞다, 따순 이 밥 한 그릇의 감동
> 숱하게 곯고 살아온 우리에게는
> 잊지 못할 인사가 되었구나
> 그래
> 마주 앉아 밥 한 그릇 비우는 일들로
> 이렇듯 해는 지고 다시 오는 것이구나
>
> 「밥 한 그릇」 중에서

횡단보도를 바쁘게 뛰어 건너다 "솜 타는 집 둘째 경호"를 만나 "언제 날 잡아 밥 한 그릇 하"자는 인사를 받고 시인은 "반갑고 서러운" 일상의 삶을 동시에 느낀다. 먹고 살기 위해 바쁘게 움직이는 변두리 삶의 일상에서 시인은 삶의 어떤 생명력을 감지한다. 즉 가난하고 바쁜 삶이지만 거기에는 끝없이 삶을 지탱하고 이어가는 건강한 생명력이 있다는 것이다. 변두리 민중적 삶의 형식과 정서는 슬프고 비애스러운 것이지만 반면에 역동적 생명을 지닌 것이기도 하다.

이러한 비애와 슬픔의 정서 이면에 자리한 역동적 생명성은 시집『종이눈썹』을 이끌어 가는 원초적 상상력이라 할 수 있다. 시인은 우리의 삶이 슬프고 서러운 것일수록 "품안에 모종 한 접시 키우는"(「근골격계」) 일이며, "해토머리 비탈진 길 / 허청허청 퀸 붙인 씀바귀같은 / 일가들의 삶이 다 그런 것이지만"(「우두牛痘」) 그 속에는 씀바귀 같은 강한 생명이 살아 숨쉬고 있다는 인식을 보여준다.

이와 같은 시적 상상력은 통해서 시인은 우리의 전통적 서민 정서가 함유하는 낙관성과 생명성, 역동성을 생산적으로 쓰고 있다. 김만수 시인의 『종이눈썹』은 그동안 우리 문학에서 전통 서민 정서로 미화되어 자리한 비애나 설움, 한스러움에 국한된 정태적이고 수동적인 태도에서 벗어나 우리의 민중적 정서가 그 이면에 근원적으로 지니고 있는 낙관적 전망과 역동적 생명을 이면에 감추고 있다. 전통적 서민 정서로서 비애와 설움, 그리고 신명의 낙관성이 이 시집에 함께 한다는 점이야말로 주목해야 할 시적 특장이다. 그의 시에는 상처와 고통을 체험한 자의 영혼의 깊이가 서려 있다. 그 영혼에 의하여 삶과 세계는 긍정되며 준열한 생명의 움틈이 있다.

김만수의 『종이눈썹』을 읽는 것은 서민 정서로서의 비애와 설움이라는 그 이면에 감추고 있는 낙관성 내지는 역동적 생명력을 훔쳐보는 일이다. 거기에는 상처와 고통 속에서도 꺾이지 않고 자라나는 생명의 뿌리가 자리하고 있다. 비애와 설움, 상처와 고통을 감싸는 준열한 생명이야말로 시집 전편을 관통하는 핵심이며, 삶과 세계에 대한 시인의 태도이며 주목해야 할 중요한 면모이다. 따라서 이 시집을 살아 숨쉬게 하는 가장 중요한 하나의 요소는 한 마디로 서정의 힘을 바탕으로 서민적 삶에 뿌리내린 강력한 생명력의 생산이라 할 수 있을 터이다.

3. 묵시록적 도시의 일상과 자아 찾기

도시적 일상의 삶에서 어떤 의미를 찾는다는 것은 어려운 일이다. 왜냐하면 누구나 저마다의 일상적인 삶을 살아가겠지만, 이 일상적 삶은 평범하고 반복적이기 때문이다. 그래서 우리의 일상은 지루하고 따분하며 무의미하게 느껴지기도 한다. 매일매일 반복되는 일상 속에서 삶은 다만 지속될 뿐 갱신되지 않는다. 새로움이란 없다. 그래서 우리는 일상을 넘어서기 위해서 또는 일상의 삶을 풍요로운 것으로 바꾸기 위해서 어떤 의미 있고 가치 있는 일을 찾는다. 그러나 그것은 쉽지 않은 일이다. 우리의 세기는 묵시록적이며 종말적인 세기말의 상황이기 때문이다. 이 세기는 "길 잃고 집 찾지 못하는"(「삼월에 내리는 눈」) 불안과 공포가 지배하는 전환과 혼돈의 묵시록적 시대이기 때문이다.

 시 쓰기는 과학이나 학문적 분야와 마찬가지로 나날의 삶을 의미 있는 것으로 만들기 위한 활동이라 할 수 있다. 우리는 우리가 사는 세계의 혼돈을 이해하고 존재의 불안감을 극복하기 위해 상상력을 통해 질서를 부여하는 노력을 계속해 왔다. 시도 마찬가지의 경우이다. 시인의 길은 일상성 속에 함몰되기를 거부하고 의미 있는 삶을 추구하며 산다는 뜻일 것이다. 윤종영 시인의 시집 『푸른 별의 세상』은 이러한 일상적 삶 속에서 상처 입은 시적 자아의 내면을 탐구하고 그 치유를 시도하는 시들이다. 그의 시집에서 시적 자아의 내면은 그리움과 상실, 상처, 쓸쓸함, 외로움 등으로 가득한 자아이다. 자아는 늘 존재의 집을 잃고 떠돌며, 칙칙한 도시의 부랑아처럼 헤맨다. 그가 떠도는 도시는 어둡고 불길하며 불안하다.

 윤종영 시인에게 있어서 도시의 일상은 아주 낯선 것이며 혼란스러운 것이다. 그는 "낯선 세상의 낯선 이미지 사이에" 있다. 때문에 시인은 "나도 모르는 내 안의 세계가 있"고, 그런 나조차도 "낯설다"(「낯설다」)고 읊조린다. 지난 시대를 이끌던 지배적 이데올로기가 사라진 지금 우리 사회는 혼란스러운 양상을 보여준다. 후기 산업 자본주의 사회로 대변되는 작금의 사회는 급격한 사회적 변화에 따라 가치의 상실과 일정한 질서를 상실한 세기말적 상황처럼 보인다. 자본주의의 도시적 문명은 인간을 소외시키고 분열을 낳고 있다. 그런 속에 자리한 시적 자아에게 경험되는 세계는 매우 낯선 것이며, 혼란스러울 수밖에 없다. 그의 시에서 산업 자본주의 문화의

총화라 할 수 있는 도시적 공간은 묵시록적 상황의 집약적 상징으로 나타
난다.

> 그 집 그가 누운 천장에서
> 그와 같은 체위로 누군가 잠들어 있을 것이다
> 그 집 그의 식탁 바로 위에서
> 누군가 숟가락이나 포크로 그의 정수리를 찍고 있을 것이다
> 그 집 그의 소파 바로 위에서
> 누군가 엉덩이로 그의 머리를 누르고 앉아 있을 것이다
> 그 집 그의 변기 아래서
> 누군가 그의 똥을 맞아 박살나고 있을 것이다
>
> 「아파트」 중에서

시인은 화려한 외형, 그래서 풍요롭고 안락한 것처럼 보이는 도시 문명에
서 그것이 주는 인간 소외와 단절의 형상을 본다. 도시적 삶의 양식에서 아
파트는 지배적이며 필수적인 세목 가운데 하나이다. 그것은 삶의 안락과 풍
요로움, 부와 신분, 그 속에 거주하는 사람의 가치를 상징하는 물질적 조건
이며, 도시적 경험의 근본적 조건이다. 그런데 문제는 이와 같이 아파트가
단지 생활의 차원을 넘어선 사회적인 기호와 이미지가 된다는 것이다. 이것
은 행복과 풍요, 부와 신분적 가치를 상징하는 이미지로서와 안락한 가정과
행복, 풍요의 기호라는 의미를 생산해낸다.

그런데 윤종영 시인은 아파트라는 도시적 환상의 행복과 안락의 이데올로
기를 부정한다. 그곳에서의 일상은 누구나 똑같아 "그 집 그의" 식탁이나 변
기 아래에서 누군가가 "정수리를 찍고" 찍히며 "그의 똥을 맞아 박살나"는
삶이다. 그래서 아파트라는 기호가 주는 풍요는 수족관의 "플라스틱 수초의
품"이 주는 포근함과 같은 것이며, 그 속에 거주하는 가족의 행복은 "우리도
간밤에 잘 갇혀 있었지?" 자위적으로 반문하는 거짓 행복이다. 그리하여 "지
금 내 지느러미는 얼마나 자유로운가" 행복해 하는 "우리 식구"는 "주둥이

를 뻐끔거리는"(「수족관」) 수족관의 붕어와 다름 없는 존재이다. 이러한 도시
적 삶의 부정적 인식은 아파트가 표상하는 행복의 이미지를 전복하고, 그 안
에서 유령이 활보하는 죽음의 이미지를 본다.

> 도시에 겨울 안개가 층층이 쌓였다
> 한 치 앞도 볼 수 없는
> 빌딩 사이로 안개가 내려앉았고
> 안개의 무거움을 뚫고 무심하게
> 안개등을 켠 자동차가 달렸다
> 달리는 자동차 사이로 유령처럼 사람들이 걷고 있었다
> 무거운 안개가 층층이 깔려 있으므로
> 바로 앞도 볼 수 없는 도시의 거리마다
> 갈 곳 없어진 사내들이
> 담배를 뻐끔거리고 있었다
> 　　　　　　　「겨울, 도시에는 무거운 안개가」 중에서

이 시는 도시의 겨울밤에 안개가 내린 상황을 말 그대로 암담하게 그리고
있다. 도시적 문명의 불임성은 무거운 안개와 어둠의 이미지로 인해 그로테
스크하게 느껴진다. 그 속에 존재하는 인간들은 생명 없이 다만 "달리는 자
동차 사이로 유령처럼 걷고" 있을 뿐이다. 도시의 길은 안개에 덮여 "바로
앞도 볼 수 없"으며 집으로 가는 길조차 찾을 수 없다. 유령의 도시에 시인
을 덮고 있는 안개, 이것은 인간 실존의 보편적 상황이기도 하다.

90년대 이후 시에서 등장하는 도시는 산업화가 초래한 부작용이 가장 극
명하게 드러나는 공간이다. 대체로 산업 자본주의의 총화인 도시는 풍요롭고
편리하다. 그러나 사실 도시는 그 풍요와 안락의 이면에 죽음의 이미지가 지
배하며, 인간 소외, 환경 파괴 등등 이루 말할 수 없는 부정적 요소들과 어
울려 침울하고 그로테스크한 세기말의 풍경을 구성한다. 그래서 보들레르는
파리라는 거대 도시를 "대낮에도 유령이 행인을 붙드는" 곳으로 묘사였던

것이다. 보들레르와 같이 윤종영 시인이 인식한 것처럼 "유령처럼 사람들이 걷고" 있는 도시가 실재하지 않는 공간이라면 그러한 도시에 사는 사람들 역시 실재하지 않는 비존재, 망령들이다.

바로 이러한 세기말적 현상의 인식에서 윤종영 시인은 그 어떤 사건이나 충격도 인식의 전환을 가져다주지 못하고 무화되어 버리는 세계, 폐쇄적이며 공동체적 소통이 없는 극심한 소외, 일탈, 무관심만이 지배적인 세계가 바로 도시 공간이며 삶이라는 인식을 보여준다. 이러한 시적 인식은 「포르노 월드」와 같은 시에서 잘 드러난다. 사람들을 유혹하는 후기 자본주의 도시 사회의 휘황찬란한 불빛이 빛을 발하면 발할수록 그 속에 사는 사람들의 내면 의식의 어둠은 그만큼 더 깊어가는 것이다. 이러한 추락의 공포를 이면에 지니고 있는 도시적 삶은 공포를 잊기 위해서라도 도시가 제공하는 일회적이며 감각적 쾌락에 매달리지만 그것은 영속적일 수 없으며, 그것으로 인해 마비되어버린 감각과 의식을 이 시는 잘 보여주고 있다.

> 한 세기와 한 세기가 교미하는 지금, 더 이상 충격적인 이미지는 없다
> 가령, 그가 그의 아내를 강간했다,는
> 너무 흔한 필름일 뿐이다
> 가령, 그가 그것을 비디오카메라로 찍고 있다,도
> 엑스엑스엑스로 시작하는 인터넷 사이트의 광고 카피에 불과할 뿐이다
> 이제 더 이상 우리를 감전시킬만한 충격적인 이미지는 없다
> 변태의 가학만 있을 뿐
> 더 이상 충격적인 이미지는 없다
>
> 「포르노 월드」 중에서

시적 자아를 둘러싼 도시적 문명은 「포르노 월드」에서 후기 산업 자본주의 사회의 가학적 욕망의 세계를 극단으로 보여준다. 극단적 가학으로 인해 웬만한 충격적 이미지로는 반응할 수 없는 종말론적 세기 인간 실존의 무감각성, 마취된 정신을 위태롭게 제시하고 있다. 그가 처한 시간은 "한 세기와

한 세기가 교미하는 지금"이며, 이곳에서는 "변태와 가학만이 있을 뿐" "더 이상 충격적인 이미지는 없다". 이러한 세기말적 현상의 사회가 시인이 위치한 자리이며, 그 속에서 시적 자아는 정처 없이 헤매고 방황한다. 때문에 자아는 소외되어 항상 쓸쓸하고 외롭고 슬프다. 외롭고 쓸쓸한 자아는 그로테스크한 도시의 일상이 만들어낸 것이며 거기에서 시인은 길을 잃고 헤매는 것이다. 도시 공간에 난 길은 어디든 통해서 갈 수 있는 개방된 이미지가 아니라 미로와 같다. 시적 자아는 "외로워서 거리에 나갔으나" 아무도 만나지 못하고 "길 잃은 병든 개처럼"(「길 잃은 병든 개처럼」) 도시의 벽에 갇힌 미로를 헤매는 것이다.

> 집으로 가기 위해 소주집 문을 나서는데 나서는 데
> 집으로 돌아갈 수 있는 길이 없어져 버렸다
> 점령군처럼 눈들이 내가 알고 있던 길을 사로잡아 버린 것이다
> 너무나 단단해서 무너질 것 같지 않았던
> 보도블럭과 아스팔트의 검은 힘도
> 신호등이 바뀌는 순가에 맞춰
> 가고 서고를 반복하는 도시의 질서도
> 눈들의 연대 앞에 무릎을 꿇고 말았다
>
> 「눈길」 중에서

> 겨울과 봄의 틈 사이
> 길 잃은 눈들
> 집밖을 서성거린다
>
> 길 잃고 집 찾지 못하는 것이
> 삼월에 내리는 눈뿐이겠는가
>
> 「삼월에 내리는 눈」 중에서

이 두 작품은 길을 잃고 헤매는 쓸쓸한 시적 자의 모습이 잘 형상화된 시이다. 「눈길」에서 시인은 친구들과 함께 술을 마시고 집으로 돌아가기 위해

술집을 나서지만 길을 잃고 만다. 시인이 길을 잃는다는 것은 자신과 한 시대를 지배하던 가치와 이데올로기, 어떤 질서나 지향할 목적이 상실된 것과 다름 아니다. 눈은 자신이 가야 할 길을 지워버리고 다시 "그것들이 없어진 자리에" "더 많은 길들을 닦아 놓았던 것이다." 시인은 자신이 걸어왔던 길을 잃고 새로 난 길을 바라보지만 자신이 가야할 길이 어떤 길인지 판단할 수 없는 가치의 혼돈을 겪는다. 세기말적 상황에서 자신이 존재해야 할 집, 자신이 궁극적으로 다다라야 할 자리를 찾지 못하고 가치의 혼돈을 겪고 있는 것이다.

「삼월에 내리는 눈」은 존재 가치를 잃어버린 시적 자아의 모습이 형상화된 작품이다. "겨울과 봄의 틈 사이"는 "한 세기와 한 세기가 교미하는"(「포르노 월드」) 세기말이며 시대의 전환점이다. 세기말적 혼돈의 틈 사이에서 시적 자아는 역시 집으로 가는 길을 잃고 "집 밖을 서성거린다". 세기말적이며 종말론적인 상황에서 눈은 어떤 묵시의 계시처럼 내려 모든 존재 가치와 질서를 지우고 혼돈에 빠트리는 매개체이다. 그 속에서 시인은 돌아갈 집, 존재의 근원을 잃은 부랑아처럼 쓸쓸히 유령처럼 방황한다.

이러한 점에서 그의 시는 세기말의 묵시록적 계시와 같은 것이다. 지금 이 시대를 묵시록적 시대라고 규정짓는 것은 단순히 현시점이 세기의 종점을 거쳐 새로운 세기에 접어들었다는 연대상의 혹은 종교적 의미를 넘어서는 것이다. 그보다는 우리 사회가 지난 연대와는 질적으로 다른 지점에 도달하고 있다는 것을 의미한다. 좁게는 우리 사회 크게는 이 세계가 거대한 변화의 소용돌이에 있으며 여러 층위에서 지각 변동을 경험하고 있다. 그리고 그 변화는 긍정적이라기보다는 부정적이라는 인식이 지배적이다. 즉 어떤 총체적 위협이 우리 앞에 놓여 있다는 불안감이 이 시대를 사는 시인을 위협하고 있다. 세기말에 처한 윤종영 시인의 불안한 의식은 그래서 존재의 근원과 가치를 잃은 자아로 표상되는 것이 아닐까.

세기말의 각종 징후를 언어로 형상하는 윤종영 시인의 작업에 있어서 선

택될 수 있는 전략은 두 가지 국면으로 나타난다. 하나는 위에서 살펴보았듯
이 묵시록적 상황을 드러내는 것인데, 묵시록적 상황의 집약적 상징이 도시
라는 공간으로 나타나고 있다. 다른 하나는 그것을 넘어서는 어떤 다른 세계
를 지향하는 것이다. 즉 세기말적 불안과 존재의 가치 상실의 현실 상황과
대척되는 시공간, 즉 존재의 근원에 대한 그리움으로 나타나게 된다. 그의
시에서 존재의 근원에 대한 그리움과 사랑은 이것을 극복할 수 있는 대안으
로 제시되고 있다. 그에게 그리움과 사랑은 부정적 현실의 저편에 떠오르는
구원의 자리로 인식되고 있다. 시적 자아를 감싸고 있는 안개와 어둠 속에
나 있는 길들, 등불들을 찾아나가는 것이 그의 시이며, 그것을 그리움과 사
랑에서 찾는다.

> 나에게 길을 보여 준 것은 그리움이었다
> 그 시절, 투사의 노래는 내 심정을 뜨겁게 달구었지만
> 그러나 나는 전사가 되지 못했다
> 전사들의 싸움의 뒤편에서 그리움만 키우고 있었을 뿐이었다
> 그들과 어깨를 걸고 막걸리에 쓴 소주에 취할 수 있었지만
> 내 몸을 드는 것은 전사의 힘이 아니었다
> 뇌신경 곤두서는 그리움의 노래였다
> 그 시절, 내 청춘은 뙤약볕처럼 뜨거웠지만
> 나는 그리움에 이끌려 봄 아지랑이처럼 헤매는 사람이었다
> 나는 어느 것에도 무덤처럼 깊게 이끌리지 못했지만
> 한 여자만은 죽음보다 무섭게 사랑했다
> 그것도 신령처럼 숨어 있는 그리움 때문이었다
>   「나에게 길을 보여 준 것은 그리움이었다」 중에서

혼란과 혼돈의 도시 공간 속에서 쓸쓸히 방황하는 자아는 그리움과 사랑
을 통해 상실한 근원을 다시 복원한다. 그가 꿈꾸는 세계는 자아와 세계가
분열되지 않은 초월적 영원성을 지닌 "샛별" 같은 세계이다. 자아와 세계의
일치 내지 동일성은 "샛별처럼 제 몸을 태워 / 사랑의 빛 일으키"는 "푸른

별의 세상 미리내"(「푸른 별의 세상」)와 같이 상징되며, 위의 인용 시에서와 같이 그리움을 통해 잃었던 길을 발견하고 있다. 그가 궁극적으로 도달하고자 하는 세계는 시집의 표제 언표처럼 천체의 이미지 별로 상징되는 영원성과 초월성을 획득한 "푸른 별의 세상"이 아닐까.

위의 시에서 화자는 변혁과 전복, 환멸과 투쟁으로 가득 찼던 지난 연대의 혁명적 분위기 속에서조차 그리움을 통해 자신의 존재 가치를 찾았음을 고백하고 있다. 화자는 현실과 맞서는 "전사의 힘"보다는 "그리움의 노래"를 통해 자신의 존재 의미를 세우고 있는 것을 볼 수 있다. 그의 시에서 그리움은 단순히 어떤 감정의 상태를 말하는 것이 아니라 자아의 근원, 혹은 삶과 세계를 바라보는 시인의 시선과 태도를 나타낸다고 할 수 있다. 즉 존재의 근원은 머리가 아니라 가슴이며, 그 가슴으로 삶과 세계를 대할 때 세기말적 현상을 극복할 수 있다는 것이다. 따라서 그리움은 그가 추구하는 지상 명제이며 삶의 가치 척도가 아닌가 싶다.

후기 산업 자본주의가 모든 것을 물화시키는 묵시록적 종말로 치닫는 시대에서의 시 쓰기란 존재의 불안과 상실, 자아와 세계의 분열, 인간 소외를 아프게 경험하고 확인하는 일일 것이며, 그것을 극복하는 일일 것이다. 윤종영의 시집 『푸른 별의 세상』은 그로테스크한 이미지들을 통해 현대 자본주의 도시 문명의 착란적인 흥분과 소외, 불안과 상실의 세계를 보여 주면서, 그것을 그리움과 사랑으로 극복한다. 그의 시집을 훔쳐보는 쾌감은 무엇보다도 풍요와 안락을 가장한 도시 문명의 일상에 매몰되어 무감각해진 의식을 아프게 채찍질 당하는 피학적인 것이었으며, 우리가 근원적으로 돌아가야 할 세계가 어떤 곳인가를 일깨우는 반성적인 것이었다.

윤종영은 후기 산업자본주의 혹은 후기 소비자본주의 사회라는 시대와 도시적 공간에서의 일상적 삶이 주는 비인간성, 소외, 가치의 상실, 무기력, 無意性, 物化된 세계에 집중하고 있다. 이러한 후기 산업자본주의와 도시적 삶의 양상은 다분히 묵시록적으로 나타난다. 프랭크 커모드의 말처럼 묵시록적

경향은 다양한 시간의 범주들이 일으키는 무정형의 혼돈을 감지하고 맞서려
는 인간의 근본적인 보편적 욕구에 의해서 창안된 것이다. 월러스 스티븐슨
은 자신의 결핍을 자각하며 사는 인간은 누구나 묵시록적 갈망을 갖게 된다
고 하는데, 시인은 그 결핍을 시를 통해서 충족시키려 하고 혼돈을 이해하려
는지 모른다.

  그런데 인간의 욕망은 원초적으로 결핍되어 있고 그래서 죽음이라는 방
법으로밖에는 충족될 수 없다. 욕망은 무제한적이며 현대 자본주의 도시
문화는 그것을 자꾸 집요하게 부추기는지라 필연적으로 욕망의 충족은 영
원히, 죽을 때까지 연기되고 지연될 뿐이다. 그러므로 욕망의 영원한 결핍
으로 인한 종말 의식은 인간에게 언제나 내재하는 것이다. 여기에 윤종영
시인의 시집 『푸른 별의 세상』을 훔쳐볼 수 있는 단서가 있다. 그의 시에
는 분열과 소외를 주고 모든 것이 물화된 도시 공간에서 온전한 자아의 회
복이라는 갈망과 그것의 좌절로 인한 권태와 무기력, 우울, 슬픔, 환멸과
데카당스가 중첩·교직되어 있다. 그러면서 그는 끝끝내 온전한 자아의 회
복 내지는 자기 정체성을 찾으려는 갈망의 끈을 놓지 않는다. 온전한 자아
의 회복이라는 결핍된 욕망이 삶을 지탱하고 살아가게 하는 힘이며, 만약
그 욕망의 충족은 죽음이다.

禪 · 성찰 · 상처의 풍경

― 김영석 · 박명용 · 이덕수 ―

1. 마음의 저쪽 어디에…

시는 정신의 산물이다. 모든 게 정신의 산물이겠지만 특하나 시는 주관적 직관의 힘에 의해 생산된다는 점에서 더욱 그러하다. 그렇다면 직관이란 도대체 어떻게 오는 것일까? 생산된다는 표현을 했지만, 아마도 그것은 만든다는 인위적 개념이라기보다는 문득 찾아오는 것이며, '순간의 포착'에 의해 발견되는 것일 것이다. 밀란 쿤데라의 '시인은 시를 창조하는 것이 아니라 저 뒤쪽 어디에 있는 것'을 찾아낸다는 요지의 말이 머리를 친다. 곧 어떤 지식이나 목적을 드러내기 위한 시는 시의 본원과 책무를 벗어났다는 말로 들린다.

밀란 쿤데라의 이러한 전언은 '무언가를 전달해주겠다', '무언가를 모던하게 표현해보겠다'는 당위성을 강조한 부류의 시에 대한 충고로 들린다. 이번에 새로 나온 김영석 시인의 『모든 돌은 한때 새였다』(시와시학), 박명용 시인의 『낯선 만년필로 글을 쓰다가』(모아드림), 그리고 이덕수 시인의 『붉은여우의 겨울나기』(시와사람) 등 세 권의 시집은 이러한 협의로부터 자유로운 포즈를 취하고 있다. 언뜻 인생을 뉘우치고 사물과 현상의 이치를 깨달아버린 듯한 포즈와 지나친 애상조의 느낌을 떨쳐버릴 수는 없지만, 이들의 시적 역량을 볼 때 이러한 혐의는 호의로 받아들여진다. 그것은 구태여 무언가를 전도하려는 의식에서 벗어나 있으며, 모던한 기교와 시적 소재로부터 자유롭고, 외적으로는 이들의 시적 이력이 만만치 않기 때문이다. 그것은 이미 상투적이며 시류에 편승하지 않고 쿤데라의 말처럼 '저쪽 어디에'서 와 닿는 마음을 진솔하게 드러내고 있기 때문이다.

그런 의미에서 시는 이름 붙여진 것은 이미 도가 아니라는 노자의 말과 통한다. 시는 우리가 마주하는 사물과 현상, 도처에 가득 차 있다. 우리 근방에 산재한 시는 그렇지만 그것을 우리 몸의 떨림과 혼의 울림으로 느끼려 하지 않고 머리로, 어떤 목적을 상정해 놓고 그것을 알려 하는 순간 그것은 이미 시가 아니다. 진정한 시의 힘은 이로부터 나오는 것이 아닐까? 그것이 언어의 불가사의한 힘이고 비의가 아닐까?

세 시인의 시집은 자기 삶과 마음의 고유한 언어를 획득하려는 고요한 시간의 언어를 느끼게 하는 시집이다. 이 세 시인의 시적 세계와 양상, 그리고 그들의 정신이 다다르고 싶은 지향처, 현실을 마주한 자세 등은 크게 다르다. 다만 이들에게 공통점이 있다면 삶과 시를 알 수 없는 무엇, 내 마음의 저편 어디에 있는 근원, 어떤 신을 찾아 대하듯 시를 향해 응당한 삶을 지불해 얻은 내면의 응축된 목소리라는 점이다. 이러한 것들은 요즘 우리가 경험하고 목도하는 문명의 질서와 현상에 대척한 지점에서 깨달은 자기 성찰과 침잠의 목소리라는 점이다. 이들은 세계와 마주하여 불화를 일으키거나 갈등하지 않는다. 그들은 조용히 낮은 자세로 담담하게 세계와 마주하며, 삶과 세계의 비의를 나직한 어조로 들려줄 뿐이다.

2. 선적 직관의 언어

김영석 시인의 『모든 돌은 한때 새였다』의 시적 발상은 허구적 전설에 기초하고 있다. 허구적이지만 실재 같은 "세설암 전설"을 이 시집의 각 시편의 밑변에 깔아 놓고 있다. 세설암 전설이 전하는 이야기의 골자는 지금의 법주사가 세워지기 오래 전에는 동관음사라는 큰 절이 있었고 세설대사의 법력에 의해 이 절이 크게 융성했다는 내용이다. 지금은 잡초에 묻혀 흔적으로만 남아 있는 절터가 법주사 이전의 동관음사 터로, 시인은 알 수 없는 힘에 이끌려 그곳을 찾았지만 그곳이 동관음사라는 것 밖에 더 이상 아무 것도 알 수 없었다. 그 뒤 십 여년의 시간이 지난 어느 날부턴가 매일 밤마다 시인의 꿈에 그 세설대사가 나타나 자신의 이름을 불렀다는 것이다. 이러한 세설대사와의 인연으로 이 시집을 기획하게 되었으며, 그의 힘에 의해서 이 시집이 씌여지게 되었다는 것이다. 시인이 시집 첫머리의 산문에서 들려주는 이와 같은 세설암 전설의 이야기가 암시하듯이, 이 시집의 내용은 불교적인 범우주적 원리와 내용을 포함하고 있으며, 그런 만큼 신비적인 언어의 아우라에 휩싸여 있다.

선적 직관의 세계는 영혼이 깨끗한 사람들의 몫이며 우리 시단에 중요한 흐름으로 자리 잡아 왔다. 불교적 선 사상은 외래적인 것이라기보다 천년의 세월이 증명하듯이 우리의 한국적 고유성을 지닌 토착적인 것이다. 이러한 가운데 현대 시인들 각자 개인적 선 사상과 득오의 문제는 다르지만 김영석 시인의 불교적 색채는 김달진이나 이성선, 그리고 조정권의 세계와 그 계보를 같이 한다. 은둔주의적이며 소승적이고 노장적인 측면에 김영석은 이들과 시적 계보를 같이 한다. 그것은 거칠게 말해서 생에 대한 근원적인 물음과 자연 친화감 때문이다.

김영석의 두 번째 시집 『모든 돌은 한때 새였다』는 표제 언표가 암시하듯 모든 새는 돌이고 돌은 새라는 선문답으로 읽는다. 이것은 곧 '새'와 '돌'은 우주 삼라만상이 경계가 없음을 받아들이는 궁극의 형식과 삶에 대한 통찰인 듯싶다. 그는 생과 자연의 비밀에 대해 끊임없이 의문을 품고 질문을 던지며 그 비밀을 풀고 깨닫기 위해 노력한다. 그의 시는 자아와 세계에 던져진 화두를 끊임없이 깨달아 가는 과정에 있는 수도승의 것이다. 따라서 그가 보여주는 시적 통찰은 많은 여백과 여운, 어떤 선적 깨달음으로 가득하다. 선승의 깨달음 혹은 문답 같은 짤막한 시편들로 구성된 이 시집은 그래서 행간의 여백에 가득 찬 어떤 의미를 머리로 읽지 말고 존재의 떨림과 울림으로 느끼며 깨닫도록 요구한다.

　존재의 경계가 없음을 드러내는 궁극의 형식에서 '새'와 '돌'은 연기(緣起)를 이루는 무자성(無自性)의 형식이 아닐까? 땅에 위치해 불변 부동의 정적인 바위가 하늘을 나는 역동적이며 생동하는 초월적 비상의 자유로운 새라니! 그런 의미에서 이 시집은 불교적 선사상에 다가 서 있다. 특히 지식 중심 혹은 인간 중심이 아니라 우주와 함께 교섭하고 교감하는 지혜의 미덕을 모순 어법으로 들려주고 있다. 불교의 모태인 베다의 우파니샤드가 가르치는 철학은 앉은 자리에서 명상하고 깨닫고 화합하는 것을 미덕으로 삼는다. 우주의 섭리와 어울리는 자에게는 '세계도 없고 나도 없다'는 가르침은 이 시집을 깨달음으로 받아들이는 데 있어서 매우 유효하다. 이러한 생각에 도달하게 된 배경은 이 시집의 탄생 비밀을 말하는 시인의 자상한 서문의 '세설암 전설'에서도 드러나거니와 이 시집의 시편들 대부분이 이 시인이 서문에서 언급한 내용의 시적 형상화이기 때문이다.

　이 시집의 시편들을 연결하고 또 독자가 받아들이는 실마리는 하나의 길이지만 수 만 갈래의 길처럼 얽혀 있는데, 그것은 결국 표제 언표에서 암시되듯 '돌'과 '새'라는 이미지가 함축하는 의미 자질로 만난다. '돌'은 움직이지 않는 항구 불변의 정적인 진리인 무엇을, '새'는 끊임없이 움직이는 동적 흐름을 상징한다. 하지만 이 두 이미지는 서로 다르지만 궁극적으로 하나이다.

'돌'과 '새'는 무변과 가변, 무동과 역동 속의 순환, 혹은 빈 것으로 가득 찬 노자의 그릇과 비슷하다. '돌'과 '새'는 이러한 관점에서 갱신을 향해 혹은 근원을 향해 무한히 순환하는 자기 정립 과정의 은유로 보인다. 돌처럼 시간을 초월해 존재하는 것도 아니며 새처럼 공간을 초월하고자 하는 것이 아니라 항상 순환하는 윤회의 형식으로 세계와 존재를 바라본 결과이다. 그래서 '새' 와 '돌'이 지닌 연기의 무자성 혹은 사물과 존재의 경계 없음은 "돌 속에는 지금 / 새가 물고 있던 한 올 지평선과 푸른 하늘이 / 흰 구름 곁을 스치던 / 은빛 바람의 날개가 잠들어 있다"(「모든 돌은 한때 새였다」)고 말하게 된다.

> 첩첩산중에서 이따금 만나게 되는
> 전생부터 나를 기다리고 있었다는 듯한
> 그 서늘한 염주나무
> 산길을 가던 중이 때가 되어
> 그만 가부좌한 채로 입적한 뒤
> 들고 있던 염주가 싹이 터 자란다는
> 그 영검스런 나무가
> 황금빛 꽃송이마다 입이 되어 묻는다
> 그대는 누구인가
> 어디로 가고 있는가
>
> 「황금빛 꽃」 중에서

『모든 돌은 한때 새였다』에는 이미지의 비약이 심하다. 이미지나 어법의 비약이야 시가 갖는 특성이겠지만, 이 시집은 특하나 이미지의 급격한 변화와 비약이 특히 심하다. 다만 이러한 이미지의 비약은 선적 화두를 던지는 듯 모순의 어법과 이미지의 충돌에 의해 직조되고 있다. 시적 화두는 대번 그에 대한 어떤 깨달음으로 귀결된다. 그 깨달음은 모두 화엄적 인식에 기초한 것이다. "영검스런 나무가 / 황금빛 꽃송이마다 입이 되어" "그대는 누구인가 / 어디로 가고 있는가"에 대한 물음은 선적 문맥에서 볼 때 그 발상법은 전혀 새로운 것이 아니다. 모든 생명은 죽음의 현존성을 감추고 있는 존재의 변전을 통해 스스로의 근원으로 돌아간다는 대답이다. 그 근원적 세계는 "먼 옛날부터 나를 기다리는 / 오랜 내가 있으니 / 해와 달 따라 바람 데불고 / 그 푸른 잠 속으로 나는 가고 싶다"(「푸른 잠 속으로」)든가 "바람은 꽃잎을 나부껴 / 제 몸을 짓고 / 꽃잎은 제 몸이 서러워 / 바람이 되"(「낙화」)는 존재의 경계가 순환 변전하는 화엄의 세계이다.

선적 직관의 문답에 의한 행간의 막막한 여백은 우리를 아득한 존재의 시원을 생각하게 한다. 그러나 그 신성한 존재의 시원은 까마득히 먼 곳, 우리가 다다를 수 없는 어떤 곳, 이상의 높은 곳에 있지 않다. 그것은 오히려 우리가 깨닫는 장소마다, 그 순간마다 장소와 시간을 불문하고 도처에 존재해 있다. 산 속 숲에서 길을 가다 때가 되어 가부좌한 채로 입적한 중이 들고 있던 '염주'가 어쩌면 염주 알의 근원이었을 '염주나무'의 숲으로 돌아간 것처럼 어쩌면 우리의 마음과 생명이란 "굽이 굽이 흐르는 강물도 / 푸른 하늘을 나는 새들도 / 먼 옛날 / 내 마음이 아기자기 자라난 것"(「바람이 일러 주는 말」)이고, "염주가 싹이 터 자"라고 "마침내 흙으로 돌아"(「무덤」)가는 무엇이다. 따라서 죽음이란 생의 한 부분이며 소멸이 아니라 새로운 세계, 근원으로 돌아가는 부활이며 재생의 순환이다.

> 뜨락을 가꾸지 않은 지 여러 해
> 온갖 잡초와 들꽃들이
> 절로 깊어졌다
> 풀숲 여기저기 흩어진 돌들은
> 깊은 생각에 잠겼다
> 이제 내 마음대로
> 저 돌들을 치우고
> 잡초를 뽑을 수 없다는 것을
> 조용히 깨닫는다.
>
> 「버려 둔 뜨락」 전문

시인은 이미 사라져 없어진 절터의 흔적에서 소멸을 본다. 이 시집의 모티프가 되었다고 서문에서 제시한 '세암사'는 없고 "풀숲 여기저기에 흩어진" 주춧돌과 잡초 더미, 전설 속의 절터만 남은 흔적에서 존재의 변전과 순환을 "조용히 깨닫는다." 그곳에서 시인은 금부처의 대웅전이 아니라, 잡초와 들꽃들 사이에 "여기저기 흩어진" 돌들을 본다. 웅장한 대웅전의 빛나는 금빛 부처가 아닌 그것이 무너진 자리에서 풀숲에 흩어진 돌을 본다. 참 나를 드러내는 것이 부처라면, 부처라는 존재 또한 환상이며 궁극적 깨달음의 실체는 "풀숲 여기저기 흩어진 돌들" 혹은 그 돌의 마음에 새겨진 새의 기억과 같은 것이다. 그리하여 우리의 진리는 초월적 세계에 있는 것이 아니라 바로 자신의 마음 안에 있다는 것을 "조용히 깨"달을 뿐이다. 그 깨달음은 곧 내 밖의 어떤 것이 아니라 내 안의 마음에 있다는 나와 우주의 근원을 바라보는 보편적 인식 상태를 일컫는다.

수많은 생명 속에 진리의 씨는 하나하나에 모두 주어져 있다. 시인은 그것을 찾아서 깨닫고자 하는데, 그것은 돈오(頓悟)와도 같은 직관적 인식에 의해서 포착된다. 새도 아니고 돌도 아닌, 돌이며 새인 언어도단적인 비약에 의해 포착된다. "거울을 깨고 보라 / 꽃같이 잠든 / 이름 모를 / 한 마리 짐승 / 그 짐승의 잠 위에 내려 쌓이는 / 흰 눈을 보라"(「꽃」)와 같은 표현은 직관적 언어 표현의 한 예이다. 이러한 논리의 비약들은 어쩌면 시가 지닌 본연의 속성과 같다. 헤겔이 직관에 의한 순간의 포착을 말했을 때의 예술적 영감과 비견되는 것이다. 그래서 시집 전편은 모두 선문답 같으며 따라서 메울 수 없는 행간의 여백들로 넘쳐나고 있다. 그 넘쳐나는 여백들은 모두 존재의 근원에 대한 거대한 흐름에 합류한다. 그 거대한 흐름을 시인은 '풀, 꽃, 나무, 물, 물고기, 새, 돌, 벌레, 땅, 하늘' 등 삼라 만상의 자연과 우주 속에서의 깨달음을 나지막히 들려준다. 거대한 흐름 속에서 소멸의 죽음과 변전은 거룩한 것이다.

존재라는 경계와 한계성을 넘어, 더욱 큰 자연의 섭리에 조우한 김영석은 순리에 몸을 맡기고 떠내려가는 삶, 모든 것이 순환·변전하여 하나가 되는 흐름을 타고 있다. 어쩌면 우리의 삶이 그러한 흐름을 타고 있기에 문득문득 물비늘처럼 반짝이는 그 흐름의 물결이 삶이라는 것을 드러내 보이기 위해 시인은 '모든 돌은 새'라 하지 않았을까? 그것은 존재라는 소우주를 이해하기 위해, 내가 없지 않고 있으며, 있으며 또한 없다는, 사라짐은 궁극적 생성이라는 불교적 인식에 기초한 것이다. 다만 이러한 선적인 시적 지향과 추구가 애매한 초월이요, 모든 것은 죽어 흙이 된다는 식의 존재의 궁극적 환원이라는 종교적 정신주의의 소산이라는 생각이 들기도 하지만, 그러나 이러한 정신주의와 심미성의 추구는 근대적 욕망과 물질문명의 부정이라는 차원에서 다시 한번 숙고해야 한다.

3. 자기 응시의 성찰

　자연은 자연 그대로 자꾸만 퍼내도 비지 않는 무진한 시적 보고이다. 아깝게도 한밤의 극장에서 요절한 기형도는 "가장 위대한 잠언이 자연 속에 있음을 믿는다"고 토로한 적이 있다. 굳이 이런 잠언을 끌어오지 않더라도 서정 시인에게 자연은 가장 위대한 가르침을 주는 스승이다. 예나 지금이나 서정 시인들은 그들의 상상력의 중요한 수원(水源)으로서 자연에 입을 대고 있으며, 그 자연에 대한 체험으로부터 시를 써왔다. 자연은 서정 시인에게 시적 상상력의 원천을 제공하며 시적 영혼을 양육하는 젖줄이다. 그리고 시인에게 시의 피와 살, 육체와 생명을 주는, 정현종의 표현대로 "비유의 아버지"이다. 서정 시인은 아주 자연스럽게 자연을 파먹고 산다.

　박명용 시인의 『낯선 만년필로 시를 쓰다가』는 자연을 바탕으로 한 서정을 노래한 시편들로 짜여 있는 시집이다. 자연은 그에게 시적 상상력을 제공하는 원천이며, 자연 속에 깃든 잠언을 깨닫는 작업이 곧 그의 시 쓰기이다.

그의 시선은 항상 자연이라는 대상과 현상에 닿아 있으며, 그 자연 체험에서
느낀 정서를 소박하고 정갈하게 노래한다. 그의 자연 체험은 대개가 자기 응
시의 성찰로 내면화되는데, 내용은 자기를 돌아봄, 즉 성찰이다. 그는 자연
에서 배우고 싶어 하고 자연의 순리를 닮고자 한다. 그래서 자연 사물이나
대상은 그것을 응시하는 서정적 주체인 시인을 닮은 표정으로 재생되기도
하고, 시적 자아가 거기에 투영되어 대상의 속성과 닮은꼴로 나가기도 한다.
닮은꼴이란 대개 생에 대한 순응이며, 사라지는 것에 대한 따뜻한 긍정이다.

> 때아닌 부나비 떼가 천지를 뒤덮는다
> 세상 열기에 사라지는 것 순간이다
> 오, 저 포근한 상실
>
> 「첫눈」 전문

　죽음, 그 존재의 소멸은 문학의 영원한 소재거리 가운데 하나이다. 죽음,
소멸, 사라짐에 대한 관심은 서정성의 본질 가운데 하나이다. 문학이 삶을
반영하는 것이라면 삶은 죽음을 꼭 끌어안고 있기 때문이다. 죽음이 있기 때
문에 삶이 있다. 죽음은 존재의 소멸이어서 공포나 허무일 수도 있겠지만 삶
을 비춰주는 거울이기도 하다. 박명용은 죽음, 그 소멸의 이미지를 통해 자
신의 삶을 성찰하고 삶을 이해하고자 한다. 그에게 사라짐의 소멸은 삶과 세
계를 이해하는 방식이다. 그에게 죽음은 삶과 세계를 바라보는 창이다.
　이 시에서 "부나비 떼"처럼 "천지를 뒤덮는" 눈 오는 풍경의 짧은 묘사
속에 등가된 내면의 성찰은 따뜻한 것이다. 시인은 예고 없이 불시에 천지를
뒤덮은 눈이 다시 순간적으로 사라지는 소멸을 보고 거기에서 "포근한 상
실"을 느낀다. 상실과 소멸에 대한 따뜻한 시선은 쉽게 예측 가능한 시적 표
정들을 짓고 있으며, 그런 표정을 지을 수밖에 없는 것은 시인의 눈을 통해
재발견된 일상적 사물과 현상들이 시인의 정서와 공모하기 때문이다. 대상과
의 시적 공모는 현실로부터 상처를 받거나 갈등 없이 쉽게 생에 대한 깨달음

으로 귀결된다. 소멸에 대한 긍정과 순응은 그래서 곧잘 "늦가을 은행잎이 /
따뜻하다, 마음이 환하다 / 갈 때를 아는가 / 마지막 모습을 보여주는 / 아름다
운 몸가짐 "(「늦가을의 꿈」)이라든가 "욕망을 벗어버린 늦가을 계곡을 보니 //
비로소 나를 알겠다"(「이유」) 등의 성찰적 자질로 나타나게 된다. 박명용의
시에서 소멸의 이미지는 언제나 지배적인 자질로 나타나며, 시적 화자의 지
배적 포즈는 그것을 따뜻한 시선으로 수용하려는 태도를 취한다.

> 툭, 하며
> 떨어지는 사과
> 순간적이다
>
> 인간도 이런 것인가
> 삶이 원숙圓熟한 나이에
> 툭, 하고 찍는 마침표
> 발자국 소리도
> 다정한 음성도 없다
>
> 목숨이란 이런 것이라고
> 툭, 하며
> 몸으로 보여주는
> 또 하나의 사과
>
> 　　　　　　　　　　　　「과수원집 상가에서」 중에서

　화자는 지금 "과수원집 상가"에 문상 중이다. 화자는 상가 집의 죽음과
사과의 떨어짐이라는 소멸의 순간을 절묘하게 병치시켜 놓고 있다. 그 절묘
함은 또한 "툭, 하며 떨어"진다와 "툭, 하고 찍는"다는 의성어와 동사형에
의해 죽음의 순간을 감각화하는 데도 있다. 인간을 포함한 지상의 유기체는
중력의 지배를 받듯 생명은 유한한 것이다. 죽음은 누구도 거부하거나 피할
수 없는 절대적 운명이다. 죽음은 만류인력의 법칙이다. 사과가 "툭, 하며"

"순간적"으로 떨어지듯 인간의 죽음도 "삶의 원숙圓熟한 나이에" "툭, 하고
찍는 마침표"이다. 여기에는 "발자국 소리도 / 다정한 음성도 없"는 생명의
무화만이 자리한다. 그러나 화자는 생명의 죽음, 소멸, 사라짐을 부정하기보
다는 긍정한다. 이러한 긍정의 태도는 자신의 내면 성찰로 이어져 살아 있는
육신의 현세적 욕망을 "집착이 무슨 소용이랴" 하며 반성한다.

죽음은 곧 존재의 소멸이므로 죽음은 누구에게나 두려운 것이다. 그러나
화자는 그러한 두려움이나 공포보다는 죽음을 포용하고 죽음을 통해 자신의
삶을 되돌아보려 한다. 어떤 형식의 죽음이든 죽음의 형식은 살아남은 자들
에게 자신의 삶의 형식을 돌아보게 한다. 돌아봄이 어떤 이에게는 어느 날
갑자기 자신에게 닥쳐올지도 모르는 죽음으로 인해 불안과 공포로 느낄 수
도 있겠지만, 화자는 그 죽음을 이해하는 과정에서 삶에 대한 이해를 얻어내
고 있다. 그래서 박명용의 시가 소멸과 사라짐에 관심을 집중하더라도 쓸쓸
하거나 허무적이지 않고 비애나 상실의식이 느껴지지 않는다.

박명용 시인에게 이러한 소멸의 모티프가 중요한 이유는 삶을 의미 있는
가치로 치환하려는 데 있다. 내면과 자연 사물·현상의 동시성은 평범하고
사소한, 그러나 우리가 일상의 익숙함 때문에 간과하는 많은 자연의 파편들
을 어떤 정신적 의미로 유추해 내는 데 있다. 이러한 점은 시인의 시작 태도
가 정통 작법을 충실하게 따르고 있다는 것을 말하며, 시인 스스로도 말하듯
"대상이 지닌 의미와 그 세계를 보다 쉽고 순수하게 그려내고자"(「자서」) 하
는 태도에서 연유한다. 박명용은 시를 통해 원초적 긍정에 이르려는 시인이
며, 그런 점에서 체험적 자연을 바라보고 의미화함으로써 자아의 내면과 대
상의 접점을 순응적으로 모색하고 자연을 시의 육체로 끌어들인다. 자연의
시적 육체화는 곧 삶에 대한 어떤 근원적 긍정을 말한다.

다리가 휜 나무와
반듯하게 자란 나무가

　　찰싹 붙어 같이 크고 있다
　　올곧게 자라다가 비바람에
　　반쯤 넘어진 키 작은 나무
　　저보다 훨씬 큰 나무와
　　수액을 나누고 있는가
　　서로 몸을 바싹 대고 있다
　　生生이란 이런 때도 있는 것일까

　　　　　　　　　　　「따뜻한 체온」 중에서

　　박명용 시인의 시에서 나무는 자연 체험의 세목이자 그의 시가 펼치는 시
적 자아의 내면적 삶과 정신의 등가물이기도 하다. 시인은 서정적 정신으로
무장한 채 "나무들의 지혜"가 가르치는 "고전古典"(「오리엔테이션」)을 읽고, "산
정의 상수리 나무"가 "빈 몸이 되어 흔들"리는 "늦가을 소리"에서는 "독경讀
經"(「늦가을 소리」) 소리를 듣는다. 속리산 오라나무 숲에서 제자의 주례를 서
다가 문득 포착한 생의 참된 형식을 노래하고 있는 이 시는 뒤엉켜 서로 의지
하고 "수액을 나누고" 살 수밖에 없다는 내용이다. 뒤엉켜 수액을 나누는 나
무의 자연적 모습과 시인의 정신적 가치가 시의 내용을 결속하고 있다. 서로
가 "찰싹 붙어 같이 크"며 수액을 나눌 수밖에 없다는 생각은 고스란히 나무
의 생리이자 인생론적 가치에 대한 인식이다. 이러한 인식은 자연의 생리를
관조하면서도 거기에 몰입하거나 신성시하지 않고 그것을 생애화한 것이다.
시인은 우리가 일상적 삶에서 놓치기 쉬운 삶의 근원적 준거들을 찾아서 삶의
새로운 정체성과 가치를 부여한다. 삶에 대한 새로운 의미의 정체성과 가치는
요란한 수사를 통해 이루지는 것이 아닌 낮은 자세, 낮은 목소리로 구축된다.
　　이와 같이 박명용 시인은 자연의 체험과 응시를 통해 생명과 삶에 대한
궁극적 긍정을 노래한다. 그의 시는 자연을 자연 그대로 노래하면서 그 안에
서 인간이 혹은 우리의 삶이 지향하고 추구해야 할 정신적 가치를 노래한다
는 점에서 의미가 있다. 한편 자연 사물이나 생리의 투명함과 청결함, 정갈
한 자연적 이미지와 그것을 아름다움으로 치환하는 순수 미학적 태도는 무

조건 상찬될 것인가에 대한 물음도 함께 조심스럽게 제기된다. 왜냐하면 현실을 잊고 편안한 정신적 세계로 나아가려는 지당한 말씀을 넘어 설 때 서정적 은유의 진정한 서정의 힘이 발현되는 것이 아닐까 하기 때문이다.

4. 적막한 시간의 흉터

상처는 영혼을 살찌게 한다. 상처는 삶과 세계의 비의를 느끼기 위해 반드시 필요하다. 흔한 말로 상처 없는 영혼이 어디 있겠는가마는 만약 세계로부터 상처입지 않은 상태가 된다면 그의 감정은 기존의 언어에 그대로 안주해 살아갈 수 있다. 그렇게 세계로부터 안주해서 얻어진 시적 사유와 말들은 실존하는 인간의 절실한 언어는 아닐 것이다. 서정의 힘은 고통과 상처에서 나오는 것이 아닐까. 고통의 체험과 상처의 흔적은 삶을 이해하고 삶의 진정한 깊이와 넓이를 느끼기 위해 필요한 통과제의이다. 고통의 체험과 상처의 흔적은 자신뿐만 아니라 타자의 삶의 깊이와 넓이를 이해하는 각성제이다. 그것은 나와 대상과의 만남에서 화학적으로 반응하여 삶과 세계의 무수한 울림들을 생생하게 듣도록 한다. 따라서 고통과 상처는 삶에 대한 사랑의 흔적이다. 진정한 서정의 힘은 안일에 빠지는 것을 방지하고 서정적 긴장과 치열성을 담보해내는 데 있다. 현실과의 대결을 회피한 채 어떤 시적 긴장도 치열성도 없는 그저 그런 이미지들을 빌린 상투적 사유는 시적 미덕이 될 수 없다. 고통을 감내하고 상처의 흔적이 시적으로 육체화되지 못한 언어는 진정한 울림을 줄 수 없다. 그런 면에서 이덕수 시인의 『붉은여우의 겨울나기』는 서정적 긴장과 삶에 대한 치열성이 돋보이는 시집이다. 그 긴장과 치열성은 아마도 그의 내면적 지형에 얼룩진 고통을 감내 자의 영혼에 깃든 상처의 흔적에서 기인하는 것으로 보인다.

이덕수 시인의 시적 자리, 그러니까 그가 위치한 삶과 그 삶을 이루는 현

재와 과거는 늘 고통스럽다. 그의 내면은 어떤 상처의 치유할 수 없는 흔적
으로 말미암아 비극적으로까지 보이며, 어떤 때는 「온전했던 그날」이나 「슬
픔의 왼쪽」에서처럼 삶의 슬픔과 고통을 인정하고 체념하기도 한다. 그의 시
를 만나는 것은 그래서 그 고통의 흔적을 더듬는 일이며 자의식의 감옥처럼
보이는 상처의 흉터에서 치열하게 존재의 가치와 의미를 함께 되새김하는 것
이다. 그의 시에는 상처 입은 자의 삶 속에서만 빛나게 살아나는 서정의 힘
이 있다. 그의 시가 그려내는 자아의 형상은 늘 불안하고 여기저기를 떠돌고
있으며, 그가 떠돌고 있는 정경의 배경은 쓸쓸하고 적막하다. 그 속에서 시인
은 외로움과 서러움을 감내하며 오히려 자신을 꼿꼿이 지켜가는 모습을 각인
시켜 놓고 있다. 그래서 그의 시적 자리는 언제나 시인의 현재를 아픔으로
구속하는 상처의 형식으로 자리 잡는다. 그러나 그 상처는 슬프고 아픈 것이
지만 "상처를 지우며"(「새에게」) 새를 날리기도 하고, "그대 돌아서 선 뒤에 /
등불을 밝혀"(「구절초」) 두기도 한다. 예를 들면 다음과 같은 시가 한 예이다.

> 누구를 기다릴까
> 생이 머물러있는 정거장으로 들어오는
> 차는 빈 차인데 쓸쓸하게 돌아서는
> 기다림을 불 밝히지 못하는 석등은
> 어둠의 그늘 되어 더욱 어둡게 비춰 주었다
> 그늘이 쓸쓸해서 불 밝히는 참새 떼
> 머무른 생들 곁에서 부지런히
> 맨 땅을 쪼아대는 것은
> 조금은 쓸쓸하지 말라고
> 생의 끈을 흔들어 주는 것이다
>   「생이 머무를 때」 중에서

　이 시에서 시인의 시선에 포착된 정경에는 적막과 고요, 쓸쓸함과 외로움
이라는 내적 정서가 그대로 투영되어 있다. 공원 맨땅에 앉아 무언가 기다리

며 소일하는 "주름진 생들", 즉 공원의 노인들을 통해 생의 쓸쓸한 정경을 묘사하면서 그래도 생은 아름다운 것이어서 "생의 끈을 흔들어 주는 것이다." 그의 눈에 비친 삶이란 근원적으로 슬픈 것이며, 슬픔 속에서 거창한 깨달음이나 초월이 아닌 작지만 의미 있는 생의 가치를 발견하는 데 장점이 있다. 그의 쓸쓸한 눈과 흉터의 내면, 그리고 그를 유랑자처럼 떠돌게 만드는 요인은 아마도 그의 원체험에서 비롯한 것으로 보인다. 그가 떠도는 공간은 주로 바닷가이며, 이 공간은 시인의 원체험에 의한 듯 하다. 원체험의 저변을 이루는 바닷가는 실향의 공간이며 "당신의 눈물 / 무척 그리운 곳"(「소리없는 나팔꽃」)이다. 실향의 의식은 "기억의 아픔이여 / 아픔이 뼈가 되고 / 살이 된 지금 나는 / 실향이 그리운지 몰라"(「삼거리에서 서성거리다」) 거리를 서성거리게 만드는 곳이다. 그래서 그의 바닷가에 대한 원체험은 모두 슬프고 아픈 흉터로 각인되어 있다. 그래서 자주 "그리움을 토해내며 소리 없이 / 하얗게 울고만"(「花浦에서」) 있는 바다로 표현된다.

원체험 의한 정지된 사물의 조용한 풍경을 바탕으로 슬픔과 상처를 확인하는 이덕수의 시가 「마을 휴정을 지나며」에서처럼 대부분 기억이라는 끈을 타고 과거로 향하는 것은 당연하다. 시인에게 비춰진 현재의 정경은 과거에 찍었던 풍경에 의해 인화된 세계며, 그 인화된 세계는 슬프고 고통스러운 상처의 흔적으로 번져 있다. 그만큼 그의 배면을 이룬 의식의 지형은 어둡게 그늘져 있고, "예측할 수 없는 슬픔"으로 베어 있으며, "캄캄한 곳으로 빨려 가는 아픔"(「쪽빛 슬픔」)으로 형성된 것이다. 그렇기 때문에 시인의 바닷가 원체험을 소거하지 않는 한 고독과 연민의 미학에서 크게 벗어나지 않을 것이다.

더는 돌아오지 않을
빨간 불빛의 노인은 떠나고
지하도에서 빠져 나오는
일용할 실직의

먼지마저 가라앉습니다
옹색한 궁기를 깔아뭉개어
빈 거리 채워 달리는
구급차의 빨간 등으로
살아 있던 공기가
모두 빠져나간
밤 깊은 도시의 허파도
서서히 숨을 멈춥니다

나도 쓸쓸한
하현달을 데리고
먼지 밟아 달리는
막차를 타겠습니다.

「먼지」 중에서

　이덕수 시인의 순도 높은 서정은 정지된 풍경 너머의 그 무엇을 끊임없이 찾아 나서는 것에서 비롯한다. 그는 풍경에서 무언가를 놓치지 않고 본다. 그의 바라봄은 쓸쓸한 사람의 눈, 떠도는 사람의 눈, 연민의 눈으로 보는 세계에 모아져 있다. 시집 도처에 보이는 '슬픔, 설움, 아픔, 눈물, 상처, 쓸쓸함, 그리움' 등의 지배적 빈도로 나타나는 이미지는 안정되고 정한이 해소된 자아에게서는 쉽사리 낚아질 수 없는 것들이다. 아마도 그것들은 그의 성장기 체험에서 얻어진 기억과 세속적 삶 속의 상처의 흔적과 무관하지 않을 것이다. 위에 제시된 「먼지」는 "신호등 아래 의족의 노인이 / 빨간 신호등으로 앉아" 있다가 그마저 떠나고 "먼지마져 가라앉"은 정적의 시간에 자신도 떠날 수밖에 없는 쓸쓸한 상황을 노래한 시이다. 그의 눈에는 자기 자신 뿐만 아니라 모든 게 애틋한 연민의 풍경으로 비추어지며, 그것을 받아들이는 시적 자아의 시선은 따뜻하다. 그런 속에서도 "조금은 쓸쓸하지 말라고" "생의 끈을 흔들" 수밖에 없는 존재가 이덕수 시인이다. 생의 끈을 놓을 수 없는 것이 우리네 삶이며, 우리는 그것을 계속 흔들 수밖에 없다.

그의 시 전편을 통해 가장 눈에 띄는 특징은 대상과의 약간의 관계와 상황이 주어지고 오직 대상을 바라보는 자아의 지독한 슬픔과 비애를 확인하는 일만이 있다. 그의 시에서 삶 속에 드러나는 고통스런 흔적들을 포착하는 시적 자아의 시선은 어떤 아픔보다 강하게 다가온다. 그래서 어쩌면 이 시인은 흉터로 얼룩진 의식의 수렁에 빠져 있는 게 아닌지 모르겠다. 다만 이것들은 자아와 사물의 관계가 지극히 개인적인 것이며, 그가 인간과 인간의 관계에 대한 관심보다 사물과 화자의 관계에 압도되어 자아의 내면적 그물에 걸린 것만 낚아 올리는 듯한 폐쇄성은 그의 아픔을 상당히 사적인 것으로 만들어버린다는 아쉬움을 감출 수 없다.

그러나 연민의 자세 속에는 깊은 상처와 아픔이 생기면서 일어나는 신열의 뜨거움이 숨을 쉬고 있다. 풍경을 각별히 아끼는 이덕수 시의 화자가 과거의 기억 속에서나 현실의 체험에서 뜻 깊은 풍경을 찾아 세상을 떠도는 일은 그래서 자연스럽다. 시인은 여러 곳을 다니며 무엇을 찾아내고 이를 시화한다. 그의 시는 풍경과 밀접한 관련을 맺고 있으며, 이것은 그가 고전적이며 정통적인 서정시의 작법을 잇고 있음을 말한다. 예로부터 서정은 풍경과 밀접한 관련을 맺어 왔기 때문이다. 이덕수의 시는 풍경을 살려서 그 속에 시적 자아의 체취와 숨결을 고스란히 묻혀둔 시로 읽힌다.

5. 내면의 응축된 목소리

시는 문득 찾아오는 것이며, 생의 순간의 포착에 의해 발견되는 것이다. 그것은 찰나의 순간이지만 여기에는 생의 비의를 품어내는 직관이 있다. 밀란 쿤데라의 말처럼 '시인은 시를 창조하는 것이 아니라 저 뒤쪽 어디에 있는 것'을 찾아낸다. 찾아낸다기보다는 차라리 직관을 통해 통찰해 낸다. 우리는 쉽게 눈에 보이고 손으로 만지고 귀로 듣는 감각들을 통해서 세계를 사유하려 든다. 우리의 앞이 아닌 저 뒤쪽 어디에 있을지도 모르는 것들에 대해서는 우리의 사유에서 제거하려 든다. 그러나 가시적인 것과 감각적인 것들만이 이 세계를 이루는 것은 아니며 불가시적이며 부재하는 것들도 엄연히 우리를 구성하는 요소이다. 지금까지 살펴본 세 시인의 시는 우리의 눈앞이 아닌 저 뒤쪽 어디에 있어서 눈에 보이지 않는 대상을 성찰함으로써, 삶과 세계에 대한 비의를 깨닫게 해주었다.

세 시인의 시집은 자기 삶과 마음의 고유한 언어를 획득하려는 고요한 시간의 언어를 느끼게 하는 시집이다. 이들의 시는 삶과 시를 알 수 없는 무엇, 내 마음의 저편 어디에 있는 근원을 찾아 대하듯 내면의 응축된 목소리로 그것을 우리에게 들려준다. 이러한 것들은 요즘 우리가 경험하고 목도하는 문명의 질서와 현상에 대척한 지점에서 깨달은 자기 성찰과 침잠의 목소리이다. 이들은 세계와 마주하여 불화를 일으키거나 갈등하지 않는다. 그들은 조용히 낮은 자세로 담담하게 세계와 마주하며, 삶과 세계의 비의를 나직한 어조로 들려준다.

세 시인은 자연과 사물, 인연과 시간, 상처와 죽음 등 인간을 둘러싸고 있지만 쉽게 풀릴 수 없는 문제들을 각기 다양한 시적 방법을 통해 형상해 내었다. 그들의 시는 저 뒤쪽 어디에 있으며 그래서 미지에서 발견한 가치로운 것이었다. 그들은 미지에서 시를 찾아 발견하려 애쓴다. 그래서 그들의 시는 결코 시에 앞서 있지 않다. 시보다 먼저 앞서서 자신들이 알고 있는 무언가를 시에 표현하려는 것이 아닌 미지의 세계에서 어떤 진실을 찾아 발견하려는 고투의 산물이었다. 그래서 우리 곁에 가까이 있으면서도 쉽게 찾아지지 않아 지나쳐 버리는 관념적인 형이상학적 의문들을 풀어 보여 주었다. 그리하여 우리의 일상화되고 고착된 사유 방식을 재고하게끔 하므로 깊이 반추해보아야 할 작품들이다.

저자 소개

김홍진

　충남 홍성 출생
　한남대학교 국어국문학과 및 동대학원 졸업(문학박사)
　2004년 계간 『시와 정신』 신인상 평론 당선
　한남대 강의전담교수
　대덕대 강사
　저서 : 『장편 서술시의 서사 시학』(역락, 2006)

부정과 전복의 시학

인　쇄 | 2006년 5월　1일
발　행 | 2006년 5월 10일

저　자 | 김홍진
발행인 | 이대현
편　집 | 김보라
발행처 | 도서출판 역락 / 서울 성동구 성수2가 3동 301-80
　　　　등록 ▪ 1999년 4월 19일 제303-2002-000014호
　　　　전화 ▪ 02-3409-2058, 2060
　　　　팩시밀리 ▪ 02-3409-2059
　　　　홈페이지 ▪ http://www.youkrack.com

ISBN | 89-5556-471-6-93810
정　가 | 13,000원

▪ 파본은 교환해 드립니다.

▪ 이 책은 한국문화예술진흥원이 주관하는 2006년도 문예진흥기금 창작지원사업의
　지원으로 발간되었습니다.